아득한 내일
The Long Tomorrow

아득한 내일
The Long Tomorrow

리 브래킷

이수현 옮김

차례

———

"미합중국 내에 1평방마일*당 1천 명 이상이 살거나

2백 개 이상의 건물이 있는 도시나 마을,

공동체를 지어서는 안 된다.

그런 곳이 존재하도록 허용해서도 안 된다."

———

미합중국 수정헌법 제13조

———

＊　약 2.6제곱미터

1부

1

렌 콜터는 마구간 벽 아래 그늘에 앉아서 옥수수빵과 달콤한 버터를 먹으며 죄악에 대해 곰곰이 생각했다. 렌은 열네 살이었고, 편리하게도 진짜 죄악을 저지를 기회가 아주 적은 파이퍼스런의 농장에서 그 모든 세월을 살았다. 하지만 지금은 파이퍼스런이 50킬로미터도 더 떨어져 있었고, 렌은 정신이 팔리는 것들과 온갖 가능성으로 번쩍거리는 세상을 보고 있었다. 그는 캔필드 페어 장터에 와 있었다. 그리고 인생 처음으로 중요한 결정에 직면했다.

어려운 결정이었다.

"아빠가 알아낸다면 날 흠씬 두들겨 팰 거야."

그러자 사촌인 에서가 말했다. "겁나냐?" 에서는 3주 전에 열다섯 살이 되었는데, 그건 이제 어린아이들과 같이 학교에 가지 않아도 된다는 의미였다. 남자 취급을 받으려면 아직 멀었지만 그것만 해도 큰 발전이었고, 렌은 에서가 대단하게 느껴졌다. 에서는 렌보다 키가 컸고, 길들이지 않은 수망아지처럼 반짝이는 까만 눈으로 사방을 둘러보며 뭔가를 찾았다. 정말로 뭔가를 찾지는 못했지만, 그건 아마 자신이 찾는 게 무엇인지 아직 알지 못했기 때문이리라. 그는 항상 손을 부지런히 놀렸고 손재주가 좋았다.

"응?" 에서가 되물었다. "겁나냐고."

렌은 거짓말을 하고 싶었으나, 에서가 잠깐도 속지 않을 것을 알았다. 그래서 꿈지락거리며 마지막 남은 옥수수빵을 먹고, 손가락에 묻은 버터를 빨고 나서 대답했다. "응."

"허." 에서가 말했다. "어른이 되어가는 줄 알았더니만. 넌 올해 아기들과 같이 집에 남아 있어야 했겠다. 매질이나 두려워하다니!"

"전에도 맞아봤거든." 렌이 말했다. "혹시 아빠가 잘못 때릴 거라고 생각한다면 언제 한번 맞아봐. 그리고 지난 2년 동안 난 비명도 안 질렀어. 음, 어쨌든 많이는 안 그랬어." 렌은 두 무릎을 웅크리고는 그 위에 팔짱을 끼고 손으로 턱을 괴고서 생각을 곱씹었다. 렌은 마르고 건강하며 다소 근엄한 얼굴의 소년이었다. 수수한 바지에 목둘레가 좁고 칼라가 없는 거칠게 짠 면 셔츠를 입고, 흙투성이가 된 튼튼한 수제 장화를 신었다. 연갈색 머리는 어깨 위까지 오는 단발로 앞머리도 눈 위에서 가지런히 잘랐고, 챙이 넓은 갈색 모자를 썼다.

렌네 사람들은 신메노파*로, 원래 검은색 모자를 쓰는 구메노파와 차별을 두기 위해 갈색 모자를 썼다. 겨우 두 세대 전인 20세기에는 구메노파와 아미시밖에 없었고, 그 수도 기껏해야 몇만 명이었으며, 단순하고 오래된 수공예를 고수하고 도시나 기계와는 무관하게 산다는 이유로 괴상하고 독특하다는 취급을 받았다. 그러나 도시가 다 폐허가 된 세상에서는 이런 사람들이 살아남기에 제일 적합하다는 사실을 알게 되면서, 메노파는 수백만으로 빠르게 세가 불어났다.

"아니야." 렌이 천천히 말했다. "내가 무서운 건 매질이 아니야. 아빠지. 아빠가 이런 설교에 대해 어떻게 생각

---

* 메노파는 종교개혁 시기에 등장한 개신교 교단이다. 유아세례를 인정하지 않고 성인이 되어 세례를 다시 받았기 때문에 재세례파라고도 불린다.

하는지 알잖아. 나한테도 금지했어. 그리고 데이비드 삼촌도 너보고 듣지 말랬지. 두 분이 어떻게 생각하는지 알잖아. 난 아빠가 나한테 화내는 게 싫어. 그렇게까지 화내는 건."

"기껏해야 때리기밖에 더하겠어." 에서가 말했다.

렌은 고개를 설레설레 저었다. "모르겠다."

"뭐, 괜찮아. 그럼 가지 마."

"넌 확실히 가는 거야?"

"가고말고. 하지만 네가 필요하진 않아."

에서는 벽에 다시 몸을 기대더니 렌의 존재를 잊어버린 것 같았고, 렌은 장화 앞꿈치를 앞뒤로 움직여 흙바닥에 뭉툭한 부채 두 개를 그리면서 계속 생각했다. 따뜻한 공기에 먹이와 짐승 냄새가 진하게 났고, 사이사이 나무 연기와 요리 냄새가 섞여들었다. 목소리들도 떠돌아다녔는데, 수많은 목소리가 한데 뒤섞여서 윙윙거리는 소리처럼 들렸다. 벌 떼가 나는 소리라거나, 방크스 소나무 사이로 부는 바람 소리라고 생각할 법도 했지만, 그 이상이었다. 그건 세상이 떠드는 소리였다.

에서가 말했다. "그 사람들은 땅바닥에 쓰러져서 소리를 지르고 굴러."

렌은 숨을 깊이 들이마셨고, 속으로 몹시 떨렸다. 사방으로 어마어마하게 뻗어나간 장터 바닥에는 사륜마차와 수레와 헛간과 가축과 사람들이 가득했고, 오늘이 마지막 날이었다. 9월의 추위에 맞서 몸을 꽁꽁 싸매고 마차 아래 누워서 빨갛고 신비롭게 타는 불빛들을 보며 주위에서 자는 낯선 이들에 대해 궁금해할 밤도 하루 남았다. 내일이면 마차는 덜그덕 덜그덕 파이퍼스런으로 돌아가고, 렌은 다시 1년간은 이런 풍경을 보지 못할 것이다. 어쩌면 영영 못 볼 수도 있었다. 우리는 삶의 한가운데에서 언제든 죽을 수 있다. 아니면 내년에 렌이 다리가 부러진다거나, 아빠가 이번에 제임스 형에게 시킨 것처럼 집에 남아서 할머니와 가축을 돌보라고 할 수도 있다.

"여자들도." 에서가 말했다.

렌은 무릎을 더 세게 끌어안았다. "네가 어떻게 알아? 가본 적도 없으면서."

"들었지."

"여자들이라니." 속삭이며 눈을 꽉 감자, 렌의 눈꺼풀 안쪽으로 신메노파는 들어본 적도 없는 격렬한 설교의 그림이 떠올랐다. 거대한 화톳불이 연기를 올리고 모호한 광란이 펼쳐지는 가운데 엄마를 많이 닮은 한 여자가 보닛을 쓰고 펑퍼짐한 치마를 입은 채 땅바닥에 누워서 아기 에스터가 성질을 부릴 때처럼 발길질을 하는 그림.

유혹이 밀려왔고, 렌은 그 유혹에 지고 말았다.

렌은 일어서서 에서를 내려다보며 말했다. "나도 갈게."

"어." 에서도 일어섰다. 에서가 손을 내밀자, 렌이 잡고 흔들었다. 둘은 서로에게 고개를 끄덕이며 씩 웃었다. 렌은 심장이 쿵쾅거렸고 아빠가 바로 뒤에 서서 모든 말에 귀 기울이고 있는 듯 켕기는 기분을 느꼈지만, 그것마저도 들뜨는 구석이 있었다. 권위를 부정하고, 자기주장을 하고, 존재한다는 감각이 있었다. 렌은 갑자기 위로나 옆으로나 커진 기분이었고, 에서의 눈빛에도 새로운 존경심이 깃들었다고 느꼈다.

"언제 갈까?" 렌이 물었다.

"어두워지고 나서, 늦게. 준비하고 있어. 내가 알려줄게."

콜터 형제의 사륜마차들은 나란히 서 있었기에, 대기하고 있기도 어렵지 않았다. 렌은 고개를 끄덕였다.

"자는 척하겠지만, 자고 있지 않을 거야."

"그래야지." 에서가 말하는데, 마주 잡은 손에 힘이 들어갔다. 잊지 말라는 뜻으로 렌의 손을 꽉 잡았다. "아무한테도 이 일은 말하지 않기다, 레니."

"아야." 렌은 화가 나서 입술을 내밀었다. "날 뭘로 생각하는 거야? 어린애인 줄 알아?"

에서가 씩 웃더니, 남자들 사이에 어울리는 느슨한 동료애로 돌아갔다. "당연히 아니지. 그럼 결정된 거다. 다시 말들 살피러 가자. 우리 아빠가 교환할까 생각 중인 검은색 암말에 대해 무슨 충고라도 해드리고 싶다."

둘은 같이 마구간 옆을 걸었다. 렌은 그렇게 큰 마구간을 본 적이 없었다. 집에 있는 헛간보다 네 배, 다섯 배는 길었다. 오래된 판자는 상당 부분을 덧대어놓았고, 하나같이 비바람에 회색으로 닳았지만, 여기저기 원래 목재가 드러난 곳에서는 아직 빨간 페인트 얼룩을 볼 수 있었다. 렌은 그 얼룩을 보다가 걸음을 멈추고는, 눈을 가늘게 뜨고서 장터를 한 바퀴 둘러보았다. 그러면 모든 것이 춤을 추듯 흔들거렸다.

"이젠 또 뭐 하는 거야?" 에서가 조바심 내며 물었다.

"한번 보려고."

"눈을 감고서는 아무것도 못 보거든. 그나저나 한번 보려고 한다니, 무슨 소리야?"

"할머니 말대로 모든 건물에 색칠이 되어 있었을 땐 어떻게 보였을까 보려고. 기억나지? 할머니가 어렸을 땐 그랬다잖아."

"그래." 에서가 대답했다. "빨간 건물도 있고, 하얀 건물도 있고 그랬다며. 볼 만했겠지." 에서도 실눈을 떴다. 창고와 건물들이 흐릿해졌지만, 그렇다고 색이 입혀지지는 않았다.

"어쨌든," 렌이 포기하고 결연하게 말했다. "분명히 옛날 사람들도 이렇게 큰 장은 구경 못 했을 거야."

"무슨 소릴 하는 거야?" 에서가 말했다. "할머니가 여기에만 사람이 백만 명은 있었고, 그 자동차인가 승용차인가 하는 것도 백만 대는 있어서 눈 닿는 데 끝까지 쭉 늘어서서 햇살을 받아 번쩍번쩍했다잖아. 백만이라고!"

"그랬을 리가 없어. 그 수가 다 야영할 자리가 어딨다고?"

"멍청아, 그 사람들은 야영을 할 필요가 없었어. 할머니 말이 옛날 사람들은 파이퍼스런에서 여기까지 한 시간도 안 걸려서 왔다가, 같은 날 돌아갔댔어."

"할머니가 그렇게 말한 줄은 알아." 렌은 생각에 잠겨서 대꾸했다. "그렇지만 넌 정말 그 말을 믿어?"

"당연히 믿지!" 에서의 까만 눈이 번득였다. "나도 그 시절에 살았으면 좋았을걸. 이것저것 했을 텐데."

"이것저것 뭐?"

"그 자동차라는 걸 빠르게 몰아본다거나, 아예 날아본다거나."

"에서!" 렌은 큰 충격을 받았다. "너희 아빠가 그런 소리 들으시면 큰일 나."

에서는 살짝 얼굴을 붉히더니, 무섭지 않다고 중얼거리면서도 불안한 듯 주위를 흘끔거렸다. 둘은 마구간 모퉁이를 돌았다. 박공벽 끝, 문 위에 나무조각으로 만들어서 못으로 박은 숫자 네 개가 있었다. 렌은 그 숫자를 올려다보았다. 1, 그리고 꼬리가 한 움큼 떨어져나간 9, 앞부분이 살짝 없어진 5, 그리고 2였다. 에서는 그게 이 건물이 세워진 년도라고, 할머니도 태어나기 전이라고 했다. 덕분에 렌은 파이퍼스런에 있는 만남의 집을 떠올렸다. 할머니는 여전히 그곳을 교회라고 불렀는데, 그 건물에도 년도가 박혀 있었고 라일락 덤불 아래 숨겨진 상태였다. 그 숫자는 1842였다. 그러니까 거의 모두가 태어나기 전이었다. 렌은 세상이 얼마나 오래되었는지에 압도되어 고개를 저었다.

둘은 안으로 들어가서 말들을 보며 말의 기갑이며 정강이뼈에 대해 아는 척 말을 했지만, 여기저기 칸막이 앞에 삼삼오오 모여서 말은 천천히 하고 눈은 빠르게 굴리는 남자들 무리는 피했다. 거의 모두가 신메노파였는데, 렌과 에서와 차이라곤 몸집과 가슴팍에 늘어진 멋진 턱수염뿐이었다. 콧수염은 기르지 않고 입술 위를 깨끗하게 면도했지만, 몇 명은 구레나룻도 길렀고 다양하게 챙이 처진 모자를 썼으며, 옷도 특정한 무늬가 없게 만들었다. 렌은 강한 호기심을 품고 이런 사람들을 슬쩍슬쩍 쳐다보았다. 이런 남자들, 아니면 비슷한 다른 남자들 ─ 어쩌면 렌이 아직 보지 못한 다른 부류의 남자들도 ─ 이 바로 들판과 숲에서 몰래 만나서 설교하고 고함을 지르고 땅바닥을 뒹구는 이들이었다. 렌의 귀에 아빠 목소리가 쟁쟁했다. "무슨 종교, 무슨 종파를 믿든 각자 알아서 할 일이지. 하지만 그 사람들에겐 종교도 종파도 없다. 그 사람들은 그냥 군중이고, 군중다운 두려움과 잔인함을 갖추고 있는 데다, 반쯤 미치고 교활한 놈들이 그 사람들이 서로 부딪치게 자극하고 있어." 그러다가 렌이 더 물어보자 입을 꾹 다물고는 엄숙해져서 말하기를, "넌 가면 안 된다. 그것만 알면 돼. 하느님을 두려워하는 사람은 그런 사악한 짓거리에 끼지 않는다." 이제는 렌도 이해했다. 아빠가 땅바닥을 뒹굴면서 어쩌면 속바지까지 보여줄지 모르는 여자들에 대해 말하고 싶지 않아 한 것도 당연했다. 렌은 흥분에 몸을 떨면서 밤이 어서 오기를 빌었다.

에서는 문제의 검은색 암말이 목이 좀 가늘긴 해도 마구를 채우면 잘 달리게 생겼다는 결론을 내렸다. 자기보고 고르라면 그 줄 끝에 있는 멋진 적갈색 종마를 고를

20
아득한 내일

테지만 말이다. 그러면 수레를 날 듯이 달리게 할 텐데! 하지만 안전하고 부드러운 마차가 필요한 여자들 생각도 해야 했다. 렌은 그 말에 동의했고, 둘은 다시 어정어정 밖으로 나갔다. 에서가 말했다. "저기 소들을 어떻게 하고 있나 보자."

아빠와 데이비드 삼촌이 어떻게 하고 있나 보자는 뜻이었고, 렌은 지금 아빠를 보고 싶지 않았다. 그래서 대신 행상 마차들이 있는 쪽으로 가보자고 제안했다. 소 떼야 늘 볼 수 있고 실제로 늘 보지 않는가. 하지만 행상 마차들은 달랐다. 파이퍼스런에서는 여름 한 철에 서너 번 정도 한 대씩 볼까 말까 한데, 여기에는 행상 마차가 한 곳에 동시에 열아홉 대나 있었다.

"게다가…" 렌은 순수하고도 단순한 욕심에서 말했다. "혹시 또 모르잖아. 호스테터 씨가 슈거너츠를 좀 더 줄지도 몰라."

"픽도 그러겠다." 에서는 그렇게 말하면서도 움직였다.

행상 마차들은 모두 한 줄로 서서, 긴 헛간에 등을 대고 혀를 빼물고 있었다. 캔버스 천을 젖히고 안쪽 옆구리에는 온갖 물건을 주렁주렁 매단 거대한 사륜마차들이라, 어둡고 퀴퀴한 동굴들에 바퀴를 달아놓은 듯했다.

렌은 눈을 크게 뜨고 그 마차들을 보았다. 렌에게는 그게 사륜마차가 아니라 멀리서 여기까지 항해해온 모험의 배였다. 행상들의 잡담에 귀 기울이다 보면 도시라곤 없는 드넓은 땅, 몇 안 되는 노인들만이 '파괴' 이전에 세상을 지배하던 굉장한 도시들을 기억할 수 있는 느리고 편안하며 초록색인 농업의 땅에 대해 흐릿하게 그려볼 수 있었다. 렌은 행상들이 이야기하는 머나먼 곳들의 흐릿한 그림을 마음속에 뒤죽박죽으로 간직했다. 대서양을 따라 흩어진 해운 정착지와 어촌들, 애팔래치아산맥에 있는 벌채지들, 중서부의 끝없는 신메노파 농장 지역, 남부의 사냥꾼들과 산지 농부들, 바지선과 보트들을 거느리고 서쪽으로 흘러가는 거대한 강들, 그 너머 평원들과 말을 타고 다니는 사람들과 대목장과 야생 소들, 그리고도 더 서쪽에 있는 드높은 산맥과 땅과 바다. 이 거대한 행상 마차들은 몇 세기 전처럼 드넓은 땅을, 흙투성이 도로와 나른한 마을들을 구르다가 쉬다가 다시 굴러갔다.

호스테터 씨의 마차는 다섯 번째 위치에 있었고, 렌은 그 마차를 잘 알았다. 호스테터 씨는 봄마다 북쪽으로 가는 길에 한 번, 가을마다 남쪽으로 가는 길에 한 번씩 파이퍼스런에 그 마차를 몰고 들렀고 그것도 렌이 기억할 수 없을 만큼 오랫동안 그랬기 때문이다. 다른 행상들은 마구잡이로 떨어진 사람들 같았지만, 호스테터 씨만큼은 펜실베이니아 어딘가 출신인데도 마을 사람처럼 보였다. 똑같은 평평한 갈색 모자를 썼고 똑같은 턱수염을 길렀으며, 어쩌다가 안식일에 도착하면 모임에 참여했고, 자기가 온 곳도 산맥에 둘러싸여 있다는 점을 빼면 렌의 마을과 다를 게 없다는 말로 렌을 실망시켰다. 펜실베이니아같이 마법적인 이름을 가진 곳답지 않게.

렌은 슈거너츠를 떠올리며 말했다. "혹시 우리가 호스테터 씨의 말한테 먹이와 물을 주겠다고 하면…" 구걸은 있을 수 없는 일이지만, 노동자는 고용할 가치가 있다.

에서가 어깨를 으쓱였다. "시도는 해볼 수 있겠지."

앞은 열려 있으나 비가 올 때 피할 수 있게 뒤쪽은 닫힌 긴 헛간은 마차 한 대에 하나씩, 칸막이로 나뉘어 있었다. 이틀 하고도 한나절이 지났으니 남은 게 많지 않지만, 여자들은 아직까지 구리 주전자나 동쪽에 있는 마을 대장간에서 온 칼, 아니면 남쪽에서 가져온 면직물, 아니면 뉴잉글랜드 시계 등을 두고 흥정하고 있었다. 렌은 사탕수수로 만든 설탕 포대가 일찍 사라졌음을 알면서도 호스테터 씨가 오랜 친구들을 위해 작은 보물을 몇 개쯤 꿍쳐두었기를 희망했다.

"허." 에서가 말했다. "저것 봐."

호스테터 씨의 자리가 빈 데다 사람도 없었다.

"다 팔렸나 봐."

렌은 찌푸린 얼굴로 그 칸막이를 보다가 말했다. "그래도 말한테 먹이는 줘야 하잖아? 마차에 짐 싣는 걸 도울 수도 있고. 뒤로 나가보자."

둘은 마차 후미판 아래로 몸을 숙이고 옆을 지나서 칸막이 뒤쪽 출구를 통과했다. 15센티미터짜리 철제 타이어가 달린 거대한 바퀴는 렌의 키보다 높았고, 머리 위 캔버스 천은 구름 같았는데, 깔끔한 글씨로 칠한 '에드워드 호스테터, 일반 잡화'라는 글자가 햇빛과 비에 풍화하여 회색이 되어 있었다.

"호스테터 씨 여기 있네." 렌이 말했다. "말하는 소리가 들려."

에서가 고개를 끄덕였다. 둘은 앞바퀴 옆을 지났다. 호스테터 씨는 정확히 반대편, 그러니까 마차 반대편에 있었다.

"자네 미쳤군. 말해두는데…" 다른 남자 목소리가 호스테터 씨의 말을 끊었다. "너무 걱정하지 말아요, 에드. 괜찮다니까. 난 어디까지나…"

그 남자는 렌과 에서가 마차 앞을 돌아서 나타나자 말을 멈췄다. 남자는 호스테터 씨의 어깨 너머로 두 사람을 마주 보고 있었는데, 긴 빨간 머리에 턱수염을 풍성하게 기르고, 장식 없는 가죽 옷을 입은 키 크고 호리호리한 청년이었다. 남부 어딘가에서 온 행상이었는데, 렌은 이전에 그 남자를 헛간에서 본 적이 있었고 마차 포장에 적힌 이름은 윌리엄 솜스였다.

"누가 찾아왔네요." 청년이 호스테터 씨에게 말했다. 정작 그 남자는 신경 쓰지 않는 것 같았지만, 호스테터 씨는 뒤돌아보았다. 호스테터는 덩치가 큰 남자로, 마디마디가 크고 부자연스러웠으며, 피부는 아주 갈색이었고 눈은 파랬으며, 모래색 턱수염에는 입 양쪽으로 한 가닥씩 두 가닥의 넓은 회색 부분이 있었다. 움직임은 언제나 느렸고 웃는 얼굴은 언제나 친근했다. 하지만 지금 홱 돌아보는 얼굴은 웃고 있지 않았고, 렌은 뭔가에 얻어맞은 것처럼 멈춰 서고 말았다. 렌은 낯선 사람 보듯 호스테터 씨를 바라보았고, 호스테터 씨는 기묘하게 뜨겁고도 텅 빈 시선으로 렌을 보았다. 그러다가 에서가 중얼거렸다. "바쁜가 봐, 렌. 우린 가는 게 좋겠다."

"뭘 원하냐?" 호스테터가 물었다.

"아무것도요." 렌이 말했다. "우린 그냥 혹시…" 목소리가 길게 끌렸다.

"혹시 뭐?"

"아저씨 말에게 먹이를 줄 수도 있다고요." 렌이 힘없이 말했다.

에서가 렌의 팔을 잡더니 호스테터에게 말했다. "슈거너츠를 더 먹고 싶어서 이래요. 애들이 어떤지 아시죠. 가자, 렌."

윌리엄 솜스가 웃음을 터뜨렸다. "그건 더 남아 있지 않을걸. 하지만 피칸은 어때? 맛있을 텐데!"

솜스가 주머니에 손을 넣더니 피칸을 네다섯 개 꺼내어 렌의 손에 쥐어주었다. 렌이 "고맙습니다"라고 하면서 솜스에게서 호스테터 씨에게 시선을 돌리자, 호스테터가 조용히 말했다. "내 말들은 다 돌봐줬다. 이제 가보거라, 너희들."

"알겠습니다." 렌은 그렇게 말하고 뛰었다. 에서가 천천히 뒤따라왔다. 둘은 헛간 모퉁이를 돈 후에 멈춰서서 피칸을 나눴다.

"왜 저러는 거야?" 호스테터를 두고 하는 말이었다. 렌과 에서를 본 그는 농장에서 키우던 나이 든 셰퍼드가 돌아서서 으르렁대기라도 한 것처럼 놀란 상태였다.

"뭐." 에서가 얇은 갈색 껍질을 깨면서 말했다. "모르는 사람이랑 뭔가 거래를 하고 있었던 거지. 그게 다야." 에서는 호스테터에게 화가 났기에 렌을 세게 밀었다. "간식에 넋이 팔렸구나! 가자. 저녁 먹을 시간 다 됐어. 오늘

아득한 내일

밤에 갈 데가 있다는 것도 잊은 거야?"

"그럴 리가." 뭔가 기분 좋은 통증이 배 속을 쿡쿡 찔렀
다. "잊지 않았어."

✳

2

렌이 밤을 보내기 위해 가족 마차 아래로 굴러 들어가자마자 잠들지 않을 수 있었던 것도 그 배 속을 찌르는 불안감 덕분이었다. 바깥 공기는 싸늘하고 담요는 따뜻했으며 저녁도 배불리 먹었고 힘든 하루를 보낸 터였다. 눈꺼풀이 내려가고 사위가 흐릿하고 멀어졌으며, 모든 것이 기분 좋은 어둠에 잠겨들었다. 그러다가 펑! 하고 불안감이 경고를 날리면, 에서와 설교에 대해 기억해내고 다시 긴장하게 되는 식이었다.

잠시 후에는 이런저런 소리가 들렸다. 엄마와 아빠는 머리 위 마차 안에서 코를 골았고, 장터는 타버린 화톳불의 숯덩이를 제외하면 깜깜했다. 그러니 고요해야 마땅

했지만, 고요하지가 않았다. 말들이 움직이고 마구가 짤랑거렸다. 가벼운 수레 하나가 덜컥덜컥 움직이는 소리가 들렸고, 멀리 어딘가에서는 무거운 사륜마차가 신음하며 움직이고 마차 끄는 말들이 콧김을 내뿜었다. 낯선 사람들, 가죽옷을 입고 있던 빨간 머리 행상같이 메노파가 아닌 사람들은 모두 해가 지고 바로 설교 장소로 떠난 후였다. 하지만 이제 다른 사람들, 눈에 띄기 싫어하는 사람들이 가고 있었다. 렌은 이제 졸립지 않았다. 보이지 않는 발굽 소리와 은밀한 바퀴 소리에 귀 기울이다 보니 같이 가겠다고 하지 말걸 싶어졌다.

렌은 담요를 어깨에 두르고 마차 아래 침상에 다리를 접고 앉았다. 에서는 아직 오지 않았다. 렌은 에서가 잠들었을지 모른다는 희망을 품고 데이비드 삼촌네 마차 쪽을 쳐다보았다. 설교장까지는 먼 길인 데다 춥고 어두웠고, 분명히 어른들에게 걸릴 터였다. 게다가 렌은 저녁 시간 내내 죄책감에 시달렸고 아빠를 똑바로 보지도 못했다. 렌이 일부러, 제 선택으로 아버지 말에 거역하기는 처음이었고, 얼굴에 그 죄책감이 드러날 게 뻔했다. 하지만 아빠는 알아차리지 못했는데, 어째선지 그러니까 기분이 나아지기는커녕 더 나빠졌다. 그건 아빠가 렌을 믿는 나머지 굳이 살피지 않는다는 뜻이니까 말이다.

데이비드 삼촌의 마차 밑 그림자가 움직인다 싶더니, 에서가 네발로 조용히 기어 왔다.

렌은 생각했다. '에서에게 말할 거야. 난 안 간다고 말할 거야.'

에서가 다가와서 씩 웃자, 재 사이로 새어 나오는 불빛에 두 눈이 반짝였다. 에서는 렌에게 머리를 가까이 대고 속삭였다. "다들 잠들었어. 혹시 모르니까, 담요를 뭉쳐서 네가 안에 있는 것처럼 만들어놔."

렌은 가지 않겠다고 생각했지만, 그 말은 입 밖으로 나오지 않았다. 담요를 뭉쳐놓고 에서를 따라 밤공기 속으로 살그머니 빠져나갔다. 그리고 마차가 보이지 않는 곳까지 가자마자 기분이 좋아졌다. 어둠은 움직임과 비밀스러운 흥분으로 가득했고, 렌도 가고 있었다. 못된 짓을 하는 맛이 달았고, 별들이 그렇게 밝아 보일 수가 없었다.

둘은 뻥 뚫린 길까지 조심스럽게 움직이다가, 거기서부터 달렸다. 높은 바퀴가 달린 수레가 옆을 달렸고, 수레 끄는 말은 높고 빠르게 발을 디뎠으며, 에서는 헉헉거리며 "가자! 가자!" 외쳤다. 에서도, 렌도 달리면서 소리 내어 웃었다. 몇 분 만에 장터에서 벗어난 둘은 큰길에 접어들었는데, 3주나 비가 오지 않아 먼지가 심했다. 바퀴들이 굴러가면서 일으킨 먼지가 가라앉기도 전에 또 일어나 허공을 채웠다. 그 먼지 사이로 재갈에 거품이 맺힌 말들이 유령처럼 거대하게 솟아올랐다. 그 말들은 차양을 열어놓은 사륜마차 한 대를 끌었는데, 마차를 모는 남자는 팔뚝이 굵고, 짧은 금색 턱수염을 기른 모습이 대장장이 같았다. 그 옆에는 통통하고 뺨이 붉은 여자가 앉아 있었는데, 머리에는 보닛 대신 누더기를 동여매고 있었고, 치맛자락이 바람에 나부꼈다. 묶어놓은 차양 밑에는 작은 머리통처럼 보이는 데다 옥수수 우유처럼 노란 것이 한 줄로 늘어서 있었다. 에서는 그 마차 옆을 빠르게 달리며 소리를 질렀고, 렌도 그 뒤에서 마차를 두드렸다. 남자가 말을 늦추더니 두 소년을 향해 눈을 가늘게 떴다. 여자도 두 아이를 보더니, 둘이 같이 웃음을 터뜨렸다.

"쟤들 좀 봐." 남자가 말했다. "꼬마 납작모자들이네. 엄마도 없이 어디 가는 거냐, 꼬마 납작모자?"

"설교에 가요." 에서는 납작모자 소리에 화가 나고 꼬마라는 말에는 더 화가 났지만, 그렇다고 마차를 얻어탈 기회를 버릴 정도로 화가 나진 않았다. "같이 타고 가도 될까요?"

"안 될 거 있나?" 남자가 말하더니 다시 웃어댔다. 남자는 비유대인이니 사마리아인이니 하는, 렌이 잘 이해하지 못할 말을 하더니, 말씀을 듣는 것에 대해 또 뭐라고 하고는, 올라타라고, 벌써 늦었다고 했다. 그러는 동안에도 말은 멈추지 않고 움직였고, 렌과 에서는 따라잡느라 길가의 쐐기 덤불 속을 허우적대고 있었다. 둘이 후미판을 타 넘어서 헉헉거리며 짚더미에 드러눕자 남자는 말들에게 소리를 질렀고, 그들은 다시 출발해서 부딪치고 흔들리며 바닥판에 난 틈 사이로 날리는 먼지를 들이마셔야 했다. 짚더미는 먼지투성이였다. 큰 개가 한 마리 있었고, 일곱 아이가 적대감에 둥글게 뜬 눈으로 렌과 에서를 쳐다보았다. 렌과 에서가 마주 쳐다보자 제일 나이 많은 남자아이가 둘을 가리키며 말했다. "저 웃기는 모자 좀 봐." 모두가 웃음을 터뜨렸다. 에서가 물었다. "넌 뭐야?" 그러자 남자아이가 말했다. "이건 우리 집 마차야. 마음에 안 들면 내리든가." 아이들은 계속 둘의 옷을 놀려댔고, 렌은 그쪽도 그런 말 할 처지는 아니라는 생각을 하며 노려보았다. 절약해서 생활하는 모습이었고 깨끗하기는 했지만 일곱 아이 모두 맨발에 모자도 없었다. 하지만 렌은 굳이 받아치지 않았고, 에서도 그랬다. 밤중에 5, 6킬로미터면 걷기에는 먼 거리였다.

개는 우호적이었다. 설교장까지 가는 길 내내 렌과 에서의 얼굴을 핥아댔고, 깔고 앉기도 했다. 그리고 렌은 마차 운전석에 앉은 여자도 땅바닥에 쓰러져 구를까, 남자도 같이 구를까 생각했다. 그러면 얼마나 우스꽝스러울까 생각하며 키득대다 보니 문득 더는 노란 머리 아이들에게 화가 나지 않았다.

마차가 드디어 다른 마차들 무리 사이에 들어갔다. 작은 강을 향해 내려가는 경사진 넓은 공터였다. 강은 건기에는 6미터 정도 폭으로 흘렀고 강둑 사이 수심은 낮았다. 렌은 그 공터에 장터만큼이나 많은 사람이 있을 거라 생각했다. 다만 여기서는 모두가 한데 몰려 있어, 마차는 뒤쪽에 찌그러진 원 모양으로 밀어놓고 사람들은 모두 중앙에 모여서 바닥에 앉아 있었다. 말을 풀지 않은 평대 마차 한 대가 강둑 가까이 서 있었다. 모두가 그 마차를 마주했고, 마차 위에는 한 남자가 거대한 화톳불 불빛을 받으며 서 있었다. 키가 크고 가슴팍이 넓은 젊은 남자였다. 검은 턱수염이 허리까지 늘어진 데다 봄의 까마귀 가슴처럼 반짝였고, 남자는 움직일 때마다 그 수염을 흔들고 고갯짓을 하며 소리를 질렀다. 목소리는 높고 날카로웠는데, 말이 흐르듯이 이어지지 않고 뚝뚝 끊어졌다. 한마디 한마디가 짧고 날카로운 조각처럼 허공을 찌르고, 다음 말이 나오기 전에 제일 뒤에 있는 사람들에게 선명하게 전달되었다. 렌은 잠시 후에야 그 남자가 설교를 하고 있음을 깨달았다. 렌은 안식일 모임 때 아빠나 데이비

33

드 삼촌이나 다른 누군가가 일어서서 하느님께 말을 하거나, 그분에 대해 말하는 그런 방식에 익숙했기 때문이다. 렌의 마을에서는 언제나 설교가 조용했고, 두 손을 맞잡고 말했다.

렌은 마차 옆으로 바깥을 보고 있었다. 바퀴가 완전히 멈추기 전에 에서가 렌을 때리며 "가자"라고 말하더니 후미판을 뛰어넘었다. 렌도 뒤를 따랐다. 남자가 뒤에 대고 '말씀'에 대해 무슨 말인가를 하더니, 일곱 아이들 모두가 얼굴을 찡그렸다. 렌은 정중하게 "태워주셔서 고맙습니다"라고 말하고 에서를 따라 달렸다.

여기에서는 설교하는 남자가 작고 멀게만 보였고, 무슨 말을 하는지도 잘 들을 수 없었다. 에서가 소곤거렸다. "가까이 갈 수 있을 것 같긴 한데, 괜한 소리는 내지 마." 렌은 고개를 끄덕였다. 둘은 잰걸음으로 서 있는 마차들 뒤쪽을 돌았고, 렌은 보이지 않는 곳에 머물고 싶어 하는 다른 사람들이 있다는 사실을 알아차렸다. 그 사람들은 군중 가장자리, 마차 사이에 남아 있었고 렌은 그들을 화톳불 빛을 받은 검은 그림자로만 볼 수 있었다. 몇 명은 모자를 벗은 채였지만, 옷차림과 머리 모양으로 정체가 드러났다. 렌 쪽 사람들이었다. 렌은 그 사람들 기분을 알았다. 렌도 눈에 띌까 부끄러웠으니까.

렌과 에서가 강을 향해 살금살금 다가가자 설교자의 목소리가 점점 커졌다. 그 목소리는 성난 종마의 비명 소리처럼 귀에 거슬리면서 마음을 흔드는 데가 있었다. 무슨 말을 하는지도 점점 또렷해졌다.

"…낯선 신들에게 몸을 팔았습니다. 친구들이여, 여러분도 알 겁니다. 여러분의 부모님이 말해줬고, 늙은 할머니들과 나이 든 할아버지들이 고백했지요. 그때 사람들의 마음에는 사악함과 신성모독이 가득했고, 욕망이 가득했습니다…"

렌은 흥분해서 닭살이 돋았다. 렌은 숨을 죽이고 에서를 따라 혼잡한 바퀴와 말 다리들 사이를 누볐다. 그리고 마침내 둘은 어느 수레바퀴 사이의 새카만 그림자에 몸을 숨기고 몇 미터 앞에 있는 설교자를 볼 수 있는 자리에 섰다.

"형제들이여, 그자들은 욕망했습니다. 낯설고 새롭고 비정상적인 것이라면 뭐든 욕망했습니다. 사탄이 그 모습을 보고 그자들의 눈을 멀게 하니, 영혼이 있는 천상의 눈을 멀게 하니, 그자들은 어리석은 아이들처럼 사치품과 영혼을 썩게 하는 쾌락을 좇아 울부짖었습니다. 그리고 하느님을 잊었습니다."

신음 소리와 몸을 흔드는 움직임이 바닥에 앉은 사람

들을 휩쓸었다. 렌은 양손에 마차 바큇살을 하나씩 쥐고 그 사이에 얼굴을 들이밀었다.

설교자는 마차 끄트머리까지 몸을 날렸다. 밤바람이 설교자의 턱수염과 긴 검은 머리를 흔들었고, 그 뒤에서는 타는 불이 연기와 불똥을 흩날렸으며, 설교자의 두 눈도 크고 검게 타올랐다. 남자는 팔을 쭉 뻗어 사람들을 가리키며, 기이하게 비명처럼 귀에 거슬리는 속삭임을 내뱉었다. "그자들은 하느님을 잊었어요!"

다시 사람들이 몸을 흔들며 신음했다. 이번에는 소리가 더 커졌다. 렌의 심장이 쿵쾅거리기 시작했다.

"그렇습니다, 형제여. 그자들은 잊었습니다. 하지만 하느님이 잊으셨을까요? 아닙니다, 하느님은 잊지 않았습니다! 그분은 그자들을 지켜보셨습니다. 그자들의 죄악을 보셨습니다. 어떻게 악마가 그들을 붙잡았는지 보시고, 사람들이 악마를 좋아하는 모습을 보셨습니다. 그렇습니다, 친구들이여. 그들은 배신자 사탄을 좋아했고, 사탄을 떠나 하느님의 길로 가려 하지 않았습니다. 왜냐? 사탄의 길은 쉽고 매끄러우며, 타락의 길에는 언제나 굽이를 돌 때마다 새로운 사치품이 있었기 때문입니다."

렌은 흙바닥 옆에 웅크려 앉은 에서를 의식했다. 에서도 설교자를 쳐다보고 있었는데, 눈이 반짝거렸다. 입은 딱 벌리고 있었다. 렌은 맥박이 망치질처럼 느껴졌다. 설교자의 목소리는 렌에게 있는 줄도 몰랐던 신경을 채찍질하는 것 같았다. 렌은 에서를 잊었다. 잡고 있던 바큇살에 매달려서 탐욕스럽게 계속하라고, 어서 계속하라고 생각했다.

"그래서, 하느님께서 자식들이 등을 돌린 모습을 보고 어떻게 하셨을까요? 여러분은 그분이 어찌하셨는지 압니다, 형제들이여! 여러분은 알아요!" 사람들이 신음하며 몸을 흔들었고, 신음 소리가 낮고 기묘한 울부짖음으로 변했다.

"그분이 말씀하셨습니다. '저들은 죄를 지었다! 저들이 내 율법을 어기고, 또 옛 예루살렘에서 이집트와 바빌론의 사치품에 혹하지 말라 경고했던 내 예언자들의 말을 어기고 죄를 범했다! 그리고 오만하게도 스스로를 찬양하였다. 저들이 나의 왕좌인 하늘까지 기어오르고, 나의 발받침인 땅을 찢어 열었으며, 모든 것의 심장에 있으며 오직 나 여호와만이 만질 수 있는 성스러운 불을 풀어놓았다.' 그리고 하느님이 말씀하시길, '그렇다 해도 나는 자비로우니 저들이 그 죄를 정화케 하리라' 하셨습니다."

울부짖는 소리가 더 커졌고, 공터 사방에서 사람들이 팔을 휘두르고 고개를 비틀었다.

"정화케 하리라!" 설교자가 외쳤다. 덜덜 떨면서 온몸을 긴장시키는 설교자 옆으로 불똥이 솟구쳐 올랐다. "하느님이 말씀하시니, 그자들은 정화되었습니다, 형제들이여! 그자들은 지은 죄의 대가로 벌을 받았습니다. 그래요, 그자들은 자기들이 만든 불에 타버렸고, 그 오만한 탑들은 하느님의 분노에 불타 사라졌습니다! 그리고 그 사람들은 불과 굶주림과 목마름과 두려움과 더불어 도시에서, 죄악과 욕망의 장소에서 쫓겨났습니다. 심지어 우리의 아버지들과 아버지의 아버지들도 죄를 지어 쫓겨났고, 죄악의 도시들은 소돔과 고모라같이 사라졌습니다."

모여든 사람들 사이 저편에서 어떤 여자가 비명을 지르며 뒤로 넘어지더니 땅에 머리를 쿵쿵 찧었다. 렌은 그 사실을 알지도 못했다. 설교자의 목소리가 다시 한번 작아지더니 멀리 퍼지는 날카로운 속삭임을 빚어냈다.

"그렇게 우리는 하느님의 자비를 받아 살았으니, 그분의 길을 찾아 따르기 위함입니다."

"할렐루야." 군중들이 외쳤다. "할렐루야!" 설교자가 두 손을 들어올리자 군중은 조용해졌다. 렌은 숨을 멈추고 기다렸다. 두 눈은 마차 위에 올라선 남자의 새카맣게 타는 눈에 붙들려 있었다. 설교자의 눈이 가늘어지더니, 색깔만 다를 뿐 막 튀어 오를 태세가 된 고양이의 눈동자처럼 보였다.

"그러나!"설교자가 말했다. "사탄은 아직도 우리와 함께 있습니다." 사람들이 줄줄이 비명을 내지르며 앞으로 달려들어 설교자의 손 아래 몸을 낮췄다.

"사탄은 우리를 되찾고 싶어 합니다. 사탄은 그 시절을 기억합니다. 부드럽고 아름다운 여자들이 모두 악마를 섬기고, 부유한 남자들이 모두 악마를 섬기고, 온통 빛으로 반짝이던 도시들이 악마의 사당이었던 시절을 말입니다! 악마는 기억하고, 되찾고 싶어 합니다! 그래서 우리 사이에 사절을 보내지요. 아, 여러분은 하느님을 두려워하는 동족들인 우리 형제들과 악마의 사절을 구별하지 못할 것입니다. 양순하게 굴고 멀쩡한 옷을 입었을 테니까요! 하지만 악마의 사절은 비밀스레 전향자를 모집하고, 우리의 소년들과 청년들 앞에 금지된 뱀의 과실을 흔들어 유혹할 것이며, 그것들의 이마에는 하나도 빠짐없이 짐승의 표가 찍혀 있습니다! 바토스타운의 표식이!"

렌은 그 말에 귀를 쫑긋 세웠다. 바토스타운이라는 이름은 이전에 딱 한 번, 할머니에게 들었는데 아빠가 할머니의 입을 막던 모습 때문에 기억에 남아 있었다. 군중은 울부짖었고, 몇 명은 일어서기도 했다. 에서가 렌에게 몸을 바싹 붙였는데, 온몸을 떨고 있었다. "대단하지 않냐?" 에서가 속삭였다. "대단하지 않냐고!"

설교자가 사방을 돌아보았다. 이번에는 직접 사람들을 조용히 시키지 않고, 다들 설교자의 다음 말을 듣고 싶은 열망에 알아서 목소리를 낮추게 했다. 그리고 렌은 새로운 분위기를 감지했다. 무엇인지는 모르지만 그 분위기에 흥분한 나머지, 소리를 지르고 펄쩍펄쩍 뛰고 싶었으며 그와 동시에 불안하기도 했다. 뭔지는 몰라도 이 사람들은 이해하는, 이 사람들과 설교자가 같이 이해하는 일이었다.

"자," 마차 위에 선 남자가 조용히 말했다. "이런 종파들도 있습니다. 다 하느님을 두려워하는 사람들이죠. 그런 사람들이라고 애쓰지 않는다는 말은 아닙니다. 거기선 사탄의 사절에게 이런 소리를 하는 걸로 충분하다고 생각합니다. '가라. 우리 공동체를 떠나 돌아오지 마라.' 아마 저들은 자기들이 실제로 무슨 말을 하는지도 이해하지 못할 겁니다. 그건 '가서 다른 자들을 오염시키라! 우리는 우리 집을 깨끗하게 지키겠다!'라는 거죠!" 설교자가 두 손을 확 아래로 내리치자, (소리를 지르던 사람들이) 입에 마개라도 처넣은 듯 소리를 죽였다. "아닙니다, 친구들이여. 그건 우리 방식이 아닙니다. 우리는 이웃을 우리 자신처럼 생각합니다. 우리는 이제 도시는 없으리라는 정부의 법을 존중합니다. 그리고 우리는 우리의 오른쪽 눈이 죄를 저지른다면 뽑아내야 마땅하며, 오른손이 죄를 저지른다면 잘라야 마땅하며, 올바른 이들은 사악한 이들과 함께할 수 없다는 하느님의 말씀을 받듭니다. 안 될 말이지요. 우리 형제이거나 아버지이거나 아들이라 해도 안 됩니다!"

이제 사람들이 내는 소리에 렌은 온몸이 뜨거워지고 목이 메고 눈알이 따끔거렸다. 누군가가 화톳불에 장작을 던졌다. 화톳불이 빗발치는 불똥과 노랗게 빛나는 화염을 뿜어 올렸고, 이제는 사람들이 땅바닥을 뒹굴고 있었다. 남자고 여자고 할 것 없이 손가락으로 흙을 긁으며 비명을 질러댔다. 눈은 다 흰자위가 드러났는데, 그게 웃기지가 않았다. 그리고 군중과 불빛 위로 설교자의 목소리가 밤중에 날뛰는 거대한 짐승처럼 날카롭고 강력하게 포효했다.

"너희 중에 악이 있다면 쫓아버리라!"

턱에 수염이 막 돋아난 마른 소년이 튀어 오르듯 일어서더니 손가락질을 하며 외쳤다. "저놈을 고발합니다!" 입가에 거품이 맺혀 있었다.

한 곳에서 갑자기 격렬한 움직임이 일어났다. 한 남자가 뛰어올라 도망치려고 하다가 다른 사람들에게 잡혔다. 그 남자들의 어깨가 들썩이고 다리가 춤을 추었으며, 주위 사람들은 밀치고 당기면서 방해되지 않게 쪼그려 앉았다. 사람들이 결국 그 남자를 끌고 오자, 렌도 똑똑히 볼 수 있었다. 윌리엄 솜스라던 빨간 머리 행상이었다. 하지만 지금은 얼굴이 창백하고 움직임이 없는 데다 일그러져 있어서 아까와 달라 보였다.

설교자가 뿌리와 가지에 대한 말을 외쳤다. 이제는 마차 가장자리에 몸을 웅크린 채 두 손을 허공에 높이 들고 있었다. 사람들이 행상의 옷을 벗기기 시작했다. 등에 걸친 튼튼한 가죽 셔츠도 뜯어내고, 다리에 두른 가죽 바지도 찢어서 허옇고 휑한 알몸을 드러냈다. 신고 있던 부드러운 장화도 한쪽이 벗겨졌고, 반대쪽은 잊었는지 그대로 남아 있었다. 이어서 사람들이 물러서자 솜스는 빈 공간 한가운데에 혼자 남았다. 누군가가 돌을 던졌다.

돌이 솜스의 입을 때렸다. 솜스는 살짝 휘청거리며 두 팔을 들어 올렸지만, 돌이 또 날아갔고, 또 날아갔으며, 막대기와 흙덩이도 날아가서 하얀 피부가 온통 멍들고 얼룩이 졌다. 이쪽저쪽으로 몸을 돌리다가 쓰러지고, 비틀거리고, 다시 일어서서 벗어날 길을 찾으려 하고, 얻어맞지 않고 몸을 피하려 했다. 입이 벌어졌고 턱수염까지 흐르는 피에 물든 이가 드러났으나, 렌은 그 남자가 뭐라고 외쳤는지, 뭐라고 하긴 한 건지 들을 수가 없었다. 군중들이 내는 소리, 색색거리는 숨소리가 섞인 탐욕스럽고 외설적인 소란, 그리고 계속 그 남자를 때리는 돌멩이 소리 때문이었다. 그러다가 군중 모두가 그 남자를 몰고 강 쪽으로 향했다. 솜스가 수레 옆을 가까이 지나갔다. 렌이 바큇살 사이로 보고 있던 그림자 옆을 지나갔고, 렌은 그 눈을 똑바로 보고 말았다. 남자들이 흙투성이 바닥을 장화로 쿵쿵 밟으며 쫓아가고, 여자들이 머리채를 휘날리며 돌멩이를 손에 쥔 채 따라갔다. 솜스는 강둑에서 얕은 강물 속으로 넘어졌다. 뒤따라간 남자들과 여자들이 도축이 이루어진 후 내장 조각에 달라붙는 파리 떼처럼 몰려들어, 손을 올렸다 내리는 모습이 보였다.

렌은 고개를 돌려 에서를 보았다. 에서는 하얗게 질린 얼굴로 울고 있었다. 두 팔로 배를 단단히 감싸고 몸을 구부린 자세였다. 눈은 크게 뜨고 멍하니 보고 있었다. 에서는 갑자기 몸을 돌리더니 네 발로 달려서 수레 밑을 벗어났다. 렌도 허둥지둥 게처럼 기어서 따라갔다. 어두운 공기가 주위에 휘몰아쳤다. 보이는 것이라곤 솜스가 쥐던 피칸뿐이었다. 속이 메스꺼워진 렌은 무시무시한 한기를 느끼며 멈춰 서서 토했다. 군중은 아직도 강둑에서 소리를 지르고 있었다. 렌이 겨우 몸을 폈을 때는 에서가 그림자 속으로 사라지고 없었다.

당황한 렌은 수레와 마차 사이로 달렸다. "에서! 에서!" 계속 불렀지만 답은 없었다. 혹시 답이 있었다 해도 살인의 목소리가 귓가에 쟁쟁해서 듣지 못했는지도 모른다. 무턱대고 공터로 뛰어나갔더니, 그곳에 서 있던 키 큰 형체가 긴 팔을 뻗어 렌을 붙잡았다.

"렌. 렌 콜터."

호스테터 씨였다. 렌은 무릎이 풀리는 느낌이었다. 사방이 아주 깜깜하고 조용해졌고, 에서의 목소리가, 이어서 호스테터 씨의 목소리가 들리긴 했지만 음울한 날 바람에 실려 오는 목소리처럼 멀고 작게만 들렸다. 그러다가 정신을 차려보니 낯선 냄새가 가득한 큰 마차에 타고 있었고, 호스테터 씨가 렌에 이어 에서를 태우고 있었다. 에서는 유령 같은 몰골이었다. 렌이 말했다. "재밌을 거라며."

그러자 에서가 말했다. "그럴 줄은 꿈에도⋯" 에서가 딸꾹질을 하더니 렌 옆에 앉아서 무릎 사이에 머리를 파묻었다.

"가만히 있어라." 호스테터 씨가 말했다. "가져올 게 있다."

호스테터가 가버리고, 렌은 일어서서 그쪽을 보았다.

환히 타오르는 불과, 앞뒤로 흔들거리며 구원받았다고 외치면서 울고 흐느끼며 새된 소리를 질러대는 폭도 쪽으로 시선이 끌려갔다. 영광, 영광, 할렐루야. 죄악의 대가는 죽음이라네. 할렐루야!

호스테터 씨는 공터를 가로질러, 숲 옆에 세워져 있던 다른 행상의 마차로 달려갔다. 렌의 눈에 포장에 적힌 이름이 보이지는 않았지만, 분명히 솜스의 마차일 터였다. 에서도 지켜보았다. 설교자가 팔을 높이 흔들며 다시 맹렬하게 말하고 있었다.

호스테터 씨가 다른 마차에서 뛰어내리더니 달려서 돌아왔다. 한쪽 옆구리에 길이가 30센티미터쯤 되는 작은 궤짝을 들고 있었다. 호스테터가 마부석에 올라가자 렌은 서둘러 마차 앞쪽으로 이동했다. "부탁이에요. 옆에 앉아도 될까요?"

호스테터는 렌에게 상자를 건네며 말했다. "이걸 안에 넣어라. 좋아, 올라오렴. 에서는 어디 있지?"

렌은 뒤를 돌아보았다. 에서는 바닥에 몸을 말고 손으로 짠 옷감에 얼굴을 대고 있었다. 이름을 불러도 대답하지 않았다. "정신을 잃었구나." 호스테터가 말하더니, 채찍을 휘둘러 허공을 때리며 말들에게 소리를 질렀다. 가슴걸이를 당기자 여섯 마리의 큰 구렁말이 한 몸처럼 움직이며 마차가 굴러갔다. 마차는 빠르게, 점점 빠르게 굴러갔고 화톳불과 군중들의 목소리는 뒤편으로 멀어졌다. 어두운 길과 길옆의 어두운 나무만 보이고, 흙냄새가 나고, 평화로운 들판이 이어졌다. 말들이 속도를 늦추고 조금 더 느긋하게 달렸다. 호스테터 씨는 렌에게 팔을 둘렀고, 렌은 그에게 매달렸다.

"사람들이 왜 그런 거죠?" 렌이 물었다.

"무서워서다."

"뭐가요?"

"어제가." 호스테터 씨가 말했다. "내일이." 그러더니 갑자기 놀랄 만큼 분노를 터뜨리며 그 사람들을 욕했다. 렌은 입을 딱 벌리고 쳐다보았다. 호스테터는 욕을 하다 말고 입을 닫더니 고개를 절레절레 흔들었다. 렌은 옆에 붙은 몸이 떨리는 것을 느낄 수 있었다. 호스테터가 다시 입을 열었을 때는 목소리가 정상이었다, 거의.

"너희 마을 사람들에게 붙어 있어라, 렌. 더 나은 사람들을 찾지 못할 테니."

렌은 중얼거렸다. "네." 그 후에는 아무도 말을 하지 않았다. 마차가 흔들거리니 졸음이 왔다. 기분 좋은 졸음이 아니라, 녹초가 되었을 때 찾아오는 메스꺼운 졸음이었다. 뒤에 누운 에서는 아주 조용했다. 마침내 말들이 걷는 정도로 속도를 늦추자, 렌은 장터에 돌아왔음을 알 수 있었다.

"너희 마차는 어디 있지?" 호스테터가 묻고, 렌은 대답했다. 마차가 보이는 곳까지 갔을 때는 모닥불이 다시 타오르고 있고 아빠와 데이비드 삼촌이 서 있었다. 두 사람 다 음울하고 화가 난 얼굴이었고, 아이들이 내리자 한마디도 하지 않고 호스테터에게 애들을 데려다줘서 고맙다고만 했다. 렌은 아빠를 보았다. 무릎을 꿇고 "아버지, 제가 죄를 지었습니다"라고 말하고 싶었다. 하지만 실제로는 그 자리에 서서 다시 눈물을 흘리며 몸을 떨기만 했다.

"어떻게 된 겁니까?" 아빠가 물었다.

호스테터가 짧게 설명했다. "돌팔매질이 있었어요."

아빠는 에서와 데이비드 삼촌을 보더니, 렌을 보고 한숨을 내쉬었다. "실제로 그런 짓을 하는 건 오랜만에 한 번씩만인데, 하필 그게 지금이어야 했군. 이 녀석들은 금지였는데도 가서 그걸 봐야 했고." 아빠는 렌에게 말했다. "쉿, 그만 울어라. 다 끝났다." 그리고 급하지 않은 손길로 마차 쪽으로 밀었다. "자, 레니야, 담요 안에 들어가서 자거라."

렌은 마차 아래로 기어 들어가서 담요를 두르고 누웠

다. 힘없고 어두운 기분이 들더니 세상이 멀어지기 시작했고, 세상과 함께 솜스의 죽어가는 얼굴을 본 기억도 멀어졌다. 포장 너머로 호스테터 씨의 목소리가 들렸다.

"오늘 오후에 그 사람 보고 광신도들이 수군거린다고 경고해주려고 했어요. 오늘 밤에도 빠져나오게 하려고 따라갔지요. 하지만 너무 늦었는지, 제가 할 수 있는 일이 없었습니다."

데이비드 삼촌이 물었다. "유죄였습니까?"

"전도를 했냐고요? 잘 아시지 않습니까. 바토스타운 사람들은 전도하지 않아요."

"그럼 바토스타운 출신이었습니까?"

"솜스는 버지니아에서 왔어요. 제가 알기로는 행상이고, 동료였습니다."

"유죄든 아니든…" 아빠가 무겁게 말했다. "기독교인답지 않은 짓이야. 게다가 신성모독이고. 하지만 미쳤거나 교활한 지도자들이 해묵은 두려움을 이용하면 그런 폭도들은 쉽게 잔인해지지."

"우리 모두에게 해묵은 두려움은 있지요." 호스테터가 대답하더니, 다시 마부석에 올라서 마차를 몰아 멀어졌다. 하지만 렌은 그 소리를 끝까지 듣지 못했다.

3

✦

하루인가 이틀인가 모자란 3주가 흘렀고, 파이퍼스런은 10월이었으며 안식일 오후였다. 렌은 집 측면 계단에 혼자 앉아 있었다.

잠시 후에 등 뒤에서 문이 열렸고, 렌은 슥슥 끌리는 발걸음과 지팡이 짚는 소리로 할머니가 나왔음을 알았다. 할머니는 앙상하지만 놀랍도록 힘이 센 한 손으로 렌의 손목을 잡고 힘겹게 두 계단을 내려서더니, 마른 나뭇가지가 구부러질 때처럼 뻣뻣하게 몸을 접고 앉았다.

"고맙구나. 고마워." 할머니는 그렇게 말하고 몇 겹의 치맛자락을 발목 주위로 정돈했다.

"헝겊 깔아드릴까요?" 렌이 물었다. "아니면 숄 가져올까요?"

"아니다, 햇빛이 따듯하구나."

렌도 다시 할머니 옆에 앉았다. 이마에 주름을 모으고 입가가 처져 있으니 할머니 못지않게 나이 들어 보이는 데다, 근엄하기는 더했다. 할머니가 빤히 보면서 탐색을 하니 마음이 불편해졌다.

"레니야, 요새 아주 시무룩하구나."

"그럴 거예요."

"삐친 건 아니지? 난 삐치는 사람이 싫더라."

"아니에요, 할머니. 삐치지 않았어요."

"아빠가 벌을 준 건 옳은 일이었어. 네가 아빠 말을 안 들었는데, 이젠 설교를 금지한 게 널 위해서였다는 걸 알 잖니."

렌은 고개를 끄덕였다. "알아요."

두들겨 맞을 줄 알았는데, 아빠는 때리지 않았다. 오히려 렌이 꿈도 꾸지 않았을 만큼 온화했다. 아빠는 렌이 무슨 짓을 했고 무엇을 보았는지에 대해 아주 심각하게 말하더니, 끝으로 내년에는 장에 가는 것이 금지라고, 렌을 믿을 수 있다는 사실을 증명하지 못한다면 그다음 해에도 금지할 수도 있다고 선언했다. 렌은 아빠가 엄청나게 점잖게 굴었다고 생각했다. 데이비드 삼촌은 에서의 몸에 성한 구석이 없도록 때렸다. 게다가 지금 렌은 장에 다시 가고 싶지도 않았으므로 그런 벌칙이 힘들 것도 없었다.

렌이 그렇게 말하자 할머니는 이 빠진 노인답게 웃으며 렌의 무릎을 토닥였다. "지금부터 1년 후에는 또 다를 거다. 그때 가서는 마음 상하겠지."

"그럴지도요."

"그래서, 삐친 게 아니라면 다른 문제가 있는 거로구나. 뭔데 그러니?"

"아무것도 아니에요."

"레니야, 난 남자애들을 많이 키워봤고, 멀쩡하게 건강한 남자애라면 지금 너처럼 맥 빠져 지내지 않는다는 걸 안단다. 특히나 오늘 같은 날은, 아무리 안식일이라도 그렇지." 할머니는 짙푸른 하늘을 올려다보고 금빛 공기를 들이마시더니, 농장 부지를 에워싼 숲을 보았다. 개별 나무들의 무리가 아니라 이름조차 거의 잊은 눈부신 색채들의 흔들림 같았다. 그리고 할머니는 반쯤은 기쁨, 반쯤은 후회의 한숨을 내쉬었다.

"이제 진짜 색깔을 보는 건 요맘때뿐인 것 같구나. 가을에 나뭇잎색이 변할 때 말이다. 예전에는 세상에 색깔이 가득했지. 레니 너는 믿지 않겠지만, 예전에는 나에게 저 나뭇잎처럼 빨간 드레스가 있었단다."

"정말 예뻤겠네요." 할머니를 빨간 드레스를 입은 어린 소녀로 상상해보려고 했지만 실패했다. 늙은 여자가 아닌 할머니를 상상할 수가 없어서이기도 하고, 빨간 옷을 입은 사람을 본 적이 없어서이기도 했다.

"아름다웠지." 할머니는 느릿느릿 말하더니 다시 한숨을 쉬었다.

두 사람은 계단에 같이 앉은 채 대화도 하지 않고, 특별히 무엇을 보지도 않았다. 그러다가 갑자기 할머니가 말했다. "무엇이 널 괴롭히는지 안다. 아직도 돌팔매질 생각을 하고 있지."

렌은 살짝 떨기 시작했다. 떨고 싶지 않았지만, 멈출 수가 없었다. 불쑥 말이 터져 나왔다. "아, 할머니, 맞아요. 그 남자는 아직 장화 한쪽을 신고 있었어요. 한쪽 장화 빼고는 다 벗은 몸이라서 정말 우스꽝스러운 모습이었어요. 그런데 사람들이 계속 돌을 던져서…"

눈을 감으면 아직도 그 남자의 하얀 피부에 흐르던 피와 흙을, 그리고 손을 들었다가 내리치던 사람들의 손을 다시 볼 수 있었다.

"왜 그런 거죠, 할머니? 왜죠?"

"네 아빠에게 물어보는 게 낫겠구나."

아득한 내일

"아빠는 그 사람들은 두려웠던 거라고, 어리석은 사람들은 두려움에 사악한 짓을 한다고, 그러니 저도 그 사람들을 위해 기도해야 한다고 했어요." 렌은 손등으로 코를 세게 문질렀다. "전 그 사람들을 위해 기도 같은 거 안 해요. 누군가가 그 사람들에게도 돌을 던지라는 기도라면 모를까."

"넌 나쁜 일을 하나밖에 보지 못했어." 할머니는 딱 붙는 하얀 모자를 쓴 머리를 설레설레 젓고, 눈을 반쯤 감고 내면을 보며 말했다. "내가 본 것들을 너도 봤더라면, 두려움이 뭘 할 수 있는지 너도 알 텐데. 그때 나는 너보다도 어렸단다, 레니야."

"끔찍하게 나빴겠네요. 그렇죠, 할머니?"

"나는 늙은, 늙고도 늙은 여자가 됐다만 아직도 꿈을 꾼단다. 하늘에 불이 붙었지, 시뻘건 불이. 저기도 저기도 저기도." 할머니의 앙상한 손이 서쪽으로 반원을 그리며 세 군데를, 남쪽에서 북쪽까지 짚어나갔다. "도시가 불타는 모습이었어. 내가 어머니와 같이 가곤 했던 도시들. 그리고 그 도시 사람들이 오고, 군인들도 왔지. 들판마다 대피소가 섰고, 사람들은 들어갈 수 있는 헛간과 집이라면 어디에나 들어찼고, 그 사람들을 먹이기 위해 우리 가축들은 다 죽여야 했다. 훌륭한 젖소들을 마흔 마리씩 죽였어. 나쁘고도 나쁜 시절이었지. 누구든 그 시절을 살아낸 게 다행이야."

"그 사람들이 그 남자를 죽인 것도 그래서예요?" 렌이 물었다. "그 남자가 그 모든 걸 다시 가져올까 봐 두려워한 거예요? 도시라든가, 그런 걸 다요?"

"설교에서는 그렇게 말하지 않더냐?" 할머니는 아주 잘 알았다. 할머니도 수십 년 전에, 공포 때문에 신앙이 엄청나게 들끓고 새로운 분파들이 태어나고 오래된 분파들이 강해지던 시절에 설교를 들으러 갔었기에 알았다.

"네, 그 남자가 무슨 열매 같은 걸로 남자애들을 유혹했다고 했어요. 성경에 나오는 선악과를 말한 거였겠죠. 그리고 또 그 남자가 바토스타운이라는 데서 왔다고 했어요. 바토스타운이 뭐예요, 할머니?"

"아빠에게 물어보렴." 할머니는 앞치마를 뒤적이기 시작했다. "내가 손수건을 어디다 뒀더라? 분명히…"

"아빠에게 물어봤는데, 그런 곳은 없대요."

"흠." 할머니가 말했다.

"바토스타운을 믿는 건 애들과 광신도들뿐이래요."

"흠, 나라고 다르게 말해주진 않을 테니 날 시험하지 말려무나."

"안 그래요, 할머니. 하지만 혹시 오래전에는 그런 곳이 있었을까요?" 할머니는 손수건을 찾아내어 얼굴과 눈을 닦고 코를 훌쩍이더니 다시 집어넣었다. 렌은 그동안 기다렸다. 할머니가 말했다. "내가 어린아이였을 때 그 전쟁이 일어났지."

렌은 고개를 끄덕였다. 학교 선생님인 노드홀트 씨가 전쟁에 대해 많이 말해줬는데, 렌의 마음속에서 그 전쟁은 요한계시록과 엮여서 거대하고 무시무시해졌다.

"오랫동안 이어졌지." 할머니는 이야기를 계속했다. "티브이에서 사람들이 전쟁 이야기를 많이 했던 기억이 나는구나. 거대한 버섯 같은 구름을 만드는 폭탄들의 사진을 보여줬는데, 그런 폭탄 하나면 도시 하나를 지워버릴 수 있었어. 그래, 레니야. 하늘에서 불의 비가 내려서 많은 사람들 삼켰단다! 주께서 그 폭탄을 하루 동안 그분의 도리깨 삼으라고 적에게 주셨지."

"하지만 우리가 이겼죠."

"아, 그래, 결국에는 우리가 이겼고."

"그럼 그 사람들이 바토스타운을 세웠나요?"

"전쟁 전에 정부가 세웠다. 그때는 아직 워싱턴에 정부가 있을 때였고, 지금과는 많이 달랐어. 왠지 더 컸지. 잘은 모르겠다. 어린아이는 그런 일들에 관심을 많이 두지 않으니까. 그렇지만 그때 정부는 많은 비밀 장소를 지었고, 바토스타운은 그중에서도 제일 비밀스러운 곳이었어. 저 서쪽 어딘가에 있다고 했지."

"그렇게 비밀스러웠다면 할머니가 그걸 어떻게 알았어요?"

"티브이에서 얘기했어. 아, 어디 있는지나 뭘 위한 곳인지는 말하지 않았지. 게다가 소문에 불과한지 모른다고도 했어. 그래도 난 그 이름을 기억한단다."

"그러면…" 렌은 조용히 말했다. "실제로 있었네요!"

"그렇다고 지금도 있다는 뜻은 아니지. 그건 오래전이야. 너희 아빠 말대로 그곳의 기억만 아이들과 광신도들 사이에 남아 있는지도 모르겠구나." 할머니는 들릴락 말락한 소리로 신랄하게 자신은 둘 중 어느 쪽도 아니라고 덧붙이더니 말했다. "그냥 흘려버리거라, 레니야. 악마와 아무 관계도 맺지 않으면, 악마도 너와 관계가 없을 거다. 설교장에서 그 남자가 당한 일을 당하긴 싫을 게 아니냐."

렌은 다시금 뜨겁고도 차가워졌다. 그래도 호기심 때문에 물어볼 수밖에 없었다. "바토스타운이 그렇게 끔찍한 곳이에요?"

"그래." 할머니는 심술궂은 지혜를 담아 대답했다. "모두가 그렇게 생각한다면 그렇지. 아, 나도 안다! 난 평생

입조심을 해야 했어. 난 예전 세상이 어땠는지 기억할 수 있단다. 난 어린아이에 불과했지만, 그래도 지금 너만큼은 나이를 먹었으니 그 정도는 기억할 수 있었지. 그리고 난 메노파가 아니었던 우리가 어떻게 메노파가 되었는지도 아주 잘 기억한단다. 가끔은 차라리…" 할머니는 말을 끊고, 불타는 듯한 나무들을 다시 쳐다보았다. "난 그 빨간 드레스를 참 좋아했어."

다시 침묵.

"할머니."

"그래, 왜?"

"도시는 어땠어요? 정말로요."

"너희 아빠에게 물어보는 게 나을 텐데."

"아빠가 늘 뭐라고 하는지 알잖아요. 게다가 아빠는 본 적도 없는걸요. 할머니는 보셨죠. 기억도 할 수 있고."

"무한히 지혜로우신 주께서 도시들을 파괴하셨다. 의문하는 건 네 몫이 아니야. 나도 아니고."

"의문하는 게 아니에요. 그냥 묻는 거죠. 도시라는 곳들은 어땠어요?"

"컸지. 파이퍼스런이 1개 있어도 작은 도시 절반에 못 미칠 거다. 하나같이 단단한 포장이 되어 있었고, 사람들이 걷는 가장자리 길과 가운데에는 자동차가 달리는 크고 넓은 도로가 있었고, 허공으로 솟아 올라가는 크고도 큰 건물들이 있었어. 시끄러웠고, 공기에선 다른 냄새가 났고, 언제나 수많은 사람들이 바쁘게 오갔단다. 난 언제나 도시에 가기를 좋아했지. 그때는 아무도 도시가 사악하다고 생각하지 않았어."

렌의 눈이 휘둥그레졌다.

"도시마다 거대한, 푹신한 의자가 있는 커다란 영화관이 있었고, 저 헛간의 두 배는 큰 슈퍼마켓들이 있어서 온갖 음식이 색색으로 반짝이는 포장에 담겨 있었단다. 레니 네가 들어본 적도 없는 음식들을 주중 어느 날에나 살 수 있었어! 백설탕? 그때는 아무것도 아니라고 생각했지. 그리고 향신료들, 겨울 내내 신선한 채소들, 작은 벽돌 모양으로 얼린 채소들. 그리고 가게에 있던 물건들이란! 아, 너무나 많은 물건이 있어서 늘어놓지도 못하겠구나. 옷이며 장난감이며 세탁기며 책이며 라디오며 티브이 세트며…"

할머니는 몸을 살짝 앞뒤로 흔들면서 늙은 두 눈을 번득였다.

"크리스마스 때면 말이다. 아, 크리스마스 때면 창문마다 온갖 장식을 하고 불을 켜고 캐럴을 불렀지! 색색으로 눈이 부셨고 사람들은 웃어댔고. 사악하지 않았어. 아주 멋졌지."

렌은 입을 딱 벌렸다. 렌이 그렇게 입을 벌리고 앉아
있는데 집 안 바닥을 쿵쿵 울리는 발소리가 들렸다. 할머
니 입을 다물게 하려고 했지만, 할머니는 렌이 그 자리에
있다는 것도 잊은 상태였다.

"티브이에 나오던 카우보이들." 할머니는 힘들었던 수
십 년을 거슬러 올라가서 중얼거렸다. "음악, 그리고 어
깨를 다 드러낸 아름다운 드레스 차림의 여자들. 크면 나
도 그런 모습이 될 줄 알았지. 그림책들, 그리고 블루머
씨의 약국에선 아이스크림도 팔고 부활절엔 초콜릿 토끼
를 팔았고…"

아빠가 문밖으로 나왔다. 렌은 일어서서 계단 아래로
내려갔다. 아빠가 쳐다보자 렌은 괜히 움츠러들며, 지난
3주간은 인생에 말썽만 계속이라고 생각했다.

할머니는 말했다. "물은 반짝이는 수도꼭지를 틀기만
하면 나왔지. 그리고 욕실이 집 안에 있었고, 전기 불빛
은…"

아빠가 렌에게 말했다. "네가 말을 시킨 거냐?"

"아니에요. 정말로요." 렌이 말했다. "혼자 말씀하시기
시작했어요. 빨간 드레스에 대해서요."

"쉬웠어." 할머니가 말했다. "모든 게 쉽고 밝고 편안

했지. 세상은 그랬어. 그러다가 사라져버렸지. 순식간에."

아빠가 말했다. "어머니." 곁눈질로 올려다보는 두 눈이 번쩍 타오르고는 스러져가는 두 개의 불똥 같았다. 할머니는 말했다. "납작모자네."

"자, 어머니…"

"난 되찾고 싶다." 할머니가 말했다. "빨간 드레스도, 티브이도, 멋진 하얀색 도자기 변기도, 다른 것들도 있었으면 좋겠어. 좋은 세상이었는데! 그 세상이 끝나지 않았으면 좋았을걸."

"하지만 끝났죠." 아빠가 말했다. "그리고 어머니는 하느님에게 의문을 품는 어리석은 노인입니다." 아빠는 할머니보다 렌에게 말하고 있었고, 아주 화가 나 있었다. "말씀하신 것들이 뭐 하나라도 어머니가 살아남는 데 도움이 됐나요? 도시 사람들에게는 도움이 됐어요? 예?"

할머니는 고개를 돌리고 대답하지 않았다.

아빠가 계단을 내려와서 할머니 앞에 섰다. "제 말 이해하시죠, 어머니. 대답하세요. 도움이 됐냐고요?"

할머니의 눈에 눈물이 고였고, 불은 꺼졌다. "난 늙은 여자다. 네가 그렇게 호통치는 건 옳지 않아."

"어머니, 그 물건들이 한 사람이라도 살아남는 데 도움을 줬습니까?" 할머니는 고개를 푹 수그리고 천천히 가로저었다.

"도움이 안 됐지요." 아빠가 말했다. "어머니가 더는 슈퍼마켓에 먹을 것이 들어오지 않고, 동력도 연료도 없어서 농장에서는 아무것도 돌아가지 않았다고 말해주셔서 입니다. 그리고 언제나 그런 온갖 사치품 없이 살아온 사람들, 다 자기 손으로 만들고 도시와는 관계도 없이 산 사람들만이 다치지 않고 헤쳐 나와서 우리 모두를 평화롭고 풍요롭고 하느님 앞에서 겸손한 삶의 길로 이끌었어요. 그런데 어머니가 감히 메노파를 비웃다뇨! 초콜릿 토끼라니!" 아빠는 그렇게 말하며 장화로 바닥을 굴렀다. "초콜릿 토끼라니! 그 세상이 무너진 것도 당연합니다."

아빠는 홱 몸을 돌려 렌을 분노의 대상에 포함시켰다. "둘 다 마음속에 고마운 마음이라곤 없는 겁니까? 추수가 잘되고, 건강하고, 집이 따뜻하고, 먹을 게 많다는 사실에 고맙지도 않아요? 어머니를 행복하게 만들려면 하느님이 뭘 더 해주셔야 하는 겁니까?"

문이 다시 열렸다. 딱 붙는 하얀 모자를 쓴 동그랗고 분홍빛인 데다 질책이 가득 담긴 표정을 한 콜터 가의 엄마가 나타났다. "일라이자! 지금 어머니에게 목소리를 높이는 거예요? 그것도 안식일에?"

"화낼 이유가 있었어요." 아빠는 그렇게 말하고 잠시 동안 코로 거센 숨을 들이마셨다. 그러더니 조금 더 조용해져서 렌에게 말했다. "헛간으로 가거라."

렌은 심장이 내려앉았다. 렌이 발을 끌며 마당을 가로지르는데, 엄마가 문밖으로 나서서 계단에 섰다. "일라이자, 안식일은…"

"애 영혼에 좋아요." 아빠는 말려볼 여지가 없는 목소리로 말했다. "이 일은 그냥 나한테 맡겨요, 제발."

엄마는 고개를 저으면서도 다시 안으로 들어갔다. 아빠가 렌을 따라 열린 헛간 문으로 걸어가는 동안, 할머니는 계단에 그대로 앉아 있었다.

"난 상관 안 해." 할머니가 속삭였다. "그 물건들은 좋았어." 그리고 잠시 후에는 격하게 되풀이했다. "좋았어. 좋았어. 좋았다고!" 천천히 할머니의 뺨에 흘러내린 눈물이 집에서 짠 칙칙한 드레스 앞섶으로 떨어졌다.

따듯하고 그늘지고 건초 냄새가 향긋하게 풍기는 헛간 안에서, 아빠는 벽에 박힌 못에 걸어두었던 마구 끈을 내렸고 렌은 재킷을 벗었다. 렌은 매가 날아오기를 기다렸지만, 아빠는 가죽끈을 손에 감고 당기면서 찌푸린 얼굴로 서서 렌을 쳐다보았다. 그러다가 결국 말했다. "아니다, 이럴 일은 아니지." 그리고 끈을 다시 벽에 걸었다.

"저 안 때리시는 거예요?" 렌이 속삭였다.

"네 할머니가 어리석게 굴었다고 너를 벌줄 순 없지. 할머니는 나이가 아주 많고, 아주 나이가 많은 사람들은 어린애 같다, 렌. 게다가 할머니는 끔찍한 시절을 살아냈고 일평생 불평 없이 힘들게 살았어. 할머니가 어렸을 때 누렸던 안락한 물건들을 생각한다고 너무 탓하면 안 될지도 모르겠구나. 그리고 인간 남자애가 그런 말에 귀를 기울이지 않을 도리는 없겠지."

아빠는 기둥 옆을 오가며 걷다가, 렌에게 고개를 돌린 채로 멈춰 섰다.

"넌 한 남자가 죽는 모습을 봤다. 그게 괴로워서 그런 질문들을 한 거 아니냐?"

"맞아요, 아빠. 그냥, 잊을 수가 없어요."

"잊지 말아라." 아빠는 갑자기 힘주어 말했다. "봤으니 늘 기억해라. 그 남자가 선택한 길이 정해진 결말로 이끈 거다. 규칙을 위반하는 사람의 길은 언제나 힘들었다, 렌. 결코 쉬워지지 않을 거야."

"알아요." 렌이 말했다. "하지만 바토스타운이라는 곳에서 왔다는 이유만으로…"

"바토스타운은 그냥 어느 장소가 아니야. 난 바토스타

운이 파이퍼스런처럼 실제로 존재하는지 아닌지도 모르고, 만약 존재한다 해도 사람들이 거기에 대해 하는 말 중에 뭐가 사실일까 모르겠다. 그렇지만 그 말이 맞냐 틀리냐는 중요하지 않아. 사람들은 그렇게 믿어. 바토스타운이라는 건 어떤 사고방식이다, 렌. 그 행상이 돌에 맞아 죽은 건 그 길을 선택했기 때문이고."

"설교자는 그 남자가 도시를 다시 일으키고 싶어 한댔어요. 바토스타운이 도시인가요, 아빠? 거기엔 할머니가 어렸을 때 가졌던 것 같은 물건들이 있어요?"

아빠가 돌아서더니 렌의 어깨에 두 손을 얹었다. "렌, 내가 그런 질문을 던졌다는 이유로 바로 여기에서 네 할아버지가 날 수도 없이 때렸다. 할아버지는 좋은 분이었지만 네 삼촌 데이비드와 비슷해서 말보다 가죽끈이 먼저 날았지. 난 네 할머니에게서 그리고 당시에는 아직 살아 있었던 더 앞 세대 사람들에게서 온갖 이야기를 다 들었고 할머니보다 더 잘 기억하기도 했어. 그리고 그런 온갖 사치품이 얼마나 훌륭했을지 생각했고, 왜 그게 그렇게 죄악일까 궁금했지. 그랬더니 아버지가 나보고 지옥으로 곧장 달리고 있다면서 서 있기 힘들 정도로 때리더라. 네 할아버지는 '파괴'를 직접 살아봤고, 마음속에 하느님의 분노를 나보다 더 강하게 품고 사셨거든. 쓴 약이

긴 했다만, 그게 날 구했다고도 생각한다. 그리고 해야만 한다면 너에게 같은 처방을 내릴 작정이다. 네가 날 부추기지 않았으면 더 좋겠다만."

"그럴게요, 아빠." 렌은 황급히 말했다.

"그랬으면 좋겠다. 너도 알다시피 그 물건들은 다 쓸모가 없었어. 그게 죄악인지 아닌지는 잠시 제쳐두고 확실한 사실만 생각해봐라. 할머니가 말한 그 온갖 물건들, 티브이며 자동차며 기찻길이며 비행기들은 도시에 의존했다." 아빠는 얼굴을 찡그리고 두 손을 움직이며 설명해보려 했다. "집중이다, 렌. 조직이고. 시계와 마찬가지로 기계가 돌아가게 하려면 모든 작은 부품이 다른 작은 부품에 의존하게 되어 있어. 훌륭한 목수는 혼자 짐마차를 만들지만, 자동차는 한 사람이 그런 식으로 만들지 않았다. 수천 명이 함께 일했고, 다 만든 다음에도 또 다른 여러 곳에 있는 수천 명이 연료를 만들고 고무를 만들어야 그 자동차가 달릴 수 있었지. 그런 물건들을 가능케 했던 건 도시였고, 도시가 사라졌을 때 그 물건들도 불필요해졌다. 그러니 우리에겐 그런 물건이 없고, 앞으로도 없을 거야."

"세상 끝까지, 언제까지나요?" 렌은 아쉬운 상실감을 느끼며 물었다.

"그거야 하느님의 손에 달렸지." 아빠가 말했다. "하지만 우린 세상 끝까지 살지 못해. 파괴 속에서 잃은 물건들을 동경하느니 차라리 이집트의 파라오들을 갖고 싶어 하는 게 낫다."

렌은 깊은 생각에 잠겨 고개를 끄덕였다. "하지만 아직도 모르겠어요, 아빠. 왜 그 남자를 죽여야 했던 거죠?"

아빠는 한숨을 내쉬었다. "사람들은 자기들이 옳다고 믿는 일을, 아니면 자기들을 보호하는 데 필요하다고 생각하는 일을 하지. 이 세상엔 끔찍한 재앙이 찾아왔어. 그 재앙에서 살아남은 우리들은 회복하기 위해 두 세대 동안 고생하고 싸우고 땀을 흘렸다. 이제 우린 풍요롭고 평화로워졌고, 아무도 재앙을 다시 부르고 싶어 하지 않아. 그러니 재앙의 씨앗을 나르는 것처럼 보이는 사람을 발견하면 맞서게 되지. 다만 각자 방식이 다르고, 그중에 어떤 방식은 폭력적인 거야."

아빠는 렌에게 재킷을 건넸다. "자, 입어라. 그리고 밖에 나가서 주위를 둘러보고, 무엇이 보이는지 생각해 보면 좋겠구나. 그리고 하느님의 권능으로 주실 수 있는 가장 큰 선물인 만족하는 마음을 달라고 기도드리면 좋겠다. 그리고 죽은 남자를 네게 주어진 신호로 생각하면 좋겠다. 어리석음의 대가도 죄악의 대가와 똑같이 나쁘다는 사실을 일깨워줄 신호."

렌은 재킷을 입었다. 고개를 끄덕이고, 사랑하는 마음으로 아빠를 보며 미소를 지었다. 아빠가 말했다. "한 가지만 더. 에서가 널 설교장에 데려갔지."

"전 그런 말…"

"말 안 해도 내가 널 알고 에서를 알아. 말해두는데… 이 말을 되풀이할 필요는 없겠지. 에서는 고집불통이고, 자기가 모든 일에 고집 세고 완고하게 구는 걸 자랑스럽게 여기지. 그저 자기가 똑똑하다는 걸 보여주기 위해서 그런다. 그 녀석은 타고난 말썽꾼이야. 네가 강아지처럼 그 녀석을 따라다니지 않으면 좋겠다. 또 그런 일이 생긴다면 네가 꿈도 못 꿀 정도로 흠씬 때려주겠다. 알아들었느냐?"

"네, 아버지!"

"그럼 가봐."

렌은 아빠가 두 번 말하게 하지 않고 헛간 문으로 나갔다. 차분하게 정문을 지나고 수렛길을 지나 서쪽 밭으로 나가면서 내내 고개를 숙이고 머리가 아프도록 생각을 굴렸다.

어제는 남자들이 여기에서 옥수수를 베었다. 남자들이 낫처럼 생긴 긴 칼을 들고 바스락거리는 줄기를 서걱 서걱 베어내면, 남자애들이 다발 지어 쌓았다. 렌은 추수를 좋아했다. 모두가 한데 모여 다른 모두를 돕는 데에는 어떤 즐거움이 있었다. 씨를 뿌리고 나서부터 싸워온 전투에서 마지막으로 승리했다는 느낌, 잎이 떨어지고 다람쥐들이 월동 준비를 하듯 올바르고 자연스럽게 겨울을 준비한다는 느낌이 있었다. 렌은 줄줄이 늘어선 옥수수 그루터기와 높이 쌓인 다발들 사이를 천천히 걸으며 햇빛을 받는 마른 옥수수 냄새를 맡고, 소 떼가 숲 가장자리 어딘가에서 우는 소리를 들었다. 그러다 보니 나무 색깔들이 성큼 다가왔다. 갑자기 온 전원이 아름답게 타오르고 있다는 깨달음이 찾아왔고, 렌은 하늘 아래 빨간색 금색으로 솟아오른 나무 끝을 보려고 고개를 들어 올린 채 숲 쪽으로 걸어갔다. 들판 가장자리에는 옻나무 수풀이 있었는데, 눈을 껌벅일 정도로 찬란한 진홍빛이었다. 렌은 그 옆에 멈춰 서서 뒤를 돌아보았다.

여기에서는 거의 농장 전체를 다 볼 수 있었다. 깔끔하게 구획진 밭, 튼튼하게 수리해놓은 지그재그 울타리, 그리고 풍상에 닳아 햇빛 아래 은회색으로 반짝이는, 가늘게 금이 간 나뭇조각으로 지붕을 잘 덮은 건물들. 위쪽 풀밭에서는 양 떼가 풀을 뜯고, 아래쪽 풀밭에는 암소들과 마구를 찬 암말, 그리고 늘씬하거나 뚱뚱하거나 할 것

없이 근육이 두툼하게 잡힌 덩치 큰 마차 말들이 있었다. 헛간과 곡물 저장고는 꽉 찼다. 지하 저장실도 꽉 찼다. 육류 저장고도 꽉 찼고, 집 안 지하실에는 항아리와 단지들, 그리고 훈제실에서 막 꺼낸 베이컨과 햄이 들어찼으며 모두 다 가족들이 직접 땅에서 일궈낸 것들이었다. 따뜻한 감각이 렌의 온몸에 퍼져나가기 시작했고, 그와 더불어 지금 보고 있는 이 장소에 대한 열렬하고도 말로 표현할 수 없는 사랑을 느꼈다. 밭과 집, 헛간, 거친 숲, 하늘까지. 이제 아빠가 무슨 뜻으로 한 말인지 이해가 갔다. 세상은 좋았고, 하느님도 좋았다. 렌은 아빠가 만족하는 마음에 대해 한 말을 이해했다. 그리고 기도했다. 기도를 끝낸 다음에는 몸을 돌려 숲속으로 들어갔다.

이런 식으로 워낙 자주 오가며 밟다 보니 덤불 사이로 좁은 오솔길이 생겨 있었다. 렌의 발걸음은 이제 가벼웠고, 머리는 높이 들었다. 챙 넓은 모자가 낮은 가지에 걸리자 벗어 들었다. 곧 재킷도 벗었다. 오솔길은 사슴 길과 합쳐졌다. 몇 번인가 몸을 구부려 얼마 전에 생긴 사슴 흔적을 보았고, 긴 풀이 돋은 공터를 가로지르자 사슴이 잠을 자서 둥글게 풀이 짓이겨진 자리를 볼 수 있었다.

몇 분 후에는 긴 빈터에 이르렀다. 덤불이 듬성해지고, 거대한 단풍나무들의 그늘이 드리웠다. 렌은 주저앉아 재킷을 돌돌 말아 베고 누워서 나무들을 올려다보았다. 꼬불꼬불한 검은색 패턴을 그리는 나뭇가지들이 금빛 잎사귀로 이루어진 구름을 달고 있었고, 그 위 하늘은 너무나 푸르고 깊고 잔잔해서 빠져들어갈 수 있을 것만 같았다. 가끔 한 번씩 소나기처럼 잎사귀들이 떨어져, 고요한 공기 속을 느릿느릿 찬란하게 유영했다. 렌은 명상에 잠겼고, 이제는 생각에 어떤 형태도 잡히지 않았다. 설교를 듣고 온 후 처음으로 그냥 행복하기만 했다. 잠시 후 절대적인 평화에 사로잡힌 렌은 깜박 잠이 들었다. 그러다가 느닷없이 벌떡 일어났는데, 심장이 쿵쾅거리고 피부에 땀이 맺혀 있었다.

숲속에서 소리가 났다.

숲속에서 날 법한 소리가 아니었다. 짐승이나 새나 바람이나 나뭇가지가 낸 소리가 아니었다. 탁탁거리고 치직거리고 끼긱거리는 소리가 다 뒤섞인 데다, 그 속에서 갑자기 굉음이 터져 나왔다. 큰 소리는 아니었다. 작고 먼 소리인데도 이상하게 그리 멀지 않은 곳에서 들리는 소리 같았다. 그러다가 그 소리는 갑자기 칼로 탁 잘라낸 듯 사라졌다.

렌은 가만히 서서 귀를 기울였다.

그 소리는 다시 들렸지만, 이번에는 아주 희미하고 아

주 숨죽여서 높은 나뭇가지를 바람이 흔드는 소리와 섞였다. 렌은 앉아서 신발을 벗고, 맨발로 이끼와 풀을 밟으며 빈터 끝까지 간 다음, 최대한 조용히 작은 개울가를 따라 다시 덤불이 듬성한 버터너트 수풀이 나올 때까지 걸었다. 버터너트를 지나친 렌은 독말풀 덤불 속으로 몸을 숙이고 네발로 기어서 반대쪽이 보이는 데까지 갔다. 그동안에도 그 소리는 커지지 않았지만, 가까워지기는 했다. 많이 가까워졌다.

독말풀 덤불 너머에는 봄이면 제비꽃이 무성하게 피는 풀밭이 있었다. 쐐기 모양의 강둑으로, 파이퍼스런이라는 이름의 유래가 된 시내run가 느린 갈색의 피매튜닝 강으로 흘러드는 자리였다. 큰 나무 한 그루가 풀밭 위로 기울어져 있었는데, 물이 범람할 때 흙이 파헤쳐지면서 뿌리가 반쯤 드러난 상태였다. 10월의 어느 안식일 오후, 숲속 깊은 중심지이면서 강 어느 쪽에서든 농장과 제일 먼 지점에 위치한 곳에서 찾을 수 있는 가장 은밀한 곳이었다.

에서가 그곳에 있었다. 쓰러진 통나무 위에 구부정하게 앉아 있었고, 이상한 소리는 에서가 두 손으로 쥐고 있는 물건에서 나왔다.

4

렌은 독말풀 덤불 밖으로 나갔다. 에서가 뭔가 켕겼는지 화들짝 놀라서 뛰어 일어섰다. 에서는 도망치고, 등 뒤로 그 물건을 숨기고, 날아올 주먹을 막으려는 행동을 동시에 하다가 렌이라는 사실을 알아보고는 무릎이 풀린 사람처럼 통나무 위에 주저앉았다.

"대체 왜 그런 거야?" 에서가 잇새로 말했다. "아버진 줄 알았잖아."

에서의 두 손이 떨리고 있었다. 그 두 손은 아직도 잡고 있는 물건을 가리고 숨기려 했다. 렌은 에서의 질겁하는 반응에 놀라서 멈춰 섰다.

"뭘 가지고 있는 거야?" 렌이 물었다.

"아무것도 아냐. 그냥 오래된 상자야."

형편없는 거짓말이었다. 렌은 그 대답을 무시하고 에서에게 다가가서 직접 보았다. 확실히 상자 모양이기는 했다. 크기는 작아서 너비가 몇십 센티미터밖에 되지 않았고 납작했다. 나무로 만들었지만 렌이 이전에 본 어떤 나무 제품과도 다른 구석이 있었다.

어디에서 차이가 생기는지는 정확히 짚을 수 없는데 하여간 달랐다. 기묘하게 열리는 곳이 있었고, 손잡이가 몇 개 튀어나왔으며, 한 군데에는 우묵한 곳에 딱 맞는 실감개가 있었는데 다만 그 실이 금속이었다. 그 물건은 혼자서 웅웅거리며 나지막이 속삭이기도 했다.

외경심과 동시에 적지 않게 겁먹은 렌은 물었다. "그게 뭐야?"

"할머니가 가끔 말하던 물건 알지? 허공에 목소리가 나오는 물건?"

"티브이? 하지만 그건 큰 데다 그림이 있었잖아."

"아니," 에서가 말했다. "목소리만 나오는 다른 물건 말이야."

렌은 길고 불안한 숨을 들이마시고는 다시 떨리는 숨을 내뱉었다. "오오오!" 그리고 정말 거기 있는 게 맞나 확인하려고 손가락을 하나 뻗어서 웅웅거리는 상자를 아

73

1부

주 살짝 건드렸다. "라디오?"

에서는 그 물건을 무릎 위에 올려놓고 한 손으로 단단히 붙잡았다. 그리고 반대쪽 손을 확 뻗어 렌의 셔츠 앞을 잡았다. 에서의 표정이 어찌나 험악하던지, 렌은 뿌리치거나 맞서려고 하지 않았다. 어쨌든 괜히 투닥거리다가 라디오가 부서질까 겁이 났다.

에서가 말했다. "누구한테든 말하면 내가 널 죽여버릴 거야. 맹세코 죽여버릴 거라고."

에서는 진심 같았고, 렌도 그런 태도를 비난하지 않았다. "말 안 해, 에서. 진짜야. 성경에 대고 맹세해." 렌의 시선은 다시 에서의 무릎에 놓인 멋지고 무서운 마법의 물건에 끌려갔다. "어디서 구했어? 작동하긴 해? 정말로 그걸로 목소리를 들을 수 있어?" 렌은 턱이 에서의 허벅지에 닿기 직전까지 몸을 웅크렸다.

에서가 렌의 셔츠를 놓고 다시 상자의 매끄러운 나무 표면을 쓰다듬었다. 이렇게 가까이에서 보니 렌도 손잡이 주위가 닳은 자리들이며, 깨진 한쪽 모서리를 볼 수 있었다. 이런 부분까지 보니 갑자기 실감이 났다. 누군가가 오랫동안 소유하고 사용한 물건이라는 실감.

"훔쳤어." 에서가 말했다. "그 행상, 솝스 거였어."

렌의 배 속에 익숙한 긴장과 따끔거림이 찾아왔다. 렌

은 조금 물러나서 에서를 올려다보고는, 독말풀 덤불에서 돌이라도 날아오지 않을까 주위를 둘러보았다.

"어떻게 손에 넣은 거야?" 렌은 무의식중에 목소리를 낮추며 물었다.

"호스테터 씨가 우리를 마차 안에 두고 뭔가 가지러 갔을 때 기억하지?"

"그래, 솜스의 마차에서 상자를 하나 꺼냈지… 아!"

"그 상자 안에 있었어. 다른 물건도 있었는데 책도 있었던 것 같고 작은 물건들도 있었지만 어두웠고 감히 무슨 소리를 낼 수가 없었어. 만져보니까 이건 할머니가 말하는 옛날 물건들처럼 좀 다르더라고. 그래서 셔츠 속에 숨겼지."

렌은 비난한다기보다는 감탄해서 고개를 저었다. "그런데 우린 네가 기절한 줄 알았다니. 왜 그런 거야, 에서? 그러니까 그 상자에 뭔가 있을 줄은 어떻게 알았어?"

"그야, 솜스는 바토스타운에서 왔잖아?"

"설교장에선 그렇게 말했지만…"

렌은 피할 수 없는 진실이 번쩍이며 찾아들자 말을 끊었다. 그리고 라디오를 보았다. "바토스타운에서 온 거 맞구나. 그리고 바토스타운은 있어. 진짜였어."

"호스테터가 그 상자를 들고 돌아오는 걸 보고 나니 안에 뭐가 있는지 봐야겠더라고. 동전이나 그런 거였으면 건드리지 않았겠지만, 이건…"에서는 라디오를 손안에서 조심스럽게 돌리며 어루만졌다. "저 손잡이들 좀 봐. 그리고 여기 이 부분이 어떻게 되어 있나 봐. 어떤 마을 대장장이도 손으로 이런 건 못 만들어 분명히 기계로 만든 거야. 하나로 조립해 맞춘 방식이고, 안에는…"에서는 실눈을 뜨고 격자가 붙은 구멍을 들여다보며, 격자 안에 뭐가 있는지 비치는 빛이라도 보려고 했다. "안에는 정말 이상한 것들이 있어." 그리고 라디오를 다시 내려놓았다. "처음에는 뭔지 몰랐어. 어떤 건지 더듬어보기만 했지. 그래도 가져야 했어."

렌은 천천히 일어섰다. 시냇가로 걸어가서 빨간색과 금색 잎사귀에 반쯤 뒤덮여 낮고 느리게 흘러가는 맑은 갈색 물을 내려다보았다. 에서가 초조하게 말했다. "뭐가 문제야? 네가 말할 생각이라면, 너도 나랑 같이 훔쳤다고 해버린다. 내가…"

"말 안 해." 렌은 화가 나서 말했다. "넌 내내 그걸 갖고 있으면서도 나한테 말 안 했지. 나도 너 못지않게 비밀을 지킬 수 있어."

에서가 말했다. "난 무서웠어. 넌 어리고, 아빠를 두려워했잖아." 그리고 진실을 덧붙였다. "어차피 설교 이후에 우리가 서로 볼 일이나 있었냐."

"상관없어." 렌은 그렇게 말했지만 물론 상관이 있었고, 에서가 자신을 믿지 않았다는 사실에 상처 입고 분개했지만 그 사실을 알리고 싶지는 않았다. "그냥, 생각 중이었어."

"뭘?"

"음, 호스테터 씨는 솜스를 알았어. 가서 솜스를 도우려고 설교장까지 갔고, 솜스의 마차에서 그 상자도 꺼냈지. 어쩌면…"

"맞아." 에서가 말했다. "나도 그 생각을 했어. 호스테터 씨도 바토스타운에서 왔을지 몰라, 펜실베이니아가아니라."

렌의 마음속에 무시무시하면서도 멋진 가능성에 대한 장관이 펼쳐졌다. 렌은 금빛과 진홍빛 잎사귀들이 떠내려가려고 까마귀들이 듣기 싫은 비웃음 소리를 내고 사방의 지평선이 넓어지면서 어지럽도록 반짝일 때까지 피매튜닝강 가에 서 있었다. 그러다가 왜 여기 왔는지, 아니왜 아빠가 자신을 들판과 숲으로 보내서 명상을 하게 했는지, 조금 전까지만 해도 어떻게 하느님과 세상과 화해했으며 그 기분이 얼마나 좋았는지 기억해냈다. 그런데이제 그 마음은 다시 다 사라졌다.

렌은 몸을 돌렸다. "그걸로 목소리를 들을 수 있어?"

"아직 못 들었어. 하지만 될 때까지 해볼 거야." 에서가
말했다.

둘은 그 오후 내내 이 손잡이, 저 손잡이를 조심스럽게
돌리며 시도했다. 에서가 손잡이 하나를 너무 많이 돌리
지 않았더라면 렌은 라디오 소리를 전혀 듣지 못했을 것
이다. 그들은 라디오가 어떻게 작동하는지, 그 손잡이들
과 구멍과 가느다란 철사 굴레가 무엇을 위해 있는지 짐
작도 하지 못했다. 실험해보는 수밖에 없었고, 그 결과는
이제 익숙해진 탁탁, 칙칙, 끽끽 소리뿐이었다. 하지만 그
것만으로도 경이로웠다. 들어본 적 없는 소리였고, 수수
께끼가 가득했고, 본 적 없는 거대한 우주를 접하는 느낌
이 들었으며, 기계로 만들어진 물건이었다. 두 아이는 더
는 못 있겠다 싶게 해가 가라앉을 때까지 라디오 곁을 떠
나지 않았다. 에서는 캔버스 천 조각으로 라디오를 감싸
고 큰 손잡이가 달칵 소리가 날 때까지 다 돌아가서 소리
가 나지 않는다는 사실을 확인한 후에 조심스럽게 속이
빈 나무 안에 숨겼다. 웅웅거리고 탁탁거리는 소리가 났
다간 혹시나 지나가는 사냥꾼이나 낚시꾼의 주의를 끌지
모르니 말이다.

그 속 빈 나무는 렌에게 낮 시간의 중심축이 되었고,

그건 상상할 수 있는 가장 신나면서도 극심하게 좌절감을 주는 일이었다. 이제 찾아갈 이유가 생기고 나니 숲속에 들어갈 시간과 변명거리를 찾아내기가 거의 불가능해졌다. 날씨는 춥고 고약해졌고, 비가 오고 진눈깨비가 오더니 눈이 내렸다. 가축들은 헛간 안에 들여보냈고, 그 후에는 엄청난 수의 동물들에게 먹이와 물을 주고 씻겨주는 일 외에 다른 일을 할 시간이 없었다. 젖짜기도 하고, 닭장도 살펴야 했고, 그다음에는 우유를 젓고 요리용 장작을 가져가는 등 집안일도 도와야 했다.

아직 밝지도 않을 때 아침 집안일을 끝내고 나면 하루는 진창이었다가 다음 날은 전날의 바큇자국이 얼음 속에 박제된 채 무쇠처럼 단단하게 얼어붙은 길을 밟으며 마을까지 2킬로미터를 걸었다. 마을 광장 서쪽, 대장간 너머이기는 하지만 구두 가게까지 가지는 않은 곳에 교사인 노드홀트 씨의 집이 있었고, 렌은 그곳에서 파이퍼스런의 다른 아이들과 같이 계산과 글자 쓰기, 읽기와 성경 역사 공부로 씨름을 하다가 정오가 되면 풀려나서 다시 집으로 걸어갔다. 그 후에는 다른 일들이 있었다. 렌은 자기 일이 아빠와 제임스 형의 일을 합친 것보다 더 많다는 생각이 자주 들었다.

제임스 형은 열아홉 살이었고 방앗간 주인 스포퍼드

씨의 장녀와 결혼하기로 한 상태였다. 어깨가 떡 벌어지고 힘이 세고 조용하다는 점에서 아빠와 많이 비슷했고, 분홍색 솜털이나 다름없는데도 새로 자란 멋진 턱수염을 자랑스러워했다. 날씨가 좋으면 렌은 제임스 형과 아빠와 함께 조림지에 가거나, 돌아다니면서 울타리를 고치거나 생울타리를 치웠고, 가끔은 사냥을 가기도 했다. 고기와 가죽 둘 다를 얻기 위해서였다. 아무것도 낭비하거나 버리는 일은 없었다. 사슴, 너구리, 주머니쥐, 그리고 철이 맞으면 마멋이 있었고, 다람쥐가 있었다. 펜실베이니아산맥에서 좀 더 야생 지역에는 곰이 있어서 서쪽 오하이오까지도 올 수 있다는 소문이 돌았고, 때로 겨울이 아주 혹독하면 호숫가 북쪽에 늑대가 나타난다는 소문이 돌곤 했다. 닭장에 가까이 오지 못하게 해야 할 여우들도 있었고, 들쥐가 옥수수를 먹지 못하게 해야 했으며, 토끼가 열매가 덜 여물은 과수원에 들어가지 못하게 막아야 했다. 그리고 저녁마다 다시 젖을 짜고, 마무리 잡일들을 한 다음엔 저녁을 먹고 잠자리에 들었다. 라디오를 찾아갈 시간이 별로 남지 않았다.

그래도 라디오는 자나 깨나 렌의 마음을 떠나지 않았다. 두 가지가, 기억 하나와 꿈 하나가 라디오에 연결되어 있었다. 기억이란 솜스의 죽음이었다. 시간이 흐르면서 변형된 솜스의 모습은 원래의 빨간 머리 행상보다 크고 고결하고 훌륭해졌고, 솜스를 비추는 불빛이 영광스러운 순교 장면으로 합쳐졌다. 꿈은 바토스타운이었다. 바토스타운은 할머니의 이야기들과 설교 조각들, 그리고 천국에 대한 묘사가 조각조각 합쳐진 모습이었다. 허공으로 높이 치솟은 크고 하얀 건물들이 있었고, 색깔과 소리가 가득했으며, 사람들은 이상하게 차려입었고, 넘실거리는 빛 속에 할머니가 말했던 온갖 기계와 사치품과 쾌락의 물건들이 있었다.

제일 괴로운 부분은 렌이나 에서나 그 작은 라디오가 바토스타운과의 연결 고리임을 알고 있으며, 어떻게 사용하는지만 이해하면 정말로 그곳 사람들이 그곳에 대해 말하는 소리를 들을 수 있다는 점이었다. 바토스타운이 어디에 있는지, 바토스타운에 가려면 어떻게 하면 되는지까지 알 수 있을지도 모른다. 하지만 렌이나 에서나 숲에 가기 어렵기는 마찬가지였고, 겨우 쪼갠 시간에도 라디오의 무의미한 잡음밖에 듣지 못했다.

렌은 할머니에게 라디오에 대해 묻고 싶은 유혹을 참을 수 없을 지경이었다. 하지만 감히 그런 짓을 할 순 없었고, 어차피 할머니도 렌보다 아는 게 없을 터였다. "책이 필요해." 에서가 말했다. "우리에게 필요한 건 그거야.

이런 물건들에 대해 알려주는 책."

"그래," 렌이 말했다. "확실히 그렇지. 그런데 그런 책을 어디에서 구해?"에서는 대답하지 않았다.

북쪽과 북서쪽에서 차례차례 엄청난 한파가 밀려왔다. 눈이 내렸다가 남쪽에서 불어온 따뜻한 바람에 녹았고, 다시 기온이 곤두박질치면서 남아 있던 진창이 다시 얼어붙었다. 때로는 아주 차갑고 음울한 비가 내렸고, 잎이 다 떨어진 숲에선 빗방울을 가릴 곳이 없었다. 헛간 뒤에 쌓인 거름 더미는 짚이 섞인 갈색 산맥이 되어갔다. 그리고 렌은 생각했다.

라디오의 자극 탓인지, 아니면 렌이 성장하고 있어서인지, 둘 다인지 모르겠지만 렌은 주위 모든 것을 새로운 눈으로 보았다. 너무 가까이 있는 경우처럼 시야가 흐려지지 않게, 약간 거리를 두고 볼 수 있다고나 할까. 물론 늘 그러지는 않았다. 대체로는 너무 바쁘고 너무 피곤했다. 하지만 가끔씩, 불 가에 앉아서 늙고도 늙은 떨리는 손으로 뜨개질을 하는 할머니를 보면 할머니가 얼마나 오래 살았고 얼마나 많은 것을 보았는지 생각했고, 안타까움을 느꼈다. 할머니는 늙었는데, 자그마한 모자를 쓰고 풍성한 치마 위에 앞치마를 두른 엄마의 작은 판박이 아기 에스터는 어리고 이제 막 삶을 시작했다는 사실 때

82
아득한 내일

문에.

언제나 일을 하는 엄마를 보기도 했다. 언제나 빨래하고 바느질하고 실을 잣고 옷감을 짜고 퀼트를 만들고 굶주린 남자들의 먹을 것이 식탁에 채워지도록 신경 쓰는 다정하고 믿음직하며 아주 친절하고 조용한 여자를. 살고 있는 집을 보기도 했다. 나무 벽에 간 금이며 옹이구멍 하나까지 샅샅이 알고 있는, 친숙한 흰 방들을. 오래된 집이었다. 할머니는 그 집이 교회를 짓고 1년인가 2년후에 지어졌다고 했다. 여기저기 바닥이 울고 벽은 기울었지만, 그래도 파괴가 일어나기 여러 세대 전에 이곳에 왔던 최초의 콜터 가문이 큰 목재를 짜 맞춰서 지은 터라 아직 산처럼 든든했다. 그렇지만 지금 짓는 새로운 집들과는 너무나 달랐다. 할머니가 어렸을 때나 그 전에 지어진 집들이 제일 이상해 보였는데, 지붕이 평평하고 작은 건물이라서 대부분 나무를 다시 대야 했고, 뻥 뚫린 커다란 창문들은 판자로 막아야 했다. 렌은 내년이면 손이 닿겠다고 생각하면서 몸을 쭉 펴고 천장을 건드려보려고 했다. 그러면 거대한 애정의 파도가 밀려왔고, 그럴 때면 언제까지나 여길 떠나지 않겠다고 생각했다. 그리고 양심 때문에 정말로 아팠는데, 금지된 라디오와 금지된 바토스타운의 꿈을 가지고 논다는 게 잘못이라는 사실을 아는 탓이었다.

렌은 처음으로 제임스 형을 제대로 보고는 질투심이 생겼다. 형의 얼굴은 엄마와 똑같이 매끈하고 차분했으며, 어떤 호기심도 번득이는 법이 없었다. 제임스는 피매투닝 건너편에 바토스타운이 스무 개 있다 해도 신경 쓰지 않을 터였다. 형은 루스 스퍼포드와 결혼해서 꼼짝 않고 그 자리에 머물기만을 바랐다. 렌은 희미하게 제임스 형이야말로 만족하는 마음을 달라고 기도할 필요가 한 번도 없었을 행복한 사람이라고 느꼈다.

아빠는 달랐다. 아빠는 싸워야만 했다. 그 싸움이 아빠의 얼굴에 주름을 남겨놓았지만, 그건 좋은 주름이고 강인한 주름이었다. 그리고 아빠의 만족은 제임스 형의 만족과 달랐다. 그냥 이루어지지 않았다. 척박한 밭으로 풍작을 이뤄내듯 땀 흘려 얻어내야 했다. 아빠 주변에 있으면, 생각을 해보면 느낄 수 있었고 그건 훌륭한 일이었다. 렌 스스로도 찾고 싶은 기질이었다.

하지만 가능할까? 세상의 모든 수수께끼와 놀라움을 포기할 수 있을까? 결코 세상을 보지 못하고, 보고 싶어 하지도 않을 수 있을까? 허공에서, 아니 작고 네모난 상자에서 목소리가 들려오기를 기다리지 않고, 듣고 싶은 간절한 마음을 버릴 수 있을까?

1월, 막 해가 바뀐 어느 안식일 저녁에 눈 폭풍이 몰아쳤다. 월요일 아침에 렌이 해가 뜨자마자 학교까지 걸어가려니 모든 나무와 나뭇가지와 뻣뻣하게 죽은 풀이 다 차갑고 아름답게 반짝이고 있었다. 렌은 친숙한 숲이 유리 숲처럼 기묘하게 반짝이는 모습을 보며 ― 모든 것을 고요하고 숨죽인 흰색으로 바꿔놓는 눈보다 더 희귀하고 아름다운 풍경이었다 ― 느리게 걷다가 마을 광장을 천천히 가로질렀다. 광장에는 모든 참전용사들을 추도하려고 파이퍼스런 시민들이 세웠다는 육중한 화강암 기념비가 있었다. 예전에는 기념비 위에 청동 독수리가 있었지만, 지금은 두 개의 갈고리발톱 모양인 부식된 금속 덩어리만 남아 있었다. 기념비 역시 얼음에 감싸였고, 그 아래 땅은 미끄러웠다. 노드홀트 씨의 집 앞 계단에는 재가 뿌려져 있었다. 렌은 현관을 터벅터벅 걸어 올라 안으로 들어갔다.

불이 활활 타고 있었지만 그래도 방 안은 싸늘했다. 어마어마하게 높은 천장과 아주 높은 양쪽 여닫이문과 아주 긴 창문들이 있었으니, 난롯불로 감당할 수 있는 것보다 더한 한기가 스며들어왔다. 벽에는 하얗게 회반죽을 칠했고, 수많은 나무 장식은 닳아서 원래의 어두운 호두나무 색을 드러냈다. 학생들은 등받이 없는 울퉁불퉁한 긴 의자에 앉았는데, 앞에는 긴 가대식 탁자를 펼쳐놓았다. 체격별로 제일 작은 아이들이 앞에 앉고 제일 큰 아이들이 뒤에 앉았으며 한쪽에는 여자애들, 반대쪽에는 남자애들이 앉았다. 다 해서 스물세 명이었다. 각자 자그마한 석판 하나, 듣기 싫은 소리가 나는 연필 한 자루, 그리고 헝겊 조각을 갖고 있었고, 산수만 빼고 모든 것을 성경에서 배웠다.

오늘 아침에는 모두가 두 손을 무릎에 모으고 얌전히 앉아 있었다. 다들 눈에 띄지 않으려고 울타리 속에 숨은 토끼처럼 교실에 녹아들려 했다. 노드홀트 선생님은 그 아이들을 마주 보고 서 있었다. 키가 크고 여윈 남자로 하얀 턱수염을 길렀고, 으레 짓는 부드럽고 엄한 표정에는 아주 어린아이들만 겁을 먹었다. 그러나 오늘 아침 노드홀트 선생은 화가 나 있었다. 드높고도 격렬한 분노가 확연히 드러났고, 렌을 노려보는 눈길도 어찌나 무시무시한지 겁을 낼 수밖에 없었다. 노드홀트 선생 혼자가 아니었다. 글래서 씨도 있었고, 하크니스 씨, 클루트 씨, 펜웨이 씨까지 있었다. 파이퍼스런의 법이자 평의회가 한 줄로 딱딱하게 앉아서 천둥번개 같은 얼굴로 학생들을 보고 있었다.

노드홀트 선생님이 말했다. "괜찮다면 부디 착석해주

겠나, 콜터 군…"

렌은 두꺼운 재킷이나 목에 두른 머플러를 벗을 생각
도 못 하고 얼른 뒷자리에 미끄러져 들어갔다. 그리고 앉
아서 도대체 무슨 일인지 궁금해하면서, 또 라디오 때문
에 켕기는 기분으로 최대한 작고 무고해 보이려고 노력
했다.

노드홀트 선생님이 말했다. "난 신년이 되고 사흘간 앤
도버에 있는 누이 집에 갔었다. 떠나면서 문을 잠그지는
않았지. 파이퍼스런에서 도둑이 들까 봐 문을 잠가야 하
는 일은 한 번도 없었으니까."

노드홀트 선생님의 목소리가 아주 강한 감정으로 북받
쳐 오르자, 렌은 뭔가 나쁜 일이 일어났음을 알았다. 그
사흘간 무슨 일을 했는지 잽싸게 돌아보았지만 자신에게
문제가 될 일은 없는 것 같았다.

노드홀트 선생은 말했다. "누군가가 내가 없는 사이 이
집에 들어와서 책을 세 권 훔쳤다."

렌은 앉은 자리에서 뻣뻣하게 굳었다. 에서의 목소리
가 떠올랐다. "우리에겐 책이 필요해"라고 말하던….

"그 책들은 파이퍼스런의 소유물이다. 파괴 이전의 책
이고, 그러므로 대신할 것이 없지. 그리고 별생각 없이
무분별하게 사용할 물건도 아니다. 그 책을 돌려받고 싶

구나."

　노드홀트가 비켜서자 하크니스 씨가 일어섰다. 하크니스 씨는 키가 작고 몸통이 굵었으며, 평생 쟁기를 따라 걷다 보니 안짱다리가 되었고, 목소리는 녹이 슬어 삐걱거리는 느낌이 났다. 모임에서는 언제나 제일 긴 기도를 읊었다. 지금 하크니스는 보통 비글처럼 우호적이던 두 눈을 작은 강철 구슬처럼 빛내며 줄줄이 앉은 학생들을 보았다.

　"자, 그러면 내가 하나씩 하나씩 그 책을 가져갔는지, 아니면 누가 가져갔는지 아는지를 물어보겠네. 어떤 거짓말이나 잘못된 증언도 듣고 싶지 않군."

　하크니스가 쿵쿵거리며 왼쪽 구석으로 걸어가더니, 긴 의자를 따라 움직이며 묻기 시작했다. 렌은 하크니스 씨가 점점 다가오는 동안 울려 퍼지는 단조로운 "아니오" 소리에 귀를 기울이며 땀투성이가 되어 혀를 풀어두려 했다. 결국, 범인이 에서인지는 모르는 일이었다. 방금 하크니스 씨도 거짓 증언은 하지 말라고 하지 않았던가. 범인도 아니면서 죄책감을 보이는 것도 거짓 증언에 해당한다. 게다가 사람들이 너무 자세히 주위를 뒤진다면 혹시 그 물건을 찾아낼 수도….

　하크니스의 눈과 손가락이 렌을 가리켰다.

"아닙니다, 하크니스 씨." 렌에게는 그 대답 속에 세상의 모든 죄책감과 두려움이 울려 퍼지는 느낌이었지만, 하크니스 씨는 지나쳐 갔다. 그리고 마지막 줄에 이르러서 말했다.

"아주 좋네. 모두가 진실을 말하고 있을지도 모르고, 아닐지도 모르지. 우리가 알아내겠네. 이제 이 말만 해두지. 혹시라도 주인이 아닌 사람이 책을 갖고 있는 모습을 본다면, 나나 노드홀트 씨나 글래서 씨나 클루트 씨, 펜웨이 씨에게 오게. 부모님에게도 똑같이 해달라고 요청하고. 알아들었나?"

네, 하크니스 씨.

"기도드리세. 오 모든 것을 아시는 하느님, 당신의 도둑질하지 말라는 계명을 어기는 실수를 범한 아이나 어른을 용서하십시오. 그 영혼을 올바른 곳으로 인도하시어 자기 것이 아닌 물건을 돌려놓도록 하시고, 그 벌을 견디게 하시며…"

렌은 집에 가는 길에 기회를 보아 빙 돌아서 숲을 통과했고, 더 멀리 움직이는 만큼 벌충하기 위해 대부분 시간을 뛰었다. 햇빛 덕분에 나무가 입고 있던 얼음 갑옷이 일부 녹기는 했지만 아직도 눈이 아플 정도로 반짝였고, 발밑은 미끄러웠다. 겨우 속이 빈 나무에 도착했을 때는 녹초였다.

안에 책 세 권이 있었다. 캔버스 천에 둘둘 말린 채, 젖지도 않고 안전하게 라디오 옆에 있었다. 표지나 속지나 빛바랜 색깔들과 익숙지 않은 촉감으로 사람을 매혹했다. 라디오와 마찬가지로 정의하기 힘든 뭔가가 깃들어 있었다.

한 권은 진초록 색으로 《초급 물리학》이었다. 한 권은 갈색으로 얇았는데, 제목이 길었다. 《라디오액티비티와 뉴클레오닉스: 입문서》였다. 세 번째 책은 회색으로 두꺼웠으며, 제목은 《미합중국의 역사》였다. 앞 두 권의 제목은 렌에게 아무 의미도 없었지만, '라디오'라는 말이 눈에 들어왔다. 떨리는 손가락으로 서둘러 책장을 넘기며 한눈에 내용을 다 집어삼키려 해봤지만 흐릿한 글자와 사진과 기묘한 선화 그림들밖에 보이지 않았다. 여기저기에 누군가가 표시를 하고 여백에 "월요일, 시험"이라거나 "여기로", "라la에 페이퍼 쓰기. 구입" 같은 말을 적어놓았다.

렌은 미처 알지 못했던 굶주림이랄까, 갈망을 느꼈다. 전에는 아무것도 그런 마음을 일으킨 적이 없어서 몰랐으나 그 갈망은 머릿속에 있었고, 아플 정도로 강했다. 읽고 싶다는 갈망이었다. 그 책들을 가져가서 푹 파묻혀 마

아득한 내일

지막 글자 하나, 그림 하나까지 흡수하고 싶었다. 렌도 자신의 의무가 무엇인지는 완벽하게 알고 있었다. 그러나 그렇게 하지 않았다. 캔버스 천으로 다시 책을 싸서 조심스럽게 속 빈 나무 안에 집어넣었다. 그런 다음 빙 도는 길로 다시 집까지 달려갔고, 가는 길 내내 머릿속으로는 아빠를 속이고 떳떳한 척 다시 죄악의 숲속 여행을 할 책략을 궁리했다. 양심은 딱 한 번, 그것도 하루 산 병아리보다 작은 소리로 삐악거렸을 뿐 조용해졌다.

✳

5

에서는 거의 눈물을 흘리기 직전이었다. 손에 쥐고 있던 책을 던지고 격하게 말했다. "무슨 뜻인지를 모르는데 무슨 소용이 있어? 괜히 큰 위험만 무릅썼잖아!"

에서는 물리학에 대한 책을 거듭거듭 읽었다. 라디오와 아무 상관없어 보여서 치워놓은 라디오액티비티에 대한 책도 마찬가지였지만, 어차피 그 책은 뭘 다루는지 전혀 이해할 수가 없었다. 하지만 물리학 책은, 이것도 물리학이라는 말을 알쏭달쏭하게 써서 에서가 노드홀트 선생의 도서관을 뒤질 때 지나칠 뻔하긴 했지만 그 책에는 실제로 라디오에 대한 내용이 있었다. 둘은 괴상하게 생긴 데다 발음도 못 할 단어들이 뇌에 새겨질 때까지, 조금도 이해하지 못하는 파도와 원과 삼극 진공관과 진동자 도형들을 자면서도 그릴 수 있을 때까지 노려보며 중얼중얼거렸다.

렌이 발 사이에 떨어진 책을 주워 표지에 묻은 흙을 털었다. 그리고 안을 보며 고개를 절레절레 흔들고 슬프게 말했다.

"어떻게 목소리가 나게 하는지는 말해주지 않네."

"그래, 저 손잡이와 실감개가 뭘 위한 건지도 알려주지 않아." 에서는 침울하게 두 손에 잡은 라디오를 돌렸다. 손잡이 하나는 라디오가 소리를 내거나 조용해지게 만들 수 있었고, 렌은 무심코 라디오를 살리거나 죽인다는 식으로 생각했다. 하지만 다른 손잡이들은 수수께끼로 남아 있었다. 소리를 아주 조용히 내면서 라디오를 귀에 대본 결과, 그 소리가 구멍 하나에서 나온다는 사실은 알아냈다. 다른 구멍 두 개가 무엇을 하는지도 수수께끼였다. 셋 다 다르게 생겼으니, 목적도 서로 다를 거라고 추측하는 것이 논리적이었다. 렌은 그중 하나는 건초 다락의 환기구처럼 열기를 빼는 구멍이라고 확신했다. 한동안 손을 대고 있으면 따뜻해졌기 때문이다. 하지만 그래도 구멍 하나가 남았고, 알 수 없는 금속 실감개도 있었다. 렌은 손을 뻗어 에서에게 라디오를 받았다. 그냥 손에 라디오를 쥐었을 때 느낌이 좋았다. 그 웅웅거리는 진동은 마치 바람에 흔들리는 촉촉한 풀잎 같았다.

"호스테터 씨라면 어떻게 작동하는지 알 거야." 렌이 말했다.

둘은 호스테터도 솜스와 마찬가지로 바토스타운에서 왔다고 확신하고 있었다.

에서는 고개를 끄덕였다. "하지만 가서 물어볼 순 없어."

"안 되지."

렌은 라디오를 계속 돌리면서 손잡이를, 실감개를, 구멍을 만지작거렸다. 싸늘한 바람이 머리 위 헐벗은 나뭇가지를 흔들었다. 피매튜닝강에는 얼음이 얼었고, 앉아 있는 쓰러진 통나무는 매섭도록 차가웠다.

"그냥 생각해봤는데," 렌은 천천히 말했다.

"뭘 생각해?"

"그러니까, 만약 그 사람들이 이런 라디오로 서로 대화를 주고받는다면 말이야 낮에는 많이 하지 않을 거 아냐. 안 그래? 그러다간 사람들이 들을 수도 있잖아. 나라면 모두가 잠드는 밤까지 기다리겠어."

"뭐, 그건 뭐, 그 사람들은 네가 아니잖아." 에서는 부루퉁하게 말했지만 생각할수록 서서히 흥분했다. "그 말이 맞겠다. 분명히 그게 맞아! 우린 낮에만 라디오를 만졌으니까 당연히 말을 안 한 거야. 호스테터 씨가 아무려면 마을 광장에서, 온갖 사람들이 주위에 몰려다니고 바퀴마다 아이들 수십 명이 달라붙어 있는데 라디오에 대고 말하는 게 상상이나 가?"

에서가 일어서더니 차가운 손가락을 호호 불면서 이리저리 걷기 시작했다. "계획을 세워야 해, 렌. 밤에 빠져나와야 해."

"그래." 렌은 열성적으로 말했다가, 그 말을 한 것을 후회했다. 그리 쉬운 일이 아니었다.

"너구리 사냥 어때." 에서가 말했다.

"안 돼. 형이 같이 가고 싶어 할걸. 아빠도 그럴지 모르고."

주머니쥐 사냥도 마찬가지였고, 불빛 비추기 사슴사냥도 마찬가지였다.

"흠, 계속 생각해봐." 에서는 책과 라디오를 치우기 시작했다. "난 돌아가봐야 해."

"나도야." 렌은 가지고 갈 수 있다면 얼마나 좋을까 생각하며 아쉬운 눈으로 두꺼운 회색 역사책을 보았다. 에서는 기계 사진이 있다는 이유로 충동적으로 그 책을 집었다. 읽기가 힘들고 괴상한 이름이 가득했으며 이해 못할 내용도 많았지만, 그 책은 렌으로 하여금 읽는 내내 다음에는 무슨 내용이 나올까 궁금해하며 안달하게 만들었다. "기회를 보다가 둘 중 어느 쪽이든 가능할 때 혼자 빠져나오는 게 나을 수도 있어. 괜히 같이 오려고 하지 말고."

"안 돼! 내가 라디오를 훔쳤고, 책도 훔쳤잖아. 날 빼놓고 목소리를 듣는 일은 있을 수 없어!"

에서가 어찌나 맹렬히 말하는지 렌도 수긍해야 했다.

에서는 모든 것을 안전하게 숨겼는지 확인하고 물러서더니, 험상궂은 얼굴로 빈 나무를 쳐다보았다. "이제 밤에 시간이 날 때까지는 다시 와봐야 소용이 없겠네. 오래지 않아서 당밀 만드는 철이 올 거고, 양들이 새끼를 낳을 거고, 그다음엔…"

에서는 렌이 놀랄 만큼 깊이 숙성된 씁쓸함을 담아서 말했다. "언제나 뭔가가 있어. 내가 알거나 배우거나 할 수 없는 이유가 언제나 있어! 난 지긋지긋해. 그리고 평생 이런 식으로 똥이나 푸고 소젖이나 짜면서 사느니 지옥에 떨어지고 말겠어!"

렌은 혼자 집까지 걸어가면서 에서가 한 말을 골똘히 생각했다. 렌은 마음속에서 뭔가가 자라나는 것을 느낄 수 있었고, 에서도 마찬가지임을 알았다. 그래서 겁이 났다. 그 마음이 더 자라게 하고 싶지 않았다. 하지만 그 마음이 성장을 멈춘다면 자신의 일부가 죽으리라는 것도 알았다. 육체적인 죽음은 아니겠지만, 풀을 먹으면서도 누가 그 풀을 키우는지는 신경 쓰지 않는 소나 양과 마찬가지가 될 것이다.

그게 1월 말이었다. 2월이면 어른이고 아이고 할 것 없이 남자들이 온 산과 들판에서 마개와 못과 들통을 들고 단풍나무를 찾아다녔다. 사탕단풍 숲에서 피어오르는 연기가 바람에 흘러 다니는 풍경이 봄이 다가온다는 첫 신호였다. 마지막 폭설이 쌓였다가 다시 녹았다. 날이 얼었다가 풀렸다가 하는 동안 아빠가 겨울 밀이 제대로 돋아날지 걱정하는 기간이 있었다. 북서쪽에서 찬바람이 불어왔고, 영영 다시는 따뜻해지지 않을 것만 같았다. 그러다가 첫 새끼 양이 매애하며 세상에 태어났다. 그리고 에서 말마따나 이젠 남는 시간이 없었다.

버드나무가 노랗게 변했다가, 희어졌다가, 솜털 같은 초록색이 되었다. 햇빛에 몸을 녹이는 겨울 뱀처럼 게으름을 피우며 미끄러져 다니고 싶은 따뜻한 날들이 찾아왔다. 갓 태어난 송아지들이 울어대며 비틀비틀 어미를 따라다녔고, 아직 더 태어날 송아지가 있었다. 암소들은 불안해하며 애를 먹였고, 렌은 한 가지 생각을 떠올렸다.

어찌나 간단한지, 왜 진작 생각하지 못했을까 싶은 아이디어였다. 렌은 저녁 일을 다 해치우고, 제임스 형이 헛간을 닫았을 때 몰래 돌아가서 아래쪽 문을 열었다. 한 시간 후에는 가족 모두가 춥고 어두운 바깥에 나가서 암소를 모으고 있었고, 겨우 안에 돌아가서 수를 헤아려보니 두 마리가 없었다. 아빠는 화를 내며 이럴 때 도망쳐서 뭔가 잘못되더라도 아무 도움 받을 수 없는 덤불 속에서 출산하기를 좋아하는 어리석은 짐승들의 고집에 대해 투덜거렸다. 아빠는 렌에게 등잔을 내어주며 데이비드 삼촌의 집까지 8백 미터를 달려가서 삼촌과 에서에게 도움을 청하라고 했다. 식은 죽 먹기였다.

렌은 빠른 걸음으로 그 8백 미터를 달리면서 머릿속으로는 앞으로 무슨 일이 일어날지 예상하고 대비하느라 바빴다. 그러면서 쉽게 속여버린 스스로가 섬뜩했다. 이제까지 게으름은 많이 피웠어도 거짓말을 한 적은 없었는데, 속임수를 얼마나 빨리 익혔는지 생각하면 끔찍했다. 렌은 누구에게도 대놓고 거짓을 말하지는 않았다고 스스로를 변호하려 했다. 하지만 소용없었다. 렌은 성경에 나오는 그 회칠한 무덤과 같아서, 겉은 아름답지만 속에는 사악함이 가득했다. 그리고 렌이 달려가는 오른쪽 저 멀리에는 별빛 속에 무척이나 어둡고 기묘한 숲이 이어졌다.

데이비드 삼촌의 부엌은 따스했다. 양배추와 수증기와 더불어 장화 말리는 냄새가 났고, 어찌나 깨끗한지 밖에서 신발을 털었는데도 안에 발 들이기가 망설여졌다. 문바로 안에 천 조각이 깔려 있었기에, 렌은 거기 서서 헐떡거리면서 메시지를 전하고 동시에 너무 켕기는 모습을 보이지 않으면서 에서의 시선을 끌려고 했다. 데이비드 삼촌은 투덜거리면서도 장화를 신기 시작했고, 메리언 숙모가 삼촌의 재킷과 등불을 챙겼다. 렌은 숨을 깊이 들이마셨다.

"전 서쪽 밭에서 하얀 게 움직이는 걸 본 것 같아요. 가보자, 에서!"

그리고 에서는 모자를 비딱하게 쓰고 재킷에 한쪽 팔만 넣은 채로 따라 나왔다. 둘은 데이비드 삼촌이 막을 생각도 하기 전에 같이 달려 나갔다. 최근에 내린 비로 웅덩이마다 물이 고인 울퉁불퉁한 풀밭을 비틀비틀 뛰어넘어 서쪽 밭으로 들어가면서 내내 둘은 숲 쪽으로 가고 있었다. 렌은 혹시나 데이비드 삼촌이 길에서 보고 둘이 사실은 숲으로 들어갔다는 사실을 알까 봐 등불을 외투 안에 숨겼고, 숲에 들어간 후에도 한동안은 그대로 두었다. 일단 다니던 길만 찾으면 어둡다 해도 잘 아는 곳이었다.

"나중에 가서 등불이 꺼졌다고 하면 돼." 렌은 에서에게 말했다.

"물론이지." 에서는 이상하게 긴장한 목소리로 대꾸했다. "서두르자."

둘은 서둘렀다. 에서가 등불을 잡고 무모하게 앞서 달려갔다. 그리고 시내와 호수가 만나는 지점에 도착하자 등불을 내려놓고, 제대로 잡지도 못할 만큼 떨리는 손으로 라디오를 꺼냈다. 렌은 입을 크게 벌리고, 아픈 옆구리를 부여잡은 채 통나무에 앉았다. 수위가 올라온 파이퍼스런이 진짜 강처럼 요란한 소리를 내며 흘렀다. 피매 튜닝으로 흘러드는 자리에서는 물결을 일으키며 소용돌이쳤다. 시냇물 수위가 많이 높아져서 거의 렌과 에서가 선 땅과 같은 높이였는데, 거품을 일으키며 내달리는 물결이 별빛 속에 어둡고 불안하게 보였고 물소리가 밤을 가득 메웠다.

에서가 라디오를 떨어뜨렸다.

렌이 외마디 소리를 내며 앞으로 뛰어들었다. 에서는 정신없이 얼른 라디오를 다시 잡느라 튀어나온 실감개를 잡았다. 감겨 있던 실이 풀어지면서 라디오가 계속 떨어졌지만 이제는 속도가 느려져서, 에서의 손에서 풀려나는 금속실 끝에서 흔들거리다가 작년에 쌓인 낙엽더미에 부드럽게 착지했다. 에서는 라디오와 실감개와 둘 사이의 철선을 멍하니 보았다.

"망가졌어. 망가졌다고."

렌이 무릎을 꿇었다. "망가지지 않았어. 여길 봐." 렌은 라디오를 등불에 가까이 대고 가리켰다. "저기 작은 스프링 두 개 보여? 그 실감개는 원래 빠져나오는 거였고, 철선도 풀리게…"

렌은 어마어마하게 흥분해서 손잡이를 돌렸다. 이건 이전에 알거나 시도해보지 않은 짓이었다. 렌은 웅웅거리는 소리가 나올 때까지 기다렸다. 소리가 전보다 강하게 들렸다. 렌이 에서에게 물러서라고 손짓하자 에서는 실을 풀면서 뒷걸음질했고, 그럴수록 잡음이 점점 강해지다가 갑자기 경고도 없이 남자 목소리가 튀어나왔다. 잡음이 가득하고 멀리서였지만 말을 하고 있었다. "…내년 가을이면 나도 문명으로 돌아갔으면 좋겠군. 어쨌든 강가의 물건은 실을 준비가…"

큰 소리가 났다가 확 줄어들면서 목소리가 사라졌다. 에서는 반쯤 넋이 나간 사람처럼 철선을 끝까지 풀었다. 그러자 아주 희미한 목소리가 말했다. "셔먼이 혹시 바이어스에게 들은 소식 있는지 알고 싶어 해. 그게…"

그게 다였다. 찢어지는 소음과 휘파람 소리와 웅웅 소리는 계속 이어졌는데, 어찌나 소리가 큰지 소를 찾으러 나선 다른 사람들에게도 다 들리지 않을까 무서웠다. 한번인가 두 번은 그 잡음 사이로 사람 목소리를 들을 수 있었다 싶었지만, 무슨 말을 하는지는 제대로 알아들을 수 없었다. 렌은 손잡이를 돌렸고 에서는 철선을 다시 감아서 제자리에 꽂았다. 둘은 라디오를 빈 나무 안에 집어넣고, 등불을 집어 들고 숲속을 걸었다. 둘 다 말은 하지 않았다. 서로를 쳐다보지도 않았다. 그리고 흐릿한 등불 속에서 둘의 눈은 크게 뜬 채 밝게 빛나고 있었다.

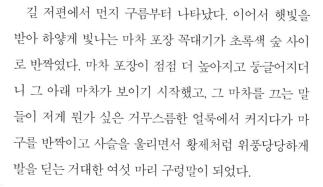

6

길 저편에서 먼지 구름부터 나타났다. 이어서 햇빛을 받아 하얗게 빛나는 마차 포장 꼭대기가 초록색 숲 사이로 반짝였다. 마차 포장이 점점 더 높아지고 둥글어지더니 그 아래 마차가 보이기 시작했고, 그 마차를 끄는 말들이 저게 뭔가 싶은 거무스름한 얼룩에서 커지다가 마구를 반짝이고 사슬을 울리면서 황제처럼 위풍당당하게 발을 딛는 거대한 여섯 마리 구렁말이 되었다.

그 마차의 마부석 높이 올라앉아서 긴 고삐를 가볍게 추스르는 사람은 호스테터 씨였는데, 턱수염은 바람에 휘날리고 모자와 어깨와 정강이를 덮은 바짓자락은 길에서 날린 먼지로 갈색이 되어 있었다.

렌이 말했다. "난 무서워."

"네가 무서워할 게 뭐가 있어?" 에서가 말했다. "넌 가지 않을 텐데."

"너도 안 갈지도 모르지." 렌이 마차가 덜컹덜컹 건너는 통나무 다리를 쳐다보며 중얼거렸다. "그렇게 쉬울 것 같지 않아."

잎이 눈부시게 자란 6월이었다. 렌과 에서는 마을 끄트머리를 달리는 파이퍼스런 옆에, 물방아가 물속에 느긋하게 걸려 있고 민어들이 파란 불길처럼 떨어져 내리는 지점에 서 있었다. 마을 광장까지는 1백 미터도 떨어지지 않았고, 너무 어리거나 너무 늙었거나 움직이기 힘들 만큼 아픈 사람을 뺀 마을 사람 모두가 광장에 있었다. 위로는 버논, 아래로는 윌리엄스필드에서, 앤도버와 팜데일과 버그힐과 그 동네 마을보다 차라리 파이퍼스런이 더 가까운 펜실베이니아의 외딴 농장들에서도 찾아온 친구와 친척들이 있었다. 딸기 축제, 그러니까 여름의 첫 대형 사교모임이었고 그런 자리에서는 첫눈이 내린 후 서로를 보지 못했던 사람들이 한데 모여서 느릅나무 아래 아롱진 햇볕에 앉아서 대화도 하고 기분 좋게 놀 수 있었다.

남자애들이 우르르 마차를 맞이하러 길을 달려 나가더

니, 이제는 호스테터 씨의 이름을 외치며 마차 옆을 달렸다. 여자애들과 아직 뛰기엔 너무 어린 남자애들은 광장 가장자리에 서서 손을 흔들고 소리를 질렀다. 여자애들은 보닛을 쓰고 긴 치맛자락을 따뜻한 바람에 휘날렸으며, 어린 남자애들은 아버지들과 똑같이 집에서 만든 옷을 입고 챙 넓은 갈색 모자를 썼다. 그러다가 모두가 광장을 가로질러 마차 쪽으로 움직이기 시작했고, 마차는 점점 속도를 줄이다가 마침내 멈춰 섰다. 여섯 마리 대형마는 마치 자기들이 마차를 그 자리까지 옮기는 엄청난 일을 해냈으며 자랑스럽다는 듯이 고개를 젖히고 코 울음소리를 냈다. 호스테터 씨가 손을 흔들고 미소를 짓자 남자애 하나가 기어올라가서 딸기 한 접시를 손에 쥐어 줬다.

렌과 에서는 움직이지 않고 멀리서 호스테터 씨를 보고 있었다. 렌은 기묘한 전율을 느꼈다. 훔쳐낸 라디오 때문에 느끼는 죄책감도 있었고, 동료애에 가까운 친밀감도 있었다. 렌은 이제 호스테터 씨의 비밀을 알았고 어떤 면에서는 스스로도 달라졌기 때문이다. 그렇지만 어째선지 호스테터 씨와 눈이 마주치고 싶지는 않았다.

"어떻게 할 생각이야?" 렌은 에서에게 물었다.

"방법을 찾아낼 거야."

에서는 극도로 집중해서 마차를 쏘아보고 있었다. 라디오로 목소리를 들은 밤 이후에 에서는 어딘가 기묘하고도 사나워졌는데, 외면이 아니라 내면이었기에 때로는 렌도 이제 에서의 생각을 잘 알 수가 없었다. '난 거기 갈 거야.' 에서는 그렇게 말했었다. 바토스타운 이야기였고, 그동안 호스테터 씨를 기다리던 에서의 모습은 귀신 들린 사람 같았다.

에서가 손을 뻗어 렌의 팔을 잡았다. 아플 정도로 꽉 잡았다. "넌 같이 안 가?"

렌은 고개를 숙였다. 그렇게 조용히 서 있다가 말했다. "응, 난 못 가." 그리고 에서의 손을 떨쳐냈다. "지금은 못 가."

"내년에는 될지도 몰라. 내가 너에 대해 말해둘게."

"그럴지도."

에서는 뭔가 더 말하려다가, 할 말을 찾지 못하는 것 같았다. 렌은 에서에게서 점점 멀어지다가 강둑을 오르기 시작했다. 처음에는 천천히 걷다가 점점 속도를 빨리 해서 달려가는데, 눈에는 뜨겁게 눈물이 차올랐고 마음의 소리는 이렇게 외쳤다. 겁쟁이, 이 겁쟁이, 에서는 바토스타운에 가는데 넌 엄두도 못 내지!

렌은 두 번 다시 뒤돌아보지 않았다.

호스테터 씨는 파이퍼스런에 사흘을 머물렀다. 렌이 이제까지 살아온 시간 중에 제일 길고 힘든 며칠이었다. 계속 유혹이 찾아왔다. 아직 너도 갈 수 있어. 그러면 양심이 엄마와 아빠와 집과 의무와 한마디 말도 없이 도망친다는 죄악에 대해 지적했다. 에서는 데이비드 삼촌과 머라이어 숙모를 두 번 생각하지도 않겠지만, 렌은 아빠 엄마에 대해 그런 식으로 느낄 수 없었다. 엄마는 우실 테고, 아빠는 어떻게든 렌을 바로잡지 못한 스스로를 탓할 것이다. 그 사실을 안다는 게 렌이 겁쟁이가 된 가장 큰 이유였다. 부모님을 불행하게 만들고 싶지 않았다.

세 번째 목소리도 있었다. 다른 두 목소리에는 밀려 있었고 이름도 없었다. 그건 렌이 이전에 들어본 적 없는 목소리였는데, 에서와 함께 호스테터 씨에게 갈까 생각할 때마다 딱 두 마디만 했다. '안 돼. 위험해!'라고. 묻지도 않았는데 너무나 크고 단호하게 말해서 무시할 수가 없었고, 무시하려고 하면 말에게 씌우는 마구처럼 물리적으로 렌을 구속하고 이리저리 움직였다. 차라리 말이나 행동이라면 돌이킬 수도 있을지 모르지만, 이건 아니었다. 이것이 렌이 처음으로 자신의 무의식과 제대로 마주친 경험이었고, 결코 잊을 수가 없었다.

렌은 비밀을 등에 진 채 맥 빠지고 부루퉁해서 농장 주위에 틀어박혀 지냈고, 이런저런 집안일에 부산스럽게 매달려서 온 가족이 다 갈 때도 마을에 들어가지 않았다. 걱정이 된 엄마가 사사프라스 차를 잔뜩 먹일 정도였다. 그러는 내내 렌은 귀를 쫑긋 세우고 떨면서 길을 달려오는 말발굽 소리를, 데이비드 삼촌이 달려와서 에서가 사라졌다고 말하는 순간을 기다렸다.

셋째 날 저녁에 빠르게 다가오는 말발굽 소리가 들렸다. 렌은 엄마를 도와서 저녁 식사 설거지를 하던 중이었고, 아직 해가 지지 않아 서쪽 하늘이 붉게 물들어 있었다. 렌의 신경 줄이 아플 정도로 팽팽하게 당겨졌다. 손에 쥔 접시들이 거대해지고 미끄러워졌다. 달려온 말은 마차를 뒤에 끌고 덜거덕거리면서 앞마당에 들어섰고, 잠시 후에는 두 번째 말과 마차가, 또 세 번째 말과 마차가 도착했다. 아빠가 문으로 향했고 렌도 온몸의 뼈가 시큰거리는 기분으로 따라나섰다. 말 한 마리와 마차라면 렌이 기다리던 데이비드 삼촌이었지만, 셋이라면….

데이비드 삼촌이 있기는 했다. 작은 마차에 앉아 있었고, 에서가 그 옆에 종잇장처럼 창백한 얼굴로 꼼짝 않고 앉았으며, 반대편에는 하크니스 씨가 앉아 있었다. 호스테터 씨는 학교 교사인 노드홀트 씨와 함께 두 번째 마차에 탔고, 클루트 씨가 말을 몰았다. 펜웨이 씨와 글래서 씨가 세 번째 마차에 탔다.

데이비드 삼촌이 내리더니, 마차 쪽으로 나가 있던 아빠에게 몸짓을 했다. 호스테터 씨가 합류했고, 노드홀트 씨와 글래서 씨도 마찬가지였다. 에서는 그대로 앉아 있었다. 고개를 푹 수그린 채 들어 올리지 않았다. 하크니스 씨는 문가에 서 있던 렌을 노려보았다. 격분하고, 비난하며, 슬퍼하는 눈빛이었다. 렌은 아주 잠깐 눈이 마주치고는 시선을 떨구고 말았다. 이제는 속이 메슥거렸고 추워졌다. 도망치고 싶었지만, 그래봤자 소용없을 게 뻔했다.

남자들 모두가 데이비드 삼촌의 마차 옆에 모이더니, 데이비드 삼촌이 에서에게 뭐라고 말을 했다. 에서는 계속 자기 손만 내려다보았다. 말을 하지도, 고개를 끄덕이지도 않았다. 노드홀트 씨가 말했다. "말을 하려고 한 게 아니라, 무심코 뱉은 겁니다. 그래도 말을 하긴 했어요."

아빠가 몸을 돌리더니 렌을 보고 말했다. "이리 오거라."

렌은 아주 천천히 걸어갔다. 고개를 들어 아빠를 볼 수가 없었다. 아빠의 얼굴에 떠올랐을 분노 때문이 아니라, 함께 떠올랐을 슬픔 때문이었다.

"렌."

"네, 아버지."

"너희에게 라디오가 있다는 게 사실이냐?"

"저는… 네, 아버지."

"훔쳐간 책을 읽었느냐? 그 책들이 어디 있는지 알면서도 노드홀트 선생에게 말하지 않은 거냐? 에서가 무슨 짓을 하려는지 알면서도 데이비드 삼촌에게 말하지 않았고?"

렌은 한숨을 내쉬었고, 이상하게 늙고 지친 남자 같은 몸짓으로 고개를 들고 어깨를 뒤로 젖힌 후에 대답했다. "네, 다 맞습니다."

짙어가는 어스름 속에서 아빠의 얼굴은 회색 바위를 깎아 만든 석상 같아졌다.

"아주 좋다. 아주 좋아."

"같이 타고 가시죠." 글래서 씨가 말했다. "잠깐 움직이는 건데, 마구를 채울 필요 있습니까."

"좋습니다." 아빠가 말하더니 렌에게 따라오라는 뜻의 차갑고 맹렬한 시선을 던졌다.

렌은 아빠를 따라갔다. 그러면서 호스테터 씨 옆을 지나쳤는데, 고개를 반쯤 돌리고 서 있는 모자챙 아래에서 안타까움과 후회가 어린 표정을 보았다고 생각했다. 하지만 두 사람은 말없이 서로 지나쳤고, 에서는 꿈쩍도 하지 않았다. 아빠는 펜웨이 씨와 함께 마차에 올랐고, 글래서 씨가 뒤따라 올라탔다.

"뒤에 타거라." 아빠가 말했다.

렌은 천천히 뒤 선반에 올랐는데, 움직일 때마다 힘이 들었다. 뒤에 매달려 있으려니 마차들이 줄줄이 출발해서 농장을 나섰고, 도로를 가로지르고 서쪽 밭 가장자리를 둘러 숲으로 향했다.

일행은 옻나무들이 자란 곳에 멈춰 섰다. 모두가 내렸고 어른들이 함께 의논하더니 아빠가 몸을 돌리고 말했다. "렌," 아빠는 숲을 가리켰다. "안내해라."

렌은 움직이지 않았다.

에서가 처음으로 입을 열었다. "안내해도 돼." 에서의 목소리에는 미움이 가득 실려 있었다. "숲을 다 태워서라도 찾아낼 사람들이야."

데이비드 삼촌이 손등으로 에서의 입가를 후려치며 분노를 실어 성경에 나오는 욕을 했다.

아빠가 다시 말했다. "렌."

렌은 굴복했다. 모두를 이끌고 숲으로 들어갔다. 오솔길도 전과 똑같아 보였고, 나무들도, 작은 시내도, 친숙한 독말풀 덤불도 똑같아 보였다. 하지만 뭔가가 변했다. 뭔가가 사라졌다. 이제는 그냥 나무일 뿐, 독말풀일 뿐, 물이 졸졸 흐르는 바위 바닥일 뿐이었다. 이제는 렌의 숲이 아니었다. 다들 환영하지 않고 물러섰고, 윤곽선은 냉혹하기만 했으며, 어른들의 커다란 장화가 고사리를 밟아 짓이겼다.

일행은 시내와 호수가 만나는 지점에 도착했다. 렌이 빈 나무 앞에 걸음을 멈췄다.

"여기예요." 렌의 목소리가 자기 귀에도 설었다. 서쪽으로 넘어가는 눈부신 햇빛이 하늘을 향해 열린 개울 위에 내려앉으며 잎사귀와 풀잎을 선명한 초록빛으로 칠하고, 갈색 피매튜닝강을 구릿빛으로 물들였다. 저 위에서는 까마귀들이 집을 향해 날개를 퍼덕이며 조롱의 웃음소리를 떨궜다. 렌은 그 까마귀들이 자신을 비웃는 것 같았다.

데이비드 삼촌이 에서를 거칠고 세게 밀쳤다. "꺼내라."

에서는 나무 옆에 잠시 서 있었다. 렌은 에서를, 그리고 석양빛 속에 에서가 짓는 표정을 보았다. 까마귀들은 날아가버렸고, 사방이 고요했다.

에서가 빈 나무둥치 안에 손을 넣었다. 캔버스 천에 싸인 책 세 권을 꺼내어 노드홀트 씨에게 건넸다. "상한 데는 없어요."

노드홀트 씨는 잘 볼 수 있게 나무 밑을 벗어나면서 포장을 풀었다. "그래, 상한 데는 없구나." 그렇게 말하더니 다시 잘 싸서 가슴팍에 끌어안았다.

에서가 라디오를 꺼냈다.

에서가 라디오를 들고 서 있는데, 눈에 눈물이 차오르더니 떨어지지는 않고 그대로 반짝이기만 했다. 어른들이 머뭇거렸다. 호스테터 씨가 전에도 한 말이지만 제대로 이해되지 않았을까 걱정이라는 듯이 말했다. "솜스가 혹시라도 무슨 일이 생기면 자기 소지품을 가져다가 아내에게 전해달라 부탁했습니다. 그리고 물건이 든 상자도 보여줬지요. 설교장에 있던 사람들이 마차를 약탈할까 봐 제가 챙겼지만, 멈춰서 상자 안을 보지는 않았습니다."

데이비드 삼촌이 앞으로 나섰다. 망치를 휘두르듯 주먹을 아래로 꽂아 에서의 손에 잡혀 있던 라디오를 쳐냈다. 라디오가 땅에 떨어지자 육중한 장화로 밟고 또 짓밟더니, 남은 잔해를 집어 들어 피매튜닝에 던졌다.

에서가 말했다. "아버지가 미워요." 에서는 모두를 쳐다보며 말했다. "날 막을 순 없어요. 언젠가는 바토스타운에 가고 말 거야."

데이비드 삼촌이 에서를 다시 때리더니, 돌려세워서 숲 밖을 향해 걷게 했다. 그러면서 어깨 너머로 말했다.

"이 녀석은 내가 돌보리다."

나머지는 뿔뿔이 그 뒤를 따랐다. 하크니스 씨가 빈 나무둥치 안에 손을 넣어 혹시나 무엇이 더 있는지 확인한 후였다. 이어서 호스테터 씨가 말했다.

"제 마차를 수색해보셨으면 합니다."

하크니스 씨가 말했다. "우린 자네를 오래 알고 지냈네, 에드. 그럴 필요는 없어."

"아니, 제가 요구합니다." 호스테터는 다들 들을 수 있게 말했다. "이 아이는 제가 그냥 넘길 수 없는 혐의를 제기했습니다. 제 마차를 샅샅이 뒤져서, 제가 있어선 안 될 물건을 갖고 있지 않다는 사실을 확실히 해두고 싶습니다. 한 번 일어난 의심은 죽이기가 어렵고, 소식은 다른 곳으로도 퍼집니다. 다른 사람들이 저를 솜스처럼 여기는 사태는 바라지 않습니다."

렌은 몸서리를 쳤다. 그리고 문득 호스테터가 지금 설명과 사과를 하고 있음을 깨달았다.

또한 에서가 치명적인 실수를 저질렀다는 사실도 이해했다.

서쪽 밭을 다시 가로질러 돌아가는 길이 멀게 느껴졌다. 이번에는 마차들이 농장으로 들어가지 않았다. 마차는 길에 멈춘 채 렌과 아빠가 내렸고, 다른 사람들은 에서와 데이비드 삼촌이 자기네 마차에 둘만 남도록 이리 저리 자리를 옮겼다. 그러고 나서 하크니스 씨가 말했다. "아이들은 내일 봤으면 합니다." 불길하게 조용한 목소리였다. 하크니스 씨는 두 번째 마차를 뒤에 달고 마을로 향했다. 데이비드 삼촌은 반대쪽으로, 집으로 향했다.

에서가 마차에서 몸을 내밀더니 발작적으로 렌에게 외쳤다. "포기하지 마. 생각까지 막을 순 없어. 너한테 무슨 짓을 하더라도 생각까지…"

데이비드 삼촌이 마차를 획 꺾더니 농장 앞마당으로 들였다.

"어디 두고 보자." 삼촌이 말했다. "일라이자, 여기 헛간 좀 쓰자."

아빠는 삼촌의 말에 얼굴을 찌푸렸지만, 별 말은 하지 않았다. 데이비드 삼촌은 에서를 거칠게 밀면서 헛간으로 걸어갔다. 엄마가 집 밖으로 뛰어나왔다. 데이비드 삼촌이 외쳤다. "렌도 데려와. 그 녀석도 같이 있어야겠어." 아빠는 다시 얼굴을 찌푸리더니 말했다. "알았어." 그리고 아빠는 엄마에게 손을 내밀어 옆으로 끌어당기더니, 고개를 저으면서 아주 작은 소리로 몇 마디를 했다. 엄마는 렌을 쳐다보았다. "그럴 수가. 세상에 레니, 네가 어떻게 그럴 수가!" 그러더니 엄마는 앞치마로 얼굴을 가리면서 집으로 들어갔고, 렌은 엄마가 울고 있음을 알았다. 아빠가 헛간을 가리켰다. 입술이 꾹 다물려 있었다. 렌은 아빠가 데이비드 삼촌이 하려는 일을 마음에 들어 하지 않지만, 이의를 제기할 수 없다고 느끼는구나 생각했다.

렌도 마음에 들지 않았다. 그냥 아빠와 둘 사이의 일로 해결하고 싶었다. 하지만 데이비드 삼촌다웠다. 삼촌은 언제나 아이에게는 어떤 권리도 감정도 없다고 생각했다. 농장의 소유물과 다를 바가 없었다. 헛간으로 들어가려니 몸이 움츠러들었다.

그래도 아빠가 다시 가리키자, 렌은 헛간으로 갔다.

이제는 어두웠지만, 헛간 안에는 등불이 켜져 있었다. 데이비드 삼촌은 벽에 걸린 마구 끈을 내려서 들고 있었다. 에서는 줄줄이 늘어선 빈 칸막이들 사이 널찍한 공간에 서서 삼촌을 마주하고 있었다.

"무릎을 꿇어라." 데이비드 삼촌이 말했다.

"싫어요."

"꿇어!" 그리고 가죽끈이 철썩 소리를 냈다.

에서는 흐느낌과 욕설이 섞인 소리를 내며 무릎을 꿇었다.

"도둑질하지 말지어다." 데이비드 삼촌이 말했다. "그런데 넌 날 도둑의 아비로 만들었다. 거짓 증언하지 말지어다. 그런데 넌 날 거짓말쟁이의 아비로 만들었다." 삼촌의 말에 박자 맞추어 팔이 올라갔다가 내려갔고, 말이 멈출 때마다 가죽끈이 에서의 어깨를 내리치는 철썩! 소리가 마침표를 대신했다. "에서, 넌 성경에서 뭐라고 하는지 안다. '매를 아끼는 자는 그의 자식을 미워함이라. 자식을 사랑하는 자는 근실히 징계하느니'. (잠언 13장 24절) 나는 매를 아끼지 않겠다."

에서는 이제 입을 다물고 있지 못했다. 렌은 등을 돌렸다.

잠시 후에 데이비드 삼촌이 숨을 몰아쉬며 손을 멈췄다. "넌 얼마 전에 나에게 반항했다. 내가 네 마음을 바꾸지 못한다고 했지. 여전히 같은 생각이냐?"

에서는 바닥에 몸을 웅크린 채로 아버지를 보고 외쳤다. "그래요!"

"여전히 바토스타운에 갈 생각이라고?"

"그래요!"

"그래, 어디 한번 보자." 데이비드 삼촌이 말했다.

렌은 듣지 않으려고 애썼다. 매질이 영원히 계속되는 것 같았다.

한번은 아빠가 나서기도 했다. "데이비드…" 하지만 데이비드 삼촌은 이렇게만 말했다. "네 망아지나 신경 써, 일라이자. 렌에게 언제나 너무 무르게 군다고 내가 경고했지." 그리고 에서를 돌아보았다. "아직 마음이 바뀌지 않았느냐?"

에서의 대답은 알아들을 수 없었지만, 비참한 항복임에는 확실했다.

"너," 데이비드 삼촌이 갑자기 렌을 부르며 홱 잡아 돌렸다. "저 꼴을 보고, 허풍과 건방을 떨면 어떻게 되는지 보거라."

에서는 헛간 바닥의 흙과 지푸라기 사이를 기고 있었다. 데이비드 삼촌이 발로 그 몸을 건드렸다.

"아직도 바토스타운에 가겠다는 생각을 하느냐?"

에서는 두 팔로 얼굴을 가리고 신음하며 웅얼거렸다. 렌은 잡힌 팔을 뿌리치고 싶었지만, 데이비드 삼촌이 뜨겁고 강한 손으로 꽉 붙들고 있었다. 그 몸에서 땀과 분노의 냄새가 났다. "저게 네 영웅이다. 네 차례가 오면 저 모습을 기억해라."

"놔줘요." 렌이 속삭이자 데이비드 삼촌은 껄껄대며 렌을 밀치고 아빠에게 가죽끈을 넘겼다. 그러고는 손을 뻗어 에서의 셔츠 옷깃을 잡고 일으켜 세웠다.

"말해라, 에서. 큰 소리로 말해."

에서는 어린아이처럼 울었다. "회개합니다. 회개합니

다."

"바토스타운이라니." 데이비드 삼촌은 나훔이 저주받은 니느웨를 말할 때 꼭 그랬을 것 같은 말투로 그 이름을 내뱉었다. "나가라. 집에 가서 네 죄를 생각해라. 그만 가지, 일라이자. 그리고 명심해. 네 아들도 내 아들이나 다름없이 유죄야."

둘은 어둠 속으로 나갔다. 잠시 후 렌은 마차가 달려가는 소리를 들었다.

아빠가 한숨을 내쉬었다. 지치고 슬픈 얼굴이었고, 그 깊은 분노가 데이비드 삼촌의 날뛰는 격노보다 훨씬 더 무서웠다. 아빠는 천천히 말했다. "난 널 믿었다, 렌. 넌 내 믿음을 배신했고."

"그러려던 건 아니에요."

"하지만 그랬지."

"네."

"왜냐, 렌? 넌 그게 잘못된 일이라는 걸 알았어. 그런데 왜 그랬지?"

렌은 외쳤다. "그럴 수밖에 없었으니까요. 전 배우고 싶어요. 알고 싶어요!"

아빠가 모자를 벗더니 소매를 걷었다. "그 문제라면 긴 설교를 할 수도 있겠지. 하지만 그런 건 이미 해봤고, 시간 낭비였다. 내가 너에게 뭐라고 했는지 기억하지, 렌."

"네, 아빠." 그리고 렌은 턱에 힘을 넣고 두 손을 꾹 말아 쥐었다. "미안하다." 아빠가 말했다. "정말 이러고 싶지 않았다만 에서와 마찬가지로 너에게서도 교만을 몰아내야겠구나."

렌은 속으로 맹렬하게 외쳤다. 아니, 안 될 거예요. 제가 엎드려 기게 만들진 못할 거예요. 전 바토스타운도 책도 지식도 파이퍼스런 바깥의 세상에 존재하는 모든 것도 포기하지 않을 거예요!

하지만 렌은 그렇게 했다. 헛간 흙과 지푸라기 사이에서 그것들을 포기하고, 자존심도 포기했다. 그것이 렌에게는 어린 시절의 끝이었다.

아득한 내일

렌은 한동안 잤다. 깊고 어두운 잠을 자고 깨어나서는 어둠을 보며 느끼고 생각했다. 몸이 아팠다. 익숙한 매질의 욱신거림 정도가 아니라, 빨리 잊기 힘들 만큼 심각하게 아팠다. 무형의 마음은 그보다 더 아팠다. 렌은 아직 낮의 열기로 답답한 지붕 밑 작은 다락방에 누워서 고통에 몸부림쳤다. 좁은 공간을 휩쓰는 태풍처럼 마음을 뒤흔드는 눈먼 슬픔과 격분과 분노와 뼈저린 수치심의 맹위가 가시고 조금이라도 앞이 선명해졌을 때는 거의 새벽이었다. 그리고 어쩌면 더는 격하게 흥분할 수도 없을 만큼 지친 덕분에, 한두 가지가 보이고 이해가 가기 시작했다.

렌은 에서와 마찬가지로 흙바닥을 기며 자신을 저버렸을 때, 사실은 거짓말을 했음을 알았다. 바토스타운을 포기하지 않을 것이다. 자신에게 제일 중요한 부분을 포기하지 않고서는 그곳을 포기할 수가 없었다. 그 제일 중요한 부분이 무엇인지는 정확히 모르지만, 그게 있다는 건 알았고 아무도, 설령 아빠라 해도, 그 부분에 손을 댈 권리는 없다는 것은 알았다. 좋거나 나쁘거나, 옳거나 죄악이거나 상관없이, 변덕이나 태도나 지나가는 행동을 넘어선 곳에 존재했다. 그것이 바로 누구도 대신할 수 없는 개인으로서의 렌 콜터였다. 그걸 저버리고는 살 수 없었다.

그 사실을 이해했을 때 렌은 조용히 다시 잠들었고, 입가에 소금 맛을 느끼며 깨어나보니 창문이 환하게 밝았고 해가 막 뜨고 있었다. 하늘에는 소리가 가득했다. 어치 소리와 생울타리 안에서 꿩이 우짖는 소리, 수많은 새들이 재잘대는 소리들. 렌은 밖을 내다보았다. 벼락을 맞아서 부러졌지만 한쪽 옆에 아직 불굴의 녹색 가지가 돋아나고 있는 거대한 단풍나무를 지나쳐, 닭장 지붕과 겨울 밀이 익어가는 택지를 넘어, 거친 산비탈과 위쪽 숲이 세 그루 검은 소나무가 자란 산마루까지 올라가는 풍경을. 그리고 흐릿한 슬픔이 내려앉았다. 이 풍경을 보는 것도 마지막일 테니까. 어떤 의식적인 논리를 따라 그런 결론에 도달한 것이 아니었다. 그저 깨어난 순간에 바로 알았다.

렌은 일어나서 뻣뻣한 몸으로 맡은 일을 했다. 창백하고 서먹한 태도로, 누가 말을 걸어야만 말했고 사람들의 눈을 피했다. 제임스 형이 서툰 친절을 베푸느라 아빠가 듣지 못하는 곳에서 렌을 격려했다. "다 널 위해서야, 레니. 언젠가 돌아보면 제때 잡혀서 다행이라고 고마워할걸. 게다가 세상이 끝난 것도 아니잖아."

아, 그렇지. 렌은 생각했다. 사람들이 아는 건 그것뿐이지.

점심을 먹은 후에는 위층으로 올라가서 몸을 씻고 안식일에나 입는 정장을 입어야 했다. 곧 엄마가 따끈따끈하게 다림질한 깨끗한 셔츠를 들고 올라오더니 애써 렌의 귀와 목덜미만 보는 척했다. 셔츠를 입는 동안에도 엄마는 조금씩 눈물을 흘렸고, 갑자기 렌을 끌어안더니 재빠르게 속삭였다. "어떻게 그럴 수가 있니, 레니. 어떻게 그렇게 못된 짓을. 어떻게 하느님의 말씀을 어기고 네 아버지 말에 불복할 수가 있어?"

렌은 무너지고 말 것 같았다. 조금만 더 있으면 엄마 품에 안겨 울면서 모든 결의를 잃을 터였다. 그래서 렌은 어머니를 밀어내고 말했다. "엄마, 아파요."

"네 등을 깜박했구나." 엄마는 중얼거리며 렌의 두 손을 잡았다. "레니야, 겸손하게 인내하면 다 지나갈 거야. 네가 워낙 어리니 하느님도 용서하실 거야. 너무 어려서 미처…"

아빠가 계단 아래에서 고함을 치면서 그 시간도 끝났다. 10분 후에는 마차가 굴러나가고 있었고, 렌은 아버지 옆에 아주 뻣뻣하게 앉아 있었으며, 둘 다 아무 말도 하지 않았다. 그리고 렌은 하느님과 사탄, 마을 원로들과 설교자, 솜스와 호스테터와 바토스타운을 생각했다. 전부 엉켜서 혼란스러웠지만, 한 가지는 알았다. 하느님은 용서하지 않을 것이다. 렌은 죄인의 길을 선택했고, 가망 없이 저주받았다. 하지만 바토스타운의 모두를 벗 삼을 순 있겠지.

데이비드 삼촌의 마차가 따라잡아 함께 마을로 들어갔다. 구석에 몸을 웅크리고 있는 에서는 작고 뼈가 다 없어진 사람처럼 무너져 보였다. 하크니스 씨 집으로 말을 몬 아빠와 데이비드 삼촌은 마차에서 내려 서서 의논을 했고, 렌과 에서가 말을 묶었다. 에서는 렌을 쳐다보지 않았다.

아니, 렌 쪽으로 몸도 돌리지 않았다. 렌도 에서를 쳐

아득한 내일

다보지 않았다. 하지만 말을 묶는 곳에 나란히 서서 렌은 작은 소리로 맹렬히 속삭였다. "달이 뜰 때까지 거기서 기다릴게. 그다음엔 갈 거야."

에서가 움찔하며 몸을 굳히는 것을 느낄 수 있었다. 렌은 에서가 입을 열기 전에 "입 닫아"라고 말하고 몸을 돌려 아버지 뒤에 공손하게 가서 섰다.

하크니스 씨의 응접실에서는 아주 길고 아주 불쾌한 회의가 이루어졌다. 펜웨이 씨, 글래서 씨, 클루트 씨도 있었고 노드홀트 선생님도 있었다. 회의가 끝났을 때 렌은 내장을 드러낸 토끼처럼 가죽이 벗겨지고 피가 다 빠진 기분이었다. 그래서 화가 났다. 자신을 찢고 찌르고 껍질 벗긴 느린 말씨의 턱수염 사내들 모두가 미워졌다.

두 번은 에서가 렌을 배신하기 직전이라고 느꼈고, 그렇게 되면 사촌을 거짓말쟁이로 몰 각오도 했다. 하지만 에서는 입을 다물었고, 잠시 후에 렌은 에서의 허리가 다시 조금 펴졌다고 생각했다.

마침내 심문이 끝났다. 어른들이 상의했다. 하크니스 씨가 아빠와 데이비드 삼촌에게 말했다. "두 분 다 선량한 가장이고 오랜 친구들이신데, 이런 불명예를 초래하다니 안타깝습니다. 하지만 어쩌면 이 일이 모두에게 젊은이란 믿어선 안 되며, 끊임없는 감시가 있어야 기독교

인의 영혼을 지킬 수 있다는 사실을 일깨워줄지도 몰라
요."

하크니스 씨는 아주 엄한 얼굴로 두 아이를 돌아보았
다. "토요일 오전에 너희 둘 다 공개 태형을 받을 것이다.
그 후에, 그러고도 다시 죄를 저질렀다가 발각되면 어떤
처벌을 받는지는 알겠지."

하크니스 씨는 기다렸다. 에서는 자기 장화만 보았고,
렌은 하크니스 씨의 어깨 너머만 바라보았다.

"그래, 알지?" 하크니스 씨가 날카롭게 물었다.

"네," 렌이 대답했다. "저희를 쫓아내서 다시는 돌아오
지 못하게 하시겠죠." 렌은 하크니스 씨의 눈을 똑바로
보고 덧붙였다. "두 번째는 없을 겁니다."

"진심으로 그러길 바란다." 하크니스 씨가 말했다. "그
리고 두 사람 다 성경을 읽고 명상하며, 하느님께서 용
서만이 아니라 지혜도 내려주시기를 기도하라 추천하겠
다."

원로들끼리는 할 이야기가 더 있었고, 콜터 가문 사람
들은 밖으로 나와서 마차에 타고 집으로 돌아갔다. 가는
길에 마을 광장에 서 있는 호스테터 씨의 짐마차를 지나
쳤지만, 마차 주인은 보이지 않았다.

아빠는 가는 길 내내 말이 없다가 딱 한 번 말했다. "이

일에는 너만이 아니라 내 잘못도 있다, 렌."

렌이 말했다. "제가 한 짓이에요. 아빠 잘못은 없어요. 그럴 리가 없어요."

"내가 어딘가 실패한 거야. 내가 널 제대로 가르치지 못했고, 이해시키지 못했어. 어딘가에서 네가 이탈한 거야." 아빠는 고개를 저었다. "데이비드가 옳았나 보다. 내가 매를 너무 아꼈어."

"에서가 저보다 더한데요." 렌이 말했다. "애초에 라디오를 훔친 건 에서였는데, 데이비드 삼촌이 그렇게 때렸어도 못 막았잖아요. 어떻게 봐도 아빠 잘못이 아니에요. 다 제 잘못이지." 기분이 나빴다. 이게 진짜 죄책감이라는 사실을 알지만, 그렇다고 도움이 되진 않았다.

"제임스는 이런 적이 없었는데." 아빠는 혼잣말처럼 말했다. "걱정할 게 없었지. 어떻게 같은 씨앗에서 이렇게 다른 열매가 자랄 수 있을까?"

그 후에는 대화가 없었다. 집에 도착해보니 엄마와 할머니와 제임스 형이 기다리고 있었다. 렌은 방으로 올라가라는 말을 들었는데, 좁은 계단을 오르다 보니 아빠가 무슨 일이 있었는지 짧게 설명하는 소리, 엄마가 살짝 흐느끼는 소리를 들을 수 있었다. 그러다가 갑자기 분노에 찬 할머니의 크고 날카로운 목소리가 들렸다.

"넌 멍청이에 겁쟁이다, 일라이자. 너희 전부 다 멍청이에 겁쟁이들이야. 저 녀석이 너희 다 합친 것보다 낫다! 할 수 있다면 얼마든지 기를 꺾어봐라. 하지만 안 그랬으면 좋겠구나. 절대로 진실을 알기를 두려워하라고 가르치지 않았으면 좋겠어."

렌은 미소 지으며 살짝 전율했다. 아빠만이 아니라 렌이 들으라고 하는 말인 줄 알아서였다. 알았어요, 할머니. 기억할게요.

그날 밤, 집 안이 완전히 잠잠해지자 렌은 장화를 묶어 목에 걸고 창문으로 기어 나가 여름용 주방 지붕으로 나간 다음, 그곳에서 배나무 가지를 타고 땅으로 내려갔다. 장화는 살금살금 농장을 빠져나가서 도로를 건넌 다음에야 신었다. 그다음에는 어린 귀리가 자라고 있는 서쪽 밭을 둘러 걸어갔다. 앞에 보이는 숲이 무척이나 캄캄했다. 렌은 뒤돌아보지 않았다.

숲속은 캄캄하고 고요하며 외로웠다. 렌은 이제부터는 많이 이럴 거라고, 익숙해지는 게 좋을 거라고 생각했다. 비밀 장소에 도착한 렌은 이전에 그토록 자주 앉았던 통나무에 앉아서 개구리들의 밤 합창과 둑 사이를 조용히 흐르는 피매튜닝의 물소리에 귀를 기울였다. 세상이 거대하게 느껴졌고, 보호막이 하나 떨어져나간 것처럼 등이 추웠다. 에서가 과연 올까 궁금했다.

남동쪽에 빛이 나타났다. 흐릿한 회색이었던 빛은 서서히 밝아지며 은색으로 변했다. 렌은 기다리며 생각했다. 에서는 안 올 거야. 겁먹은 거야. 나 혼자 해야 해. 렌은 가느다란 달 윗부분이 떠오르는 것을 보고, 귀를 기울이면서 일어섰다. 마음속 목소리가 말했다. 아직 집으로 달려가서 다시 창문으로 기어 들어갈 수 있다고, 아무도 모를 거라고. 렌은 그러지 않기 위해 나뭇가지를 강하게 붙잡아야 했다.

어두운 숲속에서 바스락거리고 부딪치는 소리가 나더니 에서가 나타났다.

둘은 잠시 동안 올빼미처럼 크게 뜬 눈으로 서로를 보다가 서로의 손을 잡고 웃음을 터뜨렸다.

"공개 태형이라니." 에서가 헐떡이며 말했다. "공개 태형은 개뿔. 다 꺼지라고 해."

"하류로 걸어가면서 배를 찾을 거야." 렌이 말했다.

"하지만 그 후에는?"

"계속 가야지. 강은 다른 강으로 흘러들어. 역사책에서 지도를 봤어. 오래 가다 보면 오하이오가 나오는데, 이 근처에서 제일 큰 강이야."

에서가 고집스럽게 물었다. "하지만 왜 오하이오야?

그건 남쪽인데, 바토스타운이 서쪽에 있다는 건 모두 알잖아."

"하지만 서쪽 어디? 서부는 엄청나게 큰 땅이야. 생각해봐. 우리가 들은 목소리 기억 안 나? 뭔지 모르지만 뭔가가 되자마자 물건을 강에 실을 준비가 됐다고 했지. 그 남자들이 말하고 있던 건 바토스타운이고, 바토스타운으로 가는 물건 이야기였어. 그리고 오하이오강은 서쪽으로 흘러. 큰 고속도로야. 그 후에는 다른 강들이 있지. 그러니까 배들은 분명 그리로 갈 거고, 우리도 그리로 가는 거야."

에서는 잠시 생각하다가 말했다.

"흠, 좋아. 어쨌든 시작은 거기서 해도 되겠지. 게다가 누가 알겠어? 난 아직도 호스테터에 대해서 우리 생각이 맞았다고 봐. 그 사람이 거짓말을 하긴 했지만, 호스테터가 다른 사람들에게 말할지도 몰라. 라디오로 우리가 어떻게 도망쳐서 자기들을 찾는지 이야기할지도 몰라. 안전한 때를 발견하면 그 사람들이 우릴 도와줄지도 몰라. 누가 알겠어?"

"그래, 누가 알겠어?" 렌이 말했다.

둘은 피매튜닝강 둑을 따라 남쪽으로 걸었다. 달이 떠올라 빛을 선사했다. 물은 철썩거리고 개구리는 울었으

며, 렌 콜터의 마음속에서는 바토스타운이라는 이름이
커다란 종소리와 함께 울려 퍼졌다.

2부

8

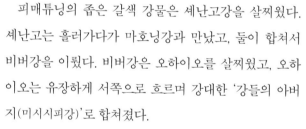

피매튜닝의 좁은 갈색 강물은 셰난고강을 살찌웠다. 셰난고는 흘러가다가 마호닝강과 만났고, 둘이 합쳐서 비버강을 이뤘다. 비버강은 오하이오를 살찌웠고, 오하이오는 유장하게 서쪽으로 흐르며 강대한 '강들의 아버지(미시시피강)'로 합쳐졌다.

강물과 함께 시간도 흘렀다. 초가 분이 되고, 분은 시가 되고 달이 되고 해가 되었다. 소년들은 어른이 되었고, 긴 수색이 남긴 이정표들은 몇 배로 늘어나서 뒤에 남겨졌다. 그러나 전설은 전설로 남고, 꿈은 여전히 석양 저편 아득한 곳에서 희미하게 아른거리는 꿈이었다.

레퓨지*라는 마을과 노란 머리 소녀가 있었고, 둘 다 실재였다.

레퓨지는 파이퍼스런과 전혀 달랐다. 훨씬 커서 이미 합법적인 한계선을 시험할 정도로 확장하고 있기도 했지만, 제일 다른 부분은 그 크기가 아니었다. 느낌 문제였다. 렌과 에서는 그동안 계곡을 따라 이동하면서 여러 곳에서 같은 느낌을 받았는데, 특히 레퓨지처럼 땅 위 도로와 물길이 만나는 곳이 잘 그랬다. 파이퍼스런은 느리고 잔잔한 계절의 리듬으로 살고 숨 쉬었으며, 그곳에 사는 사람들의 생각도 잔잔했다. 레퓨지는 수선스러웠다. 사람들이 더 빨리 움직였고, 생각도 더 빨랐으며, 말은 더 크게 했고, 길거리는 각종 짐마차가 다니고, 부두에서 인부들이 떠들어대는 밤은 더 시끄러웠다.

레퓨지는 오하이오강 북쪽 강둑에 있었다. 렌이 이해하기로 레퓨지라는 이름은 오하이오강 가 멀리 있던 어느 도시 사람들이 '파괴' 기간에 이곳으로 피난했기 때문에 붙었다. 지금 레퓨지는 멀리 오대호까지 뻗은 굵직한 교역로 두 곳의 종점이었고, 도로를 다닐 만한 동안에는 낮이고 밤이고 사륜마차들이 모피 더미와 철과 모직

---

* 피난처.

물, 밀가루와 치즈를 실어 날랐다. 강 동쪽과 서쪽을 따라서 다른 마차들이 다른 물건들, 그러니까 평원 지역에서 나는 구리와 가죽과 수지와 소금에 절인 소고기를, 펜실베이니아의 석탄과 조각 금속을, 대서양의 소금 친 생선을, 못이 담긴 통과 질 좋은 총기와 종이 등을 실어 왔다. 강의 물류도 봄부터 초겨울까지 주야로 움직이며, 너벅선과 큰 거룻배와 예인선들이 증기 엔진 소리를 울리고 멋지게 연기를 올리면서 길게 이어지는 짐배들을 줄줄이 끌었다. 렌과 에서는 여기에서 엔진을 처음 봤고 그 소음 때문에 혼이 날아가게 놀랐지만 곧 익숙해졌다. 어느 겨울에는 비버강 어귀에 있는 작은 주조 공장에서 보일러를 만들면서 이미 세상을 기계화하는 데 기여하고 있다는 기분을 느끼기도 했다. 신메노파는 인공 동력을 쓴다고 하면 무조건 얼굴을 찌푸렸지만, 강에서 배를 모는 사람들은 다른 종파였고 다른 문제들을 안고 있었다. 그들은 물살을 거슬러 상류로 화물을 날라야 했고, 단순하고 쉬운 수제 엔진의 도움을 받아서 물살을 활용할 수 있다면야 필요에 따라 윤리를 재단하고 실행할 작정이었다.

강 반대편, 켄터키 쪽에는 섀드웰이라는 마을이 있었다. 섀드웰은 레퓨지보다 훨씬 작았고 훨씬 최근에 만들어졌지만, 렌과 에서마저도 도착하고 1년도 지나지 않아서 변화를 알 수 있을 만큼 빠른 속도로 성장하고 있었다. 레퓨지 사람들은 새드웰에 별로 신경 쓰지 않았는데, 새드웰은 오직 레퓨지라는 시장의 무역에 이끌린 상인들이 남부에서 설탕과 블랙스트랩*과 면화와 담배를 가져오면서 생긴 곳이기 때문이었다. 임시 창고 몇 개, 페리 선착장 하나에 오두막집 한두 채가 있을 뿐이었는데 순식간에 자체 부두와 대형 창고가 있는 마을이 되어 이름이 붙더니, 인구가 늘고 있었다. 그리고 이미 법이 허용하는 마을 크기의 한계에 근접한 레퓨지는 뚱하니 주저앉은 채로 감당할 수 없어 흘러넘친 무역량이 새드웰로 흘러드는 모습을 지켜보았다.

레퓨지에는 아미시파나 메노파가 몇 명 없었다. 주민들은 대부분 거룩한 감사 교회에 속해 있었고, 이 종파를 세운 제임스 P. 켈러의 이름을 따서 켈러파라고 불렀다. 렌과 에서는 어디든 농업이 아니라 상업으로 살아가는 정착지에는 메노파가 별로 없다는 사실을 알게 됐다. 그리고 파문자나 다름없고 파이퍼스런 출신임을 들키고 싶지도 않았던 두 사람은 오래전에 어린 시절 신앙을 나타내는 눈에 띄는 복장을 버리고 강가 마을들에 흔한 옷을

---

* 럼과 당밀을 섞은 음료.

입고 다녔다. 머리는 짧게 자르고 수염도 깎았다. 켈러파에서는 결혼하기 전까지는 수염을 기르지 않는 것이 관습이었는데, 결혼해서 턱수염을 기르면 언제든 뺄 수 있는 반지보다 더 분명하게 신분을 드러낼 수 있기 때문이었다. 렌과 에서는 일요일마다 거룩한 감사 교회에 갔고, 하숙하는 집 가족들이 매일 하는 기도도 함께 했으며, 때로는 자신들이 켈러파가 아니었다는 사실조차 잊을 지경이 되었다.

렌은 때로 자신들마저도 왜 여기에 왔으며 무엇을 찾고 있는지 잊었다는 생각을 했다. 그럴 때면 피매튜닝강가에서 에서를 기다리던 밤을, 그리고 그곳까지 자신을 이끈 모든 일들을 돌이켰다. 물리적인 부분들을 기억하기는 쉬웠다. 싸늘하던 공기며 잎사귀 냄새, 매 맞던 순간, 가죽끈을 들어 올려 채찍질하면서 아빠가 짓던 표정까지. 그러나 다른 부분은, 렌이 마음속으로 느끼던 것들은 기억해내기가 힘들었다. 때로는 안간힘을 써야 기억할 수 있었고, 아예 기억이 나지 않을 때도 있었다. 그리고 최악의 경우에는, 집을 떠나 바토스타운을 찾겠다던 그때의 자신이 어린애 같고 우스꽝스럽게 느껴지기까지 했다. 집과 가족의 모습이 어찌나 선명하게 보이는지 실제로 몸이 아플 정도였고, 그럴 때면 생각하게 됐다. 내가 저 모든 것을 한낱 이름 때문에, 허공을 떠도는 목소리 하나 때문에 던져버렸구나. 그래서 이런 떠돌이가 되었는데, 바토스타운은 어디 있단 말인가? 그동안 렌은 시간은 배신자가 될 수 있으며 생각이란 산꼭대기와 같아서 움직임에 따라 매번 다른 모습으로 변화한다는 사실을 알았다.

시간은 또 다른 조화도 부렸다. 시간은 렌을 성장시키고 많은 새로운 걱정거리를 안겨주었다. 이를테면 그 노란 머리 소녀라거나.

후덥지근한 6월 중순, 다가오는 폭풍의 어둠이 석양을 삼켜버린 어느 저녁이었다. 식탁 위에 놓인 초 두 개는 열린 창문으로 새어드는 바람에 흔들릴 일이 없으니 곧게 타올랐다. 렌은 두 손을 포개고 고개를 숙인 채 남은 우유 푸딩을 내려다보고 앉아 있었다. 에서도 똑같은 자세로 옆에 앉아 있었다. 노란 머리 소녀는 두 사람 맞은편에 앉았다. 이름은 애머티 테일러. 소녀의 아버지는 식탁 상석에 앉아서 식후 기도를 하고 있었고, 소녀의 어머니는 식탁 말석에서 경건하게 귀 기울였다.

"…파괴의 날에 당신의 자비로운 옷을 펼쳐 우리를 보호하셨고…"

애머티는 촛불에 드리운 눈썹 그늘에서 눈을 들어 처

음에는 렌을, 그다음에는 에서를 쳐다보았다.

"…당신의 무한한 축복에 감사하오며…"

렌은 그 소녀의 시선을 느꼈다. 그 시선 앞에서 렌의 피부는 얇고 민감하기 그지없었으니, 눈을 들지 않고도 애머티가 뭘 하는지 알았다. 심장이 쿵쾅대기 시작했다. 몸이 뜨거웠다. 에서가 무릎 사이에 잡고 있는 두 손이 눈에 들어왔다. 그 손에 움찔하고 힘이 들어가는 모습을 보니 애머티가 에서도 쳐다보았음을 알 수 있었고, 그러자 정원과 장미 정자 아래 어두운 구석을 생각하며 몸이 더 뜨거워졌다. 테일러 판사가 입을 다물기는 하는 걸까? 마침내 커다란 천둥소리에 묻혀 아멘 소리가 나왔다. 렌은 서두르자고 생각했다. 서둘러 그릇을 치우지 않으면 정원을 걸을 시간이 없을 것이다. 누구에게도 없겠지. 렌은 맨바닥을 긁듯이 의자를 밀어내고 벌떡 일어섰다. 에서도 벌떡 일어났고, 에서와 렌은 식탁에 놓인 접시들을 모으려고 서두르다가 서로를 밀쳐댔다. 촛불 반대편에서 애머티는 천천히 컵을 쌓으며 미소 지었다.

테일러 부인은 큰 요리 접시 두 개를 들고 주방으로 향했다. 복도 문 앞에 선 판사는 마지막 기도를 끝내면 늘 그랬듯이 서재로 가려는 듯했다. 에서가 갑자기 몸을 돌리더니 렌에게 슬쩍 화난 눈빛을 던지며 속삭였다. "넌 빠져."

애머티는 쌓아 올린 컵들을 두 손으로 조심스럽게 잡고 부엌문으로 걸어갔다. 굵게 땋은 노란 머리가 등 뒤로 늘어졌다. 회색 면 드레스 차림이었는데, 목깃이 높고 치마가 긴데도 애머티가 입으니 자기 어머니와는 전혀 달라 보였다. 애머티는 걷는 모습이 기가 막혔다. 렌은 애머티가 걷는 모습을 볼 때마다 심장이 목구멍까지 튀어 올랐다. 렌은 에서를 마주 쏘아보고는, 접시 더미를 들고 성큼성큼 앞서서 애머티를 따라가기 시작했다. 그러자 복도 문 앞에서 테일러 판사가 조용히 말했다. "렌, 그릇 내려놓고 나서 서재로 오게. 설거지 한 번쯤은 자네 없이 할 수 있겠지."

렌은 멈춰 서서 놀라고 불안한 눈빛으로 테일러를 보았다. "네, 판사님." 테일러는 고개를 끄덕이고 나갔다. 렌은 잽싸게 에서를 보았고, 에서는 대놓고 당황한 얼굴이었다.

"뭘 원하는 거지?" 에서가 물었다.

"내가 어떻게 알아?"

"이것 봐. 이것 봐. 혹시 무슨 짓이라도 했어?"

애머티가 발목 주위로 우아하게 치맛자락을 펄럭이며 천천히 회전문을 통과했다. 렌은 얼굴을 붉혔다.

"너나 나나 똑같아, 에서." 렌은 화가 나서 말하고 애머티를 따라가서 들고 간 접시들을 싱크대에 내려놓았다. 애머티가 소매를 걷어 올리면서 어머니에게 말했다. "렌은 오늘 밤에 우릴 도울 수 없대요, 아빠가 부르셔서."

레바 테일러가 스토브에서 몸을 돌렸다. 석탄 위에서 설거지물 한 솥이 끓고 있었다. 레바는 순하고 상냥하며 텅 빈 얼굴이었는데, 렌은 오래전에 레바를 호기심이 없는 사람이라고 단정 지었다. 그런 사람에게는 인생이 쉽게 흘러갔다.

"저런, 저런, 뭔가 잘못하지 않은 건 확실하니, 렌?"

"아니었으면 좋겠네요, 부인."

애머티가 말했다. "분명히 마이크 듀린스키와 그 창고 때문일 거야."

"듀린스키 씨라고 해야지." 레바 테일러가 날카롭게 말했다. "그리고 설거지나 하려무나, 아가씨. 그게 네가 할 일이니까. 가보렴, 렌. 판사님께선 너에게 충고를 좀 해주고 싶으신 걸 거야. 들어서 나쁠 것 없지."

"네, 부인." 렌은 그렇게 대답하고 부엌을 나가 식당을 가로지르고 복도를 따라 서재로 향하는 내내 혹시 정원에서 애머티에게 키스하는 모습을 본 걸까, 아니면 정말로 듀린스키 일 때문일까, 아니면 뭘까 생각했다. 판사의 서재에 가본 적은 많았고, 판사와 함께 책과 과거와 미래와 때로는 현재에 대해서까지 대화를 자주 나누기도 했지만, 이런 식으로 불려 가기는 처음이었다.

서재 문은 열려 있었다. 테일러가 말했다. "들어오너라, 렌." 테일러는 창문을 비스듬히 보게 놓인 큰 책상 앞에 앉아 있었다. 창문은 서쪽으로 났는데, 그 위에 보이는 하늘은 숯으로 박박 문지른 것처럼 탁한 검은색이었다. 나무들은 색을 잃고 병들어 보였고, 한쪽을 달리는 강은 납 끈 같았다. 테일러는 옆에 켜지 않은 초 한 자루와 펼치지 않은 책 한 권을 둔 채 앉아서 밖을 보고 있었다. 몸집이 작은 편이었고, 뺨은 매끈하고 이마가 높이 솟았다. 머리와 턱수염은 언제나 깔끔하게 다듬었고, 리넨 셔츠는 매일 새것으로 갈아입었으며, 어두운색의 무늬 없는 정장은 레퓨지 시장에 들어오는 제일 좋은 옷감으로 재단했다. 렌은 테일러가 좋았다. 이 사람은 책을 가지고 있었고 읽었으며 다른 사람들에게도 읽으라고 권했고, 지식을 두려워하지 않으면서도 직업상 필요한 것 이상으로 지식을 과시하지 않았다. 렌에게도 자주 이렇게 말했다. "스스로가 지나친 관심을 기울이지 않으면, 많은 소동을 피할 수 있지."

지금, 테일러는 렌에게 들어와서 문을 닫으라고 했다.

"아무래도 우리가 정말 진지한 대화를 나눠야 할 것 같네. 자네 혼자 왔으면 한 것은 어떤… 그러니까 어떤 다른 영향도 받지 않고 생각하고 결정해줬으면 해서야."

"에서에 대해서 높이 평가하지 않으시죠?" 렌은 판사가 마련해둔 자리에 앉으며 물었다.

"그래." 테일러가 대답했다. "하지만 그건 중요하지 않네. 내가 자네를 아주 높이 평가한다는 게 중요하지. 그리고 지금 우린 인격 문제는 제쳐두고 이야기할 걸세. 렌, 자네는 마이크 듀린스키 밑에서 일하지."

"네, 맞습니다." 렌은 대답하면서 약간 곤두섰다. 그러니까 듀린스키 문제였구나.

"계속 그자 밑에서 일할 건가?"

렌은 아주 잠시 망설이고 바로 대답했다. "네, 그렇습니다."

테일러는 새카만 하늘과 흉한 황혼을 내다보며 생각에 잠겼다. 아름다운 갈래 섬광이 구름을 타고 내려왔다. 렌이 천천히 숫자를 헤아리다가 일곱에 이르자 천둥소리가 뒤따랐다. "아직 폭풍은 멀리 있네요."

"그래, 하지만 곧 따라잡겠지. 저 방향에서 올 때는 언제나 그래. 렌, 작년에 책을 많이 읽은 것으로 아는데, 책에서 배운 게 있나?"

렌은 애정 어린 눈으로 서가를 훑었다. 제목을 보기에는 어두웠지만, 그래도 크기와 위치로 책을 알아보았다. 정말이지 그동안 많은 책을 읽었다.

"그랬으면 좋겠습니다." 렌이 말했다.

"그렇다면 배운 바를 적용하게. 배운 바를 따로 머릿속 찬장에 가둬놓아서는 아무 소용이 없어. 소크라테스를 기억하나?"

"네."

"소크라테스는 자네나 나는 꿈도 못 꿀 만큼 위대하고 현명한 사람이었지만, 그래도 법체계와 대중의 믿음 전체에 부딪혔을 때는 몸을 구하지 못했어."

다시 번개가 쳤고, 이번에는 천둥이 울리기까지 간격이 짧아졌다. 바람이 불어 사방의 나뭇가지를 뒤흔들고 납 띠 같던 강물을 흔들기 시작했다. 멀리 부둣가에서 일하던 사람들이 서둘러 바지선을 잡아 묶거나, 짐짝과 자루들에 덮개를 씌우느라 법석이었다. 육지 쪽에서는 나무들 사이로 하얗게 칠했거나 풍상에 닳아 은색이 된 레퓨지의 집들이 사위어 가는 마지막 햇빛을 받아 반짝였다.

"왜 앞당기고 싶어 하나?" 테일러가 조용히 물었다. "자네가 살아서 보지도 못할 테고, 자네 자식들이나 손주

들도 보지 못할 텐데. 어째서인가, 렌?"

"무엇이요?" 렌은 어리둥절해서 되물었다가, 테일러가 대답하자 숨을 들이켰다. "왜 도시들을 다시 불러오고 싶어 하는 건가?"

렌은 갑자기 1미터 앞에 있는 테일러가 그림자로만 보이도록 짙어진 어둠 속을 바라보며 침묵했다.

"그들은 파괴 이전에도 죽어가고 있었어." 테일러가 말했다. "메갈로폴리스는 제 하수에 잠기고, 제가 뿜은 오염 가스에 숨이 막히고, 제 인구에 파묻히고 으깨지고 있었네. '도시'라고 하면 음악적인 단어로 들리지만, 그 도시에 대해 자네가 정말로 아는 게 뭔가?"

두 사람은 이전에도 이런 대화를 나눈 적이 있었다. "제 할머니는 예전에…"

"그 시절 그분은 어린아이였고, 어린아이들은 오물과 추악함과 붐비는 가난과 범죄를 보기가 힘들지. 도시들은 땅에서 나는 모든 생명을 제 안으로 빨아들여 부수고 있었네. 사람은 개인이 아니라 거대한 기계의 부품이 되었고, 모두가 같은 취향과 같은 생각을 하고, 교육이 아니라 오직 무지 위에 알팍한 캐치프레이즈를 덕지덕지 붙였을 뿐인 대량 생산 교육을 받아 한 가지 패턴으로만 깎여들어갔지. 왜 그런 삶을 다시 불러오고 싶어 하나?"

오래된 논쟁이었으나, 완전히 예상치 않은 방향으로 적용되었다. 렌은 말을 더듬었다. "전 도시들에 대해 이렇게도 저렇게도 생각하지 않았습니다. 그리고 듀린스키 씨의 새 창고들이 도시와 무슨 상관인지 모르겠습니다."

"렌, 자네가 스스로에게 정직하지 않으면 인생도 자네에게 정직하지 않을 거야. 멍청한 사람이라면 이해하지 못했다고 말하면서도 정직할 수 있겠지만, 자네는 아니지. 자네가 아직도 너무 어려서 눈앞의 사실 말고는 생각을 못 한다면 또 모를까."

렌은 맹렬히 반박했다. "전 결혼해도 될 나이입니다. 그 정도면 어떤 면으로 봐도 충분히 나이를 먹었죠."

"맞는 말이야." 테일러가 말했다. "그렇지. 이제 비가 오는군. 렌, 창문을 닫게 도와주겠나." 두 사람은 창문을 다 닫았고, 테일러는 촛불을 켰다. 서재는 이제 참을 수 없이 답답하고 더워졌다. "서늘한 바람이 불 때면 꼭 창을 닫아야 한다니 안타까운 일 아닌가. 그래, 자네는 결혼해도 될 만큼 나이를 먹었고, 애머티도 그런 생각을 하고 있지 싶네. 자네도 그런 가능성을 고려해봤으면 좋겠군."

렌의 심장이 애머티가 얽히면 늘 그랬던 방식대로 뛰기 시작했다. 미친 듯이 흥분되면서 동시에 발 앞에 덫이 놓인 기분도 들었다. 렌은 다시 의자에 앉았고, 빗발이 우

148
아득한 내일

박처럼 창문을 두드려댔다.

테일러는 천천히 말했다. "레퓨지는 이대로 훌륭한 마을이야. 여기에서라면 자네도 좋은 인생을 누릴 수 있어. 내가 부두에서 빼내어 변호사로 만들어줄 테니, 시간이 지나면 중요한 사람이 되겠지. 공부할 여유도 있을 테고, 저기 저 책들에 담긴 세상의 모든 지혜도 누릴 수 있네. 그리고 애머티가 있지. 그게 내가 줄 수 있는 것들이야. 듀린스키는 뭘 준단 말인가?"

렌은 고개를 내저었다. "전 맡은 일을 하고 돈을 받을 뿐입니다. 그게 다예요."

"자네도 듀린스키가 법을 어긴다는 걸 알 텐데."

"바보 같은 법이죠. 창고 하나 정도…"

"이 경우에는 창고 하나를 더 지으면 수정헌법 제13조를 어기게 되네. 이 땅에서 가장 근본이 되는 법이야. 사람들이 넘어가주지 않을 걸세."

"하지만 그건 불공평합니다. 여기 레퓨지에 사는 사람 누구도 강 이쪽에 무역량을 다 소화할 창고와 부두와 주거지가 없다는 이유만으로 섀드웰이 나타나서 사업을 잔뜩 가져가는 사태를 보고 싶어 하지 않아요."

"창고를 하나 더 지으면…" 테일러는 렌이 한 말을 일부러 반복했다. "그 창고 때문에 돌아갈 부두가 더 필요하고, 무역상들이 묵을 집이 더 있어야 하고, 그러다 보면 또 창고가 필요해지고, 그렇게 해서 도시가 태어나는 거야. 렌, 혹시 듀린스키가 자네에게 바토스타운 이야기를 하던가?"

애머티 때문에 거세게 뛰고 있던 렌의 심장이 갑작스러운 공포에 딱 멈췄다. 렌은 몸을 떨고는 완벽하게 진실 그대로 대답했다. "아니요, 아닙니다. 그런 적 없습니다."

"그냥 궁금했네. 바토스타운 사람이 할 법한 짓이라서 말이야. 하지만 마이크야 어린 시절부터 알고 지냈는데, 그런 영향을 받을 만한 일은 기억할 수 없군. 그래, 아니겠지. 하지만 그렇다고 마이크가 무사하진 않을 테고, 렌 자네도 마찬가질세."

렌은 조심스럽게 말했다. "이해가 가지 않습니다."

"자네와 에서는 이방인이지. 자네들이 여기 방식에 거스르지 않는 한은 사람들이 받아줄 테지만, 거스를 때는… 조심하게나." 테일러는 책상에 팔꿈치를 대고 렌을 보았다. "자네는 스스로에 대해 완전히 솔직하지 않았어."

"판사님께 거짓말을 한 적은 없습니다."

"거짓말을 할 필요도 없지. 어쨌든 나도 추측할 수 있어. 자네는 시골 사람이야. 신메노파였을 거라고 단언하겠네. 그리고 집에서 도망쳤지. 왜?"

"아마…" 렌은 함정 앞에 선 사람이 발걸음을 조심하듯 말을 골랐다. "제가 얼마나 알 권리가 있냐를 두고 아버지와 의견이 맞지 않아서였겠죠."

"거기까진 괜찮지만, 더 멀리 가선 안 돼." 테일러가 생각에 잠겨서 말했다. "언제나 긋기 어려운 선은 있지. 종파마다 알아서 어느 정도는 그 선을 결정해야 하고, 사람도 마찬가지야. 자네는 스스로의 한계를 찾았나?"

"아직 아닙니다."

"찾게." 테일러가 말했다. "너무 멀리 가버리기 전에."

그들은 잠시 동안 말없이 앉아 있었다. 비가 쏟아졌고 번갯불이 떨어지기 전에 쉭 소리가 들릴 정도로 가까워졌다. 뒤따르는 천둥이 폭발하듯 집을 흔들었다.

테일러가 물었다. "수정헌법 제13조가 왜 통과되었는지 이해하나?"

"더는 도시가 생기지 않게 하려고요."

"그게 맞지만, 그 차단의 근거는 이해하고 있나? 나도 믿는 사람들 속에서 컸고, 공공연히라면 그 신앙의 어느 부분이라도 부정할 생각이 없지만, 여기에서만 말하자면 나는 하느님께서 죄가 많다는 이유로 모든 도시를 파괴하라 지시하셨다고는 믿지 않네. 그러기엔 역사책을 너무 많이 읽었거든. 적이 중요한 대도시들을 폭격한 것은 그곳들이 훌륭한 표적이었기 때문이야. 인구의 중심이자 제조와 분배의 중심이었고, 그 도시들을 없앤다는 건 사람의 머리를 자르는 것과 비슷했기 때문이지. 그리고 그 의도대로 됐네. 어마어마하게 복잡한 공급 체계가 망가지고, 폭격당하지 않은 도시들은 위험할 뿐 아니라 쓸모가 없었기에 버려야 했으며, 모두가 단순하고 기본적인 생존으로 되돌아가야 했지. 그것도 주로 식량을 찾는 생활로."

"새로운 법을 만든 사람들은 다시는 그런 일이 일어나선 안 된다고 마음먹었네. 이제는 사람들을 흩어져 살게 했고, 계속 그렇게, 공급의 원천에 가깝게 지내면서 어떤 적이라도 쉬운 목표를 공격할 일이 없게 하려 하지. 그래서 수정헌법 제13조를 통과시킨 거야. 현명한 법이었네. 그때 사람들에게도 맞았고. 그 사람들은 도시가 어떤 죽음의 함정이 될 수 있는지 무섭고도 싫은 교훈을 얻은 직후였어. 그때 사람들은 더는 그런 교훈을 얻고 싶지 않았고, 서서히 그 생각은 신념이 되었지. 이 나라는 수정헌법 제13조 아래 건강하고 풍요롭게 지냈네, 그러니 그대로 두게."

"그 말씀이 맞을지도 모르죠." 렌은 찌푸린 얼굴로 촛불을 보며 말했다. "하지만 듀린스키 씨가 이 나라는 이제 정말로 다시 성장하기 시작했으니 철 지난 법으로 막아서는 안 된다고 할 때면, 그 말씀도 옳다고 생각해요."

"듀린스키의 말에 현혹되지 말게. 그자는 나라에 대해 걱정하지 않아. 창고를 네 채 소유하고서 다섯 번째 창고를 원하는 사람이고, 법이 그럴 수 없다고 하니까 화가 났을 뿐이야."

판사가 일어섰다.

"자네 생각에 무엇이 옳은지는 스스로 결정해야겠지. 하지만 한 가지는 분명하게 해두고 싶군. 나만이 아니라 아내와 딸에게도 그 문제를 생각해보게 했네. 자네가 듀린스키와 계속 같이 한다면, 내 집에서는 나가야 해. 애머티와 산책할 일도 없어. 책을 빌려줄 일도 없고. 그리고 경고해두는데, 내가 자네를 판결할 입장에 서야 한다면 그렇게 할 걸세."

렌도 일어섰다. "알겠습니다."

테일러는 한 손을 렌의 어깨에 짚었다. "어리석게 굴지 말게. 잘 생각해봐."

"그러겠습니다." 렌은 분개하고 언짢으면서 동시에 판사의 말이 이치에 맞는다는 생각을 하며 서재를 나섰다. 애머티, 결혼, 공동체 속의 자리, 미래, 뿌리… 듀린스키만 없으면 더는 의심도 없다. 바토스타운도 없다. 꿈도 없다. 계속 찾아 헤매면서 찾지 못하는 일도 끝이다.

렌은 애머티와의 결혼에 대해, 결혼하면 어떨지에 대해 생각했다. 어찌나 겁이 나는지 처음 마구를 채우는 망아지처럼 땀이 흘렀다. 꿈꾸는 시간은 완전히 끝이 나겠지. 렌은 지금쯤 어린 메노파 여러 명의 아버지가 되었을 제임스 형을 생각했고, 과연 레퓨지와 파이퍼스런과 그렇게 다를지, 애머티에게 이렇게 멀리까지 올 가치가 있었는지 생각했다. 애머티, 아니면 플라톤에게 파이퍼스런에 있었다면 플라톤을 읽지는 못했을 테고, 레퓨지에 온 렌은 플라톤을 읽었다. 하지만 플라톤도 완전한 답 같지는 않았다.

바토스타운도 끝이다. 하지만 이대로 산다고 바토스타운을 찾는 날이 오기는 할까? 한 여자를 허깨비와 맞바꿀 생각을 하다니 미친 걸까?

복도는 한 번씩 내리치는 번개의 섬광 외에는 어두웠다. 계단 아래를 지나칠 때도 번개가 쳤고, 그 짧은 순간에 렌은 에서와 애머티가 계단 아래 삼각형 벽감에 있는 모습을 보았다. 둘은 몸을 바싹 붙이고 있었고, 에서가 격하게 키스하는데 애머티는 저항하지 않고 있었다.

154
아득한 내일

9

　안식일 오후였다. 두 사람은 장미 정자 그늘에 서 있었고, 애머티는 렌을 노려보고 있었다.

　"넌 내가 그런 짓을 하는 모습을 못 본 거야. 혹시 누구한테든 봤다고 말하면 난 네가 거짓말을 한다고 할 거야!"

　"난 내가 뭘 봤는지 알고, 너도 알지." 렌이 말했다.

　애머티는 고개를 젖히면서 굵게 땋은 머리채를 흔들었다. "난 너와 약혼하지 않았어."

　"약혼하고 싶기는 해, 애머티?"

　"아마도. 잘 모르겠어."

　"그럼 왜 에서에게 키스한 거야?"

"그야 당연하지." 애머티는 아주 합리적으로 대답했다. "해보지 않으면 내가 둘 중 누굴 더 좋아하는지 어떻게 알겠어?"

"알았어." 렌은 말했다. "그렇다면 좋아." 렌은 손을 뻗어 애머티를 끌어당겼고, 에서가 어떻게 했는지 생각하고 있었던 터라서 손길이 조금 거칠었다. 렌은 처음으로 애머티를 제대로 꽉 끌어안았고, 그 몸이 얼마나 부드럽고 단단한지, 얼마나 황홀한 곡선으로 이루어져 있는지 느꼈다. 애머티의 눈이 바로 앞에 다가와 있었는데, 너무 가까워서 파란색만 보일 뿐 모양이 보이지 않았고, 렌은 현기증을 느끼며 눈을 꽉 감고 감촉으로만 입술을 찾았다.

그리고 잠시 후에 애머티를 살짝 밀어내고 물었다. "이제 어느 쪽이야?" 렌은 온몸을 떨고 있었지만, 애머티는 뺨이 아주 살짝 붉어졌을 뿐 꽤 냉정한 눈으로 렌을 보다가 미소 지었다.

"모르겠는데. 한 번 더 해봐야겠어."

"에서한테도 그렇게 말했어?"

"내가 에서에게 뭐라고 했는지 무슨 상관이야?" 다시 한번 노란색 많은 머리가 드레스 등 뒤로 이리저리 흔들렸다. "네 일에나 신경 써, 렌 콜터."

"그걸 내 일로 만들 수도 있어."

"누가 그래?"

"너희 아버지가 그러더라."

"아, 그랬단 말이지." 갑자기 둘 사이에 커튼이 떨어진 것 같았다. 애머티는 뒤로 물러서서 입을 굳게 다물었다.

"애머티, 그게 아니야. 들어봐, 난…"

"나 혼자 있게 내버려둬. 내 말 들려, 렌?"

"이젠 뭐가 그렇게 달라졌는데? 조금 전까지는 너도 하고 싶어 했잖아."

"하고 싶어 했다고! 네가 아는 건 그것뿐이지. 그리고 네가 나 몰래 아버지에게 찾아갔다는 이유만으로…"

"몰래 찾아간 게 아니야. 애머티, 들어봐." 렌은 애머티를 다시 잡아 끌어당겼고, 애머티는 잇새로 날카로운 소리를 냈다. "이거 봐. 난 네 것이 아니야. 누구 것도 아니야! 놔줘…"

렌은 몸부림치는 애머티를 끌어안았다. 흥분이 됐고, 렌은 웃으면서 고개를 숙여 다시 키스했다.

"아, 그러지 마, 애머티. 사랑해…"

애머티는 고양이처럼 날카로운 소리를 내며 렌의 뺨을 할퀴었다. 렌은 손을 놓았고, 애머티는 이제 예쁘지 않았다. 얼굴을 있는 대로 일그러뜨리고 눈은 사나웠다. 애머티는 오솔길로 달려가버렸다. 공기는 따스했고 주위에는 장미 냄새가 진하게 풍겼다. 렌은 잠시 동안 그대로 서서 애머티의 뒷모습을 보다가, 천천히 집으로 걸어가서 에서와 함께 쓰는 방으로 올라갔다.

에서는 침대에 누워 반쯤 잠든 상태였다. 렌이 들어가도 끙 소리만 내고 돌아누웠다. 렌은 얕은 찬장 문을 열었다. 거친 캔버스 천으로 만든 작은 자루를 하나 꺼내 차근차근 소지품을 담았는데, 물건 하나하나를 굳이 그럴 필요 없는데도 세게 던져 넣었다. 얼굴은 상기되었고 이마는 험상궂게 일그러졌다.

에서가 다시 몸을 돌리더니, 눈을 껌벅이며 렌을 보고 물었다. "대체 뭘 하는 거야?"

"짐 싸."

"짐을 싸다니!" 에서가 일어나 앉았다. "왜?"

"보통 짐을 싸는 이유가 뭔데? 난 떠나." 에서의 발이 바닥을 때렸다. "너 미쳤어? 그냥 그렇게 떠난다니, 무슨 소리야? 나하고 상의도 하지 않고?"

"내가 떠난다는 사실에 대해서는 네가 할 말이 없지. 넌 하고 싶은 대로 하면 돼. 조심해. 나 그 장화 가지고 갈 거야."

"좋아! 하지만 너는… 잠깐만. 네 뺨에 그건 뭐야?"

"뭐?" 렌은 손등으로 뺨을 닦았다. 작게 붉은 얼룩이 져 있었다. 애머티가 깊이 할퀸 것이다. 에서가 소리 내어 웃기 시작했다. 렌은 허리를 폈다. "뭐가 웃겨?"

"결국 널 걷어찼나 보구만? 아, 고양이가 할퀴었단 소리 같은 건 하지 마. 손톱자국을 딱 보면 알거든. 잘됐네. 내가 애머티에게 가까이 가지 말라는데 듣질 않더니만. 내가…"

"넌…" 렌은 조용히 물었다. "애머티가 네 거라고 생각해?"

에서가 미소 지었다. "나도 똑같은 말을 해주고 싶네."

렌은 에서를 때렸다. 살면서 순수한 분노로 누군가를 때리기는 처음이었다. 렌은 에서가 침대에 쓰러지는 모습을 보았다. 놀라서 눈이 툭 튀어나온 데다 입가에서는 가늘게 붉은 피가 흘러내렸고, 그 모든 일이 너무나 느리게 일어나서 렌이 죄책감과 후회와 혼란을 느낄 시간이 넉넉하게 주어졌다. 마치 형을 때린 것 같은 기분이었다. 하지만 아직도 화가 났다. 렌이 가방을 잡고 문으로 걸어가려 하자, 에서가 침대에서 벌떡 일어나더니 재킷 어깨를 잡고 홱 돌려세웠다. "날 때려?" 에서가 씩씩거렸다. "날 때린단 말이지. 이 더러운…" 에서는 강가 부두에서 익힌 욕설을 던지며 주먹을 세게 휘둘렀다.

렌은 몸을 숙였다. 에서의 손가락 관절이 렌의 턱선을 스치고 단단한 문설주에 박혔다. 에서는 주먹을 반대쪽 팔 아래 끼고 욕을 하고 울부짖으며 펄쩍펄쩍 뛰었다. 렌은 미안하다 비슷한 말을 하려다가 마음을 바꾸고 다시 돌아섰다. 그런데 테일러 판사가 복도에 있었다.

"그만하게." 테일러가 말하자 에서는 입을 닫고 방 한가운데에 멈춰 섰다. 테일러는 두 사람을 번갈아 보더니 렌의 손에 들린 가방을 보았다. "애머티와 이야기를 했네." 렌은 테일러가 법관답게 예의를 지키면서도 사실은 화가 나서 부글부글 끓고 있음을 알아보았다. "안타깝군, 렌. 내가 판단을 잘못한 모양이야."

"예, 판사님." 렌이 말했다. "전 그냥 가겠습니다."

테일러는 고개를 끄덕였다. "그렇다 해도 내가 한 말은 사실일세. 기억하게나." 그러고는 에서를 날카롭게 보았다.

"보내세요." 에서가 말했다. "전 여기 남을 겁니다."

"내 생각은 다르네." 테일러가 말했다.

에서가 말했다. "하지만 저놈이…"

"제가 먼저 때렸습니다." 렌이 말했다.

"그건 상관없어. 자네도 짐을 싸게, 에서."

"하지만 왜요? 전 방세를 충분히 냈습니다. 아무 짓도 하지 않았고…"

"자네가 정확히 무슨 짓을 했는지는 아직 모르겠네만, 어쨌든 그것도 끝이야. 이 방은 이제 아무에게도 빌려주지 않아. 그리고 한 번만 더 내 딸 주위에 얼씬거리면 아예 이 마을에서 쫓아내겠네. 알아들었나?"

에서는 판사를 노려보았지만 아무 말도 하지 않았다. 에서는 침대 위에 소지품을 던져 쌓기 시작했고, 렌은 판사 옆을 지나쳐 복도를 걸어서 계단을 내려갔다. 뒷문으로 나가면서 주방 옆을 지나친 렌은 반쯤 열린 문 사이로 식탁 위에 몸을 굽히고 들고양이처럼 울어대는 애머티의 모습을 보았다. 당황한 얼굴로 그 모습을 지켜보는 테일러 부인은 한 손을 들어 딸의 어깨를 토닥이려다가 멈추고 자신이 하려던 일을 잊어버린 듯했다.

렌은 장미 정자를 피해서 뒷문으로 나갔다.

마을에는 안식일이 조용하고 무겁게 내려앉아 있었다. 렌은 골목길만 골라서 흙바닥을 꾸준히 걸었다. 어디로 갈지 아무 생각도 나지 않았지만, 습관과 레퓨지의 전체 형상 때문에 강으로 내려가서 듀린스키의 거대한 창고 네 채가 줄지어 선 부둣가로 향했다. 렌은 불분명하고 부루퉁한 기분으로 그곳에 멈춰서서, 이제야 겨우 지난 몇 분 사이에 사태가 급격히 변했다는 사실을 깨달았다.

병유리 같은 초록색 강물이 흘러가고, 반대쪽 강둑에 자란 숲 사이로 새드웰의 지붕들이 뜨거운 햇빛을 받아 반짝였다. 부둣가에는 강배가 줄줄이 묶여 있었다. 그 배들에 속한 남자들은 마을 안에 있거나, 갑판 아래에서 자고 있었다. 강물과 구름, 그리고 어느 바지선 앞 갑판에서 혼자 놀고 있는 어린 고양이를 제외하면 아무것도 움직이지 않았다. 오른쪽으로 더 내려가면 보이는 크고 휑한 사각형이 새로 짓는 창고 자리였다. 주춧돌은 이미 놓였다. 기둥과 판자들이 옆에 깔끔하게 쌓였고, 제재소 하나가 연노란색 톱밥 가루를 깔고 앉아 있었다. 서로 멀찍이 사이를 두고 두 남자가 눈에 띄지 않는 그늘 속에 느긋하게 누워 있었다. 렌은 얼굴을 찌푸렸다. 그 둘이 경비라도 서는 것처럼 보여서였다.

실제로 그런지도 몰랐다. 어리석은 사람이 가득한 어리석은 세상이었다. 아주 사소한 것이라도 달라지면 하늘이 다 내려앉을 줄 아는 걱정 많은 사람들. 어리석은 세상. 렌은 그 세상이 미웠다. 애머티는 그 세상에 살았고, 어딘가에 있을 바토스타운은 영영 찾지 못할 만큼 꼭꼭 숨어 있었으며, 인생은 어둡고 좌절만 가득했다.

렌이 아직 생각에 잠겨 있는 사이, 에서가 뒤따라 부둣가로 왔다.

에서는 서둘러 싼 짐을 들고 있었고, 얼굴은 보기 흉하게 붉었다. 입술 한쪽은 부었다. 에서는 짐을 던지듯 내려놓고 렌 앞에 서서 말했다. "너하고 정리할 일이 몇 가지 있다."

렌은 코로 거세게 숨을 들이마셨다. 에서가 두렵지는 않았고, 지금은 싸움이 반가울 정도로 사납고 추레한 기분이었다. 에서가 키는 더 컸지만 렌이 어깨가 더 넓고 몸이 두꺼웠다. 렌은 몸을 구부리고 기다렸다.

"네가 무슨 짓을 하려고 했길래 우리가 쫓겨난 건데?" 에서가 물었다.

"난 떠났어. 쫓겨난 건 너지."

"훌륭한 사촌답네. 네가 그 노친네 테일러에게 뭐라고 했길래 이런 거야?"

"아무 말도 안 했어. 그럴 필요도 없었고."

"그건 무슨 뜻인데?"

"그 사람은 널 좋아하지 않는다는 뜻이야. 진짜 싸우고 싶은 게 아니면 굳이 싸움 걸지 마, 에서."

"속이 쓰린가 보네? 얼마든지 화내봐. 내가 한 가지 말해두지. 판사에게 가서 일러바쳐도 돼. 아무도 날 애머티에게서 떼어놓을 수 없어. 난 언제든 보고 싶을 때 애머티를 볼 거고, 뭐든 하고 싶은 일을 할 거야. 걔네 아버지가 날 싫어하든 말든, 애머티는 날 좋아하니까."

"입만 살았네." 렌이 말했다. "넌 그것밖에 없어. 허풍
떠는 입밖에 없다고."

에서는 신랄하게 말했다. "너만 아니었으면 난 집을 떠
나지도 않았어. 지금도 고향에 있을 테고, 아마 지금쯤이
면 농장 하나를 가졌겠지. 내가 원했다면 아내와 아이들
도 있었을 거야. 이렇게 죽어라 온 나라를 떠돌아다니면
서 거길 찾아다니는 대신…"

"닥쳐." 렌이 사납게 말했다.

"좋아. 하지만 넌 내가 무슨 말을 하는지 알지. 오늘 밤
에 내가 어디에서 잘지도 모르면서 말이야. 렌, 넌 말썽
그 자체야. 넌 언제나 나에게 골칫거리였고, 이젠 내 여자
와 말썽을 일으켰어."

렌은 분개한 나머지 말했다. "에서, 넌 겁 많은 거짓말
쟁이야." 그러자 에서가 렌을 때렸다.

렌은 너무 화가 난 나머지 경계 자세조차 잊고 있었고,
주먹은 불시에 날아왔다. 그 주먹은 모자를 날려버리고
아주 아프게 광대뼈를 쳤다. 렌은 날카로운 숨을 들이켜
고 에서에게 달려들었다. 두 사람이 부둣가에서 1, 2분쯤
엎치락뒤치락 치고받는데 문득 에서가 말했다. "잠깐. 잠
깐. 누가 온다. 안식일에 싸우다가 걸리면 어떻게 되는지

알지."

두 사람은 헉헉거리며 떨어졌다. 렌은 아무 짓도 하지 않은 척하면서 모자를 집었다. 시야 언저리에 마이크 듀린스키와 다른 두 남자가 부두로 다가오는 모습이 보였다.

"이건 나중에 마저 하자." 렌은 에서에게 속삭였다.

"물론이지."

둘은 한쪽에 비켜섰다. 듀린스키가 두 사람을 알아보고 미소 지었다. 덩치가 크고 건장한 남자로, 배 둘레가 살짝 커지고 있었다. 반짝이는 두 눈은 보이지 않는 곳에 있는 많은 것을 포함해 모든 것을 보는 듯했지만, 미소를 지을 때조차 따스해지지 않는 차가운 눈이기도 했다. 렌은 마이크 듀린스키를 우러러보았다. 존경했다. 하지만 특별히 좋아하지는 않았다. 지금 같이 오는 두 남자는 아메스와 위너리였는데, 둘 다 창고 주인이었다.

듀린스키가 말했다. "왜, 프로젝트라도 살펴보고 있었나?"

"그런 건 아닙니다." 렌이 말했다. "저희는, 어… 오늘 밤에 저희가 사무실에서 자도 괜찮을까요? 저희가… 이제는 테일러 가에 묵지 않아서요."

"오?" 듀린스키가 눈썹을 치켜올렸다. 아메스가 웃음

소리라고 하기 애매한 소리를 냈다. "물론이지. 편히 지내게나. 열쇠는 가지고 있고? 잘됐군. 갑시다, 여러분."

듀린스키가 위너리와 아메스와 함께 멀어졌다. 렌은 가방을, 에서는 짐 꾸러미를 집어 들고 부두 위쪽에 있는 사무실로 되짚어 걸어갔다. 네 개 창고의 서류 일을 처리하는 기다란 2층짜리 건물이었다. 렌이 열쇠를 가지고 있는 건 아침에 사무실 문을 여는 것도 렌의 일이기 때문이었다. 렌이 자물쇠를 푸는 사이, 에서는 뒤를 돌아보고 말했다. "두 사람을 데려가서 건물 토대를 보여주는데? 둘 다 별로 기뻐 보이진 않는다."

렌도 흘긋 뒤를 돌아보았다. 듀린스키는 팔을 휘저으며 역동적으로 말하고 있었으나, 아메스와 위너리는 걱정스러운 얼굴로 고개를 젓고 있었다.

"저 사람들을 설득하려면 말만으로는 안 될 거야." 에서가 말했다.

렌은 꿍 소리를 내고 안으로 들어갔다. 몇 분 후, 두 사람이 소지품을 넣어두려고 다락으로 올라가고 나서 누군가가 들어오는 소리가 났다. 듀린스키였고, 혼자였다. 듀린스키는 두 사람을 똑바로 노려보며 말했다. "자네들도 겁이 나나? 자네들도 날 버리고 도망칠 건가?"

그러고는 대답할 시간도 주지 않고 고갯짓으로 바깥을

가리켰다.

"저치들은 겁먹었어. 자기들도 창고를 더 짓고 싶어 하면서. 레퓨지가 성장해서 자기들을 부자로 만들어주기를 바라면서 위험은 지고 싶어 하지 않아. 우선 나에게 무슨 일이 벌어지는지 보고 싶어 하지. 개자식들. 우리 모두가 함께 일하자고 설득해봤는데… 그래서, 판사는 왜 자네들을 내쫓았나? 나 때문인가?"

"그게…" 렌은 말했다. "맞습니다."

에서는 놀란 얼굴이었지만 아무 말도 하지 않았다.

"내겐 자네들이 필요해." 듀린스키가 말했다. "구할 수 있는 일손은 다 필요해. 자네들이 남았으면 좋겠지만, 붙잡으려 하진 않겠네. 걱정된다면 지금 떠나는 편이 낫겠지."

"렌은 모르겠지만, 저는 남을 겁니다." 에서가 씩 웃으며 말했다. 창고에 대해 생각하는 게 아니었다.

듀린스키는 렌을 쳐다보았다. 렌은 얼굴을 붉히고 바닥을 보았다. "모르겠습니다. 여기 남기가 두려운 건 아니지만, 어쩌면 레퓨지를 떠나서 하류로 가고 싶을지도 모르겠어요."

"난 꾸려나갈 걸세." 듀린스키가 말했다.

"그러실 줄 압니다." 렌은 완강하게 말했다. "그래도 생각해보고 싶습니다."

"내 옆에 남아서 부자가 되게." 듀린스키가 말했다.
"내 고조부님은 폴란드에서 여기로 오셨고, 모든 게 이미
지어져 있었기에 부자가 될 기회가 없었지. 하지만 이젠
모든 게 다시 지어질 준비가 됐고, 난 바닥부터 쌓아 올
릴 거야. 판사가 무슨 소리를 했을지 알아. 그 친구는 부
정론자야. 뭐든 믿기를 두려워하지. 난 아닐세. 난 이 나
라의 위대함을 믿고, 이 나라가 다시 성장하려면 이 시대
에 뒤떨어진 족쇄를 부숴야 한다는 걸 알아. 족쇄가 저절
로 부서지진 않겠지. 누군가가, 자네와 나 같은 남자들이
해내야 해."

"네," 렌이 말했다. "하지만 그래도 전 생각해보고 싶
습니다."

듀린스키는 렌을 찬찬히 살피더니 미소 지었다. "자넨
남의 말에 쉽게 움직이는 사람이 아니군. 그렇지? 나쁜
자질은 아니야. 좋아, 생각해보게."

듀린스키가 나갔다. 렌은 에서를 쳐다보았지만, 아까
의 기분은 사라졌고 더는 싸우고 싶지 않았다. "난 산책
나간다."

에서는 합류하려 하지 않고 어깨만 으쓱였다. 렌은 부
둣가를 천천히 걸으면서 서쪽으로 가는 배들을 생각하

고, 그중 하나라도 비밀리에 바토스타운으로 가는 배가 있을지, 보이는 것도 없이 여기저기 돌아다니는 게 쓸모가 있을지, 어떻게 해야 할지를 생각했다. 렌은 부두 끝까지 걸어가서는 창고 부지 옆을 지나쳐 계속 걸었다. 두 남자가 렌이 방향을 돌릴 때까지 면밀히 지켜보고 있었다.

거기까지 갈 생각은 하지 않았을 테지만, 몇 분을 더 걷다 보니 상인 구역 가장자리였다. 단단하게 다져진 땅에 길게 늘어선 마구간과 경매장과 숙소들 사이사이에 사륜마차들이 서 있었다. 렌은 여기에 많이 드나들었다. 듀린스키 밑에서 하는 일 때문에 오기도 했지만, 그래서만은 아니었다. 여기에는 온갖 소문과 여행의 흥분이 있었고, 때로는 파이퍼스런 소식도 있었으며, 언젠가는 이 오랜 시간 기다린 이름을 들을 수도 있다는 희망이 있었다. 한 번도 그 이름을 들은 적은 없었다. 친숙한 얼굴을 본 적도 없었다. 호스테터의 얼굴도 본 적이 없었는데, 호스테터는 겨울이면 남쪽으로 갔고 그렇다면 어딘가에서 강을 건너야 할 테니 이상한 일이었다. 렌은 지금까지 강을 건너는 40개 지점에 다 가보았는데, 호스테터는 나타난 적이 없었다. 어쩌면 호스테터는 바토스타운으로 돌아간 게 아닐까, 아니면 무슨 일이 일어나서 죽은 게 아닐까 하는 생각도 자주 들었다.

안식일에는 사업을 하지 않으니 장터는 조용했고, 남자들은 그늘에 앉아서 담소를 나누거나 오후 기도 모임을 하러 어딘가에 가고 없었다. 렌은 그 남자들 대부분의 얼굴을 알았고, 그 사람들도 렌의 얼굴을 알았다. 렌은 대화라도 하면 고민거리를 잠시 잊을 수 있겠지 싶어 반가운 마음으로 그 사이에 끼어들었다. 그중에는 신메노파도 있었다. 렌은 언제나 신메노파 사람을 꺼렸고, 그 사람들을 보면 조금 슬프기도 했다. 그 사람들을 보면 차라리 생각하지 않는 게 나을 많은 것들이 되살아나서였다. 렌은 스스로도 한때 메노파였다는 사실을 결코 발설하지 않았다.

무리 지어 한동안 떠들다 보니 그늘이 길어지고 강에서 서늘한 바람이 불어왔다. 나무 연기와 음식 냄새가 나기 시작했고, 렌은 저녁을 먹을 곳이 없다는 사실을 떠올렸다. 그래서 혹시 저녁까지 있어도 되겠냐고 물었다.

"물론이지. 환영이야." 피셔라는 신메노파 남자가 말했다. "이렇게 하지, 렌. 가서 장작더미에서 나무를 조금 더 가져온다면 도움이 되겠어."

렌은 수레를 챙겨서 커다란 장작더미가 쌓인 장터 가장자리로 터벅터벅 걸어갔다. 그러자니 마구간 옆을 지나야 했다. 수레에 장작을 채우고 다시 몸을 돌렸다. 그리고 마구간 옆을 지나다 보니, 늘어선 사륜마차들이 숙소와 불가를 바쁘게 돌아다니고 있는 사람들로부터 렌을 숨겨주는 지점에 이르렀다. 마구간 안은 어두웠다. 향기롭고 따뜻한 말 냄새가 풍겨 나왔고, 으득으득 씹는 소리도 들렸다.

그리고 누군가의 목소리도 흘러나왔다. 그 목소리는 렌의 이름을 불렀다.

"렌 콜터."

렌은 딱 멈춰 섰다. 소리를 죽여 다급하게 내는 목소리, 아주 날카롭고 강렬한 목소리였다. 주위를 둘러보았지만 아무것도 볼 수 없었다.

"우리 둘 다 곤란하게 만들고 싶지 않으면 날 찾지 마." 목소리가 말했다. "듣기만 해. 어떤 친구가 전하라는 말이 있어. 지금 찾아다니는 그건 절대 찾지 말라는군. 파이퍼스런으로 돌아가서 평화롭게 살라고 말이야. 그 친구가…"

"호스테터." 렌은 속삭였다. "호스테터인가요?"

"…레퓨지를 떠나라고 하네. 불이 일어날 텐데, 너도 그 속에서 불탈 거라고. 여길 떠나, 렌. 집으로 돌아가. 이제 아무 일도 없었던 것처럼 걸어 나가."

렌은 걸음을 다시 옮겼지만, 어두운 마구간 안에 대고 터무니없는 승리감이 담긴 고함처럼 속삭였다. "내가 가고 싶은 곳은 딱 하나뿐이라는 걸 알잖아요! 내가 레퓨지를 떠나길 바란다면 거기로 데려가야 할 걸요."

그러자 그 목소리는 한숨과 함께 대답했다. "설교의 밤을 기억해. 언제나 누가 구해주는 건 아니야."

10

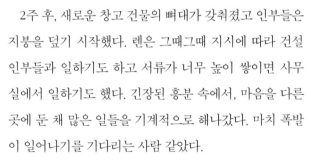

2주 후, 새로운 창고 건물의 뼈대가 갖춰졌고 인부들은 지붕을 덮기 시작했다. 렌은 그때그때 지시에 따라 건설 인부들과 일하기도 하고 서류가 너무 높이 쌓이면 사무실에서 일하기도 했다. 긴장된 흥분 속에서, 마음을 다른 곳에 둔 채 많은 일들을 기계적으로 해나갔다. 마치 폭발이 일어나기를 기다리는 사람 같았다.

듀린스키 사무실의 다락방은 에서에게 다 내어주고, 렌은 잠자리를 행상 구역에 있는 오두막으로 옮겼다. 그리고 남는 시간은 모조리 그곳에서 보냈다. 애머티에 대해서도 잊고, 이렇게 오랜 시간이 흘러 이제는 언제라도 그토록 원하던 길이 열릴지 모른다는 희망 외에는 다른 모든 것을 잊었다. 렌은 마음속으로 그때 들었던 목소리의 한 마디 한 마디를 곱씹었다. 선잠이 들어서도 그 목소리가 들렸다. 그리고 이제는 태양 아래 어떤 이유가 있다 해도 레퓨지와 듀린스키를 떠나지 않을 작정이었다.

위험하다는 사실은 알았다. 공기에서도 느껴지기 시작했고, 창고의 대들보가 올라가는 모습을 지켜보려 들르는 남자들의 얼굴에서도 보였다. 구경 오는 사람 중에 낯선 얼굴이 너무 많았다. 레퓨지 주변의 시골은 인구가 많고 풍요로운 농장 지역이었으며, 신메노파는 얼마 없었다. 장날이면 언제나 마을에 농부들이 있었고 시골 설교사와 작은 가게 주인들과 행상들이 오갔는데, 소문이 주위에 퍼지고 있는 것은 분명했다. 렌은 스스로가 위험을 무릅쓰고 있음을 알았고, 어쩌면 그것이 렌에게 경고하느라 위험을 무릅쓴 호스테터인지 누군지에게 온당하지 못한 행동이라는 것도 알았다. 그래도 떠나지 않겠다는 결심은 굳건했다.

렌은 호스테터에게, 그리고 바토스타운 사람들에게 화가 났다.

이제는 그 사람들이 렌과 에서가 파이퍼스런을 떠난 후 어디에 있었는지 잘 알고 있었다는 사실이 분명해졌다. 렌은 웬 행상의 천우신조 같은 도움으로 곤경에서 벗어났던 일을 대여섯 번은 떠올릴 수 있었고, 이제는 그게 우연이 아니었다고 확신했다. 이제까지 호스테터를 한 번도 만나지 못한 것 역시 우연이 아니라는 확신이 섰다. 호스테터 쪽에서 두 사람을 피했을 테고, 아마 바토스타운 사람들도 렌과 에서가 있는 마을 시설은 이용하지 않고 피했으리라. 그래서 단서를 찾을 수가 없었던 것이다. 호스테터는 렌과 에서가 왜 달아났는지 완벽하게 알면서 여기저기 경고의 말을 퍼뜨렸고, 그동안 바토스타운 사람들은 일부러 렌과 에서가 그곳을 찾지 못하게 막았다. 그러면서 동시에 바토스타운 사람들은 언제라도 쉽게 두 사람을 집어 들어 원하는 곳으로 데려갈 수 있었다. 렌은 어른들에게 속은 어린아이가 된 기분이었다. 호스테터를 붙잡아 혼을 내주고 싶었다.

에서에게는 이런 이야기를 하나도 하지 않았다. 이제는 에서가 별로 마음에 들지 않았고, 또 확신도 들지 않았다. 이야기할 시간은 나중에 많이 있겠거니 싶었고, 그 사이에는 모르는 쪽이 에서만이 아니라 모두에게 더 안전하리라 생각했다.

렌은 행상들과 어울리면서 특별히 무슨 질문을 하거나 말을 하지는 않고 그저 눈과 귀만 활짝 열어두었다. 하지만 아는 사람이 보이지는 않았고, 비밀스러운 목소리가 말을 거는 일도 다시 일어나지 않았다. 그게 호스테터였다면, 지금도 여전히 모습을 감춘 채였다.

레퓨지에서 모습을 감추기는 불가능에 가까웠다. 렌은 만약 그 사람이 호스테터였다면, 강 건너 섀드웰에 있을 거라고 생각했다. 그런 생각을 하자마자 건너가고 싶은 충동이 일었다. 어쩌면, 렌을 지나치게 잘 아는 사람들로부터 멀어지면 다시 접촉해올지도 모르지 않은가.

섀드웰에 갈 핑곗거리는 없었지만, 오래지 않아 생각해낼 수 있었다. 렌은 어느 날 저녁 듀린스키를 도와서 사무실을 닫다가 말했다. "섀드웰에 건너가서 그쪽에서는 사장님이 하는 일을 어떻게 생각하는지 알아보는 것도 나쁘지 않은 생각 같은데요. 사장님이 성공한다면 그쪽 사람들이 잃는 게 있잖아요."

"그놈들이 무슨 생각을 하는지는 알아." 듀린스키는 그렇게 말하고 책상 서랍을 쾅 소리 나게 닫더니, 창밖으로 푸르스름한 서쪽 하늘을 배경으로 시커멓게 솟아오른 건물 뼈대를 바라보았다. 그러다가 잠시 후에 말했다. "오늘 테일러 판사를 봤어."

렌은 다음 말을 기다렸다. 요새는 늘 초조하고 들썩거리는 상태라, 듀린스키가 다시 입을 열기까지 몇 시간은 흐른 것 같았다.

"창고 건설을 멈추지 않으면 판사와 다른 사람들이 나는 물론이고 나와 연관된 모든 사람을 체포할 거라고 하더군."

"정말 그럴까요?"

"내가 지방법은 하나도 어기지 않았다는 사실을 일깨워줬지. 수정헌법 제13조는 연방법이고, 테일러 판사 관할이 아니라고."

"그랬더니 뭐래요?"

듀린스키는 어깨를 으쓱였다. "내가 예상한 대로였어. 즉시 메릴랜드에 있는 연방법원에 소식을 보내어 판사나 연방 요원을 요청하겠다는군."

"아, 그건 시간이 좀 걸리겠네요. 그리고 여론은…"

"그래," 듀린스키가 말했다. "여론만이 내 희망이지. 테일러도 그걸 알아. 장로들도 알고. 섀드웰 그 노인장도 알지. 이 일은 어느 연방 판사가 메릴랜드에서부터 뛰어오기를 기다리지 않고 끝날 거야."

"사장님은 내일 밤에 집회를 여시죠." 렌은 대담하게 말했다. "레퓨지는 섀드웰이 사업을 빼앗아간다는 사실에 감정이 많이 상해 있습니다. 사람들은 사장님을 지지해요. 대부분은요."

듀린스키는 끙 소리를 냈다. "자네가 섀드웰에 가봐도 나쁠 것은 없을지도 모르겠군. 이번 집회는 중요해. 집회가 어떻게 되냐에 내가 버티느냐 무너지느냐가 달렸는데, 섀드웰 그 노인장이 건너와서 소동을 일으킬 작정이라면 알아두고 싶군. 염탐하는 티가 너무 나지 않게 할 일을 맡길 테니까, 질문은 하고 다니지 말고 볼 수 있는 것만 보고 오게. 아, 그리고 에서는 데려가지 마."

렌도 에서를 데려갈 생각은 없었지만, 물어볼 수밖에 없었다. "왜요?"

"자네는 소동을 피하는 분별이 있지. 에서는 아니야. 에서가 어디에서 밤을 보내는지 아나?"

"그야 여기 아닙니까." 렌은 놀라서 되물었다.

"아마 그렇겠지. 그랬으면 좋겠군. 내일 아침 배를 타고 갔다가 오후에 돌아오게 집회 때는 여기 있었으면 좋겠네. 마이크를 연호하는 목소리가 하나라도 더 필요해."

"알겠습니다. 안녕히 주무세요."

렌은 가는 길에 새 창고 옆을 지나쳤다. 새로 자른 나무 향이 풍겼고 흡족할 만큼 거대했다. 렌은 그 창고를 세우길 잘했다고 느꼈고, 그 순간에는 듀린스키의 생각에 열렬히 동의했다.

쌓인 나무판자 그림자에서 누구냐는 목소리가 날아왔

고, 렌은 "안녕, 해리. 나야"라고 대답하고 계속 걸었다. 이제는 경비를 서는 사람이 네 명이었다. 넷 다 손에 커다란 나무 막대기를 들고 있었고, 밤새 불을 밝혔다. 렌은 마이크 듀린스키가 불안해서 잠들 수가 없다는 듯 자주 나와서 공사장을 둘러본다는 사실도 알고 있었다.

렌도 잠을 잘 자지 못했다. 저녁 식사를 하고 앉아서 잠시 잡담을 나누다가 들어갔지만, 머리에는 내일에 대한 생각이 가득했다. 어떻게 섀드웰의 행상 구역으로 걸어갈지, 호스테터가 거기에 있다면 무슨 말을 할지, 조용하지만 의미심장한 무슨 말을 하면 호스테터가 고개를 끄덕이면서 이렇게 말할지. "좋아, 더는 싸워봐야 소용없겠구나. 네가 원하는 곳으로 데려가주마." 렌은 그 장면을 마음속에 몇 번이나 되풀이했고 그러면서도 그게 아직 어려서 현실에 대해 모를 때 꾸는 백일몽에 불과하다는 사실을 알고 있었다. 그러다가 듀린스키가 에서가 어디에서 밤을 보내는지 아냐고 물었던 걸 생각하자 잠이 완전히 달아났다. 렌도 알고 싶어졌다.

알 것 같기는 했다. 그리고 애머티에게 신경 쓰지 않는 것치고 그 생각에 얼마나 속이 상하는지가 놀라울 정도였다.

렌은 일어나서 따뜻한 밤공기 속으로 나갔다. 행상 구

역은 어둡고 조용했다. 가끔 마구간에서 큰 말들이 움직이느라 쿵 소리가 날 뿐이었다. 렌은 행상 구역을 가로질러 모두 잠든 마을 거리를 걸으면서 일부러 새로운 창고 옆을 지나치지 않게 멀리 도는 길을 택했다. 경비원들과 말을 주고받고 싶지 않았다.

그렇게 돌아서 가다 보니 테일러 판사의 집 옆을 지났다. 움직임도 없고, 불빛도 없었다. 렌은 애머티의 방 창문을 찾았다가, 부끄러움을 느끼고 계속 걸어서 부두로 향했다.

듀린스키의 사무실 문은 잠겨 있었지만, 이제 에서에게 열쇠가 따로 있었으니 그건 아무 의미도 없었다. 렌은 머뭇거렸다. 공기 중에 강물 냄새가 진하게 풍기는 것이 비가 올 전조였고, 하늘에는 구름이 가득했다. 강둑 저편에서는 모닥불들이 타고 있었다. 조용했고, 어쩐지 사무실 건물에는 텅 빈 느낌이 났다. 렌은 잠긴 문을 열고 안으로 들어갔다.

에서는 안에 없었다.

렌은 한동안 가만히 서 있었다. 처음에는 시커먼 분노가 일었다가, 차츰 가라앉으면서 에서의 어리석음에 대한 넌더리 나는 경멸로 변했다. 애머티야, 그게 애머티가 원한 거라면 얼마든지 알아서 할 일이었다. 화가 나지 않았다. 많이는.

에서의 침상은 건드리지도 않은 상태였다. 렌은 퀼트 이불을 젖혀 조심스럽게 접었다. 침상 가장자리 밑에 놓인 에서의 여벌 장화도 바로잡고, 더러워진 셔츠를 집어 못에 깔끔하게 걸었다. 그런 다음 에서의 침대 옆 등불을 켜서 어둑하게 조절했다. 그리고 나가서 사무실 문을 잠 갔다.

행상 구역에 돌아갔을 때는 많이 늦은 시간이었다. 그 럼에도 렌은 한참 동안 문 앞에 앉아서 밤하늘을 보며 생 각했다. 고독한 생각들이었다.

아침이 되어 듀린스키가 섀드웰에 가져가라고 마련해 둔 편지를 가지러 갔더니 에서가 있었는데, 안타까운 감 정이 들 정도로 나이 들고 잿빛이 된 얼굴이었다.

"무슨 일 있어?" 렌이 물었다.

에서는 렌을 보고 으르렁거렸다.

"죽도록 겁먹은 얼굴인데." 렌은 일부러 말했다. "누가 창고를 두고 협박이라도 해?"

"네 일이나 신경 써." 에서가 말했고, 렌은 속으로 미소 지었다. 식은땀 흘리게 두자. 어젯밤에 에서가 엉뚱한 곳 에 가 있는 동안 누가 왔었는지 궁금해하게 내버려두자. 누가 아는 걸까 생각하게 내버려두고, 기다리자.

렌은 강가로 내려가서 연락선에 올랐다. 보일러와 장작더미를 넣을 판잣집 하나가 덜렁 있는 크고 느린 평저선이었다. 가랑비가 내리기 시작했고, 반대편 강가는 안개에 가려졌다. 모직물과 가죽을 싣고 남쪽으로 가는 행상 하나도 강을 건넜다. 렌은 그 행상이 말들을 진정시키게 도와준 다음 사륜마차에 함께 앉아서, 어렸을 때는 이런 큰 마차가 얼마나 마법 같았는지 떠올렸다. 캔필드 페어에 갔던 일이 백만 년 전 같았다. 행상은 빼빼 마른 남자였는데, 붉은 턱수염 때문에 솜스 생각이 났다. 렌은 몸서리를 치고 시선을 옮겨 강 저편을, 느리고 힘센 물살이 서쪽으로 서쪽으로 달려가는 방향을 보았다. 모터보트한 대가 강을 거슬러 달리고 있었다. 모터보트가 연락선을 향해 구슬픈 경적을 울리자 연락선도 답을 했고, 동쪽에서 세 번째 목소리가 합세하더니 앞쪽에 바지선이 줄줄이 나타났다. 싣고 있는 석탄이 비를 맞아 시커멓게 반짝였다.

새드웰은 작고 새로우며 다듬어지지 않은 마을로, 성장세가 너무 빠르다 보니 보는 곳마다 짓다 만 건물이 있었다. 강가는 바쁘게 움직였고, 그 뒤로 높이 솟은 커다란 새드웰 저택이 유리 눈을 다 뜨고 감시하고 있었다.

렌은 편지를 배달해야 할 창고 사무실로 걸어 올라갔

다. 원래라면 그 건물에서 일하고 있었을 많은 사람들이 비 때문에 오늘은 일을 하지 않았다. 얼마 안 되는 무리만 잡화점 문 앞에 모여 있었다. 그 남자들이 렌을 유심히 보는 것 같기는 했는데, 그저 연락선에서 내린 낯선 사람이라서 그럴지도 몰랐다. 렌은 안으로 들어가서 게릿이라는 이름의 작고 나이 많은 남자에게 편지를 건넸고, 게릿은 서둘러 편지를 읽더니 수위가 내려갔을 때 진흙탕에서 기어 나온 물건이라도 보듯이 렌을 보았다.

"마이크 듀린스키에게 나는 불의한 자들과는 어떤 거래도 하지 말라는 성경 말씀을 따른다고 전해. 그리고 자네에게도 똑같이 하라고 충고하겠네. 하지만 자네는 젊고, 젊은이들은 언제나 죄가 많으니 입 아프게 말해봐야 소용없겠지. 어리석은 놈."

게릿은 편지를 종이 쓰레기 상자에 던지고 몸을 돌렸다. 렌은 어깨를 으쓱이고 나갔다. 진흙투성이 광장을 가로질러 행상 구역으로 방향을 잡았다. 잡화점 현관에 있던 남자 하나가 계단을 내려오더니 느릿느릿 게릿의 사무실로 걸어갔다. 비가 더 심하게 내렸고, 누런 흙탕물이 개울이 되어 포장되지 않은 땅 여기저기에 흘렀다.

행상 구역에는 사륜마차가 많았지만, 호스테터의 이름이 적힌 마차는 없었다. 대부분 사람들은 비를 피하고 있었다. 아는 사람은 보이지 않았고, 아무도 렌에게 말을 걸지 않았다. 렌은 한동안 서성이다가 몸을 돌려 강가로 돌아갔다.

광장에 사람이 가득했다. 다들 비를 맞고 서 있었고, 흙탕물이 철썩이며 장화를 때리는데도 신경 쓰지 않는 듯했다. 다들 한 방향으로 서 있었다. 렌을 마주 보는 방향으로.

한 명이 말했다. "레퓨지에서 왔지."

렌은 고개를 끄덕였다.

"듀린스키 밑에서 일하고."

렌은 어깨를 으쓱이고 그 남자를 밀고 지나가려 했다. 그러자 그 남자 양쪽에서 두 사람이 나서더니 렌의 팔을 잡았다. 뿌리치려 했지만 둘 다 단단히 붙들고 있었고, 걸어차려 하자 렌의 발목을 밟았다.

처음 나섰던 남자가 말했다. "레퓨지에 보낼 전언이 있다. 가서 전해. 우린 정당한 우리 것을 빼앗아가게 둘 마음이 없어. 너희가 듀린스키를 막지 않으면 우리가 막는다. 외울 수 있겠냐?"

렌은 그 남자를 노려보았다. 겁이 났다. 그래서 아무 말도 하지 않았다.

"잊지 못하게 해줘라." 첫 번째 남자가 말했다.

양쪽 팔을 붙잡은 두 남자에 두 남자가 더 합세했다. 그들은 렌을 진흙탕에 처박았다. 렌이 반쯤 일어나려 했을 때 그자들이 걷어차서 다시 쓰러뜨리더니 팔을 잡아 굴렸다. 그러더니 또 다른 남자가 렌을 잡았고 또 다른 사람이, 또 다른 사람이 이어받아 광장 전체를 구르게 만들었다. 다들 끙 소리 정도를 낼 뿐 완벽하게 조용했고, 렌을 제대로 다치게 하지는 않으면서 맞서 싸울 기회를 주지 않았다. 그들이 다 끝내고 가버리자 렌은 숨을 헐떡이며 어지러운 상태로 진흙과 물을 뱉어냈다. 엉금엉금 일어나서 주위를 둘러보았지만, 광장에는 아무도 없었다. 아직 연락선이 다시 움직이려면 시간이 많이 남았지만, 렌은 바로 내려가서 배에 탔다. 뼛속까지 젖어서 덜덜 떨고 있었지만 추운 줄도 몰랐다.

연락선의 선장은 레퓨지 사람이었다. 렌이 몸을 닦게 도와주고 자기 사물함에 든 담요도 줬다. 렌은 섀드웰의 길거리를 쳐다보며 말했다.

"저놈들 죽여버릴 거야. 죽여버릴 거예요."

"암, 그렇고말고." 연락선 선장이 말했다. "한 가지는 확실하지. 저놈들은 레퓨지에 건너와서 소동을 일으키지 않는 게 좋을 거야. 그랬다간 소동이 뭔지 제대로 알게 될걸."

오후 중간쯤에는 비가 그쳤고, 연락선이 다시 레퓨지에 들어간 5시에는 하늘이 맑아졌다. 렌이 보고하자 듀린스키는 음울한 얼굴로 고개를 내저었다.

"미안하군, 렌. 내가 더 잘 알았어야 했는데."

"뭐, 정말로 다치지는 않았으니까요. 그리고 이젠 알게 됐죠. 그놈들이 강을 건너 집회에 올 겁니다."

듀린스키는 고개를 끄덕이더니, 눈을 빛내면서 두 손을 마주 비볐다. "어쩌면 그게 우리가 원하는 바일지도 몰라. 가서 옷 갈아입고 저녁 먹게. 나중에 보지."

렌은 집으로 가려 했지만, 듀린스키는 이미 움직여서 부둣가에 감시할 사람들을 배치하고 창고 경비를 두 배로 늘리고 있었다.

행상 구역까지 가자 피셔가 렌을 보고 물었다. "무슨 일 있었어?"

"섀드 놈들과 살짝 소동이 있었어." 렌은 그렇게만 대답했다. 설명하기에는 아직 너무 쓰라렸다. 오두막 안으로 들어가서 문을 닫아걸고, 누런 진흙이 말라붙어 뻣뻣해진 옷을 벗었다. 그러면서 생각했다.

호스테터가 자신을 버린 걸까 생각했다. 그리고 호스테터든 다른 누구든, 때가 왔을 때 정말로 할 수 있는 일이 많을까 생각했다. '언제나 누가 구해주는 건 아니야'

186
아득한 내일

라던 목소리를 떠올렸다.

어두워지자 렌은 걸어서 마을 광장으로, 집회로 향했다.

11

레퓨지의 중앙 광장은 넓은 풀밭으로, 여름이면 나무들이 그늘을 드리웠다. 간소하고 꾸밈없지만 권위 있는 교회가 북쪽에 서서 광장을 지배했다. 동쪽과 서쪽에는 그보다 못한 상점과 주택들 그리고 학교 하나가 있었고, 남쪽 면에는 시청이 있었는데 교회처럼 높지는 않지만 옆으로 더 넓어서 법정과 기록 보관소들 그리고 질서 있는 마을 행정까지 펼쳐져 있었다. 상점과 공공건물들은 문을 닫아 불이 꺼졌는데, 렌은 몇몇 상점 주인이 태풍 대비 셔터까지 쳐놓은 것을 알아차렸다.

광장은 꽉 차 있었다. 레퓨지의 남자 전원과 여자 절반은 나온 듯 젖은 풀밭 여기저기에 서 있거나 돌아다니면

아득한 내일

서 대화를 나눴고, 시골에서 온 농부들과 한 줌의 신메노파 사람들까지 있었다. 광장 중앙에는 설교단 비슷한 것이 있었다. 늘 그곳에 서 있는 건축물로 주로 방문 설교사가 야외 기도 모임을 할 때 썼지만 지방이나 국가 선거가 있으면 정치 연사들도 사용했다. 마이크 듀린스키는 그 설교단을 오늘 밤 이루어지게 될 다양한 일들을 소화하는 용도로 이용할 생각이었다. 렌은 옛날에는 티브이를 이용해서 연사가 나라 안 모두에게 말을 할 수 있었다던 할머니 이야기를 떠올리고 흥분과 전율에 몸을 떨며 오늘이 그런 세상으로 돌아가는 긴 여정의 시작일까 생각했다. 마이크 듀린스키가 암흑기 오하이오의 레퓨지라는 마을에서 얼마 안 되는 사람들에게 연설하는 오늘 밤이 말이다. 테일러 판사의 역사책들을 여러 권 읽었기에 때로는 일이 그렇게 시작되기도 했다는 것을 알고 있었다. 렌은 심장이 빨리 뛰기 시작했고, 오늘 밤에 누가 막으려 하더라도 듀린스키가 연설을 하게 해야 한다는 다짐을 하며 초조하게 이리저리 걸어다녔다.

교회 옆문으로 설교사인 마이어호프 형제가 나왔다. 집사 네 명이 함께 있었는데, 다섯 번째 사람은 광장에 타는 모닥불 가까이 오고 나서야 알아볼 수 있었다. 테일러 판사였다. 그들은 렌 옆을 지나쳐서 군중 사이로 사라졌지만, 연단으로 향하는 게 분명했다. 렌은 천천히 그 뒤를 따라갔다. 렌이 풀이 돋은 광장을 반쯤 가로질렀을 때 반대편에서 마이크 듀린스키가 나타났고, 사람들이 중앙을 향해 몰려드는 바람에 갑자기 사람들을 밀치지 않고는 지나갈 수가 없었다. 듀린스키 옆에는 긴 장대에 등불을 매단 남자가 여섯 명 있었다. 설교단 주위에 달린 브래킷에 등불을 넣자 연단이 어둠 속에 뜬 밝은 기둥처럼 보였다. 듀린스키가 계단을 올라가서 말하기 시작했다.

누군가가 렌의 소매를 잡아당겨서 몸을 돌렸다. 에서가 고갯짓으로 군중 사이에서 떨어지라고 하고 있었다.

"강에 배들이 있어." 에서는 사람들이 듣지 못할 거리까지 가서 말했다. "이쪽으로 온다. 넌 사장님에게 경고해, 렌. 난 부두로 돌아가야 해." 그리고 에서는 슬쩍 주위를 돌아보았다. "애머티 여기 있어?"

"몰라. 판사님은 있어."

"오, 주여." 에서가 말했다. "잘 들어. 난 가봐야 해. 혹시 애머티를 보거든 내가 한동안 여기 없을 거라고 해줘. 이해할 거야."

"그럴까? 어쨌든 아무도 널 못 막는다고 큰소리치더니…"

"아, 입 닥쳐. 듀린스키에게 놈들이 온다고 해. 너도 조심하고. 어쩔 수 없는 경우만 아니면 소동에 더 휘말려들지 마."

"내가 보기에 곤란한 건 너 같은데. 애머티가 안 보이면 걔네 아빠한테 전달할 거야."

에서는 욕을 하더니 어둠 속으로 사라졌다. 렌은 슬금슬금 군중 사이를 뚫고 움직였다. 사람들은 조용히 서서 아주 심각하고 진지하게 귀를 기울이고 있었다. 듀린스키는 열정적이고 솔직하게 말하고 있었다. 이번이 단 한 번의 기회였기에 듀린스키는 해야 하는 말을 모조리 쏟아냈다.

"…그건 80년 전입니다. 이제는 어떤 위험도 우리를 위협하지 않아요. 왜 우리가 더는 그럴 이유도 없는 두려움의 그늘 속에서 계속 살아야 합니까?"

반쯤은 숨이 막히는 것 같고, 반쯤은 간절히 바라는 것 같은 소리가 군중 사이에 물결쳤다. 듀린스키는 그 소리가 죽기 전에 외쳤다.

"제가 이유를 말해드리죠! 그건 신메노파가 안장에 올라탄 후 줄곧 정부를 붙잡고 있기 때문입니다. 신메노파는 성장을 싫어하고, 변화를 싫어해요. 신메노파의 경전이 성장과 변화를 거부하고, 그들의 욕심도 마찬가집니다! 그래요, 욕심이라고 했습니다! 신메노파는 농부들입니다. 그 사람들은 레퓨지 같은 장사의 중심지가 부유하고 살찌는 모습을 보고 싶어 하지 않습니다. 경쟁하는 시장도 원하지 않고, 무엇보다도 우리 같은 사람들이 자기네를 온갖 법을 주무를 수 있는 의회의 좋은 자리에서 밀어내기를 바라지 않지요. 그래서 새 창고를 짓지 못하게 금지하는 겁니다. 혹시 그게 타당하다거나 옳다거나 경건하다고 생각하십니까? 거기 마이어호프 형제님, 신메노파가 우리 모두가 어떻게 살아야 할지 말해줘야 한다고 생각하십니까, 아니면 우리의 거룩한 감사 교회에도 할 말이 있다고 보십니까?"

마이어호프 형제가 대답했다. "그건 신메노파나 우리 교회와 상관이 없어요. 듀린스키, 당신과 상관이 있지. 그리고 당신은 신성모독을 입에 담고 있소!"

여기저기에서 솟구친 목소리가, 주로 여자 목소리들이 그 말을 뒷받침했다. 렌은 사람들을 밀어내고 연단 발치까지 갔다. 듀린스키가 몸을 내밀고 마이어호프를 보고 있었다. 이마에는 땀이 맺혀 있었다.

"신성모독이라. 제가요?" 듀린스키가 말했다. "어디가 모독인지 말해보시죠."

"당신도 교회에 왔을 텐데요, 성서를 읽고 설교도 들었지요. 전능하신 주께서 어떻게 도시들이 있던 땅을 정화하고, 그분이 구한 아이들에게 앞으로는 올바른 길을 걸으라고 명하셨는지 당신도 압니다. 육체가 아니라 영혼에 속한 것들을 사랑하라 이르셨음을! 선지자 나훔의 말씀에…"

"전 도시를 짓고 싶지 않습니다. 창고를 짓고 싶지요." 듀린스키가 말했다.

불안한 웃음소리가 일어났다가 빠르게 사그러들었다. 마이어호프는 턱수염 위가 시뻘게져 있었다. 렌은 계단을 올라가서 듀린스키에게 말했고, 듀린스키는 고개를 끄덕였다. 렌은 다시 연단 아래로 내려갔다. 듀린스키에게 신메노파는 가만두라고 하고 싶었지만, 정체가 드러날까 두려워 감히 그러지 못했다.

듀린스키가 마이어호프에게 물었다. "누가 형제님께 도시 이야기를 했습니까?" 그리고 잠시 멈췄다가 손가락질하며 말했다. "자넨가, 테일러 판사?"

등불 속에서 렌은 테일러의 얼굴이 이상하게 창백하고 긴장되어 있음을 알아보았다. 테일러가 입을 열자 그 목소리는 조용했지만 광장 구석구석에 퍼져나갔다.

"미합중국 수정헌법은 자네가 이런 일을 하는 것을 금지하네. 아무리 말해도 그 사실은 변하지 않아, 듀린스키."

"아하." 듀린스키는 테일러 판사를 덫에 몰아넣기라도 했다는 듯 만족스러운 목소리로 말했다. "바로 거기서 자네가 틀린 거야. 말이야말로 변화를 일으키지. 충분히 많은 사람이 말한다면, 충분히 크게 충분히 길게 말한다면, 헌법 조항도 바뀌어 사람이 밀가루나 가죽을 넣을 창고가 필요하면 창고를 지을 수 있고, 가족이 거처할 집이 필요하면 집을 지을 수 있게 바뀔 거야." 듀린스키는 갑자기 목소리를 키워 소리쳤다. "생각해보십시오, 여러분! 여러분의 자식들은 레퓨지를 떠나야 했고, 앞으로는 더 많이 떠나야 할 겁니다. 결혼해도 여기에는 집을 더 지을 수가 없기 때문이죠. 맞습니까?"

이 말에는 호응이 돌아왔다. 듀린스키는 씩 웃었다. 군중들 가장자리의 어둠 속에서 한 남자가 나타났고, 또 한 사람이, 또 한 사람이 강 쪽에서 조용히 다가왔다. 그리고 마이어호프는 분노에 떨리는 목소리로 말했다. "어느 시대에나, 언제나 불신자가 악으로 가는 길을 준비했지."

"그럴지도요." 듀린스키가 말했다. 그는 마이어호프의 머리 너머, 군중 가장자리 쪽을 보고 있었다. "그리고 내가 믿지 않는다는 사실은 인정하겠습니다." 듀린스키는 군중들이 헉 소리를 내는 사이 렌을 내려다보고 경고를 전달받았다. 그런 다음 빠르고 매끄럽게 말을 이었다.

"난 가난, 굶주림, 불행을 믿지 않는 사람입니다. 신이 스마엘파 외에 그런 것들을 믿는 사람이 누가 있는지는 모르겠습니다만, 우리도 많이 생각해본 적은 없지요. 사실 우리는 가난과 불행을 몰아냈습니다. 난 건강하게 성장하는 아이를 데려다가 생각보다 더 크지 못하게 묶어놓는 짓을 믿지 않습니다. 난…"

테일러 판사가 렌을 스치고 지나가서 계단을 올랐다. 듀린스키는 놀란 얼굴로 말을 멈췄다. 테일러는 불타는 눈으로 듀린스키를 보더니 말했다. "말이야 뭐든 할 수 있지." 테일러는 군중에게 몸을 돌렸다. "내가 여러분에게 사실을 알려줄 테니, 그러고도 듀린스키가 멋대로 지껄일 수 있나 봅시다. 여러분이 마을 법을 어기면 그 일은 레퓨지에만 영향을 미치지 않습니다. 주위 모든 땅에 영향을 미치지요. 자, 신메노파는 평화로운 사람들이고 신메노파의 교리는 폭력을 금합니다. 그러니 아무리 오래 걸리더라도 법의 절차에 따라 일할 겁니다. 하지만 시골에는 다른 종파들이 있고, 그 사람들의 믿음은 달라요. 그 사람들은 주님을 위해 곤봉을 드는 것이 자기들의 의무라고 봅니다."

테일러가 잠시 말을 멈추자, 렌은 정적 속에서 사람들의 숨소리를 들을 수 있었다.

"두 번 생각하는 게 좋을 겁니다." 테일러가 말했다. "그 사람들이 여러분에게 무기를 들도록 도발하기 전에."

군중 바깥쪽에서 환호가 터졌다. 듀린스키는 경멸 조로 물었다. "누굴 두려워하는 겁니까, 판사님. 농부들입니까, 섀드웰 사람들입니까?" 듀린스키는 난간 너머로 몸을 쭉 내밀고 손짓했다. "이리로 오세요, 섀드웰 여러분. 우리가 볼 수 있는 데까지 오십시오. 두려워할 필요 없습니다. 여러분은 용감한 사람들이니까요. 여기에 여러분이 얼마나 용감한지 아는 청년이 하나 있군요. 렌, 잠시 이리 올라오게."

렌은 테일러 판사의 시선을 피하며 시키는 대로 했다. 듀린스키가 난간 쪽으로 렌을 밀었다.

"렌 콜터를 아시는 분들이 있을 텐데요, 오늘 아침에 제가 이 친구를 섀드웰로 심부름 보냈습니다. 섀드웰 여러분이 이 친구를 어떻게 환영해줬는지 말해주시죠. 아니면 부끄럽습니까?"

군중들이 수군대며 고개를 돌리기 시작했다.

"뭐가 문제요?" 뒤쪽에서 낮고 거친 목소리가 외쳤다.

"섀드웰의 진흙 맛이 싫었답디까?" 섀드웰 남자들이 모두 웃음을 터뜨리더니, 렌이 지나치게 잘 기억하고 있는 목소리가 렌을 향해 외쳤다. "우리가 전하라는 말은 전했나?"

"그래요." 듀린스키가 말했다. "사람들에게 그 말을 전하게, 렌. 모두 들을 수 있게 아주 큰 소리로 말해."

테일러 판사가 갑자기 낮은 목소리로 말했다. "이 밤을 후회하게 될 거야." 그리고 계단을 뛰어 내려갔다.

렌은 어둠 속을 노려보고는, 레퓨지 사람들에게 말했다. "저자들이 여러분을 막을 겁니다. 섀드웰은 여러분이 성장하게 두지 않을 거예요. 그래서 오늘 밤 여기에 온 겁니다." 렌의 목소리는 높아지다 못해 갈라졌다. "누가 저들을 두려워하든 전 신경 안 씁니다. 전 두렵지 않아요." 렌은 난간을 뛰어넘어 바닥에 내려서서 군중 속으로 돌진했다. 아침에 겪은 무력한 분노가 백배로 돌아왔다. 다른 사람들이 뭘 하든 신경 쓰이지 않았고, 자신에게 무슨 일이 생기든 상관없었다. 렌이 군중들을 들이받다 보니 어느새 앞에 길이 열렸고, 앞에는 섀드웰 남자들이 무리 지어 서 있었다. 듀린스키의 목소리는 섀드웰과 레퓨지와 공포라는 단어를 한데 엮어 외치고 있었다. 군중들이 움직이기 시작했다. 어떤 여자가 비명을 지르고 있었다. 새드웰 남자들이 외투 밑에서 곤봉을 꺼냈다. 렌은 표범처럼 달려들었다. 군중 사이에서 거대한 함성이 일어나고, 소동이 일어났다.

렌은 상대를 쓰러뜨리고 연타했다. 주위에서 다리들이 휘돌고 사람들이 그들에게 걸려 넘어졌다. 이제는 비명 소리가 많이 들렸고, 장화들이 거칠게 움직였다.

누군가가 렌의 뒤통수를 때렸다. 세상이 잠시 뒤집혔다가 다시 바로잡히고, 렌은 거친 숨을 내뱉는 남자들로 이루어진 끓어오르는 작은 소용돌이 한가운데에서 비틀거리며 일어나 누군가의 외투를 붙잡고 빈손으로는 무턱대고 주먹질을 했다. 소용돌이가 빙그르르 돌면서 들썩이더니 렌을 셔터 내린 창문에다 집어 던지고 지나쳐 갔다. 렌은 코에서 피를 뿜어내며 그 자리에 남아 멍하니 고개를 흔들었다. 군중들이 이리저리 갈라져 있었다. 광장 한가운데 설교단 주위에는 아직도 등불이 타고 있었지만 그 안에는 아무도 없었고 그 주위 풀밭에도 모자 몇 개와 파헤쳐진 땅밖에 남지 않았다. 싸움은 자리를 옮겼다. 싸우는 소리가 부두로 이어지는 큰길과 작은 길로 흘러가는 것을 들을 수 있었다. 렌은 신음하며 그 소리를 따라 달리기 시작했다. 지금 아빠가 자신을 보지 못해 다행이었다. 속이 뜨겁고도 이상했고, 그 느낌이 마음에 들었다. 더 싸우고 싶었다.

렌이 부둣가에 도착했을 때는 섀드웰 남자들이 주먹을 흔들고 욕설을 퍼부으며 최대한 빠른 속도로 배에 오르고 있었다. 레퓨지 남자들은 모두 물가에 줄지어 서서 그 과정을 도왔다. 섀드웰 남자 서너 명은 강물에 빠진 채 도움을 받아 배에 오르고 있었다. 야유와 비웃음 소리가 가득했다. 마이크 듀린스키는 그 한가운데에 있었는데 검은색 외투는 찢어지고 머리는 산발을 한 데다 입을 다쳐 셔츠에 피가 튄 모습이었다. "너희가 우릴 막을 거라고?" 듀린스키는 섀드웰 남자들에게 외치고 있었다. "너희가 레퓨지에 이래라저래라 해?"

그 양옆에 있던 남자들이 갑자기 듀린스키를 붙잡더니 어깨 위로 들어 올리고 환호했다. 섀드웰 남자들은 부루퉁해서 천천히 검은 강물 속으로 사라졌다. 그자들이 보이지 않게 멀어지자 군중들은 여전히 듀린스키를 짊어지고 환호하면서 방향을 돌려, 창고 뼈대 주위에 지펴진 불가로 향했다. 사람들은 창고 주위를 행진하고 또 행진했고, 경비원들도 같이 환호했다. 렌은 어지럽지만 의기양양한 기분으로 그 모습을 지켜보았다. 그렇게 주위를 둘러보려니 문득 행상 구역 쪽에 불빛이 보였다. 렌은 얼굴을 찌푸리고 그 불빛을 바라보았고, 등 뒤에서 나는 소음이 끊어지는 순간에 멀리서 나는 사람들의 목소리와 말 울음소리를 들을 수 있었다. 렌은 행상 구역 쪽으로 걷기 시작했다.

사방에 등불과 횃불이 밝게 타고 있었다. 남자들은 마구간에서 짐말을 끌어내어 마구를 채우고 장비를 점검하고 사륜마차를 출발시킬 준비를 했다. 잠시 지켜보자니 렌이 느꼈던 승리감과 흥분이 모조리 사라졌다. 피곤했고 코가 아팠다.

렌은 피셔를 보고 그쪽으로 가서, 피셔가 바쁘게 일하는 동안 마차 끄는 말 옆에 섰다.

"다들 왜 떠나는 겁니까?" 렌이 물었다.

피셔는 넓은 모자챙 아래로 길고 엄한 시선을 던졌다.

"농부들은 재난을 준비하려고 여길 떠났지. 그 사람들이 폭력을 불러올 텐데 우린 기다릴 생각 없어."

피셔는 고삐를 당겨 확인하고 마부석으로 올라갔다. 렌은 옆으로 비켜섰고, 피셔는 오래전에 아빠가 지었던 것과 같은 표정으로 렌을 내려다보았다.

"이보다는 나은 사람이라고 생각했는데, 렌 콜터." 피셔가 말했다. "하지만 불타는 낙인을 집어 든 사람은 데이게 되어 있지. 주께서 자비를 베푸시길!"

피셔가 고삐를 흔들고 소리를 치자 사륜마차가 삐걱거

아득한 내일

리며 움직였고, 다른 마차들도 바퀴를 굴렸다. 렌은 그 뒷모습을 보며 서 있었다.

✦

12

뜨겁고 고요한 낮 2시. 남자들은 그늘에서 일하며 창고 북쪽과 동쪽 면에 외장용 합판을 쌓고 있었다. 레퓨지는 조용했다. 너무 조용해서 망치 소리가 안식일 오전의 종소리처럼 울려 퍼졌다. 부두에는 배가 거의 없었고, 선창은 비어 있었다.

에서가 말했다. "놈들이 올 것 같아?"

"모르겠어." 렌은 강 건너 멀리 보이는 새드웰의 지붕들을 살피듯 바라보고, 넓은 강물을 위아래로 보았다. 정확히 무엇을 찾고 있는지는 스스로도 몰랐다. 호스테터, 친숙한 얼굴, 뭐든 이 공허와 기다림을 깨줄 무언가… 해 뜨기 전부터 오전 내내 여자와 아이들이 계속 마을을 떠나고 있었고, 남자들도 일부 떠났으며 가재도구도 수레로 나갔다.

"저놈들은 아무 짓도 안 할 거야." 에서가 말했다. "감히 못 그럴걸."

확신이라곤 실리지 않은 목소리였다. 렌이 슬쩍 보니 에서의 얼굴은 핼쑥하고 불안해 보였다. 두 사람은 사무실 문 앞에 서서 딱히 아무것도 하지 않고 그저 열기와 조용함을 느끼고 있었다.

듀린스키는 마을 안에 들어가고 없었고, 렌은 말했다. "사장님이 돌아왔으면 좋겠다."

"사장님이 길에 사람들을 내보냈잖아. 뭐든 소식이 있으면 우리가 제일 먼저 알게 될 거야."

"그래," 렌은 말했다. "그렇겠지."

새로 자른 노란 나무를 때리는 망치 소리가 날카롭게 울렸다. 창고 건설 현장 가장자리를 따라 숲속에서는 남자들이 어슬렁거리며 지켜보고 있었다. 부둣가에는 더 많았는데 가만히 있지 못하고 불안하게 삼삼오오 모여서 대화하다가 흩어지고 이리저리 옮겨 다니기를 계속했다. 그 사람들은 계속 사무실을, 사무실 문 앞에 선 렌과 에서를, 그리고 창고에서 일하는 남자들을 곁눈질했지만 가까이 오거나 말을 걸지는 않았다. 렌은 그게 마음에 들지 않았다. 외롭고 눈에 띄는 기분이 들었고, 새로운 것에 반대하기는 하는데 정확히 어떻게 해야 할지 모르는 사람들의 의심과 불안과 우려가 느껴져서 걱정스러웠다. 가끔 한번씩 나무 그루터기 뒤나 나무통을 쌓아둔 곳에 숨겨두었던 옥수수 술 한 통이 나와서 한 바퀴 돌다가 다시 들어갔지만, 실제로 술을 마시는 사람은 한두 명뿐이었다.

렌은 충동적으로 부두 끝으로 걸어가서 어느 나무 아래 선 무리에게 소리쳐 물었다. "마을에서 무슨 소식 있습니까?"

한 명이 고개를 저었다. "아직은 없소." 어젯밤에는 제일 큰 소리로 듀린스키를 연호했던 남자였으나, 오늘은 얼굴에 열정이라곤 보이지 않았다. 그 남자는 갑자기 허리를 굽히더니 돌멩이를 주워서 뭔가 소동이 일어나지 않나 뒤에서 지켜보던 소년들 무리에게 집어 던졌다. "여기서 꺼져라!" 그리고 소리를 쳤다. "이건 너희 재밌으라고 하는 놀이가 아니야. 어서 가, 이 얼간이들아!"

사내아이들은 그 자리를 떴지만 멀리 가지는 않았다. 렌은 사무실 문 앞으로 돌아갔다. 아주 덥고, 아주 고요했다. 에서는 발을 끌고 문설주를 걸어찼다.

"렌."

"뭐?"

"놈들이 오면 우린 어쩌지?"

"내가 어떻게 알아? 싸워야겠지. 일이 어떻게 되나 보고. 내가 어떻게 알겠어?"

"흠, 난 한 가지는 알아." 에서가 반항적으로 말했다. "듀린스키를 위해 목이 부러질 생각은 없어. 그건 아니지."

"알았어. 뭔가 생각은 했네." 렌은 지금 분노를 품고 있었다. 아직은 모호하고 방향도 없었지만, 짜증스럽고 조바심을 내게 만들 정도의 분노였다. 어쩌면 두려워서인지도 몰랐고, 그렇게 생각하면 또 화가 났다. 하지만 에서의 생각이 어떻게 흐르는지는 알고 있었고, 그 생각을 단계별로 큰 소리로 짚어주고 싶지는 않았다.

"나도 생각을 하고말고." 에서가 말했다. "당연하잖아. 이건 내 창고가 아니라 그 사람 창고야. 듀린스키더러 싸우라고 해. 그쪽도 내 물건 때문에 목숨을 걸진 않을걸. 난…"

"닥쳐." 렌이 말했다. "저기 봐."

테일러 판사가 부두를 따라 걸어오고 있었다. 에서는 초조한 듯 욕을 하더니 문 안으로 미끄러져 들어가서 모습을 감췄다. 렌은 사람들이 지금 일어날 일이 아주 중요할지도 모른다는 눈으로 지켜보고 있다는 사실을 의식하며 기다렸다.

테일러가 문 앞까지 와서 멈춰 섰다. "마이크에게 좀 보자고 전하게."

렌은 대답했다. "여기 안 계십니다."

판사는 렌을 쳐다보며 그게 거짓말인지 아닌지 가늠했다. 입가가 파리하니 초췌했고, 두 눈은 묘하게 날카롭게 번득였다.

"난 마이크에게 마지막 기회를 주러 왔네."

"사장님은 마을 안 어딘가에 계세요." 렌이 말했다. "마을에 가보시면 찾을 수 있을지 모릅니다."

테일러는 고개를 내저었다. "주님의 뜻이로다." 테일러는 그렇게 말하고 돌아서 걷다가, 사무실 모퉁이에 멈춰 서서 다시 말했다. "난 자네에게 경고했어. 하지만 보지 않으려는 사람만큼 눈이 먼 사람도 없지."

"잠깐만요." 렌은 판사에게 다가가서 그 눈을 들여다보고 몸서리를 쳤다. "뭔가 아시는군요. 뭡니까?"

"때가 되면 주님의 의지가 선명해질 거야." 판사가 대답했다.

렌은 손을 뻗어 테일러의 멋진 외투 옷깃을 잡고 흔들었다. "직접 말해요." 렌은 화가 나서 말했다. "주님도 노상 뒤에 숨는 모든 사람들에게 죽도록 질리셨을걸요. 이 마을에 판사님을 빼고 일어나는 일은 없죠. 뭡니까?"

테일러의 눈에 깃들어 있던 기이한 빛이 꺼졌다. 판사는 충격받은 눈으로 자신을 붙잡은 렌의 두 손을 내려다보았고, 렌은 손을 놓았다.

"죄송합니다. 하지만 전 알고 싶어요."

"그래," 테일러 판사는 조용히 말했다. "자네는 알고 싶어 하지. 그게 언제나 자네의 문제였어. 내가 너무 늦기 전에 자신의 한계를 찾으라고 하지 않았던가?"

테일러의 얼굴이 누그러들더니 연민과 순수한 슬픔으로 가득 찼다. "정말 안타깝군. 자네를 내 아들처럼 사랑할 수도 있었는데."

"무슨 짓을 한 겁니까?" 렌이 한 발자국 다가서며 묻자 판사는 대답했다. "도시는 이제 없을 거야. 법이 존재하고, 그 법은 반드시 따라야 하네."

"겁먹었군요." 렌은 천천히, 놀란 목소리로 말했다. "이젠 알겠습니다. 판사님은 겁먹었어요. 도시가 여기에 생겨나면 폭탄이 다시 올 거라고 생각하고, 그 폭탄을 맞을 거라고 생각하는 거죠. 혹시 농부들에게 뭘 하든 막지 않겠다고 말한…"

"쉿." 판사가 말하더니 손을 들어 올렸다.

렌은 고개를 돌리고 귀 기울였다. 나무 아래에 있던 사람들, 부둣가에 있던 사람들도 똑같이 했다. 에서가 문밖으로 나왔다. 그리고 창고 건설장에서는 망치 소리가 하나씩 하나씩 멈췄다.

노랫소리가 들렸다.

희미한 소리였지만, 그건 워낙 멀어서일 뿐이다. 장중하고 낭랑하며 남자다웠고, 견실하고 호전적이며 어딘가 무시무시했다. 멈추지도 않고 방향을 바꾸지도 않을 폭풍과도 같은 침통하고 필연적인 느낌이 있었다. 렌은 가사를 전혀 알아듣지 못하면서도 잠시 귀 기울인 후에 그 노래가 무엇인지 알았다. "주님께서 재림하는 영광 내 눈에 보이네."*

"안녕히, 렌." 판사가 말하고는 머리를 높이 들고 희고 근엄한 얼굴에 7월의 뜨거운 태양 빛을 받으며 걸어가버렸다.

"우린 떠나야 해." 에서가 속삭였다. "여기서 벗어나야 한다고."

에서는 사무실 안으로 다시 뛰어들었고, 렌은 에서의

---

* 미국 남북전쟁 시기 공화국 전투 찬가 가사 첫 줄이다. 한국 개신교에서는 찬송가 '마귀들과 싸울지라'로 불리는 노래이기도 하며, 미국 애국주의의 상징이다. "영광 영광 할렐루야"라는 후렴이 유명하다.

발이 다락으로 통하는 나무 계단을 밟는 소리를 들을 수 있었다. 렌은 잠시 머뭇거리다가 달리기 시작했다. 마을을 향해, 멀리서 다가오는 찬송가 소리를 향해서. "나는 윤나는 강철 대오 속에 불같이 쓰인 복음 읽었네… 영광 영광 할렐루야! 주님의 진리가 오나니." 렌의 배 속에는 차갑고 단단한 공포의 매듭이 조여들었고, 피부에 닿는 공기가 얼음처럼 차가워졌다. 부둣가와 나무들 아래 있던 사람들도 움직이기 시작했는데 반대 방향으로 제멋대로 퍼졌다. 처음에는 확신이 없다가 점점 빨라지더니 그 사람들도 달리기 시작했다. 집 안에서도 사람들이 나와 있었다. 여자들, 노인들, 아이들이 귀를 기울이고 서로에게 소리를 지르고 길거리에 지나가는 남자들에게 소리치며 무슨 일이냐고, 무슨 일이 터지는 거냐고 물어댔다. 렌이 광장에 뛰어드는데 마차 한 대가 쏜살같이 옆을 지나쳐 갔다. 어찌나 가까운지 말이 입에 문 거품이 튈 정도였다. 그 마차 안에는 온 가족이 타고 있었고, 남자는 말에 채찍질을 하며 소리치고 여자들은 소리를 지르고 아이들은 서로 달라붙어서 울어댔다. 광장에서는 사람들이 우왕좌왕 흩어지는데, 일부는 북쪽 대로를 향해 달리고 일부는 목적 없이 뛰어다녔으며, 여자들은 자기네 남편이나 아들을 누가 보지 못했냐고 묻고 계속해서 무슨 일이냐고, 무슨 일이 터지는 거냐고 물었다. 렌은 그 사람들을 피해서 북쪽 대로로 달려갔다.

듀린스키는 마을 외곽, 넓은 도로가 거의 수확해도 될 정도로 익은 밀밭 사이를 달리는 위치에 있었다. 곤봉과 쇠막대, 소총과 오리사냥총, 곡괭이와 손도끼로 무장한 남자들 2백여 명이 같이 있었다. 다들 음울하고 불안한 얼굴이었다. 햇볕에 벽돌색으로 붉게 익은 듀린스키의 얼굴은 겉보기에만 불그레했고, 얼굴 아래는 하얗게 질려 있었다. 두 손을 번갈아가며 계속 바지에 닦고, 쥐고 있는 무거운 곤봉을 계속 고쳐 잡았다. 렌은 그 옆으로 달려갔다. 듀린스키가 흘긋 쳐다보았지만 말은 하지 않았다. 듀린스키의 관심은 북쪽에, 전진해오며 길에 번지고 양쪽 밀밭에까지 번지는 단단한 황갈색 먼지 벽에 집중되어 있었다. 그 벽 안에서 찬송가 소리가 그리고 리듬감 있게 발 구르는 소리가 흘러나왔고 맨 앞 여기저기에는 가끔씩 반짝이는 금속이 햇빛을 반사하는 것같이 밝은 부분이 보였다.

"여긴 우리 마을이에요." 렌이 말했다. "저놈들에겐 아무 권리가 없어요. 우리가 물리칠 수 있어요."

듀린스키는 셔츠 소매로 얼굴을 닦으며 끙 소리를 냈다. 질문이었는지도 모르고, 웃음소리였는지도 모른다.

렌은 주위에 둘러선 레퓨지 사람들을 보았다.

"사람들은 싸울 겁니다."

"그럴까?" 듀린스키가 말했다.

"다들 어젯밤에 사장님을 지지했어요."

"그건 어젯밤이지. 지금은 지금이고."

먼지 벽이 걷히고 보니 남자들이 한가득이었다. 움직임이 멈추자 먼지는 날려가거나 가라앉았지만 남자들은 남았다. 대로와 짓밟힌 밀밭을 가로지르는 크고 무겁고 단단한 얼룩이었다. 반짝이던 부분은 큰 낫과 옥수수용 칼 그리고 여기저기 보이는 총신이었다. 듀린스키가 말했다. "밤새도록 걸어야 했던 사람도 있을 텐데. 저들을 보게. 세 지역의 머리에 똥만 든 저주받을 농부가 다 모였군." 듀린스키는 얼굴을 다시 닦고 뒤에 선 남자들에게 말했다. "흔들리지 마시오. 저놈들은 아무 짓도 하지 않을 테니까." 듀린스키는 오만하고 무표정한 얼굴로 앞으로 나섰다. 두 눈은 이쪽저쪽을 슬쩍슬쩍 날카롭게 보고 있었다.

머리가 희고 가죽 같은 얼굴의 근엄한 남자 하나가 듀린스키를 만나러 나섰다. 팔에는 샷건을 걸치고 있었고, 걸음걸이는 무겁고 느린 농부의 걸음걸이였다. 그러나 그 남자가 고개를 길게 빼고 길에서 기다리던 레퓨지 사람들에게 소리를 쳤을 때 그 거칠고 귀에 거슬리는 목소리에는 렌이 예전 그 설교사를 떠올리게 만드는 뭔가가 있었다.

"비켜서시오!" 그 남자는 외쳤다. "우린 살인을 원치 않지만, 해야만 한다면 죽일 수 있으니 주님의 이름으로 비켜서시오!"

"잠깐만요." 듀린스키가 말했다. "잠시만 기다려보십시오. 여긴 우리 마을입니다. 대체 여기에 무슨 볼일이 있는 건지 물어도 되겠습니까?" 남자는 듀린스키를 보고 말했다. "우리는 도시를 두지 않는다."

"도시라니." 듀린스키가 말했다. "도시라니!" 웃기도 했다. "여기 보십시오. 노아 버넷 씨 맞지요? 당신의 생김새와 명성을 압니다. 트윈레이크스 주변에서 설교사로 꽤 이름이 높지요."

듀린스키는 논쟁을 자기 쪽으로 끌어올 때를 아는 남자처럼 편안한 투로 말하며 조금 더 다가섰다.

"버넷 씨는 진실하고 정직한 분이시고, 지금도 들으신 바를 올바른 정보라고 믿고 행동하신다는 걸 알겠습니다. 그러니 들으신 정보가 틀렸고, 폭력을 행사할 필요가 전혀 없다는 사실을 아시면 고마워하실 줄 압니다. 저는…"

"폭력을 추구하지는 않지만," 버뎃이 말했다. "올바른 대의가 있다면 피하지도 않소." 버뎃은 부싯돌처럼 단단한 얼굴로 듀린스키를 천천히 신중하게 위아래로 훑어보았다. "나도 당신의 모습과 명성을 아니, 괜한 수고 마시오. 우리 앞에서 비키겠소?"

"이보십시오." 듀린스키의 목소리에 절박함이 깃들었다. "여러분은 제가 여기에 도시를 세우려 한다고 들었을 텐데, 그건 미친 소립니다. 난 그저 창고를 하나 지으려 할 뿐이고, 여러분이 새로 헛간을 지을 때와 마찬가지로 창고를 세울 권리가 있어요. 여러분이 여기 와서 나한테 이래라저래라 하는 건 내가 농장에 가서 그러는 것과 다를 바가 없습니다!"

"난 여기 있소." 버뎃이 말했다.

듀린스키가 어깨 너머를 보았다. 렌은 제가 함께하겠다고 말하듯 그쪽으로 움직였다. 그 순간 테일러가 느슨하게 줄지어 선 레퓨지 사람들 사이로 다가오며 말했다. "흩어지시오. 집에 가 있어요. 여러분에겐 해가 가지 않을 겁니다. 무기를 내리고 집에 가세요."

사람들은 머뭇거리며 서로를 보고, 듀린스키를 보고, 모여 선 농부들을 보았다. 그리고 듀린스키가 지치고 경멸 어린 투로 판사에게 말했다. "이 비겁자. 자네가 이 일

213
2부

에 관여했군."

"자넨 이미 충분히 해를 끼쳤어, 마이크." 판사는 아주 창백한 얼굴로, 아주 곧고 뻣뻣하게 서서 말했다. "레퓨지의 모두가 고통받을 필요는 없지. 비켜서게."

듀린스키는 테일러를 노려보고 버뎃에게 시선을 돌렸다. "뭘 하려는 거요?"

"악을 정화해야지." 버뎃이 천천히 말했다. "성경에서 가르치는 대로 불로 태워서."

"풀어서 말하자면 내 창고들을 태우고, 그 외에도 뭐든 태우고 싶은 건 다 태우겠다는 거군. 망할 놈들." 듀린스키는 몸을 돌려 레퓨지 남자들에게 외쳤다. "들어보시오, 이 멍청이들아. 정말로 저들이 내 창고만 태우고 멈출 거라 생각하시오? 저놈들은 온 마을을 불태울 거요. 지금이 바로 앞으로 몇십 년 동안 어떻게 살지를 결정하고 행동할 순간이라는 거 모르겠어요? 여러분은 자유인이요, 아니면 기어 다니는 노예 무리요?"

듀린스키의 목소리가 점점 커지며 울부짖음이 되었다. "가서 싸웁시다. 하느님의 이름으로 싸우자고!"

듀린스키는 몸을 돌리고는, 곤봉을 높이 치켜들고 버뎃에게 달려갔다.

버뎃은 망설이지도 않고 연민하지도 않고 그저 샷건을

돌려 발사했다.

아주 큰 소리가 났다. 듀린스키는 단단한 벽에 부딪힌 사람처럼 멈춰섰다. 그렇게 1, 2초를 서 있다가 손에서 곤봉을 떨어뜨리더니 두 팔을 내려 배를 감쌌다. 무릎이 풀리고 듀린스키는 흙바닥에 주저앉았다.

렌은 앞으로 달려갔다.

듀린스키는 놀란 얼굴로 렌을 올려다보았다. 입이 벌어졌다. 뭔가 말을 하려는 것 같았는데 입술 사이에서는 피만 흘러나왔다. 그러더니 갑자기 누군가가 촛불을 불어 끈 창문처럼 얼굴이 텅 비었다. 그리고 앞으로 쓰러져서 움직임을 멈췄다.

"마이크." 테일러 판사가 말했다. "마이크?" 그리고 크게 뜬 눈으로 버뎃을 보았다. "무슨 짓을 한 거요?"

"살인자." 렌이 말했고, 그 말은 버뎃과 판사 두 사람 모두를 가리켰다. 렌의 목소리가 갈라지며 귀에 거슬리는 비명으로 변했다. "저주받을 비겁한 살인자!" 렌은 주먹을 부르쥐고 버뎃에게 달려갔지만, 듀린스키의 죽음이 기다렸던 신호라는 듯 농부들이 움직이기 시작했고 렌은 파도에 휩쓸리듯 그 움직임에 휩쓸렸다. 버뎃은 사라졌고, 그 대신 앞에 있는 사람은 목이 길고 어깨가 처졌으며 솜스를 상대로 비난을 쏟아내던 것과 비슷한 입을 지닌 억센 젊은 농부였다. 그 농부는 울타리 기둥으로 쓰는 것 같은 각목을 들고 있었는데, 엄청난 흥분에 눈을 빛내고 킬킬거리면서 렌의 머리에 각목을 내리쳤다. 렌은 쓰러졌다. 장화들이 몸을 밟고 차고 타 넘었고 렌은 본능적으로 머리와 목을 감싸고 몸을 웅크렸다. 무척이나 어두워졌고 레퓨지 남자들은 흔들리는 베일 저편 멀리 있었지만, 그래도 렌은 그들이 녹아 없어지듯이 떠나버리고 농부들 앞이 텅 비어 농부들과 마을 사이에 아무것도 남지 않는 것을 볼 수 있었다. 농부들은 다시 흙먼지를 일으키며 뜨거운 오후의 레퓨지로 들어갔고, 그 먼지가 가라앉은 후에는 렌 그리고 1미터쯤 떨어진 곳에 누운 듀린스키의 시신 그리고 길 한가운데에 망연히 서서 듀린스키를 보고 있는 테일러만 남았다.

아득한 내일

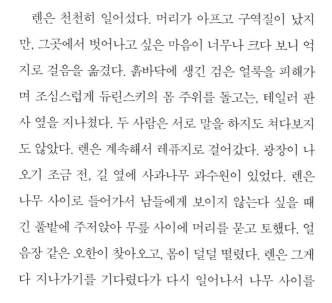

렌은 천천히 일어섰다. 머리가 아프고 구역질이 났지만, 그곳에서 벗어나고 싶은 마음이 너무나 크다 보니 억지로 걸음을 옮겼다. 흙바닥에 생긴 검은 얼룩을 피해가며 조심스럽게 듀린스키의 몸 주위를 돌고는, 테일러 판사 옆을 지나쳤다. 두 사람은 서로 말을 하지도 쳐다보지도 않았다. 렌은 계속해서 레퓨지로 걸어갔다. 광장이 나오기 조금 전, 길 옆에 사과나무 과수원이 있었다. 렌은 나무 사이로 들어가서 남들에게 보이지 않는다 싶을 때 긴 풀밭에 주저앉아 무릎 사이에 머리를 묻고 토했다. 얼음장 같은 오한이 찾아오고, 몸이 덜덜 떨렸다. 렌은 그게 다 지나가기를 기다렸다가 다시 일어나서 나무 사이를 뚫고 서쪽으로 계속 걸었다.

멀리 강 쪽이 소란스러웠다. 맑은 하늘에 연기가 한 줄기 올라가더니 또 한 줄기 오르고, 갑자기 둔탁한 굉음이 울리더니 강가 전체가 불타올랐다. 시꺼멓고 기름지고 짙은 연기가 꾸역꾸역 오르는 것이, 쌓여 있던 역청과 등잔용 기름통이 타는 것 같았다. 마을 거리는 이제 달아나는 마차와 말과 사람들로 가득했다. 여기저기에서 누군가가 다친 사람 나르는 일을 도왔다. 렌은 그쪽을 피하고 내내 뒷골목과 주변 밭으로만 걸었다. 연기는 더욱 까맣고 무겁게 솟아오르며 하늘을 가리고 해를 보기 싫은 구릿빛으로 더럽혔다. 이제는 그 연기 속에 불똥이 섞여 있었고 불타는 물건 조각들도 튀어 올랐다. 높은 곳에 다다른 렌은 몇몇 집과 교회와 시청 지붕에 올라간 남자들이 줄줄이 들통을 옮겨서 건물을 적시는 모습을 볼 수 있었다. 강가도 볼 수 있었다. 새로 짓던 창고가 타고 있었고 듀린스키 소유였던 다른 창고 네 채도 탔지만 사태는 거기에서 멈추지 않았다. 사람들이 뛰어다니고, 여기저기 모인 남자들 사이에 무기가 오가고, 강가의 선창과 창고들 전체에서 새로 불길이 치솟았다.

강 건너에서 섀드웰은 지켜보기만 할 뿐 움직이지 않았다.

행상 구역 마구간도 불타고 있었다. 불똥이 짚과 건초 더미에 내려앉았고, 또 숙소 지붕들에서도 불똥이 연기를 피우고 있었다. 렌은 그동안 지내던 숙소에 달려 들어가서 가방과 담요를 챙겼다. 그러고 나가는 길에 남자들이 오는 소리를 듣고는 황급히 한쪽 나무 사이로 달아났다. 초록색 잎사귀들은 이미 바삭해지고, 나뭇가지는 전에 없던 방식으로 유해한 바람에 흔들렸다. 농부들 한 떼거리가 강에서 올라왔다. 그자들은 헉헉거리며 행상 구역 가장자리에 멈춰서서 부리부리한 눈으로 주위를 둘러보았다. 경매장들은 훼손되지 않은 상태였다. 격앙된 뺨에 우렁우렁한 목소리를 지닌 붉은 수염의 거한이 그 경매장들을 가리키며 환전상이니 뭐니 소리를 질렀다.

그들은 너구리를 쫓는 개떼처럼 굶주리고 숨 가쁜 소리를 내더니 길게 늘어선 경매장들에 달려가서 부술 수 있는 것은 모두 부수고 한데 모아, 한 명이 들고 다니던 횃불로 불을 붙였다. 그런 다음에는 앞길에 있는 모든 것을 짓밟고 부수며 계속 달려갔다. 렌은 대로 한가운데에 혼자 서서 듀린스키의 시체를 보고 있을 테일러 판사를 생각했다.

오늘이 지나고 나면 테일러 판사가 봐야 할 것이 많으리라.

렌은 조심스럽게 나무 사이로 움직이며 서서히 기괴한 지옥 불 같은 황혼을 뚫고 강으로 내려갔다. 역청과 나무와 기름과 가죽이 타는 냄새가 매캐했다. 뜨거운 회색 눈처럼 재가 내렸다. 마을 안에서 절박하게 울리는 화재경보 종소리를 들을 수 있었지만, 연기와 나무가 시야를 가려 잘 보이지 않았다. 렌은 새로 짓던 창고 자리보다 한참 아래 강둑으로 나가서, 에서를 찾으러 돌아가기 시작했다.

앞에 보이는 강둑은 눈 닿는 곳 어디까지나 불덩어리였다. 열기가 모두를 몰아냈고 몇 사람은 새 창고의 폐허를 지나 하류로 와 있었는데, 시커메진 얼굴에 눈만 희번덕거리는 남자들, 손은 데고 옷은 찢어지고 절박한 표정을 한 남자들이었다. 서너 명은 바닥에 드러누워 신음하며 몸을 비트는 한 사람을 굽어보고 있었고, 또 몇 사람은 여기까지 왔으니 멈추겠다는 듯 여기저기 앉아 있었다. 대부분은 그냥 서서 지켜보기만 했다. 한 남자는 아직도 물이 반쯤 찬 들통을 들고 있었다.

렌은 에서가 보이지 않자 두려워지려 했다. 몇 사람에게 다가가서 물어봤지만 다들 고개만 젓거나 아예 질문을 듣지도 못하는 것 같았다. 마침내 그중 한 명이, 일 때문에 사무실에 자주 왔던 와츠라는 사무원이 씁쓸하게 말했다. "그 녀석 걱정은 말아. 딴 사람은 몰라도 에서는 안전할 테니."

"무슨 소리예요?"

"소동이 일어나고부터 그놈을 본 사람이 아무도 없다는 소리야. 도망쳤어. 그놈과 그 여자애, 둘 다."

"여자애?" 렌은 와츠의 말투에 분개하는 스스로에게 놀랐다.

"테일러 판사 딸이지 누구겠어? 그리고 넌 어디 있었는데? 어딘가 굴에 숨어 있었나? 듀린스키는 어딨고? 그 망할 놈, 말하는 것만 들으면 대단한 싸움꾼인 줄 알았는데."

"전 북쪽 대로에 있었어요." 렌은 대답했다. "그리고 듀린스키는 죽었습니다. 그러니까 아저씨보다는 열심히 싸운 셈이죠."

근처에 서 있던 남자 하나가 듀린스키라는 이름에 고개를 돌렸다. 때와 그을음, 그슬린 머리와 여기저기 불탄 옷 때문에 렌은 잠시 후에야 그 남자가 아메스라는 사실을 알아보았다. 그날 아침에 듀린스키와 또 한 남자와 함께 새 창고를 보러 와서 듀린스키가 힘을 합치자고 호소할 때 고개를 저었던 사람.

"죽었다." 아메스가 말했다. "죽었다고?"

"놈들이 쐈어요. 버뎃이라는 농부가요."

"죽었다니." 아메스가 말했다. "그거 안타깝군. 살았어야 했는데. 살아서 교수형을 당했어야 했는데." 아메스는두 손을 들어 불길과 연기를 향해 흔들었다. "그놈이 우리에게 한 짓을 봐!"

"그놈 혼자가 아니었지." 와츠가 말했다. "콜터 녀석들이 처음부터 함께했잖아."

"다들 함께했다면 이런 일은 일어나지 않았어요." 렌은 말했다. "사장님이 아메스 씨에게 요청했죠. 아메스씨와 위너리와 다른 사람들에게요. 마을 전체에 요청했죠. 그런데 어떻게 됐죠? 다들 어젯밤에는 춤을 추고 환호하더니… 그래요, 아저씨도 그랬죠. 와츠 씨도 내가 봤어요! 그러더니 소동이 일어나는 기미가 보이자마자 다들 토끼처럼 달아났어! 북쪽 대로에 있던 사람들 아무도손 하나 까딱 안 했어요. 마이크가 살해당하는데 내버려뒀죠."

자각하지도 못하는 사이에 렌의 목소리가 점점 커지고날카로워졌다. 가까이 있던 사람들이 그 말을 들으려고모여들었다.

"내가 보기에는…" 아메스가 말했다. "넌 이방인치고우리가 하는 일에 관심이 참 대단해. 왜지? 대체 왜 상황을 바꾸는 게 너한테 달렸다고 생각하는 거냐? 내 평생 일해서 쌓은 게 있었는데 네놈이 오고는, 듀린스키가…" 아메스는 말을 멈췄다. 눈에서는 눈물이 쏟아졌고 입매는 아이처럼 떨렸다.

"그러게." 와츠가 말했다. "왜지? 넌 어디에서 왔는데? 누가 보내서 왔는데 법을 어기고 싶어 하지 않았다는 이유만으로 우릴 겁쟁이라고 불러?"

렌은 주위를 둘러보았다. 이제는 사방에 남자들이 서 있었다. 모두의 얼굴이 화상과 분노로 이루어진 기괴한 가면이었다. 연기가 거무스름한 구름을 이루고 불길은 레퓨지의 재산을 먹어치우며 가르릉거리는 소리를 냈다. 위쪽 마을에서는 화재경보 종소리가 멈췄다.

누군가가 바토스타운이라는 이름을 꺼냈고, 렌은 웃어대기 시작했다.

와츠가 손을 뻗어 가볍게 렌을 때렸다. "웃기다 이거지? 좋아, 넌 어디서 왔냐?"

"파이퍼스런에서 나고 자랐죠."

"왜 떠났는데? 왜 여기까지 와서 소란을 일으켜?"

"거짓말하는 거야." 다른 남자가 말했다. "분명히 바토스타운에서 왔어. 그놈들은 도시를 다시 세우고 싶어 해."

"그건 중요하지 않아." 아메스가 낮고 조용한 목소리로 말했다. "이놈은 가담을 했어. 도왔다고." 아메스는 뭔가를 더듬어 찾듯이 두 손을 움직이면서 몸을 돌렸다. "레퓨지에 타지 않은 밧줄 하나쯤은 있겠지."

즉시 남자들이 열의를 띠었다. "밧줄이라. 암, 찾아낼 거요." 누군가가 말했고, 또 누군가가 말했다. "다른 개자식도 찾아. 둘 다 목매다는 거야." 일부는 강둑을 따라 달려갔고, 일부는 에서를 찾아 덤불을 뒤지기 시작했다. 와츠와 다른 두 명은 렌을 쓰러뜨리고 주먹과 무릎으로 무참히 때렸다. 아메스는 옆에 서서 렌과 불길을 번갈아 보고 있었다.

남자들이 돌아왔다. 에서는 찾지 못했지만, 밧줄은 찾아냈다. 한참 멀리 강둑에 작은 배를 묶어두었던 밧줄이었다. 와츠와 다른 두 명이 렌을 일으켜 세웠다. 한 명이 밧줄로 서툴게 매듭을 지어 올가미를 만들어서 렌의 머리에 씌웠다. 밧줄은 축축했다. 낡고 무르고 너덜너덜했으며 생선 냄새가 났다. 렌은 거세게 발길질을 하고 잡힌 팔을 뿌리쳤다. 그들은 렌을 다시 붙잡아서 나무 쪽으로 떠밀었다. 중앙에서 렌이 발로 차고 할퀴고 무릎과 팔꿈치로 때려대면서 폭발하듯 일어나는 짧고 불규칙한 움직임에 따라 마구잡이로 몰려 있던 남자들이 이리저리 휘청거렸다. 그러면서도 렌은 희미하게 지금 싸우는 상대가 이 남자들이 아니라 바다 이쪽부터 저쪽까지, 북쪽에서 남쪽까지 뻗은 크고 질척하고 숨 막히는 대륙 전체라고, 방해받기 싫어하며 편안하게 자고 있는 수백만의 집과 사람과 밭과 마을들이라고 느끼고 있었다. 목에 걸린 밧줄이 차갑고 따끔거렸고, 렌은 두려웠으며, 신념을 상대로는 싸울 수 없다는 사실을 알았다. 그 거대한 믿음과 삶의 방식에서 이 남자들은 작디 작은 일부에 불과했다.

이미 북쪽 대로에서 머리를 맞고 밟혔기에 현기증이 심한 상태여서 갑자기 사람이 더 늘었다는 사실 말고는 무슨 일이 일어났는지 잘 알 수 없었다. 주위에 남자들이 더 늘어났고, 더 거칠게 움직였다. 렌은 옆으로 획 던져졌다. 잡고 있던 손들이 내팽개친 것 같았다. 렌은 나무줄기에 부딪혔다가 바닥으로 미끄러져 내렸다. 머리 위에 얼굴이 하나 보였다. 눈은 파랬고 모래색 턱수염 양쪽 입가에는 회색 부분이 한 줄씩 있었다. 렌은 그 얼굴을 향해 말했다. "이렇게 많지만 않아도 내가 댁들 다 죽일 수 있어." 그러자 그 얼굴이 대꾸했다. "날 죽이고 싶진 않을 텐데, 렌. 어서 일어나라, 꼬마야."

갑자기 렌의 눈에 눈물이 고였다. "호스테터 씨. 호스테터 씨." 렌은 두 손을 들어 호스테터를 붙잡았다. 아주 오래전, 또 다른 어둠과 공포의 시간 속에 돌아온 것 같았다. 호스테터는 힘차게 렌을 당겨 일으키고 목에 걸린 밧줄을 풀었다.

"달려라. 죽어라 달려."

렌은 달렸다. 호스테터와 함께 다른 사람이 몇 명 같이 있었는데, 그들이 장대와 갈고리를 들고 거세게 돌진했는지 레퓨지 남자들이 뿔뿔이 흩어진 상태였다. 그렇다고 그 사람들이 싸우지도 않고 렌을 포기할 리는 없었고, 호스테터 무리가 끼어들자 바토스타운에 대한 생각이 옳았다고 믿기에 이르렀다. 이제 그들은 호스테터도 잡기로 결심했고, 소리를 지르고 욕설을 하면서 다시 모여서 돌멩이든 부러진 나뭇가지든 무기로 쓸 수 있는 것은 뭐든 찾아 나섰다. 렌이 비틀거리다가 넘어질 뻔하자 호스테터가 한 손으로 받치면서 끌고 달렸다.

"배가 기다려. 더 아래쪽에." 호스테터가 말했다. 주위 모든 것이 날아가는 것 같았다. 돌멩이 하나가 등을 때리고 튀어 오르자 호스테터가 고개를 푹 수그리면서 넓은 챙모자가 어깨 위에 바로 얹힌 것처럼 보였다. 렌은 숲 사이를 달려서 반대쪽으로 빠져나간 후에 퍼뜩 멈춰섰다.

"에서." 렌이 말했다. "에서 없이는 못 가요."

"벌써 배에 있어." 호스테터가 말했다. "서둘러!"

그들은 물가까지 소 떼가 꼬리를 휘저으며 헤매다니는 내리막 풀밭을 다시 달렸다. 풀밭 아래쪽에는 다시 강둑 바로 앞에 자란 작은 숲이 있었는데, 그 나무들에 반쯤 가려진 커다란 증기 바지선이 묶여 있었고 갑판에는 남자들 두어 명이 묶인 밧줄을 끊을 태세로 도끼를 들고 서 있었다. 갑자기 낮은 무더기 하나에서 쌓여 있던 땔감의 불이 갑자기 살아나기라도 한 것처럼 연기가 치솟기 시작했다. 렌은 난간에 매달린 에서를 보았다. 그 옆에 다른 사람도 하나 있었다. 노란 머리에 긴 치마를 입은 사람이.

강둑에서 난간까지 판자가 하나 놓여 있었다. 일행이 앞다투어 판자를 밟고 갑판에 올라서자 호스테터가 도끼를 든 남자들에게 소리를 쳤다. 돌멩이가 다시 날아오고 있었고, 에서는 애머티를 붙잡고 서둘러 갑판실 반대쪽으로 데려갔다. 도끼날이 번득였다. 고함 소리가 더 울리고 와츠를 선두로 레퓨지 남자들이 강둑까지 돌진했으며 와츠와 다른 두 명은 판자 위까지 달려왔다. 아메스는 보이지 않았다. 밧줄이 갈라져 꿈틀대며 물속으로 떨어졌다. 호스테터와 렌과 다른 몇 명은 긴 장대를 잡고 배를 세게 밀었다. 판자는 와츠와 다른 두 명이 올라선 채로 물속에 떨어졌다. 아래에서 덜커덕거리는 소리와 굉음이 일어나고, 갑판이 흔들리더니 연기가 오르던 무더기에서 불똥이 터져 나왔다. 바지선은 흐르는 강물 속으로 나아가기 시작했다. 와츠는 강둑 흙탕물 속에 허리까지 잠긴 채로 주먹을 흔들었다.

"이제 우린 너희를 알아!" 거리가 멀어져가며 와츠의 목소리가 희미하게 실려 왔다. "빠져나가지 못할 거다!"

그 뒤 강둑에 선 남자들도 소리를 질러댔다. 그 목소리는 점점 희미해졌으나 그 속에 실린 증오는, 그 손짓에 실린 험악함은 전해졌다. 렌은 레퓨지를 돌아보았다. 이제는 강 한가운데까지 와 있어서 옆으로 지나치는 물가를 볼 수 있었다. 연기가 마을 대부분을 가렸지만 나머지만으로도 충분했다. 버넷의 농부들이 건드리지 않고 남긴 것들도 번져가는 불이 알아서 살라 먹고 있었다.

렌은 갑판실에 등을 기대고 주저앉았다. 무릎을 감싸 안고 머리를 파묻자 어린아이처럼 울고 싶은 마음이 간절해졌지만 그럴 기운조차 없을 만큼 지쳐 있었다. 렌은 그냥 앉아서 몸과 마찬가지로 마음도 텅 비우려고 했다. 하지만 그럴 수가 없었다. 듀린스키가 멈칫하다가 천천히 북쪽 대로의 뜨거운 흙먼지 속에 쓰러지는 모습이 반복해서 보였고, 거대한 화재의 불타는 냄새가 났고, 버넷의 듣기 싫은 목소리가 귓가에 울렸다. "우리는 도시를 용납하지 않는다."

잠시 후에 렌은 누군가가 앞에 서서 굽어보고 있음을 깨달았다. 올려다보니 호스테터가 모자를 손에 쥐고 외투 소맷자락으로 지친 듯 이마를 닦고 있었다.

호스테터가 말했다. "자, 네 소원을 이뤘구나. 넌 바토 스타운으로 가고 있다."

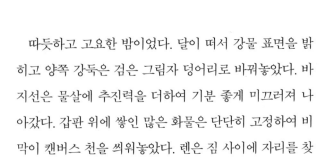

14

따듯하고 고요한 밤이었다. 달이 떠서 강물 표면을 밝히고 양쪽 강둑은 검은 그림자 덩어리로 바꿔놓았다. 바지선은 물살에 추진력을 더하여 기분 좋게 미끄러져 나아갔다. 갑판 위에 쌓인 많은 화물은 단단히 고정하여 비막이 캔버스 천을 씌워놓았다. 렌은 짐 사이에 자리를 찾아내어 잠시 잤고, 이제는 짐짝에 등을 기대고 앉아서 흘러가는 강을 바라보고 있었다.

호스테터가 낡은 파이프에서 피어오르는 향기로운 담배 연기를 끌며 앞 갑판에 남은 좁은 공간을 천천히 걸어왔다. 렌이 일어나 앉은 모습을 보고는 그 걸음이 멈췄다.

"좀 낫나?"

"속이 메스꺼워요." 렌이 사납게 말하자 호스테터는 무슨 의미인지 알아듣고 고개를 끄덕였다.

"이제 놈들이 빌 솜스를 죽였던 밤에 내가 어떤 기분이었는지 알겠구나."

"살인자들. 비겁자들. 개자식들." 렌은 목이 멜 때까지 욕을 퍼부었다. "길에 서 있던 그놈들을 봤어야 해요. 그러더니 버뎃이 사장님을 쐈죠. 무슨 옥수수밭에 들어온 해충을 쏘듯이 쏴버렸어요."

"그래," 호스테터는 천천히 말했다. "네가 듀린스키를 따라가지 않았다면 널 좀 더 빨리 빼냈을 거다. 불쌍한 친구. 하지만 놀랍지는 않구나."

"당신들은 그 사람을 도울 수 없었나요?"

"우리? 바토스타운 말이냐?"

"듀린스키는 당신들과 같은 걸 원했어요. 성장, 진보, 지식, 미래를요. 도와줄 순 없었어요?"

렌의 목소리는 날이 서 있었지만, 호스테터는 그저 파이프를 입에서 빼고 조용히 묻기만 했다. "어떻게?"

렌은 생각해보고 잠시 후에 말했다. "방법이 없었겠죠."

"군대가 없이는 무리지. 우리에겐 군대가 없고, 군대가 있다 해도 이용하지 않을 거다. 사람들이 생각하고 살아가는 방식 전체를 바꾸게 만들려면 어마어마한 힘이 필요해. 국가를 선호하던 예전에는 우리에게도 그런 힘이 있었지만, 이제 우리는 그런 힘을 원하지 않아."

"판사님도 그걸 두려워했어요. 변화요. 그리고 그 자리에 서서 듀린스키가 죽는 걸 지켜보기만 했죠." 렌은 고개를 내저었다. "사장님은 헛되이 죽었어요. 아무 의미 없이 죽었다고요."

"아니야," 호스테터가 말했다. "나라면 그렇게 말하진 않겠다. 하지만 듀린스키 하나가 아니라 더 많이 필요하지. 아주 많이 필요해. 하나씩 하나씩, 여기저기에서…"

"버넷도 더 나타나고, 불도 더 나겠죠."

"맞다. 그리고 언젠가 딱 맞는 순간에 누군가가 나타나면, 변화가 이루어지는 거다."

"많은 걸 기대해야 하네요."

"원래 그렇단다. 그때에는 모든 듀린스키가 위대한 이상을 위한 순교자가 되겠지. 그때까지는 평화를 교란하는 사람들이고. 젠장, 렌, 너도 어떤 면에서는 그 사람들이 옳다는 걸 알아. 사람들은 편안하고 행복해. 네가, 아니 우리 중 누구든 간에 그 평화를 다 부수고 바꾸라고 말할 자격이 있나?"

렌은 고개를 돌려 달빛 속에 선 호스테터를 보았다.

"그래서 그냥 비켜서서 지켜보는 건가요?"

호스테터는 아주 희미한 짜증만 실린 목소리로 대답했다. "넌 아직 우리를 이해하지 못해. 우린 초인들이 아니다. 변혁을 원치도 않는 나라를 새로 만들려고 애쓰지 않아도, 그저 살아남는 데에만 전력을 다해야 한단 말이다."

"하지만 어떻게 그 사람들이 옳다는 말을 할 수가 있어요? 버뎃 같은 무식한 도살자들, 판사 같은 위선자들을…"

"양쪽 다 정직한 사람들이다, 렌. 그래, 정직한 사람들이야. 양쪽 다 오늘 아침에 고귀한 소명과 훌륭한 목적에 불타며 일어나서 자기들이 보기에 옳은 일을 했지. 태초부터 어떤 행동이든, 사탕 하나를 훔치는 아이부터 대량학살을 저지르는 독재자에 이르기까지 누구나 자기가 완벽하게 정당하다고 생각하는 일을 한다. 합리화라는 정신적 속임수지. 아마 합리화가 인류에게 미친 해악이 그 어떤 것보다 클 거다."

"버뎃은 그럴지도 모르죠." 렌이 말했다. "그날 밤 설교하던 남자와 똑같은 부류니까요. 하지만 판사는 달라요. 그보다는 잘 아는 사람이었어요."

"그때에는 아니었지. 그게 최악이야. 의심은 언제나 나중에 찾아오고, 대개 너무 늦다. 스스로를 돌아봐라, 렌.

집에서 도망쳤을 때 한 점 의심이라도 했더냐? 스스로에게 이제부터 나쁜 짓을 해서 부모님을 아주 불행하게 만들 거라고 말했더냐?"

렌은 대답 없이 오랫동안 반짝이는 강물을 내려다보았다. 그리고 한참만에 이상하게 차분한 목소리로 말했다. "부모님은 어때요? 잘 지내나요?"

"마지막으로 소식을 들었을 때는 잘 지내셨다. 올해 봄에는 내가 가지 않았어."

"할머니는요?"

"작년 12월에 돌아가셨다."

"그래요, 할머니는 엄청 나이가 많았죠." 할머니 소식을 듣자 마치 인생의 한 부분이 사라진 것처럼 슬프다는 사실이 기묘하게 다가왔다. 갑자기, 고통스러울 정도로 선명하게 할머니가 햇빛 비치는 계단에 앉은 모습이 다시 보였다. 타는 듯한 10월의 나무들을 바라보며 오래오래 전 세상이 달랐을 때에 가졌던 빨간 드레스 이야기를 하던 모습이.

렌은 말했다. "아빠는 할머니 입을 막지 못했어요."

호스테터가 고개를 끄덕였다. "우리 할머니도 비슷하셨지."

다시 정적이 내려앉았다. 렌은 앉아서 강물을 바라보

았고, 과거가 무겁게 몸을 눌렀으며, 바토스타운에 가고 싶지가 않았다. 집에 가고 싶었다.

"네 형은 잘 지낸다. 이젠 아들이 둘 있지."

"잘됐네요."

"파이퍼스런은 별로 변하지 않았어."

"그래요, 그렇겠죠." 렌은 대답하고 나서 덧붙였다. "아, 좀 그만해요!"

호스테터는 미소 지었다.

"그게 너보다 내가 유리한 점이구나. 난 집에 가고 있거든. 오랜만이야."

"그러면 아예 펜실베이니아 출신이 아니었군요."

"원래 우리 집안은 거기 출신이지. 난 바토스타운에서 태어났고."

오래 묵은 분노가 솟아올라 렌을 찔렀다. "아저씨는 우리가 왜 달아났는지 알고 있었죠. 분명히 우리가 어디 있는지, 뭘 하고 있는지 내내 알고 있었을 거예요."

"일종의 책임감을 느꼈지." 호스테터는 인정했다. "계속 주시했다."

"좋아요, 그러면 왜 우리를 이렇게 오래 기다리게 했죠? 우리가 어디로 가고 싶어 하는지 알았으면서요." 렌이 물었다.

호스테터가 말했다. "솜스 기억하니?"

"한 번도 잊은 적 없어요."

"솜스는 어떤 남자애를 믿었다."

"하지만 저라면 절대…" 렌은 말하다 말고 에서가 어떻게 호스테터를 위험에 빠뜨렸는지 기억했다. "무슨 말인지 알겠어요."

"바토스타운에는 어길 수 없는 법이 하나 있다. 그 법은 '손대지 말라'이고, 그 법 덕분에 우린 바토스타운이라는 이름만으로 교수형을 당하게 되는 시절에도 이렇게 오래 살아남을 수 있었다. 솜스는 그 법을 어겼어. 나도 어기고 있다만, 나는 허락을 받았고. 이건 한 세기에 한 번 나올까 말까 한 위업이야. 내가 일주일 내내 목이 쉬도록 셔먼에게 말해서…"

"셔먼." 렌은 몸을 바로 세웠다. "그래요, 셔먼. 셔먼이 혹시 바이어스에게 소식 들었는지 알고 싶어 하고…"

"대체 무슨 소릴 하는 거냐?" 호스테터가 멍한 눈으로 물었다.

"라디오에서 들었던 말요." 말하다 보니 예전에 느낀 흥분이 여름 번갯불처럼 돌아왔다. "제가 소 떼를 헛간에서 내보내고 소를 찾느라 개울가로 내려갔던 밤에 대화하던 목소리들요. 에서가 라디오를 떨어뜨렸는데, 그 실감개 같은 게 풀리더니 목소리가 나왔어요. 셔먼이 알고 싶어 한다고. 강에 대한 말도 있었고요. 그래서 우리가 오하이오로 온 거예요."

"아, 그래." 호스테터가 말했다. "그 라디오. 그게 이 모든 일의 시작이었지? 에서가 그걸 훔쳐 가서 신세 톡톡히 졌다. 라디오가 없어진 걸 알았을 때 식은땀을 얼마나 흘렸던지." 호스테터는 몸서리를 쳤다. "맙소사, 에서가 나를 폭로하기 직전까지 갔다는 생각을 하면… 그랬다면 난 결코 살아서 돌아오지 못했을 거야. 너희 마을 사람들이야 나보고 썩 꺼지고 다시는 얼굴 비추지 말라고 하는 정도였겠지만, 소문이 퍼졌겠지. 그때는 에서를 늑대들에게 던져줄 수밖에 없었고, 미안하지도 않아. 하지만 너까지 끌려 들어간 건 안타까웠지."

"아저씨 탓한 적 없어요. 에서에게 그렇게 쉬울 리가 없다고 했거든요."

"흠, 그 농부들에게 고마워해도 되겠다. 그 작자들이 아니었다면 내가 셔먼에게 널 데려가게 해달라고 말하지도 않았을 테니까. 이쪽에서든 저쪽에서든 널 죽일 게 확실한데, 내 양심에 네 피를 묻히고 싶지 않다고 했지. 셔먼도 결국엔 물러섰고… 하지만 렌, 다음번에 누군가가 좋은 충고를 하거든 제발 받아들여라."

렌은 밧줄에 쓸린 목을 문질렀다. "네, 그럴게요. 그리고 고맙습니다. 아저씨가 해준 일은 잊지 않을 거예요."

호스테터는 가끔 아빠가 그랬던 것처럼 아주 엄숙하게 말했다. "잊지 말아라. 나나 셔먼을 위해서가 아니라, 네가 잊지 않는 데 달려 있을지도 모르는 많은 사람과 사상들을 위해서."

렌은 천천히 말했다. "제가 믿지 못할 사람일까 봐 걱정이세요?"

"이건 신뢰 문제가 아니야."

"그러면 뭔데요?"

"넌 바토스타운에 간다."

렌은 얼굴을 찌푸리며 그게 무슨 말인지 이해해보려고 했다. "하지만 그게 제가 가고 싶은 곳인데요. 그래서 이 모든 일이 벌어졌고요."

호스테터는 이마에 눌러썼던 챙모자를 젖혀서 달빛 속에 얼굴을 훤히 드러냈다. 빈틈없고 침착한 두 눈이 렌을 보았다.

"넌 바토스타운에 간다." 호스테터는 되풀이해서 말했다. "네 머릿속에는 꿈에 그리던 어떤 장소가 있고, 그곳을 그 이름으로 부르지. 하지만 지금 네가 가는 곳은 거기가 아니야. 넌 진짜 바토스타운에 가고 있고, 아마 그곳은 네 머릿속에 그리던 장소와 별로 닮지 않았을 거다. 네 마음에 들지 않을 수도 있어. 그곳에 대해 상당히 강렬한 감정을 갖게 될 수도 있어. 그래서 말해두는 거다. 네가 우리에게 빚진 게 있다는 사실을 잊지 말아라."

"저기, 바토스타운에서는 배울 수 있나요? 책을 읽고 토론도 하고, 기계를 사용하고, 제대로 생각할 수 있나요?"

호스테터가 고개를 끄덕였다.

"그렇다면 제 마음에 들 거예요." 렌은 밤하늘 아래 스쳐 지나가는 어둡고 고요한 땅을, 지금은 잠들어 있지만 사람을 죽이려드는 증오에 찬 시골을 쳐다보았다. "다시는 이런 일을 보고 싶지 않아요. 다시는."

"나를 위해서라도 네가 바토스타운에 맞았으면 좋겠다. 저 여자애를 셔먼에게 설명하는 문제만으로도 충분히 힘들 예정이거든. 원래 저 애는 계획에 들어 있지 않았어. 하지만 달리 어째야 할지 알 수가 없더구나."

"저도 궁금해하고 있었어요." 렌이 말했다.

"흠, 에서가 달아나게 도우려고 찾아왔더구나. 부모님에게 돌아갈 순 없다고 했지. 에서와 함께 있을 거라고 했어. 그래야만 할 이유도 알겠고."

"왜요?" 렌이 물었다.

"몰랐니?"

"네."

"세상 최고의 이유지." 호스테터가 말했다. "에서의 아이를 가졌다."

렌은 앉은 채로 입을 딱 벌렸다. 호스테터는 일어섰다. 그리고 갑판실에서 한 남자가 나오더니 말했다. "샘이 라디오로 콜린스와 이야기 중이에요. 와보는 게 좋겠어요, 에드."

"소동인가?"

"그게, 아무래도 우리가 물속에 처박고 온 친구가 진심이었나봐요. 콜린스 말이, 달이 뜬 직후에 예인선 두 대가 지나갔다네요. 예인하는 배는 없고 남자들만 가득 타고 있었다고. 한 대는 레퓨지에서, 한 대는 섀드웰에서 떴어요."

호스테터는 무서운 얼굴로 파이프에 담긴 재를 털어내어 장화로 주의 깊게 밟아 부수더니 렌에게 말했다. "혹시 몰라서 콜린스에게 잘 지켜보라고 했지. 판자 배를 하나 갖고 이동식 지주 역할을 하거든. 흠, 가자. 이것도 다 바토스타운 사람으로 살면 겪는 일이다. 너도 익숙해질 수 있을 거야."

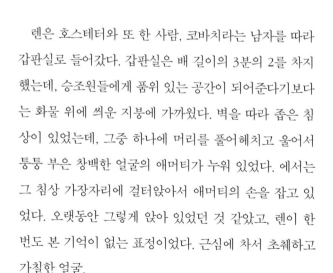

15

렌은 호스테터와 또 한 사람, 코바치라는 남자를 따라
갑판실로 들어갔다. 갑판실은 배 길이의 3분의 2를 차지
했는데, 승조원들에게 품위 있는 공간이 되어준다기보다
는 화물 위에 씌운 지붕에 가까웠다. 벽을 따라 좁은 침
상이 있었는데, 그중 하나에 머리를 풀어헤치고 울어서
퉁퉁 부은 창백한 얼굴의 애머티가 누워 있었다. 에서는
그 침상 가장자리에 걸터앉아서 애머티의 손을 잡고 있
었다. 오랫동안 그렇게 앉아 있었던 것 같았고, 렌이 한
번도 본 기억이 없는 표정이었다. 근심에 차서 초췌하고
가칠한 얼굴.

렌은 애머티를 보았다. 애머티는 눈을 마주치지 않고

말을 걸었고, 렌은 인사를 했으며, 마치 낯선 사람과 대화하는 것 같았다. 렌은 이미 희미해져가는 아픔 속에서 장미 정자에서 입 맞췄던 노란 머리 소녀를 생각하고, 그 소녀는 이렇게 빨리 어디로 가버렸을까 생각했다. 여기 있는 사람은 성숙해서 이미 삶의 걱정과 근심을 짊어진 여자, 그것도 다른 누군가의 여자였으며 렌은 모르는 사람이었다.

"우리 아버지 봤어, 렌?" 애머티가 물었다. "괜찮으셔?"

"내가 마지막으로 봤을 때는 그랬어. 농부들은 판사님을 뒤쫓지 않았어. 건드리지도 않았지."

에서가 일어섰다. "이제 좀 자. 당신에겐 잠이 필요해." 에서는 애머티의 손을 토닥이더니 커튼 삼아 위에 걸어놓은 얇은 담요를 당겼다. 애머티는 저항하듯 살짝 훌쩍이더니 에서에게 너무 멀리 가지 말라고 했다. "그 점은 걱정 말고." 에서의 답변에 아주 희미하게 절망이 실려 있었다. "어디 갈 곳도 없어." 에서는 재빨리 렌을 보고는 호스테터를 보았고, 렌은 말했다. "축하해, 에서."

에서의 광대뼈에 천천히 붉은 기운이 번졌다. 에서는 어깨를 펴더니 도전적이기까지 한 말투로 말했다. "멋진 일이라고 생각해. 그리고 너도 상황이 어땠는지 알지, 렌.

왜 우리가 진작 결혼하지 못했는지 말이야. 판사 때문이었어."

"그럼, 알지."

"그리고 한 가지 말해두겠는데, 난 우리 아빠보다 훨씬 나은 아버지가 될 거야."

"모르겠다." 렌은 대꾸했다. "우리 아버지는 세상 최고의 아버지였는데, 난 그렇게 잘 자라지 못했잖아."

렌은 호스테터와 코바치를 따라 가파른 사다리를 타고 선창으로 내려갔다. 이 바지선은 흘수가 깊지 않았지만, 그래도 길이가 20여 미터에 너비는 5.5미터였고 내부 공간은 빈틈없이 상자와 짐짝과 자루로 가득했다. 나무와 강물, 밀가루와 천, 오래된 수지와 역청, 그 외에 렌이 잘 모르는 냄새가 진하게 풍겼다. 뒤쪽 칸막이벽 너머에서는 둔탁하면서도 요란하게 쿵쿵대는 엔진 소리가 들려왔다. 해치 바로 아래에는 사람이 사다리를 타고 내려와서 아무것도 꺼내거나 옮기지 않았는지 확인할 수 있도록 우물 같은 공간을 남겨놓았고, 사다리는 단단한 갑판에 박아 넣은 단단한 구조물처럼 보였다. 그러나 널판자를 네모나게 들어낸 안에 작은 구멍이 있었으며, 그 구멍 안에는 라디오가 있었다. 렌과 에서가 손에 넣었던 라디오보다 크기도 하고 여러 면에서 달랐지만, 라디오라는 사실은 알아볼 수 있었다. 한 남자가 등불 하나만 위에 매단 채 그 옆에 앉아서 말을 하고 있었다.

"여기 왔네. 잠시만 기다려." 남자는 몸을 돌려 호스테터에게 말했다. "콜린스는 우리가 폭포 앞에서 로젠과 접촉하는 게 최선이라고 생각해요. 지금은 강이 꽤 낮아져 있으니, 거기서 조금만 도움을 받으면 놈들을 따돌릴 수 있을 거라는군요."

"시도해볼 만하군." 호스테터가 말했다. "어떻게 생각하나, 조?" 질문을 받은 코바치는 콜린스 말이 맞다고 생각했다. "우리야 더 싸우고 싶지 않은 게 확실하고, 놈들은 짐 없이 달리고 있으니 우릴 따라잡고 말 거야." 에서도 사다리를 내려오더니 렌 옆에 서서 귀를 기울였다.

"와츠인가요?" 에서가 물었다.

"그렇겠지. 섀드웰까지 가서 남자들을 데려왔다면 아주 바쁘게 움직였겠어."

"그놈들은 완전히 돌아 있어." 코바치가 말했다. "농부들에게는 보복할 수 없으니, 우리에게 분을 풀려고 할 거야. 게다가 우리야 찾아내기만 하면 정당한 사냥감이지." 코바치는 덩치가 좋은 청년으로, 햇볕에 타서 피부가 짙은 갈색이었다. 이 사람에게 겁을 주려면 상당히 힘들겠다는 인상이었고 지금도 겁먹은 얼굴이 아니었지만, 렌은 그런데도 코바치가 레퓨지에서 온 배들에 절대로 잡히지 않기를 바란다는 느낌이 들었다.

호스테터가 라디오 앞에 앉은 남자에게 고개를 끄덕였다. "좋아, 샘. 로젠과 이야기해보지."

샘은 콜린스에게 작별 인사를 하고 손잡이를 조작하기 시작했다.

"세상에," 에서가 거의 흐느끼듯 말했다. "우리가 저걸 얼마나 건드리고도 속삭이는 소리 하나 들을 수 없었는지, 내가 어떻게 그 책들을 훔쳤는지 기억해?" 에서는 고개를 내저었다.

"우연히 밤에 듣지 않았다면 한마디도 듣지 못했을 거다." 호스테터는 이제 구멍 옆에 쪼그리고 앉아서 샘의 어깨를 넘어다보고 있었다.

"그건 렌 생각이었어요." 에서가 말했다. "대낮에는 누가 보거나 들을 위험이 너무 클 거라고 생각했죠."

"지금처럼 말이지." 코바치가 말했다. "우린 안테나를 세우고 있어. 알아볼 만한 조명만 있다면 분명히 눈에 띌 거야."

"조용." 샘이 라디오 위로 몸을 굽히고 말했다. "나보고 대체 어쩌라고… 이봐들, 잠시만 조용히 맞춰보게 해주겠어? 이건 위기 상황이야." 스피커에서 지글지글 혼

245
2부

란스럽게 튀어나오던 목소리들이 또렷해지더니 목소리 하나가 말했다. "여기는 인디언 페리의 페토. 중계할까?"

"아니," 샘이 말했다. "로젠과 이야기하려고 해. 범위 안에 있을 거야. 그쪽은 납작 엎드려 있어. 뒤에 강도떼가 붙었어."

"아," 페토의 목소리가 말했다. "도움을 원하면 큰 소리로 노래하셔."

"고마워." 샘은 손잡이를 이것저것 만지면서 계속 로젠을 불렀다. 렌은 사다리 옆에 서서 지켜보고 귀를 기울였고, 회상 속에서는 마치 파이퍼스런에서 산 인생 전체가 피매튜닝강 가에서 고집스러운 작은 상자를 붙들고 목소리를 들으려 애쓰면서 보낸 시간 같았다. 지금 렌은 놀라고 피곤해서 멍한 상태로 듣고 보았고, 아직도 정말로 이들과 함께 있게 되었음을 실감할 수가 없었다.

"이건 우리가 써봤던 라디오보다 훨씬 크네." 에서가 앞으로 다가가며 말했다. 다시 예전처럼 눈이 반짝이고 있었고, 입가에 미묘하게 감돌던 힘없는 기운도 열의에 묻혔다. "어떻게 작동하는 거죠? 안테나는 뭐예요? 어떻게…"

코바치가 배터리와 트랜지스터에 대해 모호하게 설명하기 시작했다. 렌은 그쪽에 마음이 없었다. 렌의 시선은 모자챙에 반쯤 가려진 호스테터의 얼굴에, 익숙한 갈색 아미시 모자와 익숙하게 잘라낸 각진 머리 모양과 턱수염에 가 있었고 아빠를, 제임스 형과 형의 두 아들을, 이제는 옛 세상을 애석해하지 않을 할머니를, 지금쯤이면 다 컸을 아기 에스터를 생각했다. 고개를 돌리자 호스테터의 얼굴은 보이지 않고 등불이 비추는 둥근 원 너머의 인간과 무관한 어둠, 흐릿하고 무의미한 화물이 가득한 어둠만 보였다. 엔진은 느리고 꾸준하게 쿵쿵거리다가 잠든 사람의 숨소리처럼 짧게 한숨을 내쉬었다. 노가 수면을 때리는 소리를 들을 수 있었고, 이제는 다른 소리들도 들려왔다. 바지선 자체가 삐걱대는 나무 소리며, 선체 아래로 미끄러지는 강물이 부글거리는 소리까지. 갑자기 방향을 잃은 느낌이 찾아왔고, 대체 내가 여기에서 뭘 하고 있나 하는 격한 거리감이 찾아왔다가 지난 24시간 동안 많은 일이 일어났고 녹초가 되었다는 깨달음으로 끝났다.

샘이 로젠에게 말하고 있었다.

"우린 이제 속도를 올릴 겁니다. 모래톱을 들이받지 않으려면 해가 뜬 직후여야 해요."

"흠, 조심하게." 스피커에서 지직거리는 로젠의 목소리가 말했다. "그 물길은 지금 까다로워."

"혹시 급류를 따라 내려오는 건 있습니까?"

"유목뿐이야. 다 얽혀 있고, 내가 운하 양쪽 끝에 쌓아 놨어. 꼭 해야 하지 않는다면 그 수문들은 손대고 싶지 않군. 몇 년을 들여서 여기 자리를 쌓았는데, 조금이라도 의심을 사면…"

"우리 배로는 안 돼요." 코바치가 말했다. "아직 이 배를 타고 갈 길이 멀어요. 바닥을 온전하게 지키고 싶네요. 분명히 다른 방법이 있을 거예요."

"생각해보지." 로젠이 말했다.

로젠이 생각하는 동안 긴 침묵이 흘렀다. 다들 라디오를 둘러싸고 숨을 몰아쉬며 기다렸다.

목소리 하나가 약간 소심하게 말했다. "여긴 다시 인디언 페리의 페토인데요."

"그래, 뭔데?"

"음, 생각을 해봤는데 지금 강이 낮고 거기 물길은 좁잖아요. 쉽게 막을 수 있어요."

"혹시 생각한 바가 있나?" 호스테터가 물었다.

"그 지점 딱 끝에서 일하는 준설선이 있어요." 페토가 대답했다. "일하는 사람들은 밤이면 마을로 들어가니까 누가 빠져 죽을까 걱정할 필요도 없죠. 아직 어두울 때 여기로 건너올 수 있다면, 내가 준설선 옆으로 나가서 풀어놓을 수 있어요. 강이 바로 여기에서 굽어지고 물살이 배를 옆으로 밀 테니까, 카누 한 대만 옆으로 지나가도 다시 배가 끌려갈 겁니다."

샘이 말했다. "페토, 사랑한다. 이 얘기 들었어요, 로젠?"

"들었네. 해답이 나온 것 같군."

"그렇네요." 코바치가 말했다. "하지만 만약에 대비해서 우리가 도착하면 빨리 수문을 통과시켜줘요."

"내가 지켜보고 있겠네." 로젠이 말했다.

"좋아, 페토?" 샘이 말했고, 두 사람은 신호와 타이밍을 정하고 그들의 현재 위치와 인디언 페리 사이 물길의 상태를 의논했다. 코바치는 고개를 돌려 렌과 에서를 보았다.

"가자. 너희에게 맡길 일이 있어. 증기 엔진에 대해 아는 거 있어?"

"조금은." 렌이 말했다.

"흠, 이 엔진에 대해 너희가 알아야 하는 건 불을 계속 지펴야 한다는 것뿐이야. 급한 상황이니까."

"물론이죠." 렌은 할 일이 생긴 것이 기뻐서 말했다. 지쳤지만, 몸을 더 지치게 만들어서 예전 기억과 나쁜 생각들, 이미 솜스의 얼굴과 뒤섞이고 있는 듀린스키의 죽어가는 얼굴이 맴도는 머릿속을 멈출 수 있다면 환영이었다. 렌은 코바치를 따라 사다리를 올라갔다. 갑판실에서는 애머티가 푹 잠들었는지 그들이 지나가도 움직이지 않았다. 에서는 발끝으로 걸으며 애머티의 침상 주위를 가린 담요를 불안하게 바라보았다. 잠깐 동안 맑고 서늘한 밤공기가 닿았다가, 세 사람은 다시 보일러가 자리한 구멍 속으로 내려갔다. 여기에서는 뜨겁게 달궈진 쇠와 석탄 먼지 냄새가 났고, 커다란 삽을 든 땀투성이 사내 하나가 석탄 통과 불타는 문 사이를 오가고 있었다. 코바치가 말했다. "도울 사람 왔어, 찰리. 움직여야 해."

찰리는 고개를 끄덕였다. "여벌 삽은 거기 있어." 찰리는 문을 걷어차 열고 석탄을 쌓기 시작했다. 렌은 셔츠를 벗어 던졌다. 에서도 그러려다가 단추를 반쯤 푼 채로 멈추고 보일러를 보았다. "좀 다를 줄 알았는데."

"뭐?" 코바치가 물었다.

"음, 엔진 말이야. 바토스타운에서 왔으니까, 원하는 엔진은 뭐든 만들 수 있을 거라고…"

코바치는 고개를 저었다. "연료라곤 장작과 석탄뿐이야. 그걸 이용해야지. 게다가 강을 따라 수많은 곳에 멈춰 서고 수많은 사람이 배에 오르는데, 제일 먼저 보고 싶어 하는 게 엔진이거든. 다른 엔진이면 금방 알겠지. 게다가

고장이라도 나면? 그러면 어쩌겠어. 바토스타운까지 부품을 가지러 보내?"

"그래, 그렇네."에서는 확실히 실망한 기색이었다. 코바치는 가버렸다. 에서는 셔츠를 마저 벗고, 삽을 하나 챙겨서 렌과 나란히 석탄 통 앞에 섰다. 두 사람이 불에 석탄을 퍼넣으면 찰리가 바람을 조절하고 안전 밸브를 살폈다. 피스톤이 쿵쿵대는 소리가 점점 빨라지면서 외륜을 돌렸고, 바지선은 속도를 올려 흐름을 탔다. 마침내 찰리가 잠시 멈추라는 몸짓을 했고, 두 사람은 삽 뜨기를 멈추고 얼굴에 흐른 땀을 닦았다. 그리고 에서가 말했다. "바토스타운이 우리가 생각했던 것과 많이 비슷하진 않을 모양이야."

"우리 생각과 비슷했던 건 하나도 없나 봐." 렌이 말했다.

다른 남자가 와서 경주는 끝났다고 전하고 렌과 에서에게 멈춰도 된다고 하기까지 끔찍하게 오랜 시간이 흐른 것 같았다. 두 사람은 비틀거리며 갑판으로 올라갔고, 렌은 노가 역전하면서 바지선이 거칠게 흔들리는 것을 느꼈다. 그날 밤 처음 있는 일도 아니었고, 렌은 코바치가 분명 지독한 조종사를 데리고 있거나 그가 그런 조종사인가보다 생각했다.

렌은 서늘한 공기에 몸서리를 치면서 갑판실에 몸을

기댔다. 달은 하늘을 떠나고 해는 아직 뜨지 않은 활기 없고 어두운 시간이었다. 강둑은 안개를 휘감은 낮고 검은 얼룩이었다. 마치 강이 끝나기라도 하는 듯 앞쪽이 단단한 벽처럼 구부러졌고, 바지선은 곧 그 벽에 정면으로 부딪칠 터였다. 렌은 하품을 하고 개구리 소리에 귀 기울였다. 바지선이 회전하고, 강에 굽이가 생겼다. 굽이 안쪽에는 마을이 하나 있었는데, 그곳에 선 집들의 네모난 모양새가 눈으로 본다기보다 느껴졌다. 그 지점 끄트머리에 허공에 매달린 듯 붉은 불빛 두 개가 타고 있었다.

앞 갑판 위쪽에 등불 하나가 재빨리 세 번 보였다가 감춰졌다. 강물 저 아래에서 응답하는 깜박임이 이어졌다. 렌은 그게 그곳에 있는 줄 알고 있었기에 남자 한 명이 올라탄 흐릿한 카누를 알아볼 수 있었고, 뒤이어 어둠 속에서 갑자기 거대한 허깨비 같은 준설선이 튀어 오르는 것 같았다. 무거운 쇠 삽을 단 거대한 준설선은 평평한 무대 위에 설치된 반쯤 철거한 집처럼 골격을 드러낸 채 스쳐 지나갔다. 곧 준설선은 그들 뒤에 있게 되었고, 렌은 붉은 불빛을 보았다. 붉은빛은 한참 동안 움직이지 않는 것 같다가 조금씩 이동하고, 또 조금 더 이동하더니 아주 무겁고 큰 배답게 느릿느릿 긴 호선을 그리면서 반대쪽 강변으로 몸을 틀어 멈춰 섰다. 잠시 후에 강 저편에서 소리가 들렸다.

에서가 말했다. "내일 이 시간까지만 저 배를 치울 수 있대도 행운이겠다."

렌은 고개를 끄덕였다. 긴장이 풀리는 느낌이 들었다. 몇 주 만에 처음으로 안전하다는 기분이 들어서일지도 몰랐다. 레퓨지 사람들은 이제 따라올 수 없었고, 그자들이 무슨 말을 앞서 퍼뜨렸다 해도 그들을 막기에는 너무 늦었다.

"난 잘래." 렌은 그렇게 말하고 갑판실로 들어갔다. 애머티는 아직도 커튼을 치고 자고 있었다. 렌은 최대한 애머티와 멀리 떨어진 침상을 골라서 거의 눕자마자 잠들었다. 마지막으로 한 생각은 에서가 아버지가 된다는 것이었는데, 어쩐지 전혀 어울리지가 않았다. 이어서 와츠의 얼굴과 젖은 밧줄의 끔찍한 냄새가 끼어들었다. 렌은 숨이 막혀서 끙끙 소리를 냈고, 곧 잔잔하고 깊은 어둠이 밀려왔다.

16

★

그들은 다음 날 아침에 물살을 타고 멕시코만까지 나아가는 기나긴 예인선, 증기 바지선, 평저선들 중 하나가 되어 운하를 통과했다. 이 배들은 강기슭을 다니는 사륜마차들처럼, 길이라고는 강밖에 없는 외딴 작은 마을들에 들르는 떠다니는 행상 점포였다. 코바치 말로는 로젠이 평소보다 빠르게 배들을 통과시키고 있다지만 그래도 진행은 느렸고, 앉아서 구경할 시간도 많았다. 소용돌이치는 안개 속에서 해가 떠올라 있었다. 안개는 이제 사라졌지만, 전날의 뜨겁고 맑은 날씨와는 다른 더위가 찾아왔다. 공기가 텁텁하니 무거웠고, 조금만 움직여도 땀이 흘렀다. 코바치는 코를 킁킁거리며 폭풍 냄새가 난다고 했다.

"오후 중간쯤 오겠군." 호스테터가 눈을 가늘게 뜨고 하늘을 보며 말했다.

"그렇죠," 코바치가 말했다. "어디 배를 묶을 곳을 찾는 게 좋겠어요."

코바치는 바지선을 돌보느라 바쁘게 사라졌다. 호스테터는 갑판실 가장자리에서 그나마 찾은 그늘 속에 앉아 있었고, 렌도 그 옆에 앉았다. 애머티는 침대로 돌아갔고, 에서도 따라간 후였다. 렌은 가끔 작고 좁은 창문 틈으로 두 사람이 두런두런 말하는 소리를 들을 수 있었지만, 무슨 말을 하는지는 들리지 않았다.

호스테터는 부러운 눈으로 코바치의 뒷모습을 보더니, 오랫동안 고삐를 잡아서 굳은살이 두껍게 앉은 커다란 두 손을 보았다. "그립군."

"뭐가요?" 혼자 생각에 빠져 있던 렌이 물었다.

"내 말들, 사륜마차. 이렇게 오랫동안 마차를 몰다가 그냥 앉아 있으려니 좀 이상해. 이런 상태를 좋아하게 될까 모르겠군."

"집에 가서 행복하신 줄 알았는데요."

"행복하지. 그리고 아직 옛 친구들 대부분이 살아 있는 동안 돌아가니 마침 좋을 때기도 해. 하지만 두 개의 삶을 꾸리다 보면 생기는 문제점이 있거든. 난 거의 30년간 바토스타운을 떠나 살면서 딱 한 번밖에 돌아가지 않았다. 이제는 파이퍼스런 같은 곳이 더 집 같아. 작년 가을에 내가 이제 행상을 그만둔다고 말했더니 파이퍼스런에서 거기 정착하라고 하더구나. 그거 알아? 난 그럴 수도 있었어."

호스테터는 수문에서 일하는 남자들을 바라보되 보지 않으면서 생각에 잠겼다.

"다 되살아나겠지. 뭐라 해도 나고 자란 곳이니까… 하지만 다시 면도를 하면 이상할 거야. 게다가 이 옷도 너무 오래 입고 다녔더니…"

수문이 소용돌이를 일으키며 물을 빨아들이자 바지선이 천천히 내려가서 강둑 위를 올려다보아야 할 정도가 되었다. 해는 내리쬐고, 배가 내려앉은 자리에는 산들바람조차 불지 않았다. 렌은 눈을 반쯤 감고 햇볕 아래 타고 있던 발을 몸 아래로 끌어들였다.

"아저씨는 뭐예요?" 렌은 물었다.

호스테터는 고개를 돌려 렌을 보았다. "행상이지."

"아니, 진짜로요. 바토스타운에서는 뭐예요?"

"행상."

렌은 얼굴을 찌푸렸다. "이해가 안 가는데요. 전 바토스타운 사람들은 다 뭔가 중요한 사람인 줄 알았어요. 과학자라거나, 기계를 만든다거나…"

"난 행상이다." 호스테터는 되풀이해서 말했다. "코바치는 강배를 모는 사람이지. 로젠은 훌륭한 관리자고 운하를 계속 수리해서 원활하게 움직이도록 하지. 우리에게 중요한 일이니까. 인디언 페리의 페토는… 예전에 페토의 아버지를 알았는데, 그 친구는 전기 기술에 꽤 뛰어났지만 아들은 나와 비슷한 상인이야. 다만 한 곳에 더 머물 뿐이지. 어떤 공동체나 마찬가지로 바토스타운에도 잠재적인 과학자와 기술자는 너무나 많다. 그리고 그 사람들은 나머지 우리들이 있어야 계속 살아가지."

"그러니까…" 렌은 깊이 뿌리내리고 있던 생각을 수정하며 천천히 말했다. "아저씨는 이렇게 오랫동안 정말로…"

"장사를 했지. 그래, 바깥에 있는 우리를 빼도 바토스타운에는 4백 명 넘는 사람이 있어. 모두 먹고 입어야 하지. 게다가 다른 것들, 철과 합금과 화학제품과 약품도 필요해. 전부 바깥에서 들여와야 하지."

"그렇군요." 렌이 대답하고, 긴 침묵이 흘렀다. 렌은 서글프게 말했다. "4백 명이요. 레퓨지 인구의 절반도 안 되네요."

"원래 예정된 인구보다는 90퍼센트가 늘어난 셈이다. 원래는 정부를 위해서 몰래 진행하던 프로젝트에서 일하던 전문가만 35명 내지 40명 있었어. 그러다가 전쟁 후 반작용이 일어나고 사태가 지저분해지자 다른 사람과 그 가족들을 많이 들여왔지. 과학자, 교사, 바깥세상에서는 인기가 없어진 사람들. 우린 운이 좋았다. 이 나라 여기저기에 비밀 시설은 많았지만, 발견되거나 배신당하지 않고 버릴 필요도 없었던 시설은 바토스타운 딱 하나야."

렌은 무릎 위에 올리고 있던 두 손을 꽉 쥐고 눈을 빛냈다. "그 사람들은 뭘 했던 거죠? 그 40명의 전문가들은?"

호스테터의 얼굴에 기묘한 표정이 떠올랐다. 그래도 대답은 나왔다. "뭔가에 대한 해답을 찾고 있었지. 그게 뭔지 말해줄 순 없다. 내가 할 수 있는 말은 그걸 못 찾았다는 것뿐이야."

"아직도 찾고 있나요?" 렌이 물었다. "아니면 그것도 저한테는 말해줄 수 없나요?"

"도착할 때까지 기다려봐라. 그러고 나면 대답할 권한이 있는 사람들에게 얼마든지 물어볼 수 있어. 나에겐 권한이 없다."

"도착하면 말이죠." 렌은 중얼거렸다. "기분이 이상하네요. 내가 바토스타운에 가면… 그 말을 마음속으로 백만 번은 했는데, 이젠 진짜라뇨. 내가 바토스타운에 가면…"

"그 이름을 함부로 말하고 다니지 말아라."

"걱정 마세요. 하지만… 거긴 어떤가요?"

"물리적으로는… 구멍 하나지. 파이퍼스런, 레퓨지, 저기 루이빌이라 해도 거기보다 클걸."

렌은 운하 옆으로 이어지는 쾌적한 마을을, 그 너머로 농장과 풀 뜯는 소 떼가 점점이 흩어진 넓은 초록색 평원을 바라보다가 꿈을 기억하고 말했다. "빛은 없어요? 탑도 없고?"

"빛? 흠, 그건 있기도 하고 없기도 하지. 탑은… 없다고 해야겠구나."

"아." 렌은 입을 다물었다. 바지선이 미끄러져 움직였다. 역청이 갑판 이음매에서 가만히 부글거렸다. 숨을 쉬려고 노력하듯이. 잠시 후에 호스테터가 넓은 챙모자를 벗고 이마를 닦으며 말했다. "너무 덥구나. 이렇게 오래 가면 곤란한데."

렌은 하늘을 흘긋 보았다. 구름 한 점 없이 파란 하늘이었지만, 렌은 말했다. "얼마 안 갈 거예요. 곧 제대로 퍼붓겠죠." 렌은 다시 마을에 관심을 돌렸다. "저기는 예전에 도시였죠?"

"큰 도시였지."

"이제 기억나요. 프랑스 왕의 이름을 땄죠. 호스테터
씨…"

"흠?"

"그런 나라들은 어떻게 됐어요? 그러니까, 프랑스 같
은 나라요."

"우리와 거의 비슷하지. 이긴 쪽 나라들은. 진 나라들
이 어떻게 됐는지야 누가 알겠니. 온 세상이 루이빌이 처
음에 이 크기였고 이 운하가 처음 파였을 때로 후퇴했어.
다만 차이는 있지. 그 시절에는 다들 성장하고 변화하려
고 안달이 나 있었으니까."

"늘 이런 상태일까요?"

"그 무엇도 늘 같은 상태로 머물진 않아."

"하지만 제가 사는 동안에는 똑같겠죠." 렌은 테일러
판사가 했던 말을 중얼거렸다. "제 자식 대에도요." 그리
고 렌의 마음속에는 구름 속에 지어진 높은 건물들이 무
너지는 아득하고 슬픈 소리가 울렸다.

"그동안에는 좋은 세상이잖니. 즐겨라."

"좋다고요?" 렌은 씁쓸하게 말했다. "버뎃이나 와츠
같은 남자들, 솜스를 죽인 사람들이 가득한데도요?"

"렌, 세상에는 언제나 그런 자들이 가득했고, 앞으로도 그럴 거다. 불가능을 요구하지 말아라." 호스테터는 렌의 얼굴을 보더니 미소 지었다. "나도 불가능을 요구하지 말았어야 했는데."

"무슨 뜻이에요?"

"나이 탓이다." 호스테터가 말했다. "걱정 말아라. 시간이 해결해줄 테니."

그들은 낮은 쪽 수문을 통과한 후 거대한 폭포 아래에서 다시 강으로 나갔다. 오후 중반에는 북쪽 하늘 전체가 자줏빛 어둠으로 변했고, 땅에는 정적이 깔렸다. "라인 스콜*이야." 코바치가 말하더니 렌과 에서를 다시 내려보내 연료를 넣게 했다. 바지선은 자동 노를 휘저어 물보라를 일으키며 하류로 달려갔다. 전보다 더 잔잔하고 더워지면서 세상이 그대로 터지고 말 것만 같아지더니, 첫번째 번개와 함께 터진 천둥소리가 삽이 긁히고 방화문이 부딪치는 소리 속에서도 선명하게 울려 퍼졌다. 마침내 샘이 사다리 아래로 고개를 들이밀더니 찰리에게 그만하고 불을 묻으라고 외쳤다. 렌과 에서가 흠뻑 젖어 비틀거리면서 갑판으로 나갔을 때는 황혼의 전조가 깔려

---

* 한랭전선을 따라 전방에 형성되는 스콜로, 폭우·우박·뇌우를 동반한다.

하늘이 검은 고깔처럼 땅을 내리덮고 있었다. 이제 그들은 강 중간에 있는 바람 없는 섬에 배를 맸고, 북쪽 강둑이 보호 벽처럼 솟아올라 있었다.

"이제 오는구나." 호스테터가 말했다.

그들은 몸을 숙이고 갑판실로 피했다. 바람이 먼저 강타하여 나무들을 휩쓸고 가벼운 잎사귀들을 뒤집었다. 뒤이어 찾아온 비는 바람을 탄 하얀 연기가 되어 모든 것을 부옇게 가렸고, 여기에 잎사귀와 잔가지와 날아다니는 나뭇가지들이 뒤섞였다. 그 후에는 번개가 치고, 천둥이 울리고, 나무 갈라지는 소리가 울리고, 한참이 지나자 비만 남아서 들통으로 들이붓는 것처럼 좍좍 쏟아져 내렸다. 그들은 새로운 추위에 벌벌 떨며 갑판으로 나가서 모든 것이 잘 묶여 있는지 확인한 후, 돌아가며 잠을 청했다. 빗발이 느려지다가 거의 멈췄나 싶더니 새로운 폭풍과 함께 다시 힘을 얻었고, 자기 차례가 되어 망을 보던 렌은 한랭전선이 북쪽에서부터 움직이는 맨 앞을 따라 스콜이 춤을 추고 수평선 전체에서 번갯불이 작열하는 풍경을 볼 수 있었다. 자정쯤 되자 빗소리가 줄어들고 천둥소리가 멀어진 가운데 새로운 소리가 들렸는데, 렌은 그것이 강물이 불어나는 소리임을 알았다.

그들은 청명한 새벽에 다시 배를 출발시켰다. 기분 좋

262
아득한 내일

은 산들바람이 불었고 하늘은 하얀 구름이 점점이 흩어진 반질반질한 도자기 같았으며, 거친 밤의 흔적이라고는 진흙과 쓰레기로 흐려진 강물과 쪼개진 나뭇가지들뿐이었다. 코바치가 배를 묶었던 자리에서 8백 미터를 이동하자 남쪽 강둑 여기저기에 내던져진 예인선 한 척과 길게 이어진 바지선들을 지나쳤고, 다시 2, 3킬로미터를 가자 행상용 배 한 척이 쓰러진 나무를 들이받고 여울에 잠겨 있었다.

그것이 긴 여행의 시작이자, 렌에게는 꿈과 같았던 길고 기묘한 시기의 시작이었다. 그들은 오하이오강 어귀까지 갔다가 북쪽으로 방향을 돌려 미시시피강에 진입했다. 그들은 이제 물살을 밀고 나아갔다. 강둑 사이로 끊임없이 왔다 갔다 하는 물길을 느리고 조심스럽게 거슬러 가다 보니 바지선은 언제나 하얗게 칠해진 표지 옆의 땅을 들이받을 것만 같았다. 석탄은 다 썼고 일리노이 쪽 어느 정거장에서 장작을 실어 다시 미주리강 어귀까지 달려간 후에는 며칠 동안 빅머디*의 급류를 뒹굴었다. 대체로는 더웠다. 폭풍이 오고, 비가 내렸으며, 8월 중순쯤에는 가을이 오나 싶게 싸늘한 밤도 며칠 찾아왔다. 때로

* 미시시피강의 별명.

는 맞바람이 너무 거세서 배를 묶고 기다리며 하류로 가는 배들이 날 듯이 지나치는 모습을 지켜보아야 했다. 때로는 비가 내린 후 불어난 물이 너무 빠르게 흘러서 전진할 수가 없었다가, 또 순식간에 수위가 내려가서 위험한 물길이 어떻게 변했는지 너무 늦게 보여주는 바람에 모래톱에 빠진 바지선을 힘겹게 낑낑대며 빼내야 했다. 흙탕물은 보일러를 더럽혔기에 멈춰서 씻어줘야 했고, 장작을 더 사기 위해 멈출 때도 있었다. 에서는 투덜거렸다.

"바토스타운 사람들이 이따위로 여행하다니."

"에서," 호스테터가 말했다. "말해두는데 비행기가 있다면 우리도 기쁘게 날릴 거다. 하지만 우리에겐 비행기가 없고, 이 방법이 걷기보다는 나아. 너도 알게 될 거다."

"아직 갈 길이 많이 남았나요?" 렌이 물었다.

호스테터는 머리를 서쪽으로 밀었다. "로키산맥까지 가야 해."

"얼마나 오래 걸려요?"

"한 달은 더 가야지. 소동에 휘말리면 더 걸리고, 아무 일 없으면 덜 걸릴 테지."

"그런데 거기가 어떤지 왜 말을 안 해주는 거예요?" 에서가 물었다. "정말은 어떤데요. 어떻게 생겼고, 거기 사는 건 어떠냐고요."

하지만 호스테터는 무뚝뚝하게 답할 뿐이었다. "도착하면 알게 될 거다."

호스테터는 바토스타운에 대해 이야기하지 않으려 했다. 딱 한 번, 파이퍼스런이 더 쾌적한 곳이라는 말만 했을 뿐 더는 말하지 않았다. 다른 사람들도 마찬가지였다. 어떤 식으로 질문을 해도, 아무리 대화를 교묘하게 이끌어서 함정에 빠뜨리려 해도 바토스타운에 대해서는 말하지 않았다. 그리고 렌은 그게 두려워서라는 사실을 알아차렸다.

"우리가 누설할까 두려운 거군요." 렌은 호스테터에게 말했다. 그리고 비난하려는 게 아니라 그저 사실 그대로를 말했다. "아직 우리를 믿지 않는 거예요."

"믿고 안 믿고 문제가 아니다. 그저 어떤 바토스타운 사람도 그곳에 대해 말하지 않을 뿐이야. 너희도 묻지 않을 지각을 키워야 해."

"죄송해요. 단지 너무 오랫동안 그곳에 대해 생각해서 그래요. 우리가 배워야 할 게 많겠군요."

"아주 많지." 호스테터는 사려 깊게 말했다. "배우기가 쉽지도 않을 거다. 너희가 자라면서 배운 모든 믿음에 충돌할 게 정말 많거든. 아무리 비웃는다 해도, 자라면서 배운 건 어느 정도 몸에 붙기 마련이지."

"전 신경 안 써요." 에서가 말했다.

"그래, 넌 그럴 거다. 하지만 렌은 달라."

"어떻게 다른데요?" 렌은 살짝 발끈해서 물었다.

호스테터는 대답했다. "에서는 즉흥적으로 행동하지. 너는 걱정하고." 나중에 에서가 가고 나서 호스테터는 렌의 어깨에 손을 얹고 미소 지으며 그윽하게 들여다보았고, 렌은 마주 웃으면서 말했다. "가끔 아저씨를 보면 아빠 생각이 엄청 나요."

"그것도 괜찮구나." 호스테터가 말했다. "전혀 나쁘지 않아."

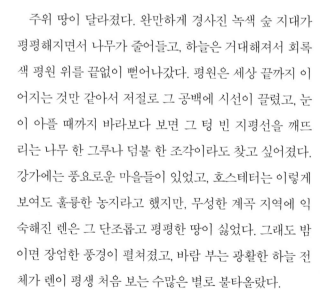

17

주위 땅이 달라졌다. 완만하게 경사진 녹색 숲 지대가 평평해지면서 나무가 줄어들고, 하늘은 거대해져서 회록색 평원 위를 끝없이 뻗어나갔다. 평원은 세상 끝까지 이어지는 것만 같아서 저절로 그 공백에 시선이 끌렸고, 눈이 아플 때까지 바라보다 보면 그 텅 빈 지평선을 깨뜨리는 나무 한 그루나 덤불 한 조각이라도 찾고 싶어졌다. 강가에는 풍요로운 마을들이 있었고, 호스테터는 이렇게 보여도 훌륭한 농지라고 했지만, 무성한 계곡 지역에 익숙해진 렌은 그 단조롭고 평평한 땅이 싫었다. 그래도 밤이면 장엄한 풍경이 펼쳐졌고, 바람 부는 광활한 하늘 전체가 렌이 평생 처음 보는 수많은 별로 불타올랐다.

"익숙해지려면 시간이 좀 걸린다." 호스테터가 말했다. "하지만 나름의 아름다움이 있어. 눈을 감고 마음을 닫지만 않는다면, 대부분 어디나 그렇다. 그래서 내가 바토스타운에 대해 농담한 게 미안하구나."

"하지만 진심이셨죠." 렌이 말했다. "제 생각을 말해볼까요? 전 아저씨가 돌아간다는 사실을 안타까워하는 것 같아요."

"변화는 언제나 안타깝지." 호스테터가 말했다.

"일을 어떤 방식으로 하는 데 익숙해지고 나면, 그걸 끝내기가 언제나 힘이 들죠."

그러고 보니 이제까지 왜 그 생각을 못 했을까 이상할 정도로 해본 적 없는 생각이 들었다. 렌은 물었다. "바토스타운에 가족이 있나요?"

호스테터는 고개를 저었다. "난 언제나 너무 떠돌이였어. 어떤 구속도 원치 않았지."

둘 다 무의식적으로 에서가 애머티와 함께 앉아 있는 갑판 저편을 쳐다보았다.

"그런데 그걸 얻기는 참 쉽단 말이야." 호스테터가 말했다.

애머티의 자세에서, 고개를 에서 쪽으로 구부린 모습이나 손을 에서와 포개 쥔 모습에서 소유욕 같은 것이 비쳤다. 애머티는 포동포동해지고 입매는 뾰로통했으며 아직 멀다고는 하지만 다가오고 있는 어머니라는 자리를 아주 진지하게 받아들였다. 렌은 장미 정자를 떠올리고 부르르 몸을 떨었다.

"그래," 호스테터는 쿡쿡거리며 웃었다. "내 마음도 같다. 하지만 저 둘이 서로 잘 어울린다는 건 인정해야지."

"그냥 전, 아버지가 된 에서를 생각할 수가 없어요."

"놀라게 될 거다." 호스테터가 말했다. "게다가 애머티가 끌고 갈걸. 너무 거드럭거리지 말아라, 녀석아. 너도 저럴 때가 올 테니."

"그 때를 제가 먼저 안다면 그렇게 안 될걸요." 렌이 말했다.

호스테터는 다시 쿡쿡거렸다.

바지선은 허우적허우적 플래트강 어귀로 다가갔다. 렌은 일하고 먹고 자는 틈틈이 생각을 했다. 렌의 마음속에서 무엇인가가 빠져나갔는데, 시간이 흐르고 나서야 그게 무엇이고 왜 그것 때문에 불행해졌는지 깨달았다. 그건 그동안 품고 다녔던 바토스타운의 모습, 고향에서부터 먼 길을 따라온 환상이었다. 이제는 그게 사라지고, 그자리에 자잘한 사실들과 채워져야 할 공백만 남았다. 바토스타운, 전쟁 이전에 모종의 연구를 위해 세워진 기밀

군사 시설로 당시 그 시설을 지은 국무부장관 헨리 월섬 바토의 이름을 딴 그곳은 죽음에서 현실로 고통스러운 전환을 겪고 있었다. 현실은 아직 오지 않았고, 그때까지는 아무것도 없었기에 렌은 마치 누군가의 죽음을 겪은 기분이었다. 물론 할머니가 돌아가시기는 했고, 렌의 마음속에서 두 가지가 워낙 단단히 엮여 있다 보니 할머니 생각을 하거나 아빠를 펄펄 뛰게 만들었던 할머니의 반항적인 말들을 기억하지 않고 바토스타운 생각을 하기는 불가능했다. 렌은 지금 그곳으로 가고 있다는 걸 할머니가 알까 궁금했다. 알았으면 좋겠다고 생각했다. 할머니라면 기뻐할 거라고도 생각했다.

어느 날 밤 그들은 허허벌판 한가운데 낮은 강둑에 배를 묶었다. 보이는 것이라곤 대초원의 풀과 끝없는 하늘뿐이었고, 들리는 것이라곤 지치지도 않고 불어대는 바람 소리와 쉼 없이 흐르는 강물 소리뿐이었다. 아침이 오자 그들은 바지선의 짐을 내리기 시작했다. 렌은 정오 무렵에 잠시 멈춰서 숨을 고르고 눈에 흘러내린 땀을 닦다가 초원 멀리에서 강 쪽으로 다가오는 먼지 기둥을 보았다.

호스테터가 고개를 끄덕였다. "마차를 끌고 오는 우리 사람들이다. 여기에서부터 플래트계곡까지 올라갔다가,

사우스포크 어느 지점에서 나머지 일행을 태울 거야."

"그다음엔요?" 렌은 해묵은 흥분이 살아나 심장이 빨리 뛰는 것을 느끼며 물었다.

"그다음에는 마지막 구간이지."

몇 시간 후에는 마차들이 도착했는데, 총 여덟 대로 짐을 운반하도록 만들어져서 노새가 끄는 크고 느린 사륜마차들이었다. 마차를 몰아온 남자들은 풍상에 닳고 갈색으로 탔는데, 모자를 벗자 이마 위쪽만 희었고 눈가에 진 주름도 햇빛이 미처 닿지 못한 깊은 곳에만 자글자글하게 하얀 선이 남아 있었다. 그들은 코바치와 바지선 승조원들을 오랜 친구처럼 맞이했고, 집에 돌아온 것을 환영한다는 듯 호스테터의 손을 따뜻하게 잡고 흔들었다. 그러더니 그중에 한 명, 꿰뚫어 보는 듯한 눈, 노새들이 쓰러지면 혼자서도 마차를 짊어질 수 있을 듯한 어깨를 지닌 나이 많은 남자가 렌과 에서를 찬찬히 들여다보며 호스테터에게 말했다. "그러니까 이 녀석들이 자네 꼬마들이군."

"음." 호스테터는 살짝 얼굴을 붉혔다.

노인은 고개를 기울이고 두 사람 주위를 천천히 돌았다. "내 아들은 3년 전에 오하이오 땅에 있었지. 들리는 소식이라곤 온통 호스테터의 꼬마들 이야기라고 했어.

그 녀석들이 어디 있는지, 뭘 하고 있는지, 이동할 때마다 자네에게 알려준다고."

"그렇게 심하진 않았어." 호스테터의 얼굴은 이제 시뻘겠다. "어쨌든 어린애들이잖아. 게다가 태어났을 때부터 알았다고."

노인은 한 바퀴 돌아보기를 끝내고 렌과 에서 앞에 섰다. 그리고 참나무 조각 같은 손을 내밀어 차례차례 진지하게 악수를 했다. "호스테터의 꼬마들, 내 오랜 친구 에드가 이성을 잃기 전에 너희가 여기 도착해서 기쁘다."

노인은 웃어대며 멀어졌다. 호스테터는 콧방귀를 뀌더니 상자와 나무통들을 던지기 시작했다. 렌은 히죽 웃었고, 코바치는 웃음을 터뜨렸다.

"저거 농담 아니야." 코바치는 고갯짓으로 노인을 가리키며 말했다. "에드가 그쪽 지역의 모든 라디오를 뜨겁게 달구긴 했어."

"빌어먹을," 호스테터가 투덜거렸다. "어린애들이잖아. 너라면 어쨌겠어?"

그들은 그날 밤 강가에서 야영을 했고, 다음 날에는 마차에 짐을 실으며 바닥의 짐칸 하나하나를 신경 써서 다루고 애머티가 타고 가면서 잘 수 있는 자리를 남겼다. 코바치는 어퍼미주리로 계속 갈 예정이었고, 정오가 지나자 곧 바지선을 움직여 강 저편으로 멀어졌다. 두세 사람이 렌이 본 적 없는 작고 강인한 말을 타고 다니며 노새들을 모았다. 렌은 그 사람들을 도와서 마구를 채우고 마차 한 군데에 올라탔다. 긴 채찍이 철썩 소리를 내고 마부들이 고함을 질렀다. 노새들은 바퀴 축이 무겁게 삐걱대며 불평하는 가운데 느릿느릿 대초원을 달렸다. 밤이 내리고도 렌은 아직 평평한 땅 저편으로 강에 뜬 바지선을 볼 수 있었다. 아침이 되어도 배는 보였지만 훨씬 멀어져 있었고, 낮 동안에 사라졌다. 그리고 초원은 광활하고도 고독해졌다.

플래트강은 모래 언덕 사이를 넓고 얕게 흘렀다. 해는 내리쬐고, 바람은 불고, 땅은 끝없이 이어졌다. 렌은 무한한 그리움 속에 오하이오를 떠올렸다. 하지만 시간이 지나 익숙해지자 여기에 있는 완전히 새로운 세계를 알아차렸고, 초록색 숲과 초록색 풀과 비와 경작지를 보고 싶어 하는 생각의 습관을 털어내고 나면 나쁘지 않아 보이는 생활 방식도 알게 되었다. 물가에서 자라는 칙칙한 미루나무는 참나무 못지않게 아름다워졌고, 강에 가깝게 붙어 있는 목장주들의 집은 고향 땅의 마을들보다 훨씬 드문드문 있는 만큼 더 반가웠다. 그런 집들은 세련되지 않고 햇볕에 상했지만 그럭저럭 편안했고, 렌은 그곳의 억센 갈색 여자들과, 말과 떨어져 있으면 자신들의 일부를 잃어버린 듯 보이는 남자들이 좋았다. 모래 언덕 너머는 대초원이었고, 대초원에는 이곳의 사냥꾼과 상인들을 먹여 살리는 거대한 야생 소와 야생말 떼들이 있었다. 호스테터는 이곳의 야생말과 야생 소들은 전쟁 이전 목장 동물들의 후손이라고, 도시를 버리고 떠난 후에 대격변이 일어나고 끊임없던 공급과 수요 체계가 고장나면서 풀려나서 야생이 되었다고 했다.

"이들의 범위는 멕시코 국경까지 쭉 이어지고, 이젠 국경에 울타리도 없어. 건지 농부들은 오래전에 다 그만뒀다. 몇 세대 동안 쟁기 한 대도 초원을 건드리지 않았고, 인간이 만든 최악의 사막에서도 풀은 돋아나지, 선량하신 주께서 뜻하신 대로." 호스테터는 지평선 사방을 둘러보며 숨을 깊이 들이마셨다. "이것도 괜찮지 않으냐, 렌? 어떤 면에서 동부는 산과 숲과 계곡 반대편으로 닫혀 있는 셈이야."

"그렇다고 제 입에서 동부가 별로라는 말을 끌어내진 못할걸요." 렌이 말했다. "하지만 여기도 좋아하게 되긴 하네요. 단지 너무 크고 비어 있어서 자꾸만 떨어질 것 같아요."

건조하기도 했다. 바람이 몸을 때리고 할퀴며 거대한

거머리처럼 습기를 빨아냈다. 물을 마시고 또 마셨지만 늘 목이 말랐고 컵 바닥에는 늘 모래가 남아 있었다. 노새들은 마차 바퀴를 몇 킬로미터씩 굴렸지만, 너무나 똑같은 풍경을 보며 너무나 서서히 움직이다 보니 렌은 조금도 이동하지 않았다는 느낌을 받곤 했다. 모래 언덕 사이 깊은 협곡에는 야생 소 떼가 물을 마시러 내려왔고, 밤이면 코요테들이 요란하게 짖어대다가 좀 더 낮고 좀 더 피를 얼리는 떠돌이 늑대의 울부짖음 앞에서 공손히 침묵했다. 때로는 사람이 사는 흔적이 있는 목장 집 하나 보지 못하고 며칠을 가기도 했고, 그러다 보면 사냥꾼들이 대규모로 사냥을 해서 바쁘게 소고기를 말리거나 소금에 절이고 가죽을 대충 보존하고 있는 야영지를 지나기도 했다. 시간은 흘러갔다. 그리고 그 시간 역시 강 위에서와 마찬가지로 시간을 초월했다.

그들은 사우스포크의 랑데부 지점에 도착했다. 햇볕에 타고 색이 바랬지만, 그래도 얕게 흐르는 강물 외에는 눈 닿는 곳 어디까지나 뻗어 있는 주위의 눈부신 모래 황야보다는 초록색인 어느 풀밭이었다. 다시 출발했을 때는 마차가 서른한 대였고, 사람은 70여 명이었다. 그레이트플레인스를 곧바로 가로질러 온 사람들도 있었고, 북쪽과 서쪽에서 온 사람들도 있었는데 양모와 쇠못에서 화약에 이르기까지 온갖 물건을 싣고 있었다. 호스테터는 이것과 비슷한 화물 행렬이 아칸서스와 남쪽과 서쪽의 드넓은 땅에서도 오는데, 그런 행렬은 아직도 산맥 서쪽 땅에서부터 사우스패스를 통과하는 오래된 길을 따라온다고 했다. 플레인스는 거센 북풍이 불어 바토스타운으로 가는 하나뿐인 길이 눈에 막히면 괴로운 곳이었기에, 모든 보급품을 겨울이 오기 전에 실어 날라야 했다.

그들은 가끔씩 특정한 지점에서 진을 치고 기다리는 무리와 맞닥뜨렸고, 그럴 때면 멈춰 서서 거래를 했다. 그리고 또 다른 강물이 사우스포크로 흘러드는 지점에 네 채의 집이 자리한 어느 마을에서는 생가죽과 말린 소고기를 실은 마차 두 대를 더 합류시켰다. 렌은 호스테터와 둘만 있게 되었을 때 물었다. "이 사람들은 의심하는 일 없어요? 그러니까, 우리가 어디로 가는지에 대해서요."

호스테터는 고개를 저었다.

"의심할 필요가 없지. 아니까."

"우리가 바토스타운으로 간다는 걸 알아요?" 렌은 못 믿겠다는 심정으로 말했다.

"그래," 호스테터는 말했다. "하지만 자기들이 안다는 사실을 모르긴 해. 도착해보면 너도 무슨 말인지 알 거다."

렌은 더 묻지 않고 생각했는데, 아무리 생각해도 말이 되지 않는 것 같았다.

마차들은 열기와 눈부심 속에서 느릿느릿 움직였다. 그리고 서쪽에 로키산맥이 커튼처럼 파랗고 아스라하게 보이는 어느 늦은 오후, 앞쪽에서 갑작스러운 고함 소리가 들렸다. 그 소리는 마부에서 마부를 거쳐 뒤로 전달되었고, 모든 마차가 멈춰섰다. 호스테터는 뒤에 있던 총으로 손을 뻗었고, 렌은 물었다. "뭔데요?"

호스테터가 말했다. "아마 신이스마엘파에 대해 들어봤겠지."

"네."

"이제 직접 보게 될 거다."

렌은 호스테터의 손짓을 따라 눈을 가늘게 뜨고 붉어져가는 햇빛 속을 보았다. 그리고 낮고 황량한 절벽 꼭대기에 모여서 아래를 내려다보는 사람들을 보았다. 50명은 될 것 같았다.

18

렌은 호스테터와 함께 바닥으로 뛰어내렸다. 마부는 명령이 떨어지면 마차를 움직여 방어선을 칠 수 있도록 자리를 지켰다. 에서가 두 사람에게 합류했고, 다른 남자들 몇 명, 그리고 웨플로라고 했던 날카로운 눈과 떡 벌어진 어깨의 노인도 합세했다. 대부분 총을 들고 있었다.

"어떻게 하죠?" 렌이 묻자 웨플로가 대답했다. "기다린다."

그들은 기다렸다. 절벽에서 남자 둘과 여자 하나가 천천히 내려왔고, 일행의 지도자는 무장한 남자 여섯을 거느리고 똑같이 천천히 걸어서 맞이하러 나갔다. 렌은 눈을 부릅뜨고 지켜보았다.

절벽 위에 모인 사람들은 오래된 뼈와 시커메진 가죽 조각을 그러모아 만든 어색한 허수아비 장식 같았다. 그 사이에 어린아이들도 섞여서, 평범한 아이같이 놀라고 흥분한 얼굴로 낯선 사람들과 마차들을 보고 있는 것을 보니 소름이 끼쳤다. 그 사람들은 세례자 요한을 그린 옛날 성경 그림처럼 염소 가죽을 걸쳤거나, 아니면 지저분한 하얀색 천을 수의처럼 길게 휘감았다. 머리카락은 엉클어진 채 허리까지 길게 늘어졌고, 남자들은 턱수염을 허리까지 길렀다. 다들 앙상했고, 어린아이들마저도 사납고 굶주린 표정이었다. 눈은 움푹 꺼졌는데, 아마도 저 물어가는 태양의 장난에 불과했겠지만 렌이 보기에는 그 눈동자들이 실제 광채에 타서 연기를 피우는 것 같았다. 언젠가, 광견병에 걸린 개에게서 본 것 같은 눈동자였다.

"저들이 우리와 싸울까요?" 렌은 물었다.

"아직은 몰라." 웨플로가 말했다. "싸울 때도 있고, 아닐 때도 있다. 경우에 따라서야."

"경우에 따라서라니, 어떤 경우요?" 에서가 물었다.

"뭐가 '내려왔느냐' 아니냐에 따라서 달라. 대개 저들은 그냥 돌아다니면서 기도를 하고 성스러운 단식을 많이 한다. 그러다가 갑자기 한 명이 비명을 지르고 거품을 물며 쓰러져서 발버둥을 치면, 그게 주님의 특별한 은총

이 내렸다는 신호라지. 그러면 나머지 모두가 함성을 지르고 꽥꽥거리고 가시 돋친 나뭇가지나 채찍으로 자기 몸을 때리고… 저들의 종교가 소유해도 좋다고 허락하는 개인 물건은 채찍뿐이란다… 그러다가 충분히 기운을 북돋으면 우르르 내려와서 꼴보기 싫은 지붕과 부른 배로 자기 몸을 보살펴서 주님을 모욕하는 목장주를 도살한다. 저 사람들은 도살도 아주 잘할 수 있거든."

렌은 몸서리를 쳤다. 이스마엘파의 얼굴을 보니 무서웠다. 렌은 레퓨지에 행군해왔던 농부들의 얼굴과, 그 농부들의 돌 같은 헌신이 얼마나 무서웠던가를 떠올렸다. 하지만 이들과는 달랐다. 그 농부들의 광신은 자극이 있을 때만 깨어났다. 이 사람들은 광신에 따라 살고, 광신을 위해 살고, 노래도 논리도 생각도 없이 광신에 몸을 바쳤다.

렌은 싸우지 않았으면 좋겠다고 생각했다.

그들은 싸움을 걸지 않았다. 사나워 보이는 남자 둘과, 걸을 때면 수의 아래 메마른 정강이 뼈가 드러나고 어깨 위로는 엉클어진 검은 머리카락이 휘날리는 심술궂은 여자 하나가 무슨 말을 하는지는 너무 멀어서 들리지 않았지만, 몇 분이 지나자 보급 일행의 지도자가 몸을 돌려 뒤에 선 남자들에게 뭐라고 했고, 그러자 두 명이 몸을 돌려 마차들 쪽으로 돌아왔다. 그들이 특정한 마차를 찾는 모습을 보고 웨플로가 끙 소리를 냈다.

"이번엔 아니구나. 가루를 좀 원할 뿐이야."

"가루라면, 화약이요?" 렌이 의심스러운 마음으로 물었다.

"저들의 종교가 죽을 때까지 굶으라고 요구하지는 않는 모양이고, 이것도 한 개 무리에 불과하다만 어느 무리든 총은 두어 자루 갖고 있지. 하지만 송아지는 절대 쏘지 않고, 누구나 쓰기 힘들 만큼 질긴 늙은 황소만 쏜다더라."

"하지만 화약이라면… 목장주들에게도 쓰지 않을까요?" 렌이 말했다.

노인은 고개를 저었다. "저들은 사람을 죽일 때 칼과 손을 쓴다. 그렇게 해야 고행에 가까워질 수 있나 보지. 게다가 저들은 근근이 살아남을 정도의 가루만 얻어가." 웨플로는 작은 나무통 하나를 들고 돌아가는 두 남자 쪽으로 고갯짓을 했다. 마차 두 대 너머에서 반쯤은 울고 반쯤은 화를 내는 가느다란 소리가 울렸고, 에서가 말했다. "맙소사, 애머티가 절 부르네요. 아마 죽도록 겁먹었을 거예요." 에서는 바로 몸을 돌려 그쪽으로 향했다. 렌은 신이스마엘파를 지켜보았다.

"저들은 어디에서 온 거죠?" 렌은 이스마엘파에 대해

들은 내용을 기억해내려 애쓰면서 물었다. 이스마엘파는 아주 초기에 태어난 극단 종파의 하나였지만, 렌은 그 이상 아는 게 별로 없었다.

호스테터가 대답했다. "일부는 처음부터 여기에 있었지. 물론 그때는 이름이 달랐고, 사회의 압력이 억제했으니 지금처럼 미쳐 있지는 않았겠지만, 비옥한 못자리가 있기는 했어. 또 일부는 신이스마엘파 운동이 형태를 갖추고 제대로 시작되자 각자 알아서 이리로 왔다. 그리고 더 많은 사람들은 다른 사람들이 제거하고 싶어 한 타고난 말썽꾼들이라 동부에서 여기로 쫓겨왔지."

작은 화약통이 넘어갔다. 렌은 말했다. "저걸 주고 뭘로 바꾸는 거예요?"

"아무것도. 사고판다는 건 성스러운 일이 아닌 데다가, 저들에겐 아무것도 없어." 웨플로가 말했다. "솔직히 난 왜 우리가 화약을 주는지도 잘 모르겠다. 아마 아이들 때문이겠지. 가끔 산쑥 덤불 사이에 버려진 코요테 새끼 같은 아이를 발견할 때가 있는데, 아주 어린 나이에 발견해서 제대로만 키우면 누구 못지않게 영리하고 착하게 자란단다."

여자가 두 팔을 높이 들어 올렸는데, 저주를 내리는 건지 축복을 하는 건지 렌으로서는 알 수가 없었다. 바람이 얼굴 위로 흘러내린 머리카락을 걷어내자 렌은 그 여자가 젊은 데다가, 광대뼈가 움푹 들어가지 않고 눈에 굶주리고 형형한 빛만 사라진다면 잘생겼을지도 모른다는 사실에 충격받았다. 뒤이어 그 여자와 두 남자는 다시 절벽 위로 올라갔고, 5분이 지나자 모두가 깎아내린 산 사이로 사라졌다. 하지만 그날 밤 바토스타운 사람들은 경계를 두 배로 늘렸다.

이틀 후에 그들은 큰 들통과 병에 모조리 물을 채우고 강 옆을 떠나서 남서쪽의 황무지로, 햇빛에 그을고 바람에 시달리고 오래된 머리뼈처럼 메마른 텅 빈 땅으로 들어갔다. 이제는 멀리 붉은 바위 요새들 뒤로 아득히 푸르스름한 봉우리들이 무리 지은 방향으로 올라가고 있었다. 노새와 남자들은 함께 용을 쓰며 꾸역꾸역 움직였고, 렌은 태양을 싫어하게 되었다. 그리고 멀리 텅 비고 잔혹한 봉우리들을 올려다보며 그곳을 궁금해했다. 그러다가, 물이 거의 다 떨어졌을 때 서쪽에 붉은 벼랑 하나가 갑자기 갈라지며 마치 두 대가 지나갈 만한 길이 드러났고, 호스테터가 말했다. "이게 첫 번째 관문이다."

그들은 줄지어 그리로 들어갔다. 사람이 닦은 길처럼 평탄하기는 했지만 가팔랐고, 노새들의 고생을 덜기 위해 애머티만 빼고 모두가 내려서 걸었다. 그들은 잠시 그렇게 가다가 멈춰 섰다. 렌이 들을 수 있는 지시도 없었고 눈으로 보고 알 만한 이유도 없었는데 그랬다.

렌은 이유를 물었다.

"정해진 절차다." 호스테터가 말했다. "이 땅을 보면 알다시피 우리에게 사람들이 넘치는 건 아니다만, 여기는 보는 눈 없이는 토끼 한 마리도 지나갈 수 없고, 멈춰서서 살펴보는 게 관습이지. 그러지 않는 사람이 있다면 바로 이방인이라는 걸 알 수 있어."

렌은 목을 길게 뺐지만, 붉은 바위 외에는 아무것도 볼 수 없었다. 에서가 같이 걷고 있었고, 웨플로도 함께였다. 웨플로는 웃으며 말했다. "얘야, 바로 지금도 바토스타운에선 널 보고 있다. 그래, 그렇다니까. 널 샅샅이 보다가 마음에 안 들면 버튼 하나만 누르면, 쾅!" 웨플로가 손으로 넓게 호선을 그리자 렌과 에서 둘 다 몸을 웅크렸다. 웨플로는 다시 웃음을 터뜨렸다.

"쾅이라니, 무슨 뜻이에요?" 에서는 사방을 노려보며 화가 나서 물었다. "바토스타운에 있는 사람이 여기 있는 우릴 죽일 수 있다는 거예요? 말도 안 돼."

"사실이다." 호스테터가 말했다. "하지만 나라면 흥분하지 않겠어. 바토스타운은 우리가 가는 걸 알거든."

렌은 어깨 사이가 차갑게 오그라드는 느낌을 맛보았

284
아득한 내일

다. "우릴 어떻게 볼 수 있죠?"

"스캐너가 있어." 호스테터는 바위 쪽을 애매하게 가리켰다. "네가 보지 못하게 틈틈이 감춰져 있지. 스캐너라는 건 몸과 멀리 떨어져 있는 눈 같은 거다. 누가 여길 통과하든 간에 바토스타운에서는 알아. 아직 하루는 더 가야 있지만."

"그래서 뭘 누르기만 하면 된다고요?" 에서가 입술을 축이며 말했다.

웨플로가 다시 손을 크게 휘두르며 되풀이했다. "쾅!"

"여기에 정말 엄청난 비밀이 있긴 한가 보네요. 그 모든 수고를 다 하다니." 에서가 말했다.

웨플로가 입을 벌리는데, 호스테터가 말했다. "여기 마차 좀 도와주겠나?" 웨플로는 다시 입을 닫고 이미 잘만 굴러가고 있는 마차 뒷문에 몸을 기울었다. 렌은 날카로운 눈으로 호스테터를 보았지만, 호스테터는 고개를 숙이고 온 관심을 마차 미는 데 두는 것 같았다. 렌은 미소만 짓고 아무 말도 하지 않았다.

절벽 사이를 통과하자 도로가 나왔다. 잘 닦인 널찍한 도로였고, 호스테터는 그 길이 '파괴'보다 한참 전에 만들어졌다고 했다. '스위치백'이라고도 불렀는데, 지그재그로 산사면을 타고 오르는 길이었고 렌은 아직도 바위에서 거대한 강철 이빨이 물어뜯은 자국들을 볼 수 있었다. 그들은 천천히 올라갔다. 노새와 말들은 씩씩거렸고, 사람들은 짐승들을 도왔으며, 호스테터는 하늘을 배경으로 아주 높은 곳에 있는 울퉁불퉁한 표시를 가리켰다. "내일."

렌은 심장이 빨리 뛰기 시작했고 배 속이 따끔거렸다. 그러나 렌은 고개를 설레설레 저었다. 호스테터가 물었다. "왜 그러냐?"

"길이 있을 거라고는 생각도 못 했어요. 그러니까, 그냥 길이 있을 줄은요."

"그러면 어떻게 들어가고 나올 줄 알고?"

"모르겠지만, 적어도 벽이라거나 경비원들이라거나 그런 게 있을 줄 알았죠. 물론 저기 아래 벼랑에서 사람들을 막을 순 있지만…"

"그럴 수 있지. 한 번도 그런 적은 없지만."

"그러면 사람들이 거길 통과해서 걷는다는 거죠? 그리고 이 길을 오르고요? 그리고 저 고개를 넘어서 바토스타운에 들어가고?"

"그렇기도 하고, 아니기도 해. 뭔가를 숨기는 제일 좋은 방법은 다 보이는 곳에 두는 거라는 말 못 들어봤니?"

"이해가 안 가요." 렌이 말했다. "전혀요."

아득한 내일

"알게 될 거다."

"그렇겠죠." 렌은 두 눈을 유난히 반짝이면서, 아름다운 말이라도 하는 것처럼 조용히 말했다. "내일."

"먼 길이었지?" 호스테터가 말했다. "넌 정말로 여기 오고 싶어 했고, 포기하지 않았어." 호스테터는 잠시 동안 말 없이 고갯길을 올려다보다가 말했다. "시간을 주렴, 렌. 네가 꿈꾸던 곳 같진 않겠지만, 그래도 시간을 줘. 성급하게 결론 내리지 말고."

렌은 고개를 돌려 호스테터를 진지하게 살폈다. "내내 저한테 뭔가를 경고하려는 것처럼 말씀하시네요."

"난 그저 너에게… 안달하지 말라고 말하고 싶을 뿐이다. 스스로에게 적응할 시간을 줘야 해." 그리고 호스테터는 갑자기, 마치 화가 난 사람처럼 말했다. "이건 힘든 삶이다. 그게 내가 말하려는 거야. 모두에게 힘든 삶이고, 바토스타운 사람이라고 쉬워지지 않으니, 반짝이는 천국 같은 것은 기대하지 말고 그런 곳이 아니라는 이유로 상심하지도 말아라."

호스테터는 아주 잠깐이지만 매서운 눈으로 렌을 보았다가 시선을 피했고, 당황했는데 그 사실을 드러내지 않으려는 사람처럼 두 손을 기계적으로 움직이며 숨을 몰아쉬었다. 렌은 천천히 말했다. "거길 싫어하시는군요."

믿을 수가 없었다. 그러나 호스테터가 날카롭게 "말도 안 되는 소리. 내가 거길 왜 싫어해"라고 하자 사실이라는 것을 알았다.

"그러면 왜 돌아온 거예요? 파이퍼스런에 남을 수도 있었잖아요."

"그건 너도 마찬가지지."

"그렇지만 그건 달라요."

"아니, 다르지 않다. 너에겐 이유가 있었지. 나도 그래." 호스테터는 잠시 고개를 숙이고 걸음을 옮기다가 말했다. "그냥, 돌아갈 생각만은 하지 말아라."

호스테터는 렌을 뒤에 남기고 빠르게 앞서갔고, 렌은 남은 하루 낮 하룻밤 동안 다시는 호스테터가 따로 있는 모습을 보지 못했다. 하지만 마치 어렸을 때 아빠가 갑자기 하느님은 없다고 말했다면 느꼈을 법한 충격에 사로잡혀 있었다.

에서에게는 아무 말도 하지 않았다. 하지만 렌은 고갯길을 자꾸만 올려다보면서 생각했다. 늦은 오후가 가까워질 때쯤 그들은 급경사 능선 너머 반대쪽으로 사막만 고독하게 불타고 있는 풍경을 볼 수 있을 만큼 높이 올라가 있었다. 무시무시한 의혹이 렌을 휩쓸었다. 붉고 노란 바위, 하늘을 이고 선 날카로운 봉우리들, 회색 사막과 먼지와 메마름, 구름 한 점도 누그러뜨리지 않고 비가 달래주지도 않는 무자비한 햇빛, 바람 외에는 아무것도 살지 않는 광활한 정적, 그 모든 것이 음산하고 희망 없이 렌을 비웃는 것 같았다. 렌은 돌아가고 싶어졌다. 아니, 고향 마을은 아니다. 그리로 가면 아빠를 대면해야 할 테니까. 그리고 레퓨지도 아니다. 그저 생명과 물과 초록 풀이 있는 어딘가에 있고 싶었다. 사방 어디를 보아도 못생긴 바위만 보이는 곳 말고. 이건 마치…

마치?

마치 모든 꿈을 찢어발긴 진실 같다고?

행복한 생각은 아니었다. 렌은 그 생각을 무시하려 했지만, 호스테터를 볼 때마다 그런 생각이 되살아났다. 호스테터는 시무룩하고 소극적인 모습이더니, 야영지를 치고 저녁을 먹은 후에는 사라져버렸다. 렌은 찾아보려다가 정신 차리고 그만두었다.

그들은 고갯길 입구에서 야영을 했는데, 도로 양쪽으로 널찍한 공간이 있었다. 바람이 불었고 살을 에는 듯 추웠다. 렌은 어두워지기 직전에 도로 위 절벽 면에 새겨진 글자 몇 개를 알아보았다. 부스러지고 풍상에 닳기는 했어도 커다란 글자였고, 읽을 수 있었다. "폴크리크 20킬로미터"라고 적혀 있었다.

호스테터는 사라졌기에 렌은 웨플로를 찾아내어 그게 무슨 뜻이냐고 물었다. "글도 못 읽냐? 그냥 말 그대로야. 폴크리크, 20킬로미터. 여기부터 거기까지 20킬로미터라는 거지."

"여기에서 폴크리크까지 20킬로미터요. 알았어요. 그렇지만 폴크리크는 뭐죠?"

"마을이야." 웨플로가 말했다.

"어딘데요?"

"폴크리크 캐니언에 있지. 20킬로미터 떨어진."

웨플로는 손가락질을 하며 히죽 웃고 있었다. 렌은 노인의 유머 감각이 싫어지려고 했다. "폴크리크가 왜요? 그게 우리와 무슨 상관인데요?"

"왜긴." 웨플로가 대답했다. "모든 면에서 우리와 상관이 있지. 아직 몰랐느냐? 우리가 가는 곳이 거기다."

그러더니 웨플로는 웃음을 터뜨렸다. 렌은 빠른 걸음으로 멀어졌다. 웨플로에게 화가 났고, 호스테터에게 화가 났고, 폴크리크에도 화가 났다. 세상에 화가 났다. 렌은 담요를 뒤집어쓰고 누워서 덜덜 떨며 욕을 했다. 죽도록 피곤했다. 그러나 잠이 들기까지는 오래 걸렸고, 잠이 들자 꿈을 꾸었다. 바토스타운을 찾으려 애쓰는 꿈을 꾸었다. 거의 다 왔다는 건 아는데, 안개와 어둠이 깔렸고 길은 자꾸만 방향을 바꿨다. 렌은 계속 노인에게 어떻게 가느냐고 물었지만, 노인은 바토스타운이라는 이름을 들어본 적이 없었고 폴크리크까지 20킬로미터라는 말만 반복 또 반복했다.

그들은 다음 날에 고갯길을 통과했다. 이제는 렌과 호스테터 둘 다 기분이 언짢았고 말을 많이 하지 않았다.

그들은 정오가 되기 전에 안장 모양의 산등성이를 넘고, 그 후에는 훨씬 빠른 속도로 아래로 내려갔다. 노새들은 집에 거의 다 왔음을 아는 듯 날쌔게 발을 디뎠다. 남자들은 쾌활하고 열심이었다. 에서는 애머티 곁을 떠날 수 있을 때마다 따라와서 "거의 다 왔어요?"라고 물었다. 그러면 호스테터는 고개를 끄덕이면서 "거의"라고 대답했다.

그들은 오후 햇살이 눈을 찌르는 가운데 고갯길을 빠져나갔다. 반대쪽 벼랑을 따라 또 다른 스위치백 길이 있었고, 그 길을 따라 쭉 내려가면 바닥은 계곡이었다. 반대쪽 벼랑이 드리운 푸른 그림자가 이미 계곡을 가로지르고 있었다. 호스테터가 그곳을 가리켰다. 그 목소리는 신이 나지도, 행복하지도, 슬프지도 않았다. 그저 목소리였다. "저기 있다."

3부

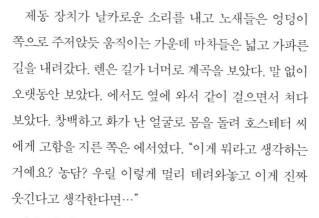

제동 장치가 날카로운 소리를 내고 노새들은 엉덩이 쪽으로 주저앉듯 움직이는 가운데 마차들은 넓고 가파른 길을 내려갔다. 렌은 길가 너머로 계곡을 보았다. 말 없이 오랫동안 보았다. 에서도 옆에 와서 같이 걸으면서 쳐다보았다. 창백하고 화가 난 얼굴로 몸을 돌려 호스테터 씨에게 고함을 지른 쪽은 에서였다. "이게 뭐라고 생각하는 거예요? 농담? 우릴 이렇게 멀리 데려와놓고 이게 진짜 웃긴다고 생각한다면…"

"아, 입 다물어라." 호스테터가 말했다. 이제는 갑자기 지치고 성마른 목소리가 나왔고, 호스테터는 에서에게 어른이 짜증 내는 아이에게 말하듯이 말했다. 에서는 입을 다물었다. 호스테터는 렌을 흘긋 보았다. 렌은 고개를 돌리지도 않았고, 고개를 들지도 않았다. 여전히 계곡 바닥을 내려다보기만 했다.

그곳에 마을이 하나 있었다. 이 높이와 각도에서는 거의 지붕들만 보였는데, 미루나무가 자라는 개울이 양쪽을 따라 모여 있었다. 렌이 평생 보고 익숙해진 평범한 작은 집들의 평범한 지붕이었고, 많은 집이 통나무나 판자로 지어진 듯했다. 계곡 북쪽 끝에는 작은 댐이 있어서 그 뒤로 파란 물이 보였다. 그 댐 옆으로는 산비탈 위에 뿔뿔이 높고 기묘하게 생긴 건물이 몇 채 있었다. 그런 건물 가까이로 비탈 위아래에 철로들이 달리며, 절벽에 난 구멍에서부터 부서진 바위 더미로 이어졌다. 철로 위에는 자그마한 차량들도 있었다. 그 비탈 밑에는 또 다른 건물이 몇 채 있었는데, 이번에는 낮고 납작한 건물로 꼭대기가 곡선형이었다. 빛바랜 색깔이었다. 댐 반대편에서는 짧은 도로가 또 다른 절벽 구멍으로 이어졌는데, 그쪽에는 철로나 차량이나 아무것도 이어지지 않았고 바위들이 도로 위까지 굴러떨어져 있었다.

렌은 돌아다니는 사람들을 볼 수 있었다. 몇 군데 굴뚝에서 연기가 올랐다. 작은 노새들이 줄줄이 이어진 자그마한 차량들을 끌고 비탈 위 철로를 내려가더니 수레를 비웠다. 1, 2분 후에 그 소리가 렌이 있는 곳까지 올라왔다. 메아리처럼 희미하고 약한 소리였다.

렌은 몸을 돌려 호스테터를 보았다.

"폴크리크." 호스테터가 말했다. "광산 마을이지. 은을 캔다. 아주 등급이 높은 광석은 아니지만 그럭저럭 질이 좋고 양이 많아. 우린 아직도 그 은을 캐고. 폴크리크에 대해서는 비밀이 없고, 이전에도 없었다." 호스테터는 짧고 무뚝뚝하게 손짓을 했다. "우린 여기에 산다."

렌이 천천히 말했다. "하지만 이건 바토스타운이 아니죠."

"그래, 애초에 잘못된 이름이다. 사실은 타운도 아니야."

렌은 더 느리게 말했다. "아빠는 세상에 그런 곳은 없다고 했어요. 오직 마음의 상태라고 했죠."

"네 아빠가 틀렸다. 그런 곳이 있기는 하고, 진짜이기도 해. 수백 명이 평생 일할 정도로는 진짜지."

"하지만 어디요?" 에서가 격분해서 물었다. "어디에요?"

"이제까지 기다렸으니 몇 시간은 더 기다릴 수 있겠지."

그들은 계속해서 가파른 도로를 내려갔다. 산 그림자

가 넓어지며 계곡을 가득 채우더니, 동쪽 절벽을 기어올라 일행을 맞이하려 했다. 더 아래에, 오래된 폭포 가슴께에 선 소나무들이 빛을 받아 눈을 찌르는 녹색으로 빛났다. 붉은색과 황토색 바위를 배경으로 하니 지나치게 밝았다.

렌이 말했다. "폴크리크는 그냥 또 하나의 마을이에요."

"세상에서 완전히 벗어날 수는 없어." 호스테터가 말했다. "지금도 그럴 수 없고, 그때도 그럴 수 없었지. 집들이 통나무와 판자로 지어진 건 우리에게 있는 재료로 지어야 했기 때문이다. 원래 폴크리크에는 전기가 있었는데, 그때는 그게 당연했기 때문이지. 이제는 그게 당연하지 않으니 우리도 쓰지 않아. 중요한 건 다른 누구나와 비슷해 보이면 사람들이 눈여겨보지 않는다는 거다."

"하지만 정말 비밀스러운 곳이죠. 아무도 모르는 곳." 렌은 수수께끼를 풀어보려 애쓰며 얼굴을 찌푸렸다. "지금은 아무에게도 알릴 수 없는 곳… 그런데 그냥 드러내 놓고 마을에 살면서 도로도 연결되어 있고, 낯선 사람들이 오간단 말이죠."

"사람들을 막으면 뭔가 숨길 게 있다는 걸 알게 되지. 폴크리크가 처음에 세워졌다. 아주 공개적으로 세웠지.

이 신도 저버린 땅에 원래 살던 얼마 안 되는 사람들은 이 마을에 익숙해졌고, 여기를 들고 나는 화차들과 독특한 갱도에도 익숙해졌다. 여긴 광산 마을일 뿐이었어. 바토스타운은 그 후에, 폴크리크라는 위장 뒤에 세워졌고 아무도 의심하지 않았지."

렌은 생각해보다가 물었다. "새로운 사람들이 들어오기 시작했을 때도 의심하지 않았나요?"

"그때 세상에는 피난민이 가득했고, 수천 명이 여기처럼 산속에 묻힌 곳으로 향했거든."

그림자가 더 가까워졌고 일행은 그 속으로 들어갔다. 이미 황혼 녘이었다. 마을에는 등불이 켜지고 있었다. 파이퍼스런이나 레퓨지, 다른 천 개의 마을과 똑같은 그냥 등불이었다. 도로가 평평해졌다. 노새들은 지쳤지만 긴 귀를 쫑긋 세우고 빠르게 달려갔고, 마부들은 소리를 지르며 소총을 쏘는 듯한 채찍 소리를 울렸다. 미루나무 숲 아래에서 한 무리의 사람들이 등불을 들고 기다리고 있었다. 여자들은 마차에 탄 남편의 이름을 부르고, 아이들이 뛰어오며 소리를 질러댔다. 렌이 이쪽 지역에서 본 여느 사람들과 다를 바가 없었다. 옷도 비슷하게 입었고, 태도도 같았다. 호스테터는 렌이 무슨 생각을 하는지 안다는 듯이 다시 말했다. "사람은 세상 속에서 살아야 해. 벗어날 순 없어."

렌은 신랄하게 말했다. "심지어 파이퍼스런에 있던 것들조차 없네요. 농장도 없고, 식량도 없고, 사방에 바위만 있어요. 왜 사람들이 여기 머무는 거죠?"

"이유가 있지."

"엄청나게 큰 이유여야겠네요." 렌은 이제 아무것도 믿지 않는다는 투로 쏘아붙였다.

호스테터는 대꾸하지 않았다.

마차 행렬이 멈춰 섰다. 마부들이 내리고 마차에 타고 있던 모두가 내렸으며, 에서는 의심스러운 눈으로 주위를 둘러보는 창백하고 헝클어진 애머티를 내려줬다. 소년과 청년들이 달려와서 노새 고삐를 받고 마차와 함께 몰고 갔다. 낯선 얼굴이 무섭도록 많았고, 잠시 후에 렌은 그 사람들 거의 모두가 자신과 에서를 바라보고 있음을 깨달았다. 둘은 본능적으로 호스테터 가까이에 모여 섰다. 호스테터가 목을 길게 빼고 웨플로를 부르자, 웨플로가 어떤 소녀에게 어깨동무를 하고서 웃는 얼굴로 다가왔다. 몸집이 작았는데, 검은 머리와 매서운 검은 눈동자가 웨플로를 닮았고 얼굴은 다소 지나치게 날카롭고 결연했다. 목 부분이 열린 셔츠를 입고 소매는 걷어 올렸으며, 치마는 부드러운 긴 장화 바로 위까지 왔다. 소녀는

아득한 내일

애머티를 보더니 에서를 보고, 그다음에 렌을 보았다. 렌을 제일 오래 쳐다보았고, 눈이 마주친다고 수줍어하는 기색은 전혀 없었다.

"내 손녀야." 웨플로는 그 소녀가 순금으로 만든 아이라도 된다는 듯이 말했다. "조앤, 이쪽은 에서 콜터 부인, 에서 콜터 씨, 렌 콜터 씨다."

"조앤, 콜터 부인을 잠시 데려가주겠니?" 호스테터가 말했다.

"그럼요." 조앤은 다소 부루퉁하게 대답했다. 애머티는 에서에게 매달려서 떨어지지 않으려 했지만, 호스테터가 그 입을 막았다.

"아무도 널 물지 않아. 가보렴. 에서도 최대한 빨리 갈 거다."

애머티는 마지못해 검은 머리 소녀의 어깨에 기대어 움직였다. 애머티가 집채만 해 보였는데, 아직 한참 남은 임신 때문은 아니었다. 검은 머리 소녀는 렌에게 슬쩍 비웃는 듯한 눈빛을 던지더니 군중 사이로 사라졌다. 호스테터는 웨플로에게 고개를 끄덕이고 바지를 추켜올리더니 렌과 에서에게 말했다. "좋아, 가자."

둘이 호스테터를 따라가는데, 걷는 길 내내 사람들이 쳐다보며 수군거렸다. 적대감은 없었지만, 렌과 에서가 엄청나게 관심을 끄는 것 같았다. 렌은 말했다. "이방인은 별로 익숙하지 않은가 봐요."

"같이 살려고 온 이방인이라면 그렇지. 어쨌든 너희 둘에 대해 오랫동안 듣기도 했고. 궁금해하는 거야."

"호스테터의 애들 말이죠." 렌은 그렇게 말하며 이틀 만에 처음으로 웃었다.

호스테터도 웃었다. 앞장선 호스테터는 흩어진 집들 사이 어두운 골목길을 걸어, 정면 현관이 다른 집들보다 높게 광산을 마주한 산비탈에 박힌 꽤 큰 목조 가옥으로 향했다. 비막이 판자는 낡고 풍상에 닳았고, 현관은 아래 통나무 기둥들로 떠받쳤다.

"여긴 광산 관리자용으로 지어진 집이지." 호스테터가 말했다. "지금은 셔먼이 산다."

"셔먼이 대장이에요?" 에서가 물었다.

"그래, 많은 일에서 그렇지. 구티에레스와 에르트만도 있어서 다른 일들을 맡고."

"하지만 셔먼이 우릴 받아준 거죠." 렌이 말했다.

"다른 사람들과도 이야기해야 했다. 모두가 동의해야 했어."

집 안에는 등불이 켜져 있었다. 계단을 걸어 올라 현관 앞에 이르자, 호스테터가 두드리기도 전에 문이 열렸다.

상냥한 얼굴을 한 희끗희끗한 머리의 키 크고 마른 여자가 문 안에 서서 미소 지으며 호스테터에게 두 팔을 내밀었다. 호스테터가 "안녕, 메리"라고 하자 그 여자는 "에드! 집에 온 걸 환영해!"라며 뺨에 입을 맞췄다. 호스테터가 말했다. "음, 오랜만이지."

"11년, 아니다, 12년이야. 당신이 돌아온 걸 보니 좋네."

메리는 렌과 에서를 쳐다보았다.

"이 사람이 메리 셔먼이다." 호스테터는 설명해야겠다고 느낀 듯 말했다. "오랜 친구지. 어렸을 때 내 누이와 같이 놀곤 했었어. 내 누이는 지금 죽었다만. 메리, 이 녀석들이야."

호스테터는 렌과 에서를 소개했다. 메리 셔먼은 할 말이 많다는 듯, 어딘가 서글픈 미소를 지었다. 그러나 정작 입 밖에 낸 말은 이게 다였다. "그래, 다들 기다리고 있어. 들어와."

그들은 거실로 들어갔다. 바닥은 소나무 널판이 다 마모되어 휑하고 깨끗했다. 가구는 대부분 오래됐고 소박했는데, 렌이 이전에 본 '파괴' 이전 가구들과 비슷했다. 등불이 켜진 커다란 테이블이 하나 있었고 세 남자가 둘러앉아 있었다. 두 명은 호스테터 또래였고, 한 명은 그보다 젊어서 마흔쯤이었다. 나이가 많은 남자 중에서 깨끗하게 면도했고 눈 색깔이 엷은 덩치 크고 건장한 한 명이 일어나서 호스테터와 악수를 했다. 그 후에 호스테터는 나머지 두 사람과도 악수하고, 잠시 대화를 나눴다. 렌은 불편한 마음으로 주위를 둘러보다가 메리 셔먼이 이미 사라졌음을 알았다.

"이리 오게." 덩치 큰 남자가 말했고, 렌은 자신에게 던져진 말임을 깨닫고 테이블 가까이 등불 빛 속으로 들어갔다. 에서도 따라 움직였다. 덩치 큰 남자는 두 사람을 뜯어보았다. 눈동자는 눈 내리기 직전의 겨울 하늘 같은 색으로, 꿰뚫어 보는 듯 날카로웠다. 그 옆에 앉아 있던 사십 대 남자가 테이블 위로 몸을 내밀었다. 머리카락은 불그스름했고 안경을 꼈으며 피곤해 보이는 얼굴이었는데, 당장 쉬어야 할 것 같은 느낌이 아니라 언제나 피곤해 보인다는 인상이었다. 그 뒤, 테이블과 커다란 철제 스토브 사이 그림자 속에 앉은 세 번째 남자는 몸집이 작고 가무잡잡하고 불퉁한 인상에, 리넨처럼 새하얀 턱수염을 뾰족하게 다듬었다. 렌은 화를 내야 할지 경외해야 할지 어째야 할지 모르면서 그 세 남자를 마주 보았고, 순수하게 불안 때문에 땀이 나기 시작했다.

커다란 남자가 돌연히 말했다. "내가 셔먼이다. 이쪽은 에르트만 씨." 사십 대의 남자가 고개를 끄덕였다. "그리고 구티에레스 씨." 작고 불퉁한 남자가 꿍 소리를 냈다. "자네들 둘 다 콜터인 줄 안다만, 누가 누구지?"

렌과 에서는 이름을 댔다. 호스테터는 어둠 속으로 물러나 있었는데, 렌의 귀에 파이프에 담배 채우는 소리가 들렸다.

셔먼은 에서에게 말했다. "그렇다면 자네가 그… 곧 어머니가 될 사람과 함께로군."

에서가 설명하려 했지만, 셔먼은 말을 막았다. "다 알고 있고, 이미 권한을 넘어서는 짓을 한 걸로 호스테터도 호되게 꾸짖었으니 그 문제는 잊어도 돼. 한 가지만 빼고. 내일 오전 10시 정각에 그 사람을 여기로 데려왔으면 하네. 성직자가 와 있을 걸세. 아무도 알 필요 없는 일이지. 이해했나?"

"네, 알겠습니다." 에서가 말했다. 셔먼은 위협하지도 불쾌하게 굴지도 않았다. 그저 지시를 내릴 뿐이었고, 대답도 자동으로 나갔다.

셔먼은 에서에서 렌에게로 시선을 옮기며 물었다. "왜 여기에 오고 싶어 했나?"

렌은 고개를 숙이고 아무 말도 하지 않았다.

"말하거라." 호스테터가 말했다. "어서 말해."

"제가 어떻게요?" 렌이 말했다. "좋아요, 저희는 여기가 우리와는 다른 사람들이 살고 있는 곳이라고, 모두가 곤란해지는 일 없이 생각하고 말할 수 있는 곳이라고 생각했어요. 기계가 있고… 어, 예전에 있었던 것들이 다 있는 곳이라고요."

셔먼이 미소 지었다. 그러자 명령만 내리는 차가운 눈의 덩치가 아니라, 오래 살았고 세월에 맞서지 않는 법을 익힌 인간처럼 보였다. 호스테터처럼. 아빠처럼. 렌은 그 모습을 알아보고, 갑자기 더는 완전히 낯선 사람들 사이에 떨어진 것 같지 않아졌다.

"우리에게 옛날처럼 모든 것을 갖춘 도시가 있다고 생각했구나." 셔먼이 말했다.

"그런 것 같습니다." 렌은 대답했다. 이제는 화가 나지 않고, 후회스럽기만 했다.

셔먼이 말했다. "네 예상과 달리 우리에겐 네가 원했던 것 중에 첫 번째만 있어."

에르트만이 덧붙였다. "두 번째는 우리도 찾고 있지."

"아, 그래." 구티에레스가 말했는데, 목소리도 모습만큼이나 가늘고 불퉁했다. "우리에겐 이상이 있지. 너도 이해하게 될 거다. 너희 젊은이들에게도 나름의 이상이 있으니. 내가 말하면 좋을까, 해리?"

"나중에." 셔먼이 대답했다. 셔먼이 몸을 내밀고 렌과 에서에게 말하는데, 눈빛이 다시 엄하고 차가워졌다. "너희는 호스테터에게 고마워해야…"

"꼭 그렇진 않지." 호스테터가 끼어들었다. "자네에게도 이유가 있었잖아."

"사람은 언제나 스스로를 정당화할 이유를 찾아낼 수 있어." 셔먼이 냉소적으로 말했다. "하지만 좋아, 나에게도 이유가 있었다는 점은 인정하지. 그래도 대부분은 호스테터 때문이었다. 그렇지 않았다면 너희 둘 다 지금쯤 거기 폭도들의 손에 죽었을 거다. 그… 마을 이름이 뭐였지?"

"레퓨지요." 렌이 대답했다. "네, 저희도 압니다."

"자꾸 들먹이려는 게 아니라, 분명히 알려둘 뿐이야. 우린 자네들에게 호의를 베풀었어. 그게 얼마나 큰 호의였는지를 새겨주려고 하진 않겠네. 어차피 한동안 여기서 지내보기 전까지는 이해하지 못할 텐데, 그때 가서는 말할 필요가 없겠지. 그저 그때까지는 시키는 대로 하고, 너무 많은 질문을 던지지 않는 것으로 신세를 갚으라고 요청하겠네." 셔먼이 잠시 말을 멈췄다. 에르트만이 침묵 속에서 초조한 듯 헛기침을 했고, 구티에레스가 툭 내뱉었다. "딱 잘라 말해줘, 해리. 빠르고 명쾌하게."

셔먼이 몸을 돌렸다. "술 마셨나, 훌리오?"

"아니, 하지만 마실 거야."

셔먼은 끙 소리를 냈다. "흠, 아무튼 저 친구 말은 이런 거다. 자네들은 폴크리크를 떠날 수 없다. 떠날 것처럼 보이는 행동도 하지 마. 우린 여기에 엄청난 것을 걸고 있어. 너희가 아직은 상상도 못 할 일이고, 우린 위험을 감수할 순 없어."

셔먼은 간단한 말로 마무리했다. "쏴버릴 거다."

20

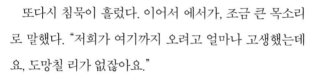

또다시 침묵이 흘렀다. 이어서 에서가, 조금 큰 목소리로 말했다. "저희가 여기까지 오려고 얼마나 고생했는데요, 도망칠 리가 없잖아요."

"사람은 마음이 변하기 마련이지. 미리 알려두는 게 공정했을 뿐이야."

에서는 두 손을 테이블에 올리고 말했다. "질문 하나 해도 됩니까?"

"해보게."

"도대체 바토스타운은 어디죠?"

셔먼이 의자에 등을 기대더니 찌푸린 얼굴로 에서를 뚫어져라 보았다. "그거 아나, 콜터? 난 지금이든 나중이든, 그곳을 자네에게서 지킬 방법만 있다면 그 질문에 대답하지 않을 걸세. 자네들은 우리에게 상당한 문젯거리를 만들었어. 이방인들이 여기 오면 우린 입을 다물고 조심하고, 애초에 이방인은 얼마 없고 와도 오래 머물지 않으니 많이 걱정할 것도 없네. 하지만 자네 둘은 여기에 살 예정이지. 늦든 빠르든 결국에는 우리에 대해 전부 알게 될 거야. 그렇다 해도 여전히 자네들은 사실 여기에 속해 있지 않아. 자네들의 인생 전체가, 훈련받은 것 전부와 배경과 조건이 우리가 믿는 바와 완전히 대립하거든."

셔먼은 고약하게도 재미있다는 듯 렌을 보았다. "얼굴 붉힐 필요 없네, 젊은 친구. 자네들이 진지하다는 건 알아. 여기 오기 위해 지옥을 통과했다는 것도 알지. 우리들 중에도 그렇게 못할 사람이 많을 테고. 하지만 내일은 또 다른 날이라네. 내일, 아니면 모레는 자네들 생각이 어떻게 변할까?"

렌이 대꾸했다. "총탄만 많다면 여러분은 꽤 안전할 것 같은데요."

"아," 셔먼이 말했다. "그거 말이지. 그래, 아마 그렇겠지. 어쨌든 우리는 자네들을 두고 모험을 해보기로 했으니, 선택의 여지가 없어. 그러니 자네들도 바토스타운에 대해 듣게 될 거야. 다만 오늘 밤은 아니네." 셔먼은 일어서더니 뜻밖에도 렌에게 손을 내밀었다. "참아주게."

렌은 그 손을 잡아 흔들고 미소 지었다.

호스테터가 말했다. "나중에 보지, 해리." 호스테터가 렌과 에서에게 고개를 끄덕이고, 세 사람은 다시 바깥으로 나갔다. 밖은 캄캄했고 공기에는 싸늘한 기운이 어렸으며, 익숙지 않은 냄새가 많이 풍겼다. 세 사람은 마을을 통과하여 걸었다. 집집마다 등불이 켜지고, 사람들은 큰 소리로 떠들고 웃으며 삼삼오오로 여기저기 몰려다녔다. 호스테터가 말했다. "언제나 축하연이 있지. 오랫동안 떠나 있다 돌아오는 남자들이 있거든."

그들은 웨플로 일가가 사는 깔끔하고 튼튼한 통나무집으로 갔는데, 웨플로 노인과 아들과 며느리 그리고 손녀 조앤이 같이 사는 집이었다. 그들은 저녁을 먹었고, 많은 사람이 들락거리면서 호스테터에게 인사를 하고 커다란 술병을 돌려가며 조금씩 마셨다. 조앤은 저녁 내내 렌을 지켜보면서도 말은 별로 하지 않았다. 꽤 늦은 시간에 구티에레스가 들어왔다. 심하게 취한 상태였는데, 너무나 진지한 얼굴로 너무나 오랫동안 렌을 내려다보는 바람에 왜 그러느냐고 물어볼 수밖에 없었다.

구티에레스는 대답했다. "그냥 여기 올 필요도 없는데 오고 싶어 한 남자를 보고 싶었다."

구티에레스는 한숨을 내쉬고 나갔다. 곧 호스테터가 렌의 어깨를 두드렸다. "가자, 레니. 웨플로네 집 바닥에서 자고 싶다면 또 모르지만."

집에 돌아온 것이 생각만큼 나쁘지 않다는 듯, 기분이 좋아 보이는 얼굴이었다. 렌은 호스테터와 함께 차가운 밤공기 속을 걸었다. 폴크리크는 이제 조용해졌고, 등불도 꺼져갔다. 렌은 호스테터에게 구티에레스 이야기를 했다.

호스테터가 말했다. "가엾은 훌리오. 마음 상태가 좋지가 않아."

"무슨 문제가 있는 거죠?"

"그 일을 3년 동안이나 했거든. 아니, 사실은 거의 평생 그 일에 매달렸지만, 특히 이번 공략은 말이다. 3년이야. 그런데 소용없다는 걸 얼마 전에 알았지. 석판을 지우고 다시 시도해야 해. 다만 훌리오는 이제 자신에게 남은 시간이 충분하지 않다는 생각을 하고 있는 거야."

"뭘 하는 데 남은 시간이요?"

하지만 호스테터는 이렇게만 말했다. "우린 독신자용 판잣집에서 자야 한다. 하지만 그것도 나쁘지 않아. 함께 지낼 사람이 많지."

독신자용 판잣집이란 기다란 2층짜리 건물로, 폴크리

크에 처음 지어진 건축물의 일부에다 나중에 볼품없는 부속 건물을 더한 형태였다. 호스테터가 렌을 데리고 들어간 곳은 그런 부속 건물 중 한 곳의 뒤쪽으로, 문이 따로 달려 있었고, 가까이 자란 짧고 억센 소나무 몇 그루가 공기 중에 솔향기를 풍기며 바람이 불면 속삭이는 소리를 냈다. 두 사람은 웨플로의 집에서 담요를 챙겨왔는데, 호스테터는 그 담요를 두 개의 침대 중 하나에 던져넣고 앉아서 장화를 벗기 시작했다.

"그 애가 좋으냐?" 호스테터가 물었다.

"누구요?" 렌은 담요를 펴면서 물었다.

"조앤 웨플로."

"제가 어떻게 알아요? 별로 보지도 못했는데요."

호스테터가 웃음을 터뜨렸다. "저녁 내내 개한테서 눈을 못 떼던데, 뭘."

"여자애 말고 생각할 거 많거든요." 렌은 화가 나서 대꾸했다.

렌은 침대에 기어 들어갔다. 호스테터가 촛불을 불어 끄더니, 몇 분 만에 코를 골았다. 렌은 정신이 말똥말똥한 채로 누워서, 온몸의 모든 표면이 노출되어 민감하게 떠는 느낌으로 느끼고 듣고 있었다. 침대는 새로운 형태였다. 모든 것이 낯설었다. 땅과 흙과 솔잎과 송진과 벽과 바다과 요리 냄새, 희미하게 움직이는 소리와 밤에 울려 퍼지는 목소리들 전부 다. 그런데 또 낯설지 않기도 했다. 그저 세상의 또 다른 어느 부분, 또 다른 어느 마을이었고 이제 바토스타운이 어떤 곳으로 드러난다 해도 렌이 희망했던 곳은 아닐 터였다. 렌은 끔찍한 기분이었다. 너무나 끔찍했고, 너무나 모든 것에 그저 화가 난 나머지 벽을 걷어챴다가, 스스로가 너무 어린애 같아서 웃음을 터뜨렸다. 그리고 웃다 보니 조앤 웨플로의 얼굴이 떠다니며 사색적이고 반짝이는 눈으로 렌을 지켜보았다.

아침에 깨어나보니 호스테터는 벌써 어딘가에 나갔었는지 막 다시 들어오고 있었다.

"깨끗한 셔츠는 있고?"

"그럴걸요."

"그럼 얼른 입어라. 에서가 네가 같이 서줬으면 한다."

렌은 그런 격식을 갖추기에는 때늦지 않았냐고 중얼거렸지만, 그래도 씻고 면도를 하고 깨끗한 셔츠를 걸친 후에 호스테터와 함께 셔먼의 집으로 걸어갔다. 마을은 조용했고, 돌아다니는 사람이 많지 않았다. 렌은 사람들이 창문 안에서 자신을 지켜본다는 느낌을 받았지만, 굳이 그런 말을 하지는 않았다.

결혼식은 짧고 간소했다. 애머티는 누군가가 빌려줬을

드레스를 입고 있었다. 의기양양한 얼굴이었다. 에서는 좋지도 싫지도 않아 보였다. 그저 그 자리에 있을 뿐이었다. 성직자는 젊은 남자로 키가 상당히 작았는데, 계속해서 몸을 늘리려는 것처럼 까치발을 했다가 내려 서는 짜증스러운 습관이 있었다. 셔먼과 셔먼 부인과 호스테터는 뒤에 서서 식을 지켜보았다. 식이 끝나자 메리 셔먼은 애머티를 끌어안았고, 렌은 바보가 된 기분으로 어색하게 에서와 악수를 했다. 그다음에는 가려고 했지만, 셔먼이 말했다. "괜찮다면 한동안 남아줬으면 좋겠네, 모두들."

그들은 작은 방에 있었는데, 셔먼이 방을 가로질러 가더니 거실로 통하는 문을 열었다. 렌은 거실에 일고여덟 명이 있는 것을 보았다.

"걱정할 것 없네." 셔먼이 말하더니 세 사람에게 문 너머를 가리켰다. "테이블 저쪽에 의자가 세 개 있지. 그래, 거기 앉게. 자네들이 몇 사람과 이야기를 했으면 하네."

셋은 한 줄로 쪼르르 붙어 앉았다. 셔먼이 그 옆에 앉고, 호스테터가 그 바로 옆에 앉고, 또 다른 남자들이 비좁게 테이블을 둘러싸고 모두 앉았다. 테이블 위에는 펜과 종이와 다른 것들이 있었고, 뚜껑 덮인 커다란 고리버들 바구니도 있었다. 셔먼이 사람들 이름을 하나하나 호명했지만, 렌은 이미 알고 있는 에르트만과 구티에레스 말고는 기억할 수가 없었다. 거의 모두가 중년의 나이였고, 권위에 익숙한 듯 빈틈없는 얼굴이었다. 모두가 애머티에게 아주 정중했다.

셔먼이 말했다. "이건 심문이나 그런 게 아니야. 우린 그저 궁금할 뿐이라네. 어떻게 처음 바토스타운에 대해 들었는지, 무엇 때문에 여기 오겠다고 그렇게 단호하게 결심했는지, 그 결심 때문에 무슨 일을 겪었는지, 모든 게 어떻게 시작됐는지 등등. 자네가 시작하겠나, 에드? 시작부터 자네가 있었던 것 같은데."

"흠," 호스테터가 말했다. "내 생각엔 에서가 라디오를 훔친 밤부터 시작일 거야."

셔먼이 쳐다보자 에서는 불편한 얼굴로 대답했다. "해선 안 될 일이지만, 그때 전 어린애에 불과했어요. 그리고 사람들이 어떤 남자를 그저 바토스타운에서 왔다고 말하면서 죽였어요. 끔찍한 밤이었죠. 그리고 전 궁금했어요."

"계속하게." 셔먼이 말했고, 모두가 관심을 기울이며 몸을 앞으로 내밀었다. 에서는 계속해서 이야기했고, 곧 렌도 합세해서 설교에 대해, 솜스가 어떻게 돌을 맞아 죽었는지에 대해, 어떻게 자신들이 라디오에 집착하게 되었는지에 대해 말했다. 호스테터가 가끔 한 번씩 두 사람을 슬쩍 찌르기도 하고, 셔먼이나 다른 사람이 질문을 던지기도 하면서, 그들은 어느새 호스테터와 바지선 사람들이 레퓨지의 연기와 분노 속에서 그들을 구출했을 때까지 모든 이야기를 풀어놓았다. 그 부분에 대해서는 애머티에게도 할 말이 있었고, 장면을 아주 생생하게 그려냈다. 이야기를 다 끝냈을 때 렌은 겨우 이런 곳을 발견하자고 엄청나게 많은 일을 겪었구나 싶었지만, 그렇게 말하지는 않았다.

셔먼이 일어나더니 방 반대쪽에 있는 문을 열었다. 그곳에는 많은 장비가 들어찬 방이 있었고, 한 남자가 괴상하게 생긴 물건을 머리에 뒤집어쓰고 그 장비들 한가운데에 앉아 있었다. 남자가 그 물건을 벗자 셔먼이 물었다. "어떻게 됐나?" 남자는 대답했다. "잘됐습니다."

셔먼은 다시 문을 닫고 몸을 돌렸다. "이제 폴크리크와 바토스타운의 모두가 자네들의 이야기를 들었다고 말해줄 수 있겠군." 셔먼이 바구니 뚜껑을 열고 안에 든 물건을 보여줬다. "이건 마이크로폰이라고 하네. 자네들이 한 모든 말을 잡아서 방송을 했지." 셔먼은 뚜껑을 놓고 일어서서 그들을 보았다. "모두가 자네들의 이야기를, 자네들의 말로 들었으면 했고, 이게 제일 좋은 방법 같았어. 4백 명이 쳐다보는 연단 위에 올리면 얼어붙을까 걱정도 됐고. 그래서 이렇게 했네."

"세상에." 애머티가 말하고는 손으로 입을 가렸다.

셔먼은 다른 사람들을 보았다. "꿩장한 이야기 아닌가?"

"저들은 어려." 구티에레스가 말했다. 저러다가 죽겠다 싶을 만큼 아파 보였고, 목소리는 약하지만 여전히 불퉁했다. "믿음을 품고 있군."

"그 믿음을 간직하게 하죠." 에르트만이 새된 소리로 말했다. "제발 바라건대, 누군가는 계속 믿게 둡시다."

셔먼은 참을성을 발휘하여 상냥하게 말했다. "자네 둘은 쉬어야 해. 우리에게 큰 은혜를 베풀어서 쉬러 가지 그러나."

"어림없는 소리." 구티에레스가 말했다. "난 무슨 일이 있어도 놓칠 수 없어. 전설의 도시를 처음 봤을 때 저 작은 얼굴들이 빛나는 모습을 보고 싶군."

렌은 마이크로폰을 보면서 말했다. "이게 저희를 받아준 이유인가요?"

"부분적으로는 그렇네." 셔먼이 말했다. "우리 주민들은 인간이야. 대부분은 중요하고 흥미로운 사람이라는 기분을 느끼게 해줄 중요한 일과 직접적인 접촉이 없지.

여기에서 주민들은 제한된 삶을 사네. 불만스러워하고 있어. 자네들의 이야기는 바깥세상의 삶이 어떤지, 왜 우리가 지금 하고 있는 일을 계속 해야 하는지를 강력하게 일깨워주네. 게다가 희망찬 이야기이기도 하지."

"어떻게요?"

"80년을 더없이 엄격하게 통제했는데도 독립적인 생각을 짓밟아 없애지 못했다는 사실을 보여주잖나."

"솔직해져봐, 해리." 구티에레스가 말했다. "우리 결정에 감상주의가 한몫하긴 했어."

"그럴지도 모르지." 셔먼이 말했다. "자네들이 우리를 믿는다는 이유로 교수형을 당하게 내버려두기엔 우리가 대표한다고 생각하는 모든 것을 배신하는 느낌이었어. 어쨌든 폴크리크의 모두가 그렇게 생각하는 듯 보였지."

셔먼은 생각에 잠긴 얼굴로 그들을 보았다. "어리석은 결정이었을지도 몰라. 자네들 중 누구도 우리가 하는 일에 뭔가 기여할 가능성이 없고, 개인적인 중요도에 비해 문젯거리는 잔뜩 안겨주지. 자네들은 내가 기억할 수 있는 세월 동안 우리가 처음 받아들인 이방인이야. 다시 떠나게 할 수는 없네. 이미 경고한 대로 행동해야만 하는 사태는 정말 바라지 않아. 그러니 자네들이 여기에서 태어난 사람 그 누구보다도 철저하게 우리의 생활과 우리의 생각, 우리만의 목적에 녹아들도록 공을 들여야겠지. 자네들을 영원히 감시하지 않으려면, 자네들을 바토스타 운의 믿음직한 시민으로 바꿔놓아야 해. 그러자면 사실 상 완전히 재교육을 해야 하지."

셔먼은 날카롭고 조소 어린 시선을 호스테터에게 던 졌다. "저 친구는 자네들에게 그럴 가치가 있다고 맹세했 어. 그 말이 맞았으면 좋겠군."

셔먼은 이어서 몸을 내밀더니 애머티의 손을 잡고 악 수했다. "고마워요, 콜터 부인. 많은 도움이 됐어요. 부인 은 이 여행을 재미있어 할 것 같지 않으니, 가서 내 아내 와 점심을 먹는 게 어떨까요? 아내가 많이 도와줄 수 있 을 거예요."

셔먼은 애머티를 데리고 문까지 걸어가서, 언제나 필요 한 곳에 나타나는 것 같은 메리 셔먼에게 넘겨줬다. 그런 후에 자리로 돌아와서 렌과 에서에게 고개를 끄덕였다.

"자, 가세."

"바토스타운으로요?" 렌이 물었고, 셔먼은 대답했다. "바토스타운으로."

21

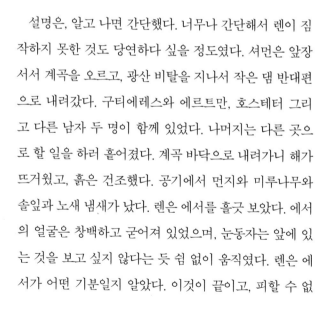

  설명은, 알고 나면 간단했다. 너무나 간단해서 렌이 짐
작하지 못한 것도 당연하다 싶을 정도였다. 셔먼은 앞장
서서 계곡을 오르고, 광산 비탈을 지나서 작은 댐 반대편
으로 내려갔다. 구티에레스와 에르트만, 호스테터 그리
고 다른 남자 두 명이 함께 있었다. 나머지는 다른 곳으
로 할 일을 하러 흩어졌다. 계곡 바닥으로 내려가니 해가
뜨거웠고, 흙은 건조했다. 공기에서 먼지와 미루나무와
솔잎과 노새 냄새가 났다. 렌은 에서를 흘긋 보았다. 에서
의 얼굴은 창백하고 굳어져 있었으며, 눈동자는 앞에 있
는 것을 보고 싶지 않다는 듯 쉼 없이 움직였다. 렌은 에
서가 어떤 기분일지 알았다. 이것이 끝이고, 피할 수 없

는 진실이며, 꿈의 마지막이었다. 렌도 그렇게 흥분해야 마땅했다. 뭔가 느껴야 했다. 하지만 아무 감각도 없었다. 이미 느낄 감정은 모두 느꼈고, 이제는 그냥 걷고 있을 뿐이었다.

그들은 바위가 굴러떨어져 사용하지 않게 된 산비탈에 도착했다. 뜨거운 햇빛 아래에서 바위 사이를 걸어 벼랑 표면에 뚫린 구멍까지 올라갔다. 구멍에는 나무 문이 있었는데, 닳기는 했어도 수리가 잘된 상태였고 그 위에는 "위험, 광산 터널 안전하지 않음" "낙석 주의"라고 적혀 있었다. 문은 잠겨 있었는데, 셔먼이 열고 모두가 통과한 후에 다시 잠갔다.

"아이들이 못 들어오게 하느라." 셔먼이 말했다. "성가시게 구는 건 애들뿐이지."

터널 안, 반사해서 비쳐드는 강렬한 햇빛이 보여주는 곳 끝까지 터널 바닥에는 어수선한 돌덩이가 쌓여 있었고, 벽은 무너질 것 같았다. 버팀목들은 썩어서 부러졌고, 바위를 떠받친 나무들도 일부 늘어져 있었다. 누구라도 밀고 들어가고 싶어 할 만한 곳은 아니었다. 셔먼은 모든 광산에는 버려진 갱도가 있기에, 아무도 특별하게 생각하지 않는다고 했다. "당연히 이 굴은 완벽하게 안전해. 하지만 꾸며놓은 모습에 설득력이 있어."

"빌어먹게도 설득력 있지." 구티에레스가 비틀비틀 걸으며 말했다. "언젠가 여기서 다리가 부러지고 말 거야."

빛이 점차 어둠에 녹아들고, 터널은 왼쪽으로 구부러졌다. 갑자기, 어떤 경고도 없이 앞쪽에 다른 빛이 타올랐다. 푸르스름하면서도 아주 밝았는데, 렌이 한 번도 본 적 없는 종류의 불빛이었다. 이제야 처음으로 흥분이 마음을 휘젓기 시작했다. 에서가 숨을 들이켜며 말하는 소리가 들렸다. "전기다!" 이곳은 터널이 매끈했고 방해물도 없었다. 일행은 빠르게 걸어갔고, 눈부신 빛 너머에 문이 하나 보였다.

그들은 문 앞에 멈춰 섰다. 불빛은 이제 머리 위에 있었다. 똑바로 들여다보려고 했더니 해를 볼 때처럼 앞이 보이지 않았다. "굉장하잖아." 에서가 속삭였다. "할머니가 말하던 대로야."

"여기엔 스캐너가 있다." 셔먼이 말했다. "1, 2초 시간을 줘야 해. 자, 이제 가지."

문이 열렸다. 살아 있는 바위에 육중하게 박아넣은 두꺼운 금속 문이었다. 그들은 문을 통과했다. 등 뒤에서 소리 없이 문이 닫히고, 그들은 바토스타운에 있었다.

이 구역은 터널의 연속이었는데, 여기는 바위가 아주 매끈하고 깔끔하게 다듬어져 있었고 지붕에 판 홈을 따라 불빛이 쭉 박혀 있었다. 공기는 기묘하게 생기가 없고 금속 같은 맛이 났다. 렌은 공기가 얼굴 앞에서 움직이는 것을 느낄 수 있었고, 그 움직임과 함께하는 듯 부드러운 웅웅 소리가 들렸다. 렌은 이제 신경 줄을 바싹 죄고 땀을 흘리고 있었다. 잠깐이지만 이제 머리 위에 있을 바깥 산의 모습이 스쳤고, 산의 무게 전체가 내리누르는 느낌이 드는 것만 같았다. "다 이런가요?" 렌은 물었다. "지하 말이에요."

셔먼은 고개를 끄덕였다. "그 시절에는 많은 곳을 지하에 뒀어. 안전한 장소는 산 아래 정도였지."

에서는 복도를 바라보고 있었다. 들어가는 길이 길어 보였다. "아주 큰가요?"

이번에는 구티에레스가 대답했다. "얼마나 커야 큰 건가? 바토스타운은 어떻게 보면 세상에서 제일 큰 곳이지. 전부 과거이고, 전부 미래야. 또 다른 시선으로 보면 그저 한 사람 묻을 만한 크기의 땅속 굴일 뿐이고."

복도를 6미터쯤 걸어가자 남자 하나가 문밖으로 걸어 나와서 그들을 맞이했다. 에서 나이 또래의 젊은이였다. 셔먼과 다른 이들에게 편안하게 인사하더니 솔직한 얼굴로 렌과 에서를 쳐다보았다.

"안녕, 두 사람이 아래 고갯길 통과하는 걸 봤어. 내 이름은 존스야." 청년이 손을 내밀었다.

두 사람은 존스와 악수하고 문에 다가갔다. 문 너머로 바위를 파내어 만든 방은 상당히 컸는데, 엄청나게 많은 물건이 들어차 있었다. 라디오 속과 비슷한 판자와 철사와 손잡이 같은 것들이 가득했다. 에서는 주위를 둘러보고는 에서를 쳐다보며 말했다. "네가 버튼 누르는 사람이야?"

다들 잠시 어리둥절해 있다가, 호스테터가 웃음을 터뜨렸다. "웨플로가 이 녀석들을 놀렸군. 아니, 존스는 그 책임을 다른 사람에게 넘겨야 할걸."

셔먼이 말했다. "사실 우린 아직까지 그 버튼을 누른 적이 없다네. 하지만 만약에 대비해서 정상 작동하도록 하고 있지. 이리 와보게."

셔먼이 따라오라고 손짓하자, 렌과 에서는 낯선 곳에 떨어졌으니 얼른 빠져나가고 싶어질지도 모른다고 느끼는 인간이나 짐승 같은 조심스러운 긴장 상태로 뒤따랐다. 둘 다 아무것도 건드리지 않도록 주의했다. 존스는 앞서 움직이더니 아무렇지도 않게 손잡이와 스위치 몇 개를 조작하기 시작했다. 으스대면서 걷지는 않았다. 셔먼이 네모난 유리 창문 하나를 가리켰고, 렌은 멍하니 1초인가 2초쯤 들여다보다가 뒤늦게 그것이 창문일 리 없으며, 창문이라 해도 좁은 바위 구멍을 파서 산 너머를 볼리는 없다는 사실을 깨달았다.

"스캐너가 이미지를 잡아서 이 스크린으로 전송한다네." 셔먼이 말을 더 잇기 전에 에서가 기쁘고 놀란 어린아이 같은 말투로 외쳤다. "티브이군요!"

"원리는 같지." 셔먼이 대답했다. "티브이에 대해서는 어디에서 들었나?"

"저희 할머니요. 많은 이야기를 해주셨어요."

"아, 그래, 그분에 대해 말했었지. 바토스타운 이야기를 하셨다고." 셔먼은 부드럽지만 단호하게 그들의 관심을 스크린으로 다시 돌렸다. "언제나 누군가는 여기에서 감시를 하지. 아무도 눈에 띄지 않고 그 관문을 통과할 순 없어. 들어올 때나, 나갈 때나."

"밤에는요?" 렌이 물었다. 셔먼은 두 사람에게 계속해서 도망치면 안 된다는 사실을 상기시킬 권리가 있다고 생각은 했지만, 그래도 화는 났다. 셔먼은 날카롭고 서늘한 시선을 던졌다.

"할머니께서 광전지에 대해서도 말씀하셨나?"

"아니요."

"광전지는 어둠 속에서도 볼 수 있어. 보여주게, 존스."

존스가 그들에게 작은 유리 전구가 마주 보고 두 줄로

붙어 있는 판을 보여줬다. "이게 아래 고갯길과 비슷하지? 그리고 여기 작은 전구들, 이게 광전지 한 쌍씩이야. 이 둘 사이를 걸어가면 빔을 깨뜨리게 되고, 그러면 이 전구들에 불이 켜져. 우린 너희가 어디 있는지 정확히 알게 되지."

에서는 그 안에 담긴 뜻을 알아차렸다 해도 드러내지 않았다. 질투심에 활활 타는 눈으로 존스를 보더니 느닷없이 이렇게만 물었다. "나도 그거 배울 수 있어?"

"안 될 이유는 없겠지." 셔먼이 말했다. "공부하려는 의지만 있다면야." 에서는 거센 숨을 몰아쉬며 미소 지었다.

그들은 밖으로 나가서 다시 눈부신 불빛 아래 복도를 걸었다. 번호가 붙은 다른 방이 몇 개 나왔고 셔먼은 그것들이 창고 방이라고 했다. 그러다가 복도가 둘로 갈라졌다. 렌은 이제 방향이 헷갈렸지만, 그들은 오른쪽 갈래를 택했다. 그 길은 넓어지면서 엄청나게 많은 방들이 연속으로 이어졌다. 바위를 매끈하게 잘라내고 육중한 기둥들을 일정한 간격으로 남겨서 낮은 지붕 무게를 지탱하는 방식으로 방들을 만들었는데, 서로 분리되면서도 바퀴 분절처럼 연결되어 있었고, 바깥쪽 테두리는 딸려 있는 좀 더 작은 방들로 이어지는 것 같았다. 하나같이 물건이 가득했다. 렌은 처음 몇 분이 지나자 보이는 풍경을 더이상 이해하려 하지 않았다. 이걸 다 이해하려면 몇 년은 걸릴 터였다. 렌은 그저 보고, 느끼고, 자신이 완전히 다른 세상에 들어왔다는 사실을 온전히 실감하려 했다.

설명은 주로 셔먼이 했다. 가끔 구티에레스도 말했고, 가끔은 에르트만이, 또 가끔은 다른 사람이 말했다. 호스테터는 별로 말이 없었다.

그들은 바토스타운이 그런 장소치고는 최대한 자급자족하도록 만들어졌다고 했다. 자체 수리가 가능했고, 새로운 부품도 직접 만들었으며, 아직까지 그런 목적으로 공급되었던 원자재가 일부 남아 있었다. 셔먼은 다양한 방들을, 전자기기 연구소, 전기시스템 유지보수실, 라디오실, 이상한 기계들과 이상하게 반짝거리는 유리와 금속 물건들과 끝없는 다이얼 패널들과 깜박이는 불빛들이 가득한 방들을 가리켜 보였다. 그런 방에는 남자가 한 명이나 여러 명 있을 때도 있었고, 아무도 없을 때도 있었다. 화학약품 냄새가 나고 귀에 선 소리가 들릴 때도 있었고, 텅 빈 정적 속에서 공기가 움직이는 쉭쉭 소리 때문에 더 조용하고 고독해 보이는 방도 있었다. 셔먼은 통풍관과 펌프와 송풍기에 대해 이야기했다. 또 '자동'이라는 말을 몇 번씩 했는데, 경이로운 말이었다. 사람이 다가

가면 문이 자동으로 열렸고, 불이 켜졌다가 꺼졌다. "자동이라," 호스테터가 그렇게 말하며 코웃음을 쳤다. "메노파가 이 땅에서 이렇게 힘을 갖게 된 것도 당연하네. 다른 작자들은 손으로 구두끈도 못 묶을 만큼 응석받이가 되어 있었으니."

"에드, 자넨 바토스타운 광고로는 형편없어." 셔먼이 말했다.

"모르겠군. 몇 명에겐 내가 잘 통한 것 같은데." 호스테터가 말했다.

렌은 호스테터를 보았다. 이제는 호스테터의 기분을 꽤 잘 알았기에 지금 걱정하고 불편해한다는 사실도 알았다. 불안한 오한이 등을 타고 흘렀고, 렌은 다시 고개를 돌려 사방에 있는 이상한 물건들을 보았다. 그것들은 경이롭고 매혹적이었으며, 누군가가 목적을 알려주기 전까지는 아무 의미도 없었다. 아무도 알려주지 않았다.

렌이 그렇게 말하자 셔먼은 고개를 끄덕였다. "목적이 있지. 난 자네들이 바토스타운의 일부가 아니라 전부를 봤으면 했네. 그래야 이 나라 정부가 파괴 이전에도 그 목적을 얼마나 중요하게 생각했는지 알아차릴 테니까. 어찌나 중요하게 생각했던지, 바토스타운은 무슨 일이 일어나도 살아남게 만들 정도였어. 이제 그 사람들의 계획 중 다른 부분인 발전소를 보여주겠네."

호스테터가 입을 열었지만, 셔먼이 조용히 말했다. "이 일은 내 방식대로 할 걸세, 에드." 셔먼은 렌이 바퀴 핵이라고 생각하게 된 중앙 복도를 돌아 조금 더 걸어가면서 렌과 에서를 곁눈질했다. "우린 엘리베이터 대신 계단을 이용할 거야."

메아리가 울려 퍼지는 철제 계단을 내려가는 내내 렌은 엘리베이터가 무엇이었는지 기억해내려 했지만, 생각이 나지 않았다. 그러다 보니 바닥이었다. 주위를 둘러보았다.

그들은 깊고 강렬한 고동 소리가 울려 퍼지는 동굴 같은 곳에 있었는데, 렌의 귀에 이상하게 들리는 다른 소리들이 위아래에 섞여들어 합쳐지더니 오해할 수 없는 하나의 목소리로 합쳐져서 이전에는 오직 바람과 천둥과 홍수라는 자연의 목소리로만 들어본 한마디를 전했다. 그 한마디란 '힘'이었다. 여기 석실은 바위가 훨씬 거칠게 남아 있었고, 공간 전체에 하얀빛이 넘실거렸으며, 그 빛 속에 거대한 구조물이 한 줄로 서 있었다. 땅딸하면서 어찌나 거대한지 주위에서 일하는 사람들이 다 소인 같았다. 렌의 몸뚱이는 그 고동 소리에 맞춰 떨렸고, 코는 허공에 진동하는 뭔지 모를 냄새에 실룩거렸다.

"이것들은 변압기라네." 셔먼이 말했다. "저기 케이블들이 보이지. 저게 묻어놓은 도관을 타고 가면서 바토스타운 전체에 전력을 전달하지. 이건 발전기고, 터빈이고…" 그들은 눈부신 흰빛 속에서 거대한 기계들 아래를 걸었다.

"…증기 발전기고…"

이제 렌과 에서가 이해할 수 있는 게 나왔다. 꿈도 못 꿔봤을 만큼 거대하기는 했지만 그래도 증기 기관이었고, 증기라면 이 낯선 거인들 사이에서 오랜 친구 같았다. 둘은 거기에 매달려서 아는 기계와 비교했고, 렌이 이름을 정확히 기억하지 못하는 두 남자 중 하나가 설계 차이를 끈기 있게 설명했다.

"하지만 화실이 없는데요." 에서가 말했다. "불도 없고, 연료도 없잖아요. 열은 어디에서 오죠?"

"저기." 그 남자가 대답하며 손가락질했다. 증기 발전기는 길고 높고 육중한 콘크리트 덩어리에 연결되어 있었다. "저게 열 교환기야."

에서는 찌푸린 얼굴로 콘크리트를 보았다. "안 보이는데…"

"물론 다 감싸놨지. 뜨겁거든."

"뜨겁다고요." 에서가 말했다. "그야, 물이 끓게 만들

331
3부

려면 그래야겠죠. 하지만 여전히 안 보이는 게…"

에서는 동굴 여기저기를 둘러보았다. "여전히 뭘 연료로 쓰는지가 안 보이는데요."

잠시 정적이 흘렀다. 이 동굴에서 조용할 수 있는 만큼 최대한 조용해졌다. 렌은 귓가에 쿵쿵대는 소리를 들으며 어째선지 헤아릴 수 없이 어두운 구덩이 바로 앞에 서 있음을 알았다. 주시하는 훈련받은 남자들의 얼굴을 보고 알았고, 에서의 질문이 크게 메아리치며 사그라들지 않는 모습에서 알았다.

"그야" 셔먼은 아주 부드럽게, 아주 가볍게 말했고 호스테터의 눈동자가 불빛을 받아 날카롭고 괴롭게 빛났다. "우린 우라늄을 쓰거든."

그 순간은 지나갔고, 구덩이는 지옥처럼 크고 시커먼 입을 벌렸으며, 렌은 고함을 질렀지만 그 고함은 삼켜지고 물에 잠겨 속삭임의 환영만 새어 나왔다. "우라늄이라뇨. 하지만 그건… 그건…"

셔먼이 손을 올려 콘크리트 구조물이 더 높아지고 넓어지다가 크고 두꺼운 벽이 된 지점을 가리켰다. "그래, 원자력이지. 저 콘크리트 벽이 차폐 벽 바깥 면이야. 그 뒤에는 반응로가 있네."

다시, 멈출 줄 모르는 거대한 고동 소리 외에는 정적이 내려앉았다. 콘크리트 벽은 지옥의 벽처럼 솟아올랐고, 렌은 심장이 느려지며 몸속의 피가 눈 녹은 물처럼 차가워지는 기분이었다.

저 뒤에 반응로가 있다.

저 뒤에 악과 밤과 공포와 죽음이 있다.

누군가의 목소리가 렌의 귓가에서 비명을 질렀다. 마차 가장자리에 서서 밤바람에 휘날리는 불티들을 이고 있던 설교자의 목소리였다. **저들이 나, 주 여호와만이 만질 수 있는 성스러운 불을 풀어놓았으니…그리고 하느님께서 가라사대…저들이 그 죄를 정화케 하라…**

에서의 목소리가 날카롭게 부정했다. "그럴 리가요. 세상에 그런 건 하나도 안 남았어요."

주께서 저들을 정화케 하라고 하시니, 정화되었더라. 저들이 직접 만든 불로 불탔으니, 오만한 탑들은 하느님이 분노하여 내린 불 속에 사라졌고, 사악한 곳들은 생기기 전으로 돌아갔으며…

"거짓말이죠." 에서가 말했다. "파괴 이후에는 그런 건 하나도 안 남았잖아요."

그리고 그들은 정화되었더라. 하지만 완전히는 아니었으니…

"거짓말이 아니야." 렌이 말했다. 렌은 이쪽을 응시하는 콘크리트 벽 앞에서 서서히 물러섰다. "이 사람들이 구해서 저기 둔 거야." 에서가 낑낑거리더니 몸을 돌려 뛰어갔다.

호스테터가 에시를 붙잡았다. 호스테터가 돌려 세우자 셔먼이 반대쪽 팔을 잡고 붙들었고, 호스테터는 사납게 말했다. "가만히 있어라, 에서."

"하지만 저게 날 태워버릴 거예요." 에서는 크게 뜬 눈으로 그쪽을 보며 외쳤다. "내 안을 태워버릴 거고, 난 피가 하얗게 변하고 뼈는 썩어서 죽을 거라고요."

"바보같이 굴지 말아라. 저 발전기가 우리 중 아무도 해치지 않았다는 걸 보면 알잖니." 호스테터가 말했다.

"두려워하는 것도 당연하네, 에드." 셔먼이 좀 더 부드럽게 말했다. "자네는 저들의 가르침을 나보다 더 잘 알잖아. 기회를 줘. 듣게나, 에서. 자네는 폭탄을 생각하고 있어. 이건 폭탄이 아니야. 해롭지 않아. 우린 거의 1백 년 동안 여기에서 저것과 같이 살았네. 저건 폭발할 수 없고, 자네를 태울 수도 없어. 콘크리트가 안전하게 감싸고 있지. 봐."

셔먼은 차폐 벽으로 다가가서 두 손을 댔다.

"보이나? 여기엔 두려워할 게 없네."

그리고 악마는 어리석은 자들의 언어로 말하고 경솔한

334
아득한 내일

자들의 손으로 일하다니. 아버지, 용서하세요. 전 몰랐어요!

에서가 입술을 핥았다. 거칠고 힘겨운 호흡이 새어 나왔다. "아저씨도 가서 해봐요." 에서는 호스테터에게 말했다. 마치 호스테터는 셔먼과 다른 몸이고, 바토스타운에만 속한 몸이 아니라 에서가 아는 세상에 속한 몸이라는 듯이 그랬다.

호스테터는 어깨를 으쓱이더니 걸어가서 차폐 벽에 두 손을 올렸다. 렌은 생각했다. 그리고 당신, 이게 당신이 나에게 말하지 않았던 거군요. 나를 믿지 않았던 이유야.

"음," 에서는 목이 메어 머뭇거렸고, 겁먹은 말처럼 땀을 흘리고 몸을 떨면서도 이제는 달아나려 하지 않았다. 버티고 서서 생각을 하기 시작했다. "그러면…"

렌은 차가운 주먹을 움켜쥐고 차폐 벽을 잡고 선 셔먼을 쳐다보았다.

"그렇게 두려워한 것도 당연하네요." 렌은 자기 목소리 같지 않은 목소리로 말했다. "떠나려는 사람을 쏘는 것도 당연하고요. 누구든 나가서 여기에 뭐가 있는지 말한다면 사람들이 들고 일어나서 당신들을 추적해서 갈기갈기 찢을 테고, 온 세상 어느 산도 당신들을 감춰줄 만큼 크진 않을 거예요."

셔먼은 고개를 끄덕였다. "그래, 그렇다네."

렌은 호스테터에게 시선을 옮겼다. "왜 우리가 여기 오기 전에 말해줄 순 없었던 거죠?"

"렌, 렌." 호스테터는 고개를 내저으며 말했다. "난 내가 여기 오길 바라지 않았다. 그리고 내가 할 수 있는 모든 방법으로 오지 말라고 경고했지."

셔먼은 렌이 어떻게 할지 지켜보고 있었다. 모두가 지켜보고 있었다. 구티에레스는 지치고 연민 어린 눈으로, 에르트만은 부끄러운 눈으로, 그리고 그 사이의 에서는 덩치 크고 겁먹은 아이처럼. 렌은 어렴풋이 모든 것이 이렇게 계획되었고 다들 렌이 무슨 말을 하고 어떻게 느낄지에 관심을 두고 있음을 이해했다. 그리고 갑자기 모든 희망과 꿈과 어린 시절 갈망, 탐구와 믿음에 대한 시커먼 혐오감이 치밀어오르며 렌은 소리쳤다. "세상이 한 번 불탄 걸로 충분하지 않아요? 왜 이 물건을 계속 살려둬야 했죠?"

"그야…" 셔먼이 조용히 대답했다. "우리가 부술 물건이 아니었으니까. 그리고 이걸 부수는 건 어린아이의 방식, 레퓨지를 불태운 사람들의 방식이고 수정헌법 제13조의 방식이니까. 그건 회피에 불과해. 지식은 부술 수 없어. 짓밟고 태우고 금지할 순 있겠지만, 어딘가에서는 살아나기 마련이야."

"그래요," 렌은 비통하게 말했다. "지식을 유지할 만큼 어리석은 사람들이 있는 한은 그렇죠. 그래요, 전 도시를 되찾고 싶었어요. 예전에 우리가 가졌던 물건들을 갖고 싶었고, 벌써 오래전에 일어난 일을 두려워하는 건 어리석다고 생각했죠. 하지만 그때 물건이 다 없어지지 않았을 줄은 몰랐어요…"

"그럼 이제는 솜스를 죽인 게 옳았다고, 자네 친구 듀린스키를 죽이고 마을 하나를 파괴한 게 옳았다고 생각하나?"

"전…" 렌은 목 안에서 말이 막히자 부르짖었다. "그건 불공평해요. 레퓨지에는 원자력이 없었어요."

"좋아," 셔먼이 합리적으로 말했다. "그러면 다른 식으로 말하지. 바토스타운이 파괴되고 여기 사는 모두가 죽는다고 치세. 세상 어딘가, 다른 산속 어딘가에 다른 바토스타운이 숨겨져 있지 않다고 어떻게 확신할 수 있지? 그리고 어느 잊힌 핵물리학 교수가 자기 교과서를 비축해놓지 않았는지는 어떻게 확신하고? 당장 파이퍼스런에도 한 권 있었다면서. 세상에 남아 있을 모든 책을 생각해보게. 그걸 다 파괴할 가능성이 얼마나 되나?"

에서가 천천히 말했다. "렌, 저 말이 맞아."

"책은…" 렌은 눈먼 공포를 느끼고, 벽 뒤에 웅크린 야수를 느끼며 말했다. "책은, 그래요, 책은 우리에게도 있었지만, 우린 그게 무슨 의미인지 몰랐어요. 아무도 몰랐죠."

"시간이 지나면 누군가가, 어딘가에서 알아낼 거야. 그리고 또 한 가지를 명심하게. 처음 원자력의 비밀을 발견한 사람들에겐 길잡이로 삼을 책이 없었어. 그게 가능하다는 사실조차 몰랐지. 그때 사람들에게는 두뇌밖에 없었네. 세상의 모든 두뇌를 없앨 순 없어."

"알겠어요." 렌은 구석에 몰려서 탈출구가 보이지 않자 외쳤다. "다른 길이 뭐가 있는데요?"

"이성의 길이 있지." 셔먼이 말했다. "이제 바토스타운이 왜 세워졌는지 말해줄 수 있겠군."

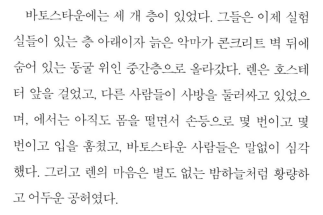

22

바토스타운에는 세 개 층이 있었다. 그들은 이제 실험
실들이 있는 층 아래이자 늙은 악마가 콘크리트 벽 뒤에
숨어 있는 동굴 위인 중간층으로 올라갔다. 렌은 호스테
터 앞을 걸었고, 다른 사람들이 사방을 둘러싸고 있었으
며, 에서는 아직도 몸을 떨면서 손등으로 몇 번이고 몇
번이고 입을 훔쳤고, 바토스타운 사람들은 말없이 심각
했다. 그리고 렌의 마음은 별도 없는 밤하늘처럼 황량하
고 어두운 공허였다.

렌은 그림 한 장을 보고 있었다. 그 그림은 사람 키보
다 높은 기다란 곡선형 유리 위에 그려졌고, 어떻게 했는
지 내부에서 조명을 비춰서 그림이 진짜처럼 생생했다.

깊이와 거리가 있었고, 색채가 있었으며, 자그마한 것들을 모두 선명하고 또렷하게 볼 수 있었다. 무시무시한 장면이었다. 폭발하고 산산조각이 난 폐허에 작고 길 잃은 건물 하나만 아직 서서, 마치 지쳐서 무너지고 싶다는 듯 몸을 기울이고 있었다.

"자네는 폭탄과 폭탄이 한 일에 대해 말했지만, 그걸 본 적은 한 번도 없지." 셔먼이 말했다. "바토스타운을 세운 사람들, 아니면 그 사람들의 아버지들은 직접 보았네. 그 시절에는 현실이었지. 그 사람들은 맡은 일을 잊으려는 유혹을 막기 위해 이 사진을 여기 두고 그때 일을 상기시켰어. 저게 첫 번째 폭탄이 한 일이었어. 히로시마였지. 이제 벽 끝을 돌아보게."

그들이 움직이는데, 구티에레스는 고개를 숙이고 이미 앞장서서 걸어갔다. "난 이미 너무 많이 봤어." 구티에레스는 그렇게 말하더니 양쪽에 그림이 더 붙어 있는 넓은 통로 끝까지 가서 문 너머로 사라졌다. 에르트만도 뒤따르려다가 머뭇거리더니 다시 뒤에 남았다. 역시 그 그림들은 보지 않았다.

셔먼은 보았다. "이들은 첫 번째 폭탄 이후 어떤 식으로든 살아남은 사람들이었어."

에서가 중얼거렸다. "예수님, 맙소사!" 에서는 아까보다 더 격렬히 몸을 떨기 시작했고, 너무 많이 보지 않으려고 고개를 늘어뜨리고 곁눈질로만 그림을 보았다.

렌은 아무 말도 하지 않았다. 이글거리는 눈으로 셔먼을 똑바로 보았다. 그러자 셔먼이 말했다. "그 시절에는 그 폭탄에 대해 아주 강한 감정을 느꼈네. 그 그림자 속에서 살았지. 당시에는 여기 이런 피해자들을 직접 보거나, 가족이 볼 수 있었어. 그 사람들은 더는 피해자가 나오지 않기를, 더는 히로시마가 없기를 간절히 바랐고 확실히 할 방법은 하나뿐이라는 걸 알았지."

"그냥 폭탄을 파괴할 수는 없었나요?" 렌이 물었다.

어리석은 질문이었고, 알면서도 그런 말을 뱉고 나니 바로 스스로에게 화가 났다. 테일러 판사와 그 시절에 대해 이야기를 나누고 그 시절에 대한 책도 몇 권이나 읽지 않았던가. 그래서 렌은 잽싸게 선수를 쳐서 셔먼의 대꾸를 막았다. "알아요. 적이 자기네 폭탄을 파괴하지 않았겠죠. 애초에 거기까지 가지 않고, 애초에 폭탄을 만들지 않았어야 했어요."

셔먼이 말했다. "그렇게 치면 아무도 불타지 않도록 애초에 불을 만드는 방법을 익히지 말았어야지. 게다가 그러기엔 너무 늦은 셈이었어. 그 사람들에겐 철학적인 논의가 아니라 사실을 다뤄야 했지."

"그렇다면, 답은 뭐였죠?" 렌이 물었다.

"방어였지. 레이더망과 무기 장치로 이루어진 불완전한 방어가 아니라, 훨씬 근본적이고 모든 것을 포용하는, 완전히 새로운 개념. 핵입자의 상호작용을 자기네 수준에서 통제해서, 보호용 역장이 작동하는 곳이라면 어디에서도 핵분열이나 핵융합 과정이 일어나지 못하게 만드는 필드 형태의 힘. 완벽한 통제 말일세, 렌. 원자를 철저히 장악하면, 폭탄은 없을 거야."

조용해졌고, 다시 한번 모두가 렌이 그 말을 어떻게 받아들이는지 지켜보았다. 렌은 생각을 해볼 수 있게 그림을 보지 않고 눈을 감았고, 방금 들은 말이 머릿속에서 크고 낮게 울려 퍼지다가 잠시 의미마저 잃었다. 완벽한 통제. 폭탄은 없다. 애초에 짓지 말았어야 했다. 불을 만들지 말았어야 했다. 도시를 짓지 말았어야 했다…

아니야.

아니야. 그 말이 다시, 느리고 조심스럽게 되풀이된다. 완벽하게 통제하면, 폭탄은 없다. 폭탄은 실제다. 원자력은 실제다. 내 발아래에 바싹 다가온 살아 있는 실제 이 그림들을 만들어낸 무시무시한 힘이다. 그걸 부정할 순 없어. 사악하다는 이유로 파괴할 수도 없어. 악이란 뱀과 같아서 죽지 아니하고 언제까지나 되살아나니…

아니야. 아니야. 아니야. 이건 설교자가 하는 말이고, 버뎃이 하는 말이야. 원자의 완벽한 통제. 그러면 폭탄은 없다. 피해자도 없고, 공포도 없다. 그래, 우리는 불을 담기 위해 스토브를 만들고, 만약의 경우에 불을 끄기 위해 물을 가까이 둔다. 그래.

하지만…

"하지만 그 사람들은 그 방어 수단을 못 찾았어요. 세상이 불타버린 걸 보면요."

"그 사람들은 시도했어. 방향을 가리켰지. 우린 아직도 그 길을 따라가고 있다네. 이제 계속 가지."

그들은 구티에레스가 나간 문을 통과하여, 다른 곳과 마찬가지로 단단한 바위를 파내어 다듬고 기둥을 세우고 깨끗한 빛의 홍수 아래 사방으로 펼쳐진 공간에 들어섰다. 긴 벽 하나가 그들을 마주하고 서 있었다. 사실은 벽이 아니라 벽만큼 커다란 판유리였는데, 몇 개의 작은 기계를 연결하고 홀로 서 있었다. 높이는 2미터에 가까워서 지붕에는 닿지 않았다. 미로처럼 복잡한 다이얼과 불빛들이 달렸다. 불빛은 다 꺼져 있었고, 다이얼 바늘은 움직이지 않았다. 구티에레스는 깊고 슬프고 생각에 잠겨 험상궂은 얼굴로 그 앞에 서 있었다.

"이것이 클레멘타인이야." 구티에레스는 사람들이 들

어가도 고개를 돌리지 않고 말했다. "세상의 미래가 달렸을지 모르는 물건에 붙이기엔 멍청한 이름이지."

렌은 두 손을 떨궜고, 그러면서 마치 지고 다니기에 너무 무겁거나 너무 고통스러운 수많은 것들을 버리는 듯한 느낌이 들었다. 내 머릿속엔 아무것도 없어. 그대로 두자. 이 텅 빈 상태를 천천히 새로운 것들로 채우고, 오래된 것들은 새롭게 배열하면, 그러면 어쩌면 나도 알겠지… 무엇을? 그건 나도 몰라. 난 아무것도 몰라. 어둠과 혼란과 말씀뿐…

아니, 말씀이 아니라 다른 것. 클레멘타인.

렌은 한숨을 내쉬고 큰 소리로 말했다. "이해가 안 갑니다."

셔먼이 커다란 검은 패널 옆으로 걸어갔다.

"이건 컴퓨터라네. 이전에 지어진 컴퓨터 중에서 제일 크고, 제일 복잡한 컴퓨터지. 저기 보이나…?"

셔먼은 패널 너머, 쭉 뻗어나간 기둥 있는 공간을 가리켰고, 렌은 그 공간에 전선과 관들이 헤아릴 수 없을 만큼 겹겹이 이어지는 모습을 보았다. 차곡차곡 배열된 전선과 관들 사이사이에 한 번씩 크고 반짝이는 유리 원통들도 보였다.

"저게 다 클레멘타인의 일부야."

기계에 대한 에서의 열정이 두려움의 안개를 뚫고 다시 움직이기 시작했다.

"단 하나의 기계라고요?"

"단 하나라네. 저 안에는, 저 메모리 뱅크들 안에는 파괴 이전에 존재했던 원자의 성질에 대한 모든 지식과, 그 이후에 우리 연구팀이 얻은 모든 지식이 수학식으로 표현되어 담겼어. 이게 없으면 우린 연구를 할 수가 없지. 클레멘타인은 몇 분 만에 풀 수 있는 수학 문제들이라도 인간이 풀려면 반평생을 들일 걸세. 클레멘타인이야말로 바토스타운이 만들어진 이유이며, 위층에 있는 연구실들과 아래층에 있는 반응로의 이유야. 클레멘타인이 없다면 우리가 가까운 미래에 답을 찾아낼 가능성은 거의 없어. 있어도 알 수가 없고. 어느 날, 어느 주라도 문제의 해답이 나올 수도 있네."

구티에레스가 웃음소리의 도입부 같은 소리를 냈다가 순식간에 소리를 지웠다. 그리고 렌은 다시 한번 고개를 내저으며 말했다. "이해가 안 갑니다."

그리고 이해하고 싶은 것 같지도 않아. 오늘은, 지금은 아니야. 당신이 나에게 설명하는 대상은 기계가 아니라 다른 무엇이고, 난 그것에 대해 더 알고 싶지가 않아.

하지만 에서가 불쑥 말했다. "그러면 계산하고 기억하

는 건가요? 그건 보통의 기계 같지가 않은데요. 그건 마치…"에서는 말을 뚝 끊었고, 셔먼은 특별히 관심 두지 않고 말했다. "예전에는 전자 두뇌라고 불렀지." 오, 주님. 끝이 없는 건가요? 처음에는 지옥 불이 나오더니 이젠 이거라니.

"부적절한 명칭이야." 셔먼이 말했다. "이건 생각을 하지 않네. 증기 엔진과 마찬가지지. 그냥 기계야."

그러더니 셔먼은 갑자기 엄한 얼굴에 차가운 눈을 하고 채찍같이 날카로운 목소리로 화를 내며, 깜짝 놀란 두 사람이 정신을 바짝 차리고 쳐다보게 만들었다.

"다그치지는 않겠네. 자네들이 한꺼번에 다 이해하길 기대하진 않고, 하룻밤 사이에 적응하길 기대하지도 않아. 적정한 시간을 주겠네. 하지만 이것만은 기억했으면 좋겠군. 자네들은 바토스타운에 들여보내달라고 걷어차고 할퀴고 비명을 질러댔고 이제 여기에 왔어. 자네들이 여기가 어떨 거라고 생각했든, 어떤 곳이라고 생각하든 상관없으니 알아서 소화하도록 해. 여기 우리에겐 해야 할 일이 있네. 우리가 특별히 하겠다고 청한 것도 아니고 어쩌다 보니 그렇게 됐지만, 우린 그 일에 매달려왔고 자네들의 하찮은 농사꾼 양심이 어떻게 느끼건 상관없이 계속할 거야."

셔먼은 가만히 서서 차갑고 엄한 눈으로 그들을 보았고, 렌은 생각했다. 저 사람은 버뎃이 "우리 가운데 도시는 없을지니"라고 말했을 때와 똑같이 진심이야.

"자네들은 배울 수 있는 곳이라서 여기 오고 싶었다고 주장했지. 좋네. 기회는 얼마든지 주겠어. 하지만 여기에서부터는 자네들에게 달렸네."

"예, 알겠습니다." 에서가 황급히 말했다. "알겠습니다."

렌은 생각했다. 내 머릿속에는 여전히 아무것도 없어. 그냥 바람이 숭숭 통과하는 느낌이야. 하지만 저 사람은 내가 무슨 말을 하길 기다리면서 쳐다보는데… 뭐지? 예, 아니오… 하지만 우린 우리를 막으려는 세상에서 여기로 돌진해 들어왔고, 이제는 우리가 직접 판 구덩이에 떨어졌어…

하지만 온 세상이 구덩이 안에 갇혀 있지. 우리가 벗어나고 싶어 했던 게 그 구덩이 아닌가? 듀린스키를 죽이고, 우리도 죽일 뻔한 구덩이? 그곳 사람들은 두려움에 사로잡혀 있고 난 그것 때문에 그 사람들을 싫어했는데 이젠… 난 답이 뭔지 모르겠어. 오, 주님, 전 모르겠어요. 셔먼이 기다리고 있고 전 달아날 수 없으니 답을 찾게 해 주세요.

"언젠가는," 렌은 다시 한번 10월 어느 날에 할머니와 함께 앉아 있던 생각이 많은 소년처럼 보이려고 이마에 주름을 잡으며 말했다. "언젠가는 누가 막으려고 아무리 애를 써도 원사력이 돌아올 거란 말이죠."

"한 번 알았던 것은 반드시 돌아와."

"그러면 도시들도 돌아오겠군요."

"시간이 지나면, 필연적이지."

"그러면 모든 것이, 도시와 폭탄이 다 다시 되풀이될 거고요, 막을 방법을 찾지 못하면."

"인간이 내일까지 엄청나게 변하지 않는다면, 그렇네."

"그렇다면…" 렌은 여전히 찌푸린 얼굴로, 여전히 침울하게 말했다. "그렇다면 여러분은 해야 하는 일을 하려고 하는 거겠죠. 그게 옳을 수도 있겠죠."

말이 혀에 달라붙어 떨어지지 않으려 했지만 그래도 렌은 내뱉듯 말했고, 번갯불이 떨어져 죽지도 않았으며, 셔먼이 더 이의를 제기하지도 않았다.

에서는 기계의 유혹에 홀려 패널 쪽으로 가 있었다. 에서는 머뭇거리며 손을 뻗어 패널을 만지더니 물었다. "이게 작동하는 모습을 볼 수 있나요?"

대답한 사람은 에르트만이었다. "나중에. 클레멘타인

은 3년짜리 프로젝트를 막 끝낸 터라, 지금은 완전 점검을 위해 정지한 상태야."

"3년." 구티에레스가 말했다. "그래, 나도 좀 정지시켜줬으면 좋겠네, 프랭크. 내 두뇌를 조각조각 분해했다가 산뜻하고 반짝반짝하게 다시 조립해주면 좋겠어." 구티에레스는 주먹을 들었다가 내리면서 깃털처럼 가볍게 패널을 통통 두드렸다. "프랭크, 클레멘타인이 실수했을 수도 있어."

에르트만이 구티에레스를 쏘아보았다. "그건 불가능하다는 거 아시잖아요."

"불안정한 전하, 먼지 한 톨, 제대로 기능하기엔 너무 닳아버린 계전기가 있을지 어떻게 알아?"

"훌리오," 에르트만이 말했다. "잘 알면서 그러세요. 아주 사소하게라도 잘못된 부분이 있으면 클레멘타인은 자동으로 멈춰서 관심을 요구한다고요."

셔먼이 입을 열자 그 대화는 멈췄고, 모두가 다시 복도로 돌아갔다. 구티에레스는 렌 바로 뒤를 걸었는데, 렌은 의심과 두려움에 두껍게 감싸인 채로도 구티에레스가 혼잣말하는 소리를 들을 수 있었다. "클레멘타인이 실수했을 수도 있어."

23

호스테터는 어둠 속의 등불이었고, 홍수 한가운데 단단히 버텨 선 바위였다. 파이퍼스런에서 바토스타운까지 이어진 연결 고리였고, 오래된 친구였으며, 두 번이나 손을 뻗어 렌을 구한 힘센 팔이었다. 설교장에서 한 번, 레퓨지에서 한 번. 렌은 절박한 심정으로 호스테터에게 매달렸다.

"그게 옳다고 생각해요?" 렌은 뻔한 대답이 나올 줄 알면서도 확언을 받고 싶어서 물었다.

그들은 늦은 오후에 바토스타운에서 마을로 돌아가는 길을 걷고 있었다. 셔먼과 다른 사람들은 뒤처졌는데, 아마 호스테터와 렌과 에서만 있을 수 있게 일부러 그런 것 같았다. 그리고 이제 호스테터는 렌을 흘긋 보며 말했다. "그래, 난 옳다고 생각한다."

"하지만" 렌은 가만히 말했다. "그 일을 하려면, 그게 계속 돌게 하려면…"

렌은 다시 야외에 나와 있었다. 이제는 머리 위에 있던 산도 없어졌고, 바토스타운의 바위 벽 안에 갇혀 있지도 않았으며, 숨을 쉬고 태양을 볼 수 있었다. 그러나 공포는 여전했고, 렌은 그 바위 구멍 속에 웅크린 파괴자를 생각했으며, 다시는 그리로 돌아가고 싶지 않았다. 그와 동시에 렌은 원하든 원하지 않든 상관없이 그곳에 가야 한다는 것도 알았다.

호스테터는 말했다. "네가 좋아하지 않을 것들, 네가 아무리 믿지 않는다고 말해도 네가 배운 바에 충돌할 것들이 있다고 했지."

"하지만 아저씨는 그걸 두려워하지 않죠." 에서가 말했다. 에서는 도로에 깔린 돌멩이들 위로 장화를 끌면서 열심히 생각한 후였다. 그들의 머리 위 동쪽 산비탈에서는 평범하니 마음을 위로하는 광산의 소음이 울려 퍼졌고, 저 앞에 보이는 폴크리크 마을은 오후 햇살에 조용히 잠겨 있어, 뒷산에 묶여 있는 악마만 없다면 파이퍼스런과 흡사했다. "아저씨는 곧장 걸어가서 거기 손을 댔어요."

"난 발전소에 대해 알고 자랐다." 호스테터가 말했다.
"아무도 나에게 그게 사악하다거나, 금지되었다거나, 하
느님이 저주를 내리셨다거나 하는 식으로 가르치지 않았
다는 점이 다르지. 그래서 우리가 아주 아주 가끔이 아니
면 이방인을 받지 않는 거야. 훈련받은 게 너무 달라."

"저도 저주에 대해서 걱정하진 않아요." 에서가 말했
다. "제가 걱정하는 건, 저게 우릴 해칠까요?"

"차폐 벽 안으로 들어갈 방법을 찾지 않는 한은 아니
지."

"그러면 절 태우지 못하는 거죠."

"그래."

"터질 수도 없고요."

"그래, 증기 발전기라면 터질지도 모르지만, 반응로는
터질 수가 없다."

"흠, 그렇다면…" 에서는 한동안 말없이 생각에 잠겨
걸음을 옮기더니, 눈동자를 반짝이며 웃음을 터뜨렸다.
"파이퍼스런의 늙은 바보들, 하크니스와 클루트와 나머
지 작자들이 어떻게 생각할까 궁금하네요. 라디오를 갖
고 있었다는 이유만으로 공개 태형을 내리려고 했는데,
이제 우린 저것까지 가졌잖아요. 맙소사, 분명히 그 양반

들이 우릴 죽일 거야, 렌."

"아니, 그 사람들은 안 그럴 거다." 호스테터는 침울하게 말했다. "하지만 너희는 솜스처럼 돌 더미에 깔린 몸이 되긴 하겠지."

"뭐, 그놈들에게 기회를 줄 생각은 없어요. 맙소사! 원자력이 진짜라니, 세상에서 제일 큰 힘이." 에서는 탐욕스러운 흥분에 손가락을 구부렸다가 펴면서 다시 물었다. "안전한 건 확실해요?"

"안전해." 호스테터는 슬슬 인내심을 잃어갔다. "우린 1백 년 가까이 그걸 갖고 있었는데, 아직까지 아무도 다치지 않았어."

"아무래도…" 렌은 서늘한 바람에 고개를 기울이고 마음속의 어둠이 일부 날려가도록 하면서 천천히 말했다. "우리에겐 불평할 권리가 없지 싶네요."

"확실히 그렇지."

"그리고 바토스타운을 지었을 때 정부는 뭘 하는지 알고 있었겠죠."

그 사람들도 두려웠던 거라고, 서늘한 바람이 속삭였다. 그들은 다루기에 너무 큰 힘을 갖고 있었고 두려워했으며, 두려워해야 마땅했다고.

"그랬지." 호스테터는 바람 소리를 듣지 않고 말했다.

"맙소사," 에서가 말했다. "그 사람들이 폭탄을 멈출 방법을 찾았다면 어땠을지 생각해봐요."

"생각해봤다." 호스테터가 말했다. "우리 모두 생각해봤지. 비토스타운에 사는 사람은 누구나 그 생각에 엄청난 죄책감을 품고 있을걸. 하지만 그저 시간이 없었어."

시간? 아니면 또 다른 이유가 있었을까?

"얼마나 걸릴까요?" 렌이 물었다. "거의 1백 년이면 답을 찾았어야 할 것 같은데요."

"저런," 호스테터가 말했다. "처음에 원자력을 찾기까지 얼마나 걸렸는지 아느냐? 데모크리토스라는 그리스인이 원자라는 기본 개념을 생각한 게 예수님이 태어나기 몇 세기 전이었으니, 대충 가닥이 나오겠지."

"하지만 지금은 그렇게 오래 걸리지 않을 거예요!" 에서가 외쳤다. "셔먼이 그 기계를 두고…"

"그래, 그렇게 오래 걸리지는 않겠지."

"하지만 얼마나 오래 걸릴까요? 다시 1백 년 더?"

"얼마나 걸릴지 내가 어떻게 알겠느냐?" 호스테터가 성을 내며 말했다. "1백 년이 더 걸릴지, 1년이 더 걸릴지 내가 어떻게 알아?"

"하지만 저 기계가 있으면…"

"그건 기계일 뿐이지, 신이 아니야. 우리가 원한다는

354

이유만으로 그 기계가 허공에서 답을 꺼내줄 순 없단 말이다."

"그렇지만, 저 기계 말이에요." 에서의 눈은 다시금 반짝이고 있었다. "그게 작동하는 모습을 보고 싶었어요. 그게 정말로…" 에서는 머뭇거리다가 그 믿기 힘든 말을 꺼냈다. "그게 정말로 생각을 하나요?"

"아니야, 네가 생각하는 의미대로는 아니지. 언젠가 에르트만에게 설명을 들어라." 그러더니 호스테터는 갑자기 렌에게 말했다. "넌 두뇌를 만드는 건 오직 하느님이 하시는 일이라고 생각하고 있지."

렌은 셔먼이 말했던대로 너무 많이 아는 사람들 앞에서 양심에 부대끼는 농부가 된 기분으로 얼굴을 붉혔지만, 호스테터에게는 그 비슷한 생각을 하고 있었다는 사실을 부인할 수 없었다.

"익숙해질 겁니다."

에서가 코웃음을 쳤다. "저 녀석은 언제나 의심이 가득해서, 마음을 정하기까지 시간이 무한정 걸렸으니까요."

"헛소리 하지 마, 에서." 렌은 격분해서 외쳤다. "내가 아니었으면 넌 아직도 네 아버지 헛간에서 똥을 푸고 있었을걸!"

"좋아." 에서가 노려보며 말했다. "너도 그걸 기억하고 있네. 네가 여기 있는 게 누구 잘못인지 기억한다면 징징 대지 마."

"누가 징징댄다는 거야."

"지금 그러고 있거든. 그리고 죄를 짓는 게 걱정이라면 애초에 너희 아빠 말을 듣고 파이퍼스런에 남았어야지."

"정곡을 찔렀구나." 호스테터가 말했다.

렌은 화가 나서 흙 사이의 자갈을 걷어차며 투덜거렸다. "알았어요. 제가 겁먹은 건 인정해요. 하지만 저 녀석도 겁은 먹었고, 꼬리를 말고 도망친 건 제 쪽이 아니었거든요."

에서가 말했다. "난 곰 앞에서도 도망칠 거야. 그게 날 죽이지 않는다는 사실을 알기 전이라면 말이야. 이제는 도망치지 않아. 들어봐, 렌. 이건 중요한 일이야. 세상에 다른 어디에서 이만큼 중요한 일을 찾을 수 있겠어?" 에서는 그 중요한 역할이 이미 자신에게 떨어지기라도 했다는 듯 가슴을 부풀리고 얼굴을 밝혔다. "난 그 기계에 대해 더 알고 싶어."

"중요하다… 그래, 그렇지." 렌은 말했다. 사실이었다. 그 점에는 의문이 없었다. 아 하느님, 제임스 형처럼 의문을 품는 법이 없는 사람들도 만들고, 에서처럼 신앙이 전혀 없는 사람들도 만드시고서 왜 저처럼 사이에 낀 사람까지 만드셔야 했나요?

하지만 에서의 말이 옳아. 죄짓는 문제를 걱정하기엔 너무 늦었어. 아빠는 언제나 법칙에서 벗어나는 사람의 길은 힘들다고 했는데, 이것도 그런 고난에 속하겠지.

그렇다면 좋다.

렌과 호스테터는 신부를 데리러 셔먼의 집으로 간 에서와 떨어져서 함께 웨플로의 집으로 걸어갔다. 빠르고 선명한 황혼이 내리고 있었고, 좁은 길에는 연기와 요리 냄새만 풍길 뿐 사람이 없었다. 웨플러의 집에 도착하자 호스테터는 맨 아래 계단에 발을 돌리고 돌아서더니, 한 번도 들은 적 없는 이상하게 조용한 목소리로 렌에게 말했다.

"네가 기억해야 할 것이 있다. 네가 솜스를 죽인 폭도들, 버뎃과 농부들, 신이스마엘파를 기억하는 대로… 우리 역시 광신도들이야, 렌. 그래야만 해. 안 그러면 우리도 떠내려가서 각자의 삶을 살고 모든 일이 무산되도록 내버려둘 거야. 그러니 우리에겐 믿음이 필요하지. 그 믿음과 싸우지 말아라. 그렇게 되면 나라고 해도 널 구하지 못할 테니까."

호스테터는 계단을 밟고 올라갔고 뒤에 남은 렌은 멍하니 그 뒷모습을 보았다. 안에서는 목소리들이 들리고 불빛도 보였지만, 이 바깥은 고요하고 어두웠다. 그러다가 누군가가 집 모퉁이를 돌아 조용히 걸어왔다. 조앤이었고, 고개를 까딱하며 집 쪽을 가리키더니 말했다. "아저씨가 겁을 주려고 하셨어?"

"그건 아닌 것 같아." 렌은 말했다. "그냥 사실을 말한 것 같아."

"나도 들었어." 조앤은 조금 전까지 털고 있었다는 듯 두 손에 하얀 천을 들고 있었다. 짙은 어스름 속에 보이는 얼굴도 하얗고, 흐릿하니 잘 보이지 않았다. 하지만 목소리만은 칼날처럼 날카로웠다. "우리가 광신도라고? 흠, 아저씨는 그럴지도 모르고, 다른 사람들도 그럴지 모르지만 나는 아니야. 난 여기 모든 일이 지긋지긋해. 왜 여기 오고 싶어 한 거야, 렌 콜터? 미친 거 아냐?"

렌은 조앤의 어두운 윤곽을 보며 무슨 말을 해야 할지 몰랐다.

"오늘 아침에 네가 한 말 들었어." 조앤이 말했다.

렌은 거북한 기분으로 말했다. "우린 몰랐어…"

"그 사람들이 그런 온갖 것들에 대해 말하라고 했겠지?"

"뭘 말이야?"

"바깥에 얼마나 무시무시한 사람들이 있는지, 얼마나

증오가 가득한 세상인지."

"네 말뜻을 정확히는 모르겠지만, 우리가 말한 내용은 전부 사실이야. 사실이 아니라고 생각한다면 나가서 시험해봐."

렌은 조앤을 밀치고 계단을 오르려 했다. 조앤이 렌의 팔을 잡아 멈췄다.

"미안해. 그 이야기는 다 사실이겠지. 하지만 셔먼이 너희가 라디오에 대고 이야기하게 한 이유도 그거야. 우리가 다 듣도록. 프로파간다지." 조앤은 재빨리 덧붙였지. "분명히 너희 둘을 여기에 받아들인 이유도 그걸 거야. 우리 모두에게 우리가 얼마나 운이 좋은지 알려주려는 거지."

렌은 아주 조용히 물었다. "그러면, 아니야?"

"아, 그럼, 우린 아주 운이 좋지. 바깥 사람들보다 가진 게 참 많지. 물론 일상생활에서는 아니고. 우리에겐 심지어 음식과 자유 같은 것도 없어. 하지만 클레멘타인이 있으니 그걸로 퉁쳐야지. 구멍 여행은 즐거웠어?"

"구멍?"

"어떤 사람들은 바토스타운을 구멍이라고 불러."

조앤의 태도와 말투 때문에 마음이 불편해졌다. 렌은 "자기는 들어가보는 게 좋겠다고 말하고 다시 계단을 오르려 했다.

"즐거웠다면 좋겠네." 조앤이 말했다. "계곡도 마음에 들고, 폴크리크도 마음에 들면 좋겠어. 절대 너희가 떠나게 해주지 않을 테니까."

렌은 셔먼이 했던 말을 생각했다. 셔먼을 탓하지는 않았다. 렌은 떠날 생각이 없었다. 그렇다고 마음에 드는 건 아니었다. "그 사람들도 나를 믿게 될 거야. 언젠가는."

"어림없어."

렌은 조앤과 다투고 싶지 않았다. "뭐, 어쨌든 당분간 머물긴 할 거야. 여기 오려고 반평생을 보냈는걸."

"왜?"

"넌 바토스타운 여자야. 그런 질문을 하면 안 되지."

"배우고 싶어서라고 했지. 그래, 오늘 아침에 그렇게 말했어. 너희는 배우고 싶었는데, 아무도 배우게 해주지 않았다고." 조앤은 조롱하는 듯 커다란 몸짓으로 어둠에 잠긴 계곡 전체를 가리켰다. "가봐. 배워. 행복해져."

렌은 조앤의 어깨를 잡고, 창문으로 새어 나오는 희미한 불빛으로 얼굴을 볼 수 있을 때까지 끌어당겼다. "넌 뭐가 문제야?"

"네가 미쳤다고 생각할 뿐이야. 크고 넓은 세상을 가졌으면서 이걸 위해 다 내던지다니."

"기가 막히는군." 렌은 조앤을 놓아주고 계단에 앉아서 고개를 흔들었다. "기가 막혀. 바토스타운을 좋아하는 사람은 없는 거야? 여기 오고 나서 들은 불평이 그 전에 평생 들은 것보다 많은 느낌인데."

"평생 여기 살아보면 너도 이해할걸." 조앤은 신랄하게 말했다. "아, 물론 남자들 몇 명은 나가긴 하지. 하지만 여기 대부분은 못 나가. 대부분은 이 계곡 벽 말고는 아무것도 보지 못해. 그리고 나갔던 남자들이라 해도 다시 돌아와야만 하지. 네 친구 말대로야. 그럴 가치가 있다고 생각하려면 광신도여야만 해."

"난 바깥에서 살아봤어." 렌이 말했다. "만약 그게 성공한다면 지금 세상이 어떨지, 어떨 수 있었는지 생각…"

"클레멘타인이 우리에게 올바른 답을 준다면 말이지. 물론이야. 거의 1세기가 지났는데도 답은 전혀 가까워지지 않았지만, 우리 모두 인내심을 갖고 헌신하며 전념해야지. 그런데 무엇에 전념하지? 저 산속에 웅크리고 앉아서 신처럼 대접받아야 하는 그 저주받을 기계 두뇌에?"

조앤은 희미한 등불 속에서 갑자기 몸을 가까이 기울였다. "난 광신도가 아니야, 렌 콜터. 이야기할 사람을 원한다면 그 사실을 기억해."

그러더니 조앤은 뛰어가서 집 모퉁이를 돌아 사라졌

다. 렌은 뒤쪽 어딘가에서 문이 열리는 소리를 들었다. 그리고 아주 천천히 일어나서 계단을 올라 천천히 집 안으로 들어갔고 웨플로 가족의 식탁에서 저녁을 먹었다. 그러면서 사람들이 하는 말은 거의 하나도 듣지 못했다.

24

다음 날 아침에 렌과 에서는 다시 셔먼의 집으로 불려 갔고, 이번에는 호스테터가 함께 하지 않았다. 셔먼은 거실 테이블 너머로 두 사람을 마주하며 두 개의 열쇠를 이 손에서 저 손으로 옮기고 있었다.

"다그치지는 않겠다고 했고, 실제로 그럴 거야. 하지만 그동안에는 자네들도 일을 해야지. 그렇다고 대장간 일이나 노새 돌보기처럼 폴크리크에서 할 수 있는 일을 맡기면 바토스타운에 대해서는 집을 떠났을 때보다 배우는 게 없겠고."

"음, 그렇죠." 에서가 역설적으로 물었다. "그 큰 기계에 대해 배울 수 있을까요? 클레멘타인이요."

"지금 생각에는 노인이 될 때까지 기다리고 싶지 않은 한 클레멘타인은 무리라고 말하겠네만… 자네가 프랭크 에르트만과 이야기해볼 수는 있겠군. 그 문제는 에르트만이 책임자야. 그리고 걱정 말게, 원하는 기계는 다 얻게 될 테니. 하지만 뭘 고르든 간에 준비가 되려면 공부를 많이 해야 할 것이고, 그때까지는…"

셔먼은 아주 잠깐 머뭇거렸다. 어쩌면 정말로 머뭇거린 건 아닐 수도 있었고, 그 시선이 잠시 렌의 얼굴에 떨어진 것도 순전히 의미 없는 우연일 수도 있었지만, 렌은 셔먼이 말하기 전부터 무슨 말이 나올지 알고 아무것도 드러내지 않으려 스스로를 단속했다.

"그때까지 자네들은 증기 발전기에 배정되었네. 증기 기관에는 경험이 어느 정도 있으니, 차이를 확실히 아는 데 그리 오래 걸리지 않겠지. 어제 이야기를 나눴던 짐 시드니가 필요한 도움은 다 지원해줄 거야."

셔먼은 일어나서 테이블 옆을 돌아오더니 두 사람에게 열쇠를 건넸다. "안전문 열쇠라네. 잘 챙겨두게. 짐이 근무 시간이며 뭐며 다 말해줄 거야. 자유시간에는 바토스타운 안 어디든 갈 수 있고, 진행 중인 작업을 방해하지만 않는다면 뭐든 물어봐도 좋네. 도서관에 있는 어브 로스스테인과 협의할 수도 있겠지. 그리고 둘 다 그렇게 무표정한 얼굴 할 필요 없어. 난 자네들 마음을 읽을 수 있거든."

렌이 깜짝 놀라서 쳐다보자 셔먼은 미소 지었다.

"증기 발전소는 반응로 바로 옆에 있으니 거기 말고 다른 곳에 있고 싶다고 생각하고 있겠지. 바로 그래서 증기 발전소에서 일하게 한 거야. 자네들이 두려움을 잊을 수 있게 반응로에 익숙해졌으면 좋겠네."

정말일까? 렌은 생각했다. 아니면 우리를 시험하는 걸까, 우리가 두려움을 극복할 수 있는지 보고, 우리가 그 물건과 함께 사는 법을 배울 수 있는지 보려고?

"이제 가보게." 셔먼이 말했다. "짐이 기다리고 있을 거야."

그래서 그들은 이른 아침 흙길을 걸어 올라 바위 사이 비탈길을 건너서 바토스타운으로 갔다. 그리고 안전문 앞에 멈춰서는 서로 상대방이 문을 열기를 기다리면서 꼼지락거렸다. 렌이 말했다. "넌 무섭지 않은 줄 알았는데."

"무섭지 않아. 그냥… 아, 젠장. 다른 사람들도 여기서 일하잖아. 괜찮겠지. 가자."

에서는 난폭하게 자물쇠에 열쇠를 꽂아 넣고 비틀어 열더니 안으로 들어갔다. 그리고 렌은 조심스럽게 그 문을 닫으면서 생각했다. 이제 난 그것과 같이 갇혔구나. 하늘에서 할머니의 세상에 쏟아졌던 그 불과 함께.

렌은 에서를 따라 터널을 걸어가서 안쪽 문을 통과하고, 젊은 존스가 고개를 끄덕여 인사하는 모니터실을 지났다. 존스는 두렵지 않을까? 아니, 존스는 에드 호스테터와 마찬가지로 두려워하라는 가르침을 받은 적이 없어. 그리고 건강하게 살아 있지. 하느님은 존스를 쓰러뜨리지 않았어. 아무도 쓰러뜨리지 않았어. 바토스타운도 살게 하셨지. 그거야말로 괜찮다는 뜻이고, 이 사람들이 찾으려는 답이 옳다는 증거 아닐까?

하지만 주님의 방식은 우리가 이해할 수 있는 것이 아니고, 사악한 자에게는 지상의 시간이 주어지니…

"무슨 생각을 그렇게 해?" 에서가 딱딱거렸다. "가자."

에서의 윗입술에는 땀이 맺혀 있었고, 입매는 초조하게 실룩거렸다. 두 사람은 다시 발아래 텅 빈 소리를 울리는 철제 디딤판을 밟으며 계단을 내려가, 거대한 컴퓨터가 있는 층을 지나서 아래로 아래로 계단 끝까지 가서 힘 있는 고동 소리가 울려 퍼지는 크고 넓은 동굴로 들어갔고, 여러 발전기와 터빈들 옆을 지나서 드디어 텅 빈 채로 마주 보는 얼굴 같은 콘크리트 벽 앞에 당도했다. 우리 아버지들의 죄가 아직 우리와 함께 있으니, 만일

어리석음이 그들의 죄악이 아니었다면 그들은 결코, 결코…

그러나 그들은 저질렀다.

짐 시드니가 말을 걸었다. 두 사람은 짐이 두 번이나 말을 걸고 나서야 겨우 들었지만, 이번이 처음이었으니 짐도 인내심을 발휘했다. 렌은 짐을 따라 거대한 증기 발전소로 향하면서 그 어마어마한 힘 앞에 작고 보잘것없어진 기분을 느꼈다. 렌은 이를 악물고 소리 없이 스스로에게 외쳤다. 두려워서 이런 기분이 되는 것뿐이야, 나도셔먼 말대로 극복할 거야. 다른 사람들은 무서워하지 않아. 저 사람들도 누구나와 똑같은 인간, 훌륭한 인간, 자기들이 옳은 일을 한다고 믿는 인간, 정부가 믿고 맡긴 일을 하는 사람들일 뿐이야. 나도 배울 거야. 할머니라면 내가 배우길 바랄 거야. 할머니는 절대로 앎을 두려워하지 말라고 했어. 그럴 거야.

두려워하지 않겠어. 나도 이곳의 일부가 되어서, 세상을 두려움에서 해방시키는 일을 도울 거야. 나도 믿을 거야. 이젠 여기 와 있고 달리 할 수 있는 일도 없으니까.

아니, 그런 식이 아니지. 난 그게 옳으니까 믿을 거야. 그게 옳다는 사실을 이해하게끔 배울 거야. 그리고 에드 호스테터가 날 도와줄 거야. 아저씨는 믿을 수 있으니까,

그리고 아저씨가 이게 옳다고 했으니까.

그리고 렌은 에서와 나란히 증기 발전소 일에 착수했고, 그날 남은 시간 내내 반응로 벽은 쳐다보지 않았다. 그래도 느낄 수는 있었다. 살과 뼈와 얼얼한 피의 흐름 속에서 느낄 수 있었고, 폴크리크에 돌아가서 침대에 누웠을 때도 여전히 느낄 수 있었다. 잠이 들면 꿈까지 꿨다.

그러나 달아날 길이 없었다. 렌은 다음 날도, 그다음 날도 그곳으로 돌아갔고 이어지는 날들에도 꼬박꼬박 그곳에 갔으며, 일요일에만 교회에 가고 오후에는 조앤 웨플로와 산책을 했다. 교회에 가면 안심이 됐다. 하느님께서 그들의 노력에 축복을 내리시며, 해야 할 일은 오직 끈기 있고 변함없이 지내며 낙담하지 않는 것이라는 설교를 들으면 마음이 편해졌다. 정말로 이 일이 옳다고 생각하는 데 도움이 됐다. 그리고 셔먼의 처방도 통하는 것 같았다. 아마 신경을 계속 찌르고 문질러댔더니 굳은살이 박혀 반응이 없어지는 거겠지만, 그 무시무시한 벽 바로 옆에 있다는 충격은 매일 줄어들었다. 그러다 보니 렌도 그 벽을 차분히 바라보고, 그 뒤에 있는 것에 대해서도 차분히 생각할 수 있게 됐다. 차폐 벽 표면에 박혀서 안에서 돌아가는 힘의 흐름을 측정하는 계기에 대해서도 조금은 배울 수 있었고, 그 힘이 무엇이고 어떻게 작동하는지, 이런 형태에서는 얼마나 쉽게 통제할 수 있는지 등 비전문가가 알 법한 지식도 조금 더 배울 수 있었다. 때로는 며칠씩 잘 지내면서 에서와 함께 지금 파이퍼스런 사람들이 두 사람을 볼 수 있다면 무슨 생각을 할지 떠들고 웃어대기도 했다. 자기가 너무 많이 안다고 생각하고 그 지식이 어린 사람들을 오염시킬까 싶어 인색하게도 내놓던 교사 노드홀트 씨, 그리고 질문을 던졌다는 이유로 자작나무로 사람 가죽이 벗겨지도록 때렸던 마을 원로들, 그리고 물론 질문에 대한 답이라곤 마구로 쓰는 가죽끈이었던 아빠와 데이비드 삼촌도. 아니, 아빠는 사실 그렇지 않았고, 렌도 아빠가 뭐라고 했을지는 지나치게 잘 알았으며 그 생각은 하고 싶지 않았다. 그래서 렌은 생각을 테일러 판사에게 돌리곤 했다. 언젠가 마을이 도시가 될지도 모른다는 두려움 때문에 한 남자가 살해당하게 하고 마을 하나가 불타게 만든 테일러. 그 테일러 판사에게 바토스타운의 바위 아래 무엇이 있는지 말해주고 그 얼굴을 보고 싶다는 생각에는 복수심이 담겨 있었다. 그리고 난 두렵지 않다고, 렌은 그렇게 생각하곤 했다. 전에는 두려웠지만, 이제는 두렵지 않아. 저것도 다른 힘과 마찬가지로 자연의 힘일 뿐이야. 칼이나 화약에 사악함이 없듯이 저 힘도 그래. 사용하는 방식이 사악할

369

3부

수 있다 뿐이지. 그리고 우리가 다시는 사악한 일이 벌어지지 않게 살필 거야. 우리가. 우리 바토스타운 사람들이. 그리고 오, 주여, 안개 낀 강가에서 추위에 떨던 밤들, 덥고 모기가 들끓고 배고프던 낮들, 낯선 마을에서 보낸 겨울들, 우리가 바토스타운 사람이 되기를 꿈꾸면서 보낸 그 모든 시간들이라니!

하지만 그때의 꿈은 달랐다. 그때는 할머니가 말하던 대로 찬란하고 경이롭기만 했지, 그 안에 어둠이라곤 없었다.

렌은 그렇게 지내면서 이제는 극복했다고 생각했다. 그러다가 또 밤중에 호스테터가 어깨를 흔드는 가운데 비명을 지르며 깨어났다.

"무슨 꿈을 꾼 거냐?" 그런 밤이면 호스테터는 물었다.

"모르겠어요. 악몽이요. 그냥 악몽이에요." 렌은 일어나서 물을 한 잔 마시고, 식은땀을 말린 후에 태연하게 묻곤 했다. "제가 뭐라고 했나요?"

"아니, 난 못 들었다. 그냥 소리만 질렀어."

하지만 렌은 골똘히 생각하는 눈으로 자신을 보는 호스테터를 포착하고, 혹시 그는 렌이 무슨 악몽을 꾸는지 다 아는 건 아는 건 아닐까 생각했다.

에서의 두려움은 렌보다 얕았다. 철저히 물리적인 두

려움이었고, 일단 어떤 보이지 않는 힘이 자기 뼈를 태워 가루로 만들지 않는다고 믿게 되자 반응로에 대해 아주 태평할 뿐 아니라 자기가 만든 물건 같은 소유 의식까지 갖게 되었다. 렌은 가끔 에서에게 묻곤 했다. "그런 걱정이 들 때 없어? 그러니까, 혹시 이 반응로라는 물건이 여기에서 계속 움직이지만 않았더라면 답을 찾을 필요도 없었을 거라는 생각 안 해봤어?"

"너도 셔먼이 한 말을 들었잖아. 다른 곳에도 있을 수 있어. 적에게 있을 수도 있고. 그때는 어떻게 하게?"

"하지만 이게 세상에 남은 마지막 물건이라면?"

"글쎄, 뭘 해치는 건 아니지. 게다가 어차피 셔먼이 이게 없다 해도 소용없다고, 누군가가 원자를 다시 발견할 거라고 했어."

아닐 수도 있다. 영영 아닐 수도 있다. 셔먼도 자신을 정당화하려고 말하는 것일 수도 있다. 호스테터가 쓰던 말이 있었다. 자기합리화. 어쨌든 그런 일은 오래 걸릴 것이다. 1백 년, 2백 년, 어쩌면 더 걸릴지도 모르지. 내가 살아서 볼 일은 없을 거야.

에서는 소리 내어 웃었다. "내 마누라 말이야 정말 끝내줘."

렌은 애머티와 잘 어울리지 않았다. 두 사람 사이에는

냉기가, 기분 좋은 대화를 나누기에는 서로 어색한 기운이 있었다. 그래서 렌은 물었다. "어떻게 말이야?"

"흠, 원자력이 여기 있다는 말을 듣더니 무서운 발작을 일으켰거든. 아기를 잃을 거라고, 너무나 나쁜 짓이라고 하면서 말이야. 그러더니 이젠 뭐라는지 알아? 그건 여기 사는 모두가 엄청나게 중요하다고 생각하게 만들려고 꾸며낸 거대한 거짓말이라며, 자기가 증명할 수 있다고 마음을 정리했어."

"어떻게?"

"모두가 원자력이 뭘 하는지 아는데, 여기에 그게 있었다면 계곡 따윈 남지 않고 판사님이 말하던 커다란 구덩이만 있었을 거래."

"아." 렌은 말했다.

"뭐, 그렇게 생각하고 행복해하니까 나도 반박은 안 해. 싸워서 뭐 하겠어? 어차피 애머티는 저런 물건에 대해서 아무것도 모르는데." 에서는 두 손을 마주 비비며 히죽거렸다. "아이가 아들이었으면 좋겠다. 나는 저 큰 기계를 작동시킬 만큼 배우지 못하더라도, 내 아들은 배울 수 있겠지. 아니, 내 아들이 답을 찾는 사람이 될 수도 있어."

에서는 클레멘타인이라는 큰 기계에 푹 빠져 있었다.

쉬는 시간마다 최대한 그 기계 주위를 맴돌며 에르트만과 그곳에서 일하는 기술자들에게 질문을 던져댔다. 그러다 보니 에르트만도 길거리에서 에서를 만날 때마다 라디오에 대해 엄청난 열정으로 떠들기 시작했다. 렌도 자주 같이 갔다. 불안감이 서서히 다가올 때까지 그곳에 서서 클레멘타인의 검은 표면을 바라보곤 했다. 그럴 때면 마치 잠든 사람 침대 옆에 서 있는데, 사실 그 사람은 잠들어 있지 않고 닫아놓은 가짜 뚜껑 아래에서 렌을 지켜보고 있는 듯한 기분이 들었다. 그러면 렌은 이건 진짜 두뇌가 아니라고, 정말로 생각을 하지는 않는다고, 별명이 두뇌일 뿐이지 저게 아는 것들과 저게 할 수 있는 계산은 생각하는 흉내에 불과하다고 생각하곤 했다. 하지만 밤이면 지옥 불이 고동치는 거대한 심장과 아빠의 헛간만큼 커다란 두뇌가 달린 괴물이 꿈에 나타났다.

그래도 전체적으로 보자면 렌은 열심히 노력하고 꽤 잘 적응하고 있었다. 다만 밤이 아니라 깨어 있는 시간에 렌을 들볶으며 조금의 평화도 남겨주지 않는 다른 괴물이 있었다. 이쪽은 악몽이 아니라 인간이었다. 조앤이라는 이름의 여자였다.

25

눈이 내리기 전에 낯선 사람들 세 무리가 폴크리크에 들어와서 잠시 머물며 거래를 하다가 떠났다. 두 무리는 야생마 떼와 사냥꾼과 말 조련사들을 따라다니는 소수의 튼튼한 검은 머리 남자들로, 반쯤 길들인 망아지들을 내밀고 밀가루, 설탕, 옥수수 위스키로 교환했다. 세 번째이 자 마지막 무리는 신이스마엘파였다. 25명 정도였는데, 주님의 선택을 받은 이들에 대한 선물로 화약과 총탄을 요구했다. 그들은 오염될까 두려워하기라도 하는지 폴크 리크에서 하룻밤도 보내지 않고, 마을 경계선 안으로 들 어오지도 않았지만, 셔먼이 사람을 보내어 뭘 원하는지 묻자 노래하고 기도하며 팔을 흔들고 할렐루야를 외치기 시작했다. 폴크리크 사람들 절반이 밖으로 나가서 그들을 구경했고, 렌도 조앤 웨플로와 함께 그 자리에 있었다.

"곧 누군가가 설교를 할 거야." 조앤이 말했다. "다들 그걸 기다리고 있어."

"설교라면 충분히 봤는데." 렌은 중얼거리면서도 그 자리에 남았다. 높은 봉우리에 내린 눈밭에서부터 계곡으로 불어 내리는 바람이 얼음장 같았다. 모두가 바람을 막으려고 소가죽이나 말가죽 외투를 입었지만, 신이스마엘파에게는 맨다리 위에 펄럭이는 수의와 염소 가죽 옷밖에 없었다. 신경도 쓰지 않는 것 같았다.

"그래도 저들은 겨울에 끔찍하게 고통받아." 조앤이 말했다. "굶어 죽고, 얼어 죽지. 봄이 되면 우리 마을 남자들이 저 사람들 시체를 찾아내는데, 때로는 애들까지 무리 전체가 다 죽어 있을 때도 있어." 조앤은 차갑고 경멸 어린 눈으로 그들을 보았다. "적어도 애들에게는 기회를 줘야 하지 않아? 얼어 죽을지 말지 스스로 결정할 만큼은 성장하게 해야지."

깡말라서 추위에 파랗게 질린 아이들은 발을 구르고 소리를 지르며 헝클어진 장발을 흔들어댔다. 그들은 성장한다 해도 무슨 일에 대해서든 직접 결정할 수 없을 것이다. 습관이 너무 커서 출발조차 하지 못할 터였다. 렌은 말했다. "저들에겐 그럴 여유가 없을 거야. 너나 내 고향 사람들이 그렇듯이."

무리 사이에서 남자 하나가 나와서 설교를 하기 시작했다. 머리카락과 턱수염은 지저분한 회색이었지만, 렌은 그 남자가 보기만큼 늙지 않았으리라 생각했다. 신이 스마엘파는 애초에 썩 오래 살지 못하는 것 같았다. 남자가 걸친 염소 가죽은 때에 절고 지저분했으며 큼직큼직하게 털이 빠져 있었다. 남자의 가슴뼈는 새장처럼 툭 튀어 나왔다. 남자는 폴크리크 사람들을 향해 주먹을 흔들며 외쳤다.

"회개하라. 회개하라. 하느님의 왕국이 가까이 왔노라! 너희 육신과 육신의 죄를 위해 사는 자들아, 너희의 끝이 가깝도다. 주께서 불길과 천둥으로 말씀하시니 땅이 열려 죄 많은 자들을 삼켰으며, 어떤 자들은 이제 끝났다고, 주께서 우리를 벌하셨고 이제 우리는 용서받았으니 이제는 잊어도 된다고 말했더라. 그러나 내 말하노니 자비로운 하느님께서는 너희에게 시간을 조금 더 주셨을 뿐이며, 그 시간이 이제 다해가는데도 너희는 회개하지 않았다! 하늘이 열리고 하느님께서 세상을 심판하러 오시면 무어라 말하려느냐? 어떻게 빌고 애원하고 자비를 외칠 것이며, 그때에 너희의 사치와 허영이 너희에게 무엇을 가져오겠느냐? 오직 지옥 불뿐이로다! 회개하고 너희 죄를 뉘우치지 않는 한은, 불과 유황과 끝없는 고통뿐이로다!"

바람 때문에 그 말들은 힘없이 날려갔다. 회개하라. 회개하라. 마치 회개는 이미 가망이 없다는 듯, 계곡에서 스러지는 메아리 같았다. 그리고 렌은 생각했다. 만약 저 남자가 안다면, 만약 내가 가서 1킬로미터도 떨어지지 않은 계곡에 무엇이 있는지 소리쳐 알린다면? 그런다면 저 남자에게, 지저분한 염소 가죽을 걸치고 신앙의 이름으로 살인을 저질러온 저자에게 무슨 도움이 될까?

꺼져라. 꺼져. 미치광이 늙은이. 그리고 그만 소리질러.

남자는 이만하면 선물 값을 충분히 치렀다고 느꼈는지 설교를 멈췄다. 남자가 돌아가자 무리 전체가 고갯길로 이어지는 구불구불한 길을 올랐다. 바람은 그 사이 더 강해져서 무정한 휘파람 소리를 내며 바위를 스쳤고, 신이스마엘파는 그 바람과 가파른 오르막길 때문에 몸을 구부렸다. 긴 머리는 앞으로 휘날렸고 너덜너덜한 옷은 다리를 때렸다. 렌은 저도 모르게 몸서리쳤다.

"예전에는 나도 저 사람들을 안타까워했어." 조앤이 말했다. "그러다가 저들은 할 수만 있다면 순식간에 우릴 다 죽일 거라는 걸 깨달았지." 조앤은 제 몸을, 바깥쪽이 갈색과 흰색인 송아지 가죽 외투와 모직 스커트와 장화 신은 발을 내려다보았다. "허영과 사치." 그러더니 조앤은 아주 짧고 거센 웃음소리를 냈다. "지저분한 늙은 바보 같으니. 저자는 그 말의 의미를 몰라."

조앤이 렌을 쳐다보았다. 두 눈이 비밀스러운 생각으로 반짝이고 있었다.

"내가 너에게 보여줄 수 있어, 렌. 사치와 허영이 무슨 의미인지."

조앤의 눈을 보면 마음이 어지러웠다. 언제나 그랬다. 너무 날카롭고 예리한 눈이었고, 조앤은 그 눈 속에서 언제나 빠르게 생각하는 것 같았다. 렌이 따라갈 수 없는 생각들을. 이제 렌은 조앤이 뭔가 도전적인 제안을 하고 있음을 알았기에 대담했다. "그렇다면 좋아, 보여줘."

"우리 집으로 가야 해."

"어차피 저녁 먹으러 갈 거야. 기억하지?"

"지금 바로 말이야."

렌은 어깨를 으쓱였다. "알았어."

그들은 폴크리크의 골목길을 걸어 돌아갔다.

집에 도착한 렌은 조앤을 따라 안으로 들어갔다. 해가 비치는 유리창에 파리가 몇 마리 윙윙댈 뿐 조용했고, 바람을 받다가 들어가니 따뜻했다. 조앤이 외투를 벗었다.

아득한 내일

"우리 가족은 아직 밖에 있을 거야." 조앤이 말했다. "한동안은 돌아오지 않겠지. 괜찮아?"

"응, 괜찮아." 렌도 외투를 벗고 앉았다.

조앤은 창문 쪽으로 가서 대충 파리를 때려잡았다. 여기까지는 빨리 걸어왔지만, 이제는 서두르는 것 같지 않았다.

"아직도 구멍에서 일하는 건 좋아?"

"그럼" 렌은 조심스럽게 말했다. "괜찮아."

정적.

"그 사람들은 답을 찾았어?"

"아니, 하지만 에르트만이… 그런데 왜 그렇게 묻는 거야? 너도 답을 못 찾은 건 알면서."

"얼마나 빨리 찾을지 말해준 사람은 있어?"

"그것도 네가 더 잘 알 텐데."

다시 정적이 내려앉고, 파리 한 마리가 바닥에 떨어져 죽었다.

"거의 1백 년이야." 조앤은 창밖을 보면서 조용히 말했다. "어처구니없이 오랜 시간 같아. 난 우리가 또 1백 년을 버틸 수 있을지 모르겠어."

조앤이 몸을 돌렸다. "나는 1년이나 더 버틸 수 있을지 모르겠고."

렌은 조앤을 똑바로 보지 않고 몸을 일으켰다. "난 아무래도 가야겠다."

"왜?"

"음, 너희 가족도 없고…"

"저녁 식사 시간에는 맞춰 돌아올 거야."

"하지만 저녁 식사까지는 한참이야."

"흠, 보러 온 걸 보고 싶지 않아?" 조앤은 하얀 이를 살짝 드러내고 웃었다. "기다려."

조앤은 옆방으로 뛰어 들어가서 문을 닫았다. 렌은 다시 앉았다. 계속 두 손을 잡아 비틀고 있었고, 관자놀이가 홧홧했다. 렌은 그 느낌을 알았다. 전에도 애머티와 함께 장미 정자에 있을 때, 판사의 어둑한 정원에 있을 때, 느낀 적 있었다. 조앤이 방 안을 뒤지는 소리를 들을 수 있었다. 트렁크 뚜껑이 벽에 부딪히는 듯한 소리가 났다. 긴 시간이 지나갔다. 렌은 도대체 조앤이 뭘 하는 걸까 생각하면서 현관에 다가오는 발소리가 없나 불안하게 귀를 기울였다. 그러면서도 조앤의 가족이 바로 돌아오지 않을 것은 알았다. 가족이 올 것 같으면 조앤이 지금 이러지 않을 테니까… 정확히 뭘 하는지는 몰라도 말이다.

문이 열리고 조앤이 나왔다.

조앤은 빨간 드레스를 입고 있었다. 조금 색이 바랬고,

오랫동안 접어서 넣어놓은 바람에 주름이 가고 구겨져 있었지만 그런 건 중요하지 않았다. 그 드레스는 빨간색이었다. 뭔가 부드럽고 반짝이면서 스르륵 미끄러지는 재질로 만들어서 조앤이 움직이면 바스락거렸고, 바닥까지 흘러내려서 발을 가렸지만 가리는 것이라곤 그게 다였다. 허리와 엉덩이는 딱 맞았고 앞으로 걸으면 허벅지 윤곽이 드러났으며, 허리 위에는 천 자체가 별로 없었다. 조앤은 팔을 양쪽으로 뻗고 천천히 한 바퀴를 돌았다. 등과 어깨가 다 드러나서 창문으로 떨어지는 햇빛 속에 하얗게 반짝였고, 가슴은 붉은 천 속에 선명하게 도드라져서 천 위로 두 개의 반달 같은 곡선을 드러냈으며, 검은 머리카락은 까맣게 반짝이며 하얀 피부 위로 흘러내렸다.

"우리 증조할머니 물건이었어. 마음에 들어?"

"맙소사," 렌은 그 드레스만큼이나 시뻘게진 얼굴로 멍하니 바라보기만 했다. "내 평생 그렇게 외설적인 건 처음 봐."

"알아. 하지만 아름답지 않아?" 조앤은 천천히 몸 앞으로 두 손을 내려 스커트를 매만지면서 그 바스락거림과 부드러움을 만끽했다. "이게 진짜 허영이고, 진짜 사치였지. 무슨 소리가 나는지 들어봐. 그 지저분한 늙은 바보가 이걸 볼 수 있다면 뭐라고 말할까?"

조앤은 이제 렌에게 꽤 가까이 서 있었다. 곱고 하얀 어깨 피부, 눈부신 빨간 천에 꽉 조인 가슴이 호흡과 함께 솟아올랐다가 내려가는 모습을 볼 수 있었다. 조앤은 미소 짓고 있었다. 렌은 문득 조앤이 잘생겼다는 사실을, 애머티처럼 예쁘진 않고 키도 별로 크지 않지만 검은 눈의 미인이라는 사실을 깨달았다. 그 눈을 들여다보던 렌은 갑자기 그냥 여느 여자애가 아니고, 그냥 조앤 웨플로도 아닌, 그 여자가 거기 있다는 사실을 깨달았다. 그리고 바토스타운으로 이어지는 어두운 터널 속에 전깃불이 켜지듯 렌의 내면에서도 뭔가가 켜졌다. 애머티에게는 한 번도 품은 적 없는 감정이었다.

렌이 손을 뻗어 붙잡자 조앤은 입술을 위로 올리고 웃었다. 흥분하고 즐거워하는, 깊고 목을 울리는 작은 웃음소리였다. 열기가 렌을 휩쓸었다. 빨간 천은 매끈하고 부드러웠으며 렌의 손가락 아래 바스락거리면서 따스한 조앤의 몸을 팽팽하게 감쌌다. 렌은 입술을 내려 키스하고, 다시 키스했으며, 두 손은 저절로 맨어깨로 올라가서 하얀 피부를 움켜쥐었다. 이것도 애머티 때와는 전혀 달랐다.

조앤이 몸을 떼어냈다. 이제는 웃고 있지 않았고, 두 눈은 렌을 향해 이글거리는 두 개의 검은 별처럼 맹렬히 반

아득한 내일

짝였다.

"언젠가," 조앤은 사납게 말했다. "언젠가 넌 여기에서 나가고 싶어질 거고, 그때 넌 날 찾아올 거야, 렌 콜터. 그때는 네가 오겠지만 그 전에는 아니지."

조앤은 다시 옆방으로 뛰어가서 문을 쾅 닫고 빗장을 걸었으며, 따라 들어가려 해도 소용이 없었다. 한참 지나서 조앤이 평상복을 입고 다시 나왔을 때는 조앤의 가족들이 집으로 올라오고 있었고, 마치 아무 일도 없었던 것 같았다.

하지만 또 다른 곳에서 또 다른 때에 '솔루션 제로'를 말해준 것도 조앤이었다.

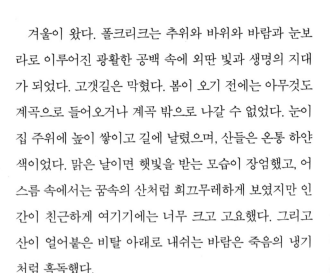

26

겨울이 왔다. 폴크리크는 추위와 바위와 바람과 눈보라로 이루어진 광활한 공백 속에 외딴 빛과 생명의 지대가 되었다. 고갯길은 막혔다. 봄이 오기 전에는 아무것도 계곡으로 들어오거나 계곡 밖으로 나갈 수 없었다. 눈이 집 주위에 높이 쌓이고 길에 날렸으며, 산들은 온통 하얀색이었다. 맑은 날이면 햇빛을 받는 모습이 장엄했고, 어스름 속에서는 꿈속의 산처럼 희끄무레하게 보였지만 인간이 친근하게 여기기에는 너무 크고 고요했다. 그리고 산이 얼어붙은 비탈 아래로 내쉬는 바람은 죽음의 냉기처럼 혹독했다.

바토스타운 안에는 겨울도 여름도 없고, 밤도 낮도 없

었다. 불빛은 탔고 공기는 바뀌는 일도 없고 달라지는 법도 없이 바위 방들 사이를 쉭쉭거리며 움직였다. 콘크리트 벽 안에 갇힌 '힘'은 바위 속에서 죽지 않는 심장을 고동치며 그 힘을 꾸준히 내주었다. 그 동굴 위에서는 세상의 희망이라기에는 바보스러운 이름인 클레멘타인이라는 두뇌가 자는 동안 사람들이 그 속의 너덜너덜해진 전선과 닳아버린 트랜지스터들을 돌보고 치유했다. 그리고 그 위, 모니터실에서는 눈과 귀들이 세상을 경계하며 지켜보고 귀 기울였다. 렌은 맡은 일을 하고, 읽어보면 좋다고 추천받은 책들을 붙잡고 씨름하면서 자신이 얼마나 많이 배우고 있는지 생각했고, 무지하고 두려움에 차서 죄책감과 죄악감에 시달리는 저 바깥세상에서 또 얼마나 되는 사람이 렌과 에서가 했던 일을 할 수 있을까 생각했으며, 내일을 끔찍한 어제와 다르게 만들려면 어떻게 할지 생각했다. 그리고 왜 아직도 악몽이 잠이라는 정글 속에서 자신을 기습하는지 생각하면서 괴로운 밤을 보내지 않는 에서를 질투했지만 그 말을 하지는 않았다. 이제는 반평생 찾아 다닌 바토스타운에 대해 더 생각하지 않고 현실을 받아들이고 있었으며, 어린 혈기도 조금 더 사라졌다. 조앤을 생각했고, 조앤과 거리를 두려고 했지만 그러지 못했다. 조앤이 두려웠지만 두려워한다는 사실을 인정하기조차 두려웠다. 그걸 인정하면 어쩐지 조앤에게 패배하는 기분이었고, 자신이 폴크리크를 떠나고 바토스 타운에서 달아나고 싶어 한다는 사실을 조앤이 인정해버리는 것 같았다. 조앤은 렌이 감히 무시할 수 없는 난제였다. 그러면서 동시에 여자였고, 렌은 그 여자에게 미쳐 있었다.

다른 사람들에게도 할 일이 있었다. 호스테터는 셔먼과 긴 시간을 보내며 집에 돌아온 목적 같아 보이는 일을 했다. 오랜 경험을 통해서 바깥에서 벌이는 장사 체계를 더 매끄럽게 개선할 방법을 조언했다. 최근에는 수염을 짧게 깎고 머리를 다듬고, 신메노파 옷을 치웠더니 달라 보이는 호스테터였다. 렌도 오래전에 했던 일이니 왜 그 모습이 잘못된 느낌인지 알 수는 없었지만, 왠지 그렇게 느껴졌다. 아마 호스테터의 한 가지 모습만 단단하게 새긴 채로 성장해서 그 이미지를 바꾸기가 어려워서겠지. 그들은 여전히 같은 방에서 지냈지만 각자 할 일이 있었고, 호스테터에게는 자기 친구들이 있었으며, 렌은 남는 시간을 거의 다 조앤에게 빼앗겼다. 시간이 흐르자 렌은 웨플로 가족들이 두 사람이 곧 결혼할 수도 있다고 생각한다는 느낌을 받았다. 그렇게 생각하면 갈 때마다 조앤이 했던 말이 떠올라서 죄책감이 들었지만, 그렇다고 그 집을 멀리할 만큼 죄책감이 심하지는 않았다.

"그냥 여자애다운 소리였을 거야." 렌은 스스로에게 그렇게 말하곤 했다. "애머티가 정말로 원하는 건 에서였으면서 날 놀렸던 것처럼 말이야. 여자애들은 자기가 뭘 좋는지 몰라. 조앤은 바깥에 대해 내가 여기에 대해 품었던 것과 비슷한 생각을 하고 있어. 하지만 나가보면 좋아하지 않을 거야."

렌은 조앤에게 바깥은 마음에 들지 않을 거라고 거듭거듭 말하고, 거대하고 조용하며 잠든 듯한 시골에 대해서나 바깥에서 사는 사람들과 삶에 대해 이런저런 이야기를 해줬다. 조앤을 이해시키려고 거듭 말하다 보면 정작 렌에게 향수가 찾아와서 이야기를 멈출 수밖에 없었고, 그러면 조앤은 만족스러운 눈빛을 숨기려고 고개를 돌리곤 했다.

게다가 계곡 바깥으로 나간다는 건 미친 소리였다. 방법이 없었다. 절벽은 직접 올라가기엔 너무 가팔랐고, 협곡 바닥의 좁은 강바닥은 폭포와 낙석으로 너무 불규칙한 데다 위험했으며, 그 너머도 마찬가지였다. 신중하게 고른 지역이었고, 한 세기 동안 변하지도 않았다. 바토스타운의 눈들이 지켜보고, 귀들이 소리를 들었으며, 구불구불한 아래쪽 고갯길에는 언제나 숨겨진 죽음이 대기하고 있었다. 개인적인 문제도 있었다. 렌은 누구에게 듣지 않아도, 공공연한 징후를 보지 않아도, 자기가 하는 모든 일을 누군가가 주의 깊게 살피고 셔먼에게 보고한다는 사실을 알 수 있었다. 바토스타운을 찾는다는 문제는 그곳에서 다시 나간다는 문제에 비하면 쉽기까지 했다. 그런데도 조앤은 마치 다 계획해둔 방법이라도 있다는 듯, 확신에 차서 말했다. 그것만으로도 계속 신경이 쓰였고, 어떤 방법이 가능할까 궁금했다. 그저 호기심 때문에라도 말이다. 그러나 렌은 조앤에게 물어보지 않았고, 조앤도 말하지 않았다. 다시는 암시조차 주지 않았다.

모두에게 지루하고 내향적인 시간, 이웃을 지나치게 유심히 보고 이웃이 하는 일에 지나치게 관심을 두며 그런 이야기를 너무 많이 하는 시간이었다. 크리스마스가 오기 전에 구티에레스에 대한 소곤거림이 시작되었다. 가엾은 홀리오, 지난번 실망을 힘겹게 받아들인 게 분명해. 그야 평생 한 일이잖아. 그렇지, 하지만 모두가 실망은 하는데 다 그렇게 받아들이진 않잖아. 홀리오도 마음을 다잡고 다시 시도할 수 없나? 난 그 사람이 지치고 낙담하는 것 같아. 결국, 평생이잖아… 사람들이 소여네 뒤울타리 눈더미 속에 정신을 잃은 홀리오를 찾아냈다는 말 들었어? 얼어 죽지 않은 게 놀랍지. 불쌍한 부인, 난 홀리오가 아니라 부인이 안타깝네. 그 나이쯤 먹었으면 인생이 누구에게나 케이크와 장미가 아닌 줄은 알아야지. 홀리오가 가엾은 프랭크 에르트만을 아주 정신이 나가도록 몰아세운대. 듣자 하니…

듣자 하니. 모두가 들었고, 거의 모두가 떠들었다. 물론 다른 사람들과 다른 일들에 대해서도 떠들었지만 구티에레스가 그 겨울의 화제였고 모든 대화가 늦든 빠르든 그쪽으로 흘러갔다. 렌은 구티에레스를 몇 번 보았다. 그중 몇 번은 확실히 취해 있었고, 품위 없이 비틀거리며 눈 덮인 길을 걷는 노인의 깔끔한 흰 수염 위 얼굴은 내면의 어둠이 배어 나온 듯 어두웠다. 다른 때에는 취했다기보다는 꿈을 꾸는 듯, 잃어버린 희망을 찾다가 캄캄한 샛길로 정신이 헤매는 듯한 모습이었다. 렌이 마주쳐서 말을 걸었을 때는 한 번뿐이었고, 그때도 렌 혼자만 말을 했다. 구티에레스는 고개를 끄덕이고는 전혀 알아본 기색이 없는 텅 빈 눈으로 지나쳐 갔다. 밤이면 구티에레스의 집 안 어느 방에는 언제나 등불이 타고 있었고, 구티에레스가 그 등불 옆 테이블에 서류를 쌓아놓고 앉아서 일을 하다가 가까이 둔 술을 마시고, 일을 하고 술을 마시다가 잠들면 부인이 와서 침대로 부축해갔다. 밤에 그 집 근처를 지나던 사람들은 창문으로 그 모습을 다 볼 수 있었고, 렌도 직접 보았기에 그 이야기가 사실임을 알았다. 어마어마한 종이 무더기 사이에서, 팔꿈치 옆에는 커다란 술병을 둔 채 아주 끈기 있게, 아주 열심히 일하는 구티에레스의 모습.

크리스마스가 왔고, 교회에 다녀온 후에는 웨플로의 집에서 성대한 저녁 식사가 있었다. 날씨는 청명했다. 오후 1시 기온이 0도를 찍었고, 다들 얼마나 따뜻하냐고 말했다. 폴크리크 전역에서 파티가 벌어졌고, 사람들이 바스락거리는 마른 눈을 밟으며 이 집에서 저 집으로 돌아다녔고, 밤에는 모든 등불이 다 켜져서 창밖으로 명랑한 노란빛을 반짝였다. 조앤은 신이 나서 아주 열렬해졌고, 둘이 다른 사람 집으로 가던 길에 수풀 뒤 어두운 구석으로 렌을 끌고 갔으며, 두 사람은 서로를 끌어안고 몇 분 동안 추위를 잊었다. 뒤섞인 숨결에서 피어오르는 수증기가 두 사람의 머리 주위에 서리 후광을 씌웠다.

"날 사랑해?"

렌은 조앤의 목덜미, 털모자 아래 묶인 머리카락에 손을 넣고 아프도록 거세게 키스했다.

"그게 어떤 느낌인데?"

"렌. 아, 렌. 네가 날 사랑한다면, 날 정말로 사랑한다면…" 조앤은 갑자기 몸을 바싹 붙이고서 빠르고 격하게 말했다. "날 여기에서 데리고 나가. 여기에 조금이라도 더 처박혀 있다간 미쳐버리겠어. 내가 여자만 아니었어도 오래전에 혼자 떠났을 테지만, 네가 날 데려가줘야 해. 그러면 남은 평생 널 숭배할게."

렌은 모래 늪 가장자리에서 물러서는 사람처럼 천천히 조심스럽게 몸을 떼어냈다.

"안 돼."

"어째서, 렌? 왜 네가 들어본 적도 없는 일 때문에 평생을 이 구덩이에서 보내야 해? 바토스타운은 네가 어렸을 때 꾼 꿈에 불과해."

"안 돼." 렌은 다시 말했다. "전에도 말했잖아. 날 가만 내버려둬." 렌은 멀어지려 했지만, 조앤이 눈밭을 달음질쳐서 렌 앞에 섰다.

"그 작자들이 네 머릿속에 미래에 대한 온갖 이야기를 채워 넣었지? 나도 태어난 후로 줄곧 들은 이야기야. 책임이 어떻고, 성스러운 부채감이 어떻고." 서리가 앉아 하얗게 빛나는 눈 덕분에 조앤의 얼굴을 볼 수 있었다. 오랫동안 간직하고 숨겨왔다가 쏟아져 나온 분노 때문에 일그러진 얼굴을. "난 폭탄을 만들지도 않았고 폭탄을 떨어뜨리지도 않았어. 1백 년 후에 여기 살다가 사람들이 그런 짓을 또 할지 어떨지 보는 일도 없을 거야. 그런데 왜 내가 부채감을 느껴야 해? 그리고 넌 왜 부채감을 가져야 해, 렌 콜터? 대답해봐."

혀끝까지 더듬더듬 말들이 밀려 나왔지만, 조앤이 너무나 맹렬하게 노려보고 있으니 도저히 말할 수가 없었다.

"너한텐 그런 부채감 없어. 그냥 겁먹은 거야. 현실을 마주하고 네가 헛되게 평생을 낭비했다는 사실을 인정하기가 무서운 거라고."

현실이라. 렌은 생각했다. 현실이라면 매일 마주하고 있어. 네가 한 번도 본 적 없는 현실. 콘크리트 벽 안에 있는 현실.

"날 내버려둬." 렌이 말했다. "난 가지 않아. 갈 수가 없어. 그러니까 그 얘긴 그만해."

조앤은 소리 내어 웃었다. "그 작자들이 바토스타운에서 너에게 많은 이야기를 했을 테지만, 분명히 한 가지는 절대 말하지 않았을 거야. 너에게 솔루션 제로에 대해서는 입도 벙긋 안 했겠지."

조앤의 목소리에 깃든 승리감 때문에라도 더 듣지 말아야 한다는 사실을 알았지만, 조앤은 렌을 비웃었다. "넌 배우고 싶어 했지. 아니야? 그리고 거기 사람들이 언제나 모든 진실을 찾아야지 진실의 일부만으로 만족하지 말라고 하지 않았어? 넌 진실 전체를 알고 싶지. 안 그래? 아니면 그것도 두렵니?"

"좋아, 솔루션 제로가 뭔데?"

조앤은 빠르고 악의가 담긴 말투로 대답했다. "거기서 어떻게 일하는지 알지. 가설을 세우고 그걸 방정식으로 바꾼 다음, 그 방정식들을 클레멘타인에 집어넣어서 푸는 거. 그게 풀리면 한 걸음 전진한 거야. 지난번처럼 풀리지 않으면 막다른 길이고, 반증이지. 어쨌든 그들은 내내 이런 방정식들을 클레멘타인에 집어넣고, 소위 마스터 솔루션이라는 걸 향해서 이런 단계를 계속 더해. 그런데 그 마스터 솔루션이 부정적인 결과로 나온다면? 최종 방정식들이 통하지 않고, 그때까지 한 모든 일이 사실은 찾고 있던 해답이 존재하지 않는다는 수학적 증명이라면? 그게 솔루션 제로야."

"하느님, 맙소사, 그게 가능해? 난 이제까지…"

렌은 눈 덮인 밤에 선 조앤을 응시했다. 메스껍고 비참한 기분이었고, 배신당하고 완전히 바보가 된 기분이었다.

"넌 확실히 답은 있고, 언제 나오는지만이 문제라고 생각했지. 내 말이 믿기지 않으면 셔먼에게 물어봐. 모두가 솔루션 제로에 대해 알지만 그 사람들 입에서 들을 일은 없어. 언젠가 죽을 거라고 말하지 않는 것과 마찬가지야. 물어봐. 그러면 너도 네 인생이 얼마나 가치 있는지 알겠지!"

조앤은 렌 곁을 떠났다. 조앤은 언제 떠날지를 천재적으로 잘 알았다. 렌은 파티에 가지 않았다. 집에 돌아가서 혼자 앉아 생각에 골몰했고, 호스테터가 들어왔을 때는 너무나 불쾌하고 심술궂은 기분이어서 문을 닫을 시간조차 주지 않고 질문부터 던졌다. "솔루션 제로라는 건 뭐예요?"

호스테터의 이마에도 구름이 꼈다. "아마 네가 들은 그대로일 게다." 호스테터는 외투와 모자를 벗으며 말했다.

"모두가 그 문제에 대해서는 입을 꾹 다물었네요."

"너에게도 그러라고 충고하겠다. 여기 우리들이 품은 미신이지."

호스테터는 앉아서 장화 끈을 풀기 시작했다. 신발에서 녹아내린 눈이 나무 바닥에 작은 웅덩이를 만들었다. 렌이 말했다. "놀랍지 않네요."

호스테터는 차근차근 장화 끈만 풀었다.

"전 그 사람들이 아는 줄 알았어요. 확신하는 줄 알았어요."

"연구는 그런 식으로 되는 게 아니야."

"하지만 그 모든 게 헛된 노력일지 모른다는 걸 안다면, 어떻게 그 오랜 시간을 들일 수가 있고 또 그만큼 오랜 시간을 더 들일 수가 있어요?"

"그야 시도해보기 전에는 알 수가 없으니까? 그리고 다른 방법도 없으니까." 호스테터는 장화 두 짝을 밑이 불룩한 스토브 옆 구석에 던졌다. 보통은 열기에 너무 가까워지지 않게 깔끔하게 정돈해서 내려놓는데 말이다.

"하지만 그건 미친 방식이에요." 렌이 말했다.

"그런가? 너희 아빠가 땅에 씨를 뿌릴 때는 싹이 터서 추수를 하게 해준다는 보장이 있었을까? 송아지와 새끼 돼지와 새끼 양은 하나같이 건강하게 살다가 돌봐주고 먹여준 보답을 한다고 알고 키웠을까?"

호스테터는 셔츠와 바지를 벗기 시작했다. 렌은 험상궂은 얼굴로 앉아 있었다.

"알았어요. 맞는 말이네요. 하지만 아빠는 작황을 망치거나 소 떼가 죽어도 언제나 다음 계절이 있어요. 이건 어떻죠? 이렇게 해서 아무것도 나오지 않는다면요?"

"그러면 다시 시도하겠지. 원래 생각한 필드가 불가능하다면 다른 방법을 생각할 거다. 그리고 이제까지 한 일 중에 일부가 단서를 줄 수도 있으니 다 허사는 아니지." 호스테터는 벗은 옷을 개서 가죽 의자에 올려놓고 침대에 들어갔다. "젠장, 인류가 뭐든 시험하고 실수하는 것 말고 어떤 방법으로 배운다고 생각하는 거냐?"

"하지만 너무 오랜 시간이 들어요." 렌이 말했다.

"모든 게 오랜 시간이 든다. 태어나는 데에는 아홉 달이 걸리고, 죽는 데에는 남은 평생이 걸리지. 게다가 네가 뭘 불평하는 거냐? 넌 이제 막 여기에 왔어. 나머지 우리만큼 나이 들 때까지 기다려봐. 그러면 너에게도 이유가 생길지 모르지."

호스테터는 등을 돌리고 담요를 뒤집어썼다. 잠시 후에 렌은 등불을 불어 껐다.

다음 날에는 훌리오 구티에레스가 취해서 셔먼의 집에서 프랭크 에르트만을 때려눕혔으며, 에드 호스테터가 끼어들어서 말 그대로 구티에레스를 집까지 짊어지고 갔다는 소문이 폴크리크 전체에 파다했다. 책임 물리학자와 최고 전자공학자가 술을 마시고 싸웠다면 모두가 혀를 놀릴 만한 스캔들이었지만, 렌은 어쩐지 그 소문 안에 좀 더 어둡고 슬픈 주석이 달린 것 같았다. 좌절이라는 그림자 말이다. 어쩌면 렌이 밤새도록 밀에 녹병이 생기고 갓 태어난 양이 죽어가는 꿈을 꾸어서 그럴지도 몰랐다.

27

에서가 밝기도 전에 문을 두드리고 있었다. 1월 셋째 날, 월요일 아침이었고 마치 하느님이 점심 식사 전에 세상을 묻어버리라고 명하기라도 한 것처럼 극심하게 눈이 쏟아지고 있었다. "준비 안 됐어?" 에서가 렌에게 물었다. "서둘러. 이 눈 때문에 안 그래도 느려질 텐데."

호스테터가 침대에서 고개를 내밀었다. "뭐가 그리 급한 거냐?"

"클레멘타인이요." 에서가 말했다. "그 큰 기계요. 오늘 아침에 시험 가동할 텐데, 에르트만이 일하기 전에는 봐도 된댔어요. 좀 서두를 수 없어?"

"장화 좀 신자." 렌이 투덜거렸다. "클레멘타인이 도망

397
3부

갈 것도 아니고."

호스테터는 에서에게 말했다. "언젠가는 클레멘타인과 일할 수 있다고 생각하느냐?"

"아뇨," 에서는 고개를 저었다. "수학이며 뭐며 할 게 너무 많아요. 전 그 대신 라디오를 배울 거예요. 생각해보면 제가 여기 온 것도 그것 때문이니까요. 그래도 커다란 두뇌가 생각하는 모습은 보고 싶죠. 이제 준비됐어? 확실해? 좋아, 가자!"

세상은 눈이 멀 듯이 하얬다. 소용돌이칠 바람 한 점 없다 보니 눈은 똑바로 쏟아졌다. 아직은 깊이 다져진 골목길을 따라갈 수 있었기에, 두 사람은 제대로 보이지는 않더라도 옆에 있을 집들을 의식하며 더듬더듬 마을 안을 관통해 걸었다. 차도까지 나가자 상황이 달라졌다. 이렇게 눈이 내릴 때 고향의 들판에 있는 것처럼 아무런 지형지물도 방향도 없었고, 그때와 똑같이 오래된 현기증이 렌을 덮쳤다. 위와 아래 말고는 모든 것이 사라졌고, 곧 그 구분마저도 사라질 터였으며 세상에 남은 소리도 없었다.

"너 길에서 벗어나고 있어." 에서가 말해준 덕분에 렌은 눈 쌓인 배수로에서 허우적대며 빠져나왔다. 그다음은 에서 차례였다. 그들은 바짝 붙어서 걸으며 평소처럼 운명과 날씨의 저주스러움에 대해 몇 마디를 나눴는데, 그러다가 렌이 불쑥 말했다. "넌 여기서 행복한 거지?"

"그럼," 에서가 말했다. "난 보내준대도 파이퍼스런에 안 돌아가."

에서는 진심이었다. 이어서 에서가 물었다. "너는 안 그래?"

"물론이지." 렌은 말했다. "물론이야."

그들은 싸늘한 깃털 같은 눈송이가 얼굴을 두드리며 코와 입을 채우고 두 사람을 조용히 하얗게 발라버리려 하는 가운데 꾸역꾸역 나아갔다. 그들은 하얗고 고른 눈길의 방해물이었다.

"어떻게 생각해?" 렌이 물었다. "그 사람들이 답을 찾긴 할까, 아니면 아무것도 안 나올까?"

"젠장, 난 상관 안 해. 내 할 일도 많은데 뭘."

"넌 아무것도 신경 안 쓰냐?" 렌은 으르렁거렸다.

"당연히 신경 쓰는 게 있지. 난 내가 하고 싶은 일을 하는 데 신경 쓰고, 빌어먹을 멍청한 늙은이 한 떼거리가 나보고 그럴 수 없다고 말하지 않는 데 신경 써. 그게 내가 신경 쓰는 일이야. 그래서 여기가 마음에 드는 거고."

"그래, 그렇겠지." 렌은 말했다. 그건 사실이야. 넌 하고 싶은 대로 하고, 말하고 싶은 대로 말하고, 생각하고 싶은 대로 생각할 수 있어. 딱 하나만 빼고. 넌 저 사람들이 믿는 바를 믿지 않는다고 말할 수가 없어. 그 점에서는 파이퍼스런과 많이 다르지도 않아.

그들은 교묘하게 굴러떨어져 있는 바윗돌들 사이로 비틀거리고 더듬거리면서 산비탈을 올라갔다. 반쯤 올라가다가 에서가 화들짝 놀라서 욕을 했고, 렌도 새하얀 땅에서 바위 사이를 슬그머니 움직이는 어두운 그림자를 보고 주춤했다.

그림자는 그들에게 말을 걸었다. 구티에레스였다. 한동안 그 자리에 서서 기다리고 있었는지, 어깨 위며 모자 위에 눈이 두껍게 쌓여 있었다. 하지만 정신은 말짱했고, 얼굴도 더없이 침착하고 상냥했다.

"놀라게 했다면 미안하군. 내가 문 열쇠를 엉뚱한 데둔 모양이야. 같이 들어가도 괜찮겠나?" 예의상 하는 질문이었다.

세 사람은 함께 비탈길을 올랐다. 렌은 구티에레스가 종이 더미와 술병과 함께 보내는 긴긴밤 시간들을 생각하며 불편한 마음으로 흘끔거렸다. 구티에레스가 안타깝기도 하고, 무섭기도 했다. 솔루션 제로에 대해 물어보고, 왜 수백 년을 써가면서 찾아보기 전에는 답이 존재한다는 사실을 확신할 수 없는 건지도 묻고 싶었다. 묻고 싶은 마음이 너무 간절하다 보니 에서가 불쑥 질문을 던지고 구티에레스가 둘 다를 때려눕힐 거라는 확신마저 들 정도였다. 그러나 아무도 아무 말도 하지 않았다. 에서도 두려워할 줄 아는 지혜가 생긴 모양이었다.

보안 문 너머에도 눈이 쌓여 있었는데, 그 이후부터는 태양으로부터 영구히 차단된 공간 특유의 축축하고 살을 에는 한기와 어둠뿐이었다. 구티에레스가 앞서 걸었다. 처음에는 비틀거렸지만 이제는 비틀거리지 않고 머리를 꼿꼿이 세우고 등을 곧게 편 채 안정적으로 걸음을 옮기고 있었다. 렌은 달리기를 하다 멈춘 사람같이 몰아쉬는 숨소리를 들을 수 있었지만, 구티에레스가 달리고 있지 않았던 것은 분명했다. 통로가 구부러지고 저 멀리 안쪽 문까지 불빛이 들어오자 구티에레스는 두 사람을 한참 앞서갔고, 렌은 그 남자가 두 사람을 완전히 잊은 것 같다는 묘하게 서늘한 느낌을 받았다.

그들은 스캐너 아래에서 다시 나란히 섰다. 구티에레스는 철문이 철컹 열릴 때까지 앞만 노려보다가 성큼성큼 복도를 걸어갔다. 모니터실에서 존스가 나오더니 그 뒷모습을 보면서 큰 소리로 의문을 표했다. "여기에서 뭐 하시는 거지?"

에서가 고개를 저었다. "우리와 같이 들어왔어. 열쇠를 잃어버리셨대. 뭔가 할 일이 있나 보지."

존스가 말했다. "에르트만이 좋아하지 않을 텐데. 아, 모르겠다. 아무도 나한테 구티에레스를 들이지 말라고는 안 했으니까 내 양심은 깨끗해." 존스는 히죽 웃었다. "무슨 일이 생기는지 나한테도 알려줘. 알았지?"

"지난번 밤에는 취해 있었잖아." 렌이 말했다. "무슨 일이 생기진 않을 거야."

"그랬으면 좋겠다." 에서가 말했다. "난 그 두뇌가 작동하는 모습을 보고 싶다고."

그들은 탈의실에 외투를 벗어놓고 서둘러 아래층으로 내려갔다. 히로시마의 모습을 지나치고, 비극적이고 무표정한 눈을 한 피해자들의 얼굴도 지나쳤다. 그러다 보니 문 너머로 목소리들이 들렸다.

"아니, 미안하네, 프랭크. 제발 사과하게 해줘."

"잊어버려요, 훌리오. 우리 모두 실수하는 거죠. 잊어버려요."

"고맙네." 구티에레스는 엄청난 품위와 크나큰 회한을 담아서 말했다.

렌은 바깥에서 멈칫하고 에서를 쳐다보았다. 에서의 얼굴은 격렬한 망설임 그 자체였다.

"클레멘타인은 어떤가?" 구티에레스가 물었다.

"좋습니다." 에르트만이 대답했다. "비단처럼 매끄럽게 돌아가네요."

두 사람의 목소리가 침묵했다. 렌은 심장이 목구멍까지 뛰어올라 내려가지 않고, 차가운 끈이 배 속에 엉키는 기분이었다. 이제 방 안에 다른 목소리가 있었기 때문이다. 한 번도 들어본 적 없는 목소리였다. 작고 건조하고 바쁘게 속삭이고 찰칵거리는 소리, 클레멘타인의 목소리였다.

에서도 그 소리를 듣고는 소곤거렸다. "상관없어. 난 들어갈래."

에서가 들어가고, 렌도 살금살금 따라 들어갔다. 클레멘타인을 보니, 이제는 자고 있지 않았다. 패널에 붙은 수많은 눈이 밝게 깜박이고 있었고, 거대한 전선 망 전체가 움직이고 떨리며 미묘한 생명의 파동을 전했다.

렌은 그것이 아래에서 맥박 치는 반응로와 똑같은 고동이라고 생각했다. 심장과 두뇌.

"오," 에르트만이 한숨 돌리는 사람처럼 말했다. "어서 와라."

고속 프린터가 갑자기 재잘거렸다.

렌은 펄쩍 뛸 정도로 놀랐다. 패널에 달린 눈들이 웃음이라도 터뜨리듯 깜박이다가 한꺼번에 조용해졌다. 클레멘타인이 깨어 있다는 신호로 꾸준히 켜져 있는 불빛만 빼고 모두 꺼졌다.

에서가 숨을 들이켰다. 그러나 말은 꺼내지 못했다. 구티에레스가 앞질렀기 때문이다.

구티에레스는 주머니에서 종이를 몇 장 꺼내고 있었다. 그 자리에 에르트만 외에 다른 사람이 있다는 사실도 알지 못하는 것 같았다. 구티에레스는 종이를 두 손에 그러쥐고 말했다. "아내는 오늘 내가 여기 와서 자네를 귀찮게 하면 안 된다고 생각했어. 그래서 보안 문 열쇠도 숨겼지. 하지만 이건 기다리기엔 너무 중요한 일일세."

구티에레스는 종이를 내려다보았다. "내가 이 일련의 방정식을 전부 검토했어. 실수가 어디에서 얼어났는지 찾아냈다고."

에르트만의 얼굴 안쪽에서 뭔가가 긴장하고 경계하는 느낌이 들었다. "네?"

"아주 명백해. 자네도 직접 알아볼 수 있을 거야. 여기."

구티에레스는 종이를 에르트만의 손에 밀어 넣었다. 에르트만이 훑어보기 시작했다. 그리고 이제 그 얼굴에는 확실한 불안이, 슬픔과 실망이 떠올랐다.

"알아보겠지." 구티에레스가 말했다. "명명백백해. 클레멘타인이 실수를 한 거야, 프랭크. 내가 말했지. 자네는 불가능한 일이라고 했지만, 클레멘타인이 실수를 했어."

"홀리오, 전…" 에르트만은 고개를 가로젓다가 절박한 표정으로 렌을 보았고, 그곳에서 아무 도움도 찾지 못하자 다시 손에 잡힌 종이들을 이리저리 뒤섞기 시작했다.

"모르겠나, 프랭크?"

"음, 홀리오, 제가 그럴 만한 수학자가 아니라는 걸 아시…"

"말도 안 돼." 구티에레스는 조바심을 냈다. "자네가 어떻게 전자공학자가 되었는데? 그 정도는 당연히 알잖나. 명백하게 적혀 있다니까. 누구든 알아봐야 해. 여기." 구티에레스는 에르트만의 손에 잡힌 종이를 더듬었다. "여기 그리고 여기. 알겠나?"

에르트만은 말했다. "제가 어쩌길 바라십니까?"

"그야 다시 돌려봐야지. 정정해야지. 그러면 답이 나올 거야, 프랭크. 답이 나올 거라고."

에르트만은 입술을 축였다. "하지만 클레멘타인이 한 번 실수를 했다면 또 할 수도 있습니다, 홀리오. 가서 웬츠나 제이콥스를…"

"아니야, 그 친구들은 온 겨울을 들일 거야. 1년이 걸릴지도 몰라. 지금 당장 할 수 있어. 자네가 클레멘타인을 시험 가동했잖아. 그렇게 말했잖아. 매끄럽게 돌아간다면서. 그래서 오늘 돌려보고 싶은 거야. 아직 이용하지 않고 새것 같을 때. 이러면 같은 실수를 또 할 리가 없지. 그러니 돌려주게."

"저는… 음." 에르트만이 말했다. "그래요, 알겠습니다."

에르트만은 입력 장치로 가서 테이프에 내용을 옮기기 시작했다. 구티에레스는 기다렸다. 아직도 무거운 외출복 차림 그대로였지만 덥다거나 불편하다고 느끼지 않는 것 같았다. 그저 에르트만을 바라보다가, 한 번씩 컴퓨터를 슬쩍 보고 미소 지으며 고개를 끄덕였다. 마치 다른 누군가의 실수를 잡아냈고 따라서 스스로는 무죄임을 입증한 사람처럼. 렌은 배경으로 물러나 있었다. 에르트만의 얼굴에 떠오른 표정이 마음에 들지 않았다. 자리를 떠야 할까 하는 생각이 들었는데, 그때 패널에 불빛이 반짝이며 렌을 향해 윙크를 하기 시작했고 희미한 목소리가 웅웅거리며 중얼거리자 에서와 똑같이 그 기계에 매료되어 떠날 수가 없었다.

렌은 에르트만이 말을 걸자 깜짝 놀랐다. "곧 자유 시간이 날 테니, 자네들 질문에는 그때 가서 대답해주지."

"저희가 나중에 다시 오는 게 나을까요?" 렌은 물었다.

"아니야," 에르트만은 구티에레스를 흘긋 보며 대답했다. "아니야, 여기 있어."

클레멘타인이 조용히 웅얼대며 생각을 했다. 그것만 빼면 아주 조용했다. 구티에레스는 차분하게 두 손을 앞에 포개고 서서 기다렸다. 에르트만은 안절부절못했다. 얼굴에 맺힌 땀을 계속 닦아냈고 자꾸만 손으로 입가를 문지르며 극도로 고통스러운 표정으로 구티에레스를 보았다.

"정비하면서 빠뜨린 회로가 있었나 봅니다, 훌리오. 완전 점검을 못 했어요. 어쩌면 아직도…"

"내 아내처럼 말하는군." 구티에레스가 말했다. "걱정 말게. 결과가 나올 거야."

출력 프린터가 재재재 소리를 냈다. 에르트만이 앞으로 나섰는데, 구티에레스가 앞질렀다. 구티에레스는 프린터에서 나온 종이를 낚아채어 들여다보았다. 얼굴이 어두워지더니 혈색이 가시며 아픈 사람 같은 잿빛이 되었고 두 손이 떨렸다.

"무슨 짓을 한 건가?" 구티에레스는 에르트만에게 말했다. "내 방정식에 무슨 짓을 했어?"

"아무것도 안 했어요, 훌리오."

"클레멘타인이 뭐라는지 봐. 해답 없음. 데이터 오류를 다시 확인하시오. 해답 없음이라니, 해답 없음…"

"훌리오, 훌리오, 제발 내 말 좀 들어봐요. 이 일을 너무 오래 해서 지친 겁니다. 전 방정식을 있는 그대로 집어넣었어요. 다만 그게…"

"그게 뭐? 계속 말하게, 프랭크. 말해."

"훌리오, 제발요." 에르트만은 끔찍하게 난감해하며 말하고는, 어린아이에게 이리 오라고 할 때처럼 구티에레스에게 손을 내밀었다.

구티에레스는 에르트만을 때렸다. 너무 갑작스럽고 너무 세게 때려서 피할 방법도 시간도 없었다. 에르트만은 서너 걸음을 물러서다가 쓰러졌고, 구티에레스는 조용히 말했다. "너희 둘 다 나에게 맞서는 거야. 너희들끼리 짰어. 그래서 내가 뭘 해도 클레멘타인이 올바른 대답을 주지 않도록 한 거야. 겨울 내내 여기서 클레멘타인과 떠들며 웃어대는 자네 생각을 했지, 프랭크. 저게 대답을 알면서 말해주지 않으니까 웃기지? 하지만 내가 말하게 만들 거야, 프랭크."

구티에레스의 주머니 속에 돌멩이가 있었다. 그래서 따듯한 바토스타운 안에서도 외투를 벗지 않았던 거다. 돌멩이가 잔뜩 들어 있었고, 구티에레스는 그 돌을 꺼내어 하나씩 클레멘타인에게 던지면서 광희에 젖어 외쳤다. "네가 말하게 만들 테다, 이 잡것아. 이 거짓말쟁이. 사람을 속이는 것. 네가 말하게 만들겠어."

패널 위에 깔린 유리가 쨍그랑거리며 부서졌다. 회로 전선이 팅 소리를 내며 끊어졌다. 클레멘타인의 메모리 일부가 담긴 커다란 유리 탱크 하나가 터졌다. 프랭크 에르트만은 비틀비틀 바닥에서 일어서며 구티에레스에게 그만하라고 소리치고, 도와달라고 외쳤다. 그리고 구티에레스는 돌이 다 떨어지자 주먹으로 패널을 때리고 장화로 걷어차며 소리를 질렀다. "나쁜 것. 나쁜 것. 나쁜 것. 네가 말하게 하겠어. 네가 내 인생을, 내 정신을, 내 일을 다 말아먹었어. 네가 말하게 만들 거다!"

에르트만은 구티에레스와 드잡이하고 있었다. "렌, 에서, 맙소사, 도와줘. 같이 잡아줘."

렌은 몽유병자처럼 느릿느릿 앞으로 나섰다. 두 손을 내밀어 구티에레스를 붙잡았다. 구티에레스는 아주 힘이 세다. 놀랍도록 힘이 세다. 붙잡고 있기가 힘들고, 파괴된 패널에서 뜯어내기가 힘이 들었으며, 이제는 패널에 새로운 불빛이 깜박이고 번쩍거렸다. 빨간 불빛이 내가 다쳤다고, 살려달라고 말하는 것 같았다. 렌은 그 불빛을 보다가 구티에레스의 눈을 들여다보았다. 에르트만이 숨을 헐떡였다. 입가에 피가 흐르고 있었다. "훌리오, 제발 진정해요. 그렇지, 렌, 조금 더 뒤로 데려가게. 자… 괜찮아요, 훌리오. 제발 진정해요."

그리고 훌리오는 갑자기 잠잠해졌다. 중간 단계가 없었다. 조금 전까지만 해도 렌의 손아귀에 잡힌 강단 있는 근육이 철근처럼 팽팽했는데, 다음 순간에는 힘이 쭉 빠져 늘어지면서 노쇠하고 속이 빈 존재가 되어버렸다. 구티에레스는 에르트만에게 얼굴을 돌리고 완전히 체념한 기색으로 말했다. "누군가가 나에게 맞서고 있어, 프랭크. 누군가가 우리 모두에게 맞서고 있어."

그 뺨에 눈물이 흘렀다. 구티에레스는 죽어가는 사람처럼 울면서 렌과 에르트만 사이에 늘어졌고, 렌은 시뻘건 눈을 깜박이며 도와달라고 하는 클레멘타인을 보았다.

테일러 판사가 그랬다. 네 한계를 찾으라고, 너무 늦기 전에 네 한계를 찾으라고.

렌은 생각했다. 제 한계를 찾긴 했는데, 이미 너무 늦었네요.

사람들이 와서 렌의 짐을 덜어줬다. 렌은 에서와 함께 바위 동굴로 내려가서 온종일 콘크리트 벽처럼 텅 빈 얼굴이자 기만적인 얼굴로 일했다. 그 벽 뒤에도 폭력과 공포 그리고 경악이 있었으니.

오후에는 거대한 기계의 선을 타고 속삭임이 전해졌

410
아득한 내일

다. 그 양반을 집으로 데려갔대. 들었어? 의사들이 완전히 맛이 갔다고 한다더라. 앞으로 쭉 가둬놓고 누군가가 감시해야 한대.

렌은 생각했다. 어차피 우리 모두 이 계곡에 갇혀서, 여기 놋쇠 머리와 불의 내장을 지닌 몰록*을 섬겨야 하잖아. 방금 한 남자를 망가뜨린 이 몰록을.

하지만 렌은 마침내 진실을 알았기에, 스스로에게 말했다. 답은 없을 거라고.

그리고 주여, 저를 제 적들의 구속으로부터 벗어나게 하소서. 제가 회개합니다. 제가 거짓된 신들을 따랐으며, 그 신들이 저를 배신했습니다. 제가 금단의 열매를 먹었고, 제 영혼이 병들었습니다.

벽 너머에서는 불꽃의 심장이 고동쳤고, 머리 위에서는 두뇌가 이미 치유받고 있었다.

그날 밤 렌은 새로 내린 눈을 밟으며 웨플로네 집으로 걸어갔다. 그리고 아무도 듣지 못하도록 조용히 조앤에게 말했다. "네가 원하는 바를 나도 원해. 방법을 알려줘."

----

* 고대 근동의 신. 유대교와 기독교에서 이방의 우상 신으로 언급되기 때문에 악마적으로 여겨진다.

조앤의 눈이 활활 타올랐다. 조앤은 렌의 입술에 키스하고 속삭였다. "좋았어! 하지만 비밀 지킬 수 있겠어, 렌? 봄까지는 긴 시간이야."

"지킬 수 있어."

"호스테터에게도?"

"호스테터에게도."

호스테터에게도 알리지 않을 것이다. 회개의 발걸음을 지킬 등불이 켜졌으니.

28

2월, 3월, 4월.

시간, 단단한 복종, 기다림.

렌은 일을 했다. 매일 콘크리트 벽의 그림자 아래에서 주어진 일을 했다. 맡은 일을 잘했다. 그 점이 역설적이기는 했다. 렌은 이제야 '동력'을 통제하고 옮기는 거대한 기계의 전체 연쇄에 관심을 가질 수 있었고, 그 일이 가진 매력도 인정할 수 있었다. 그 엄청난 짐승을 마치 마차 끄는 말들처럼 확인하고 인도한다는 것은 사람에게 중요하다는 감각을 선사했다. 이제는 그 매력을 인식했기에, 그리고 뱀의 이빨이 드러났기에, 그렇게 할 수 있었다. 그런 힘이 있다면 레퓨지나 파이퍼스런에서 어떤 일을 할 수 있는지, 할머니의 어린 시절에 있었던 눈부시고 편리한 물건들을 어떻게 다시 가져올지도 생각할 수 있었다. 그러나 이제는 왜 사람들이 그런 힘 없이 살겠다는 잔인한 결정을 내렸는지 이해했다. 일단 그 길에 발을 들이면 다시는 돌아갈 수 없을 때까지 계속 나아가게 되어 있으며, 그러다 보면 갑자기 하늘에서 불의 비가 쏟아지기 때문이다. 안전한 곳으로 돌아가서 그 자리에 머물러야 했다.

파이퍼스런으로, 숲과 들판으로, 의심도 끝나고 두려움도 끝나는 곳으로 돌아가자. 설교를 보러 가기 전, 솜스를 보기 전, 바토스타운에 대해 듣기도 전으로. 평화로 돌아가자. 렌은 밤마다 돌아가기 전까지 아빠에게 아무 일이 없기를 기도했다. 아빠가 옳았다는 말을 직접 하는 것도 구원의 일부였기에.

그 시간 동안에도 여러 가지 일이 있었다. 에서의 아들이 태어났고 양쪽 할아버지에 대한 반항심인지 애정인지 모를 모호한 이유에서 데이비드 테일러 콜터라는 이름으로 세례를 받았다. 조앤은 계획에 따라 주의 깊게 둘이 따로 살 집을 마련하고 결혼 날짜를 잡았다. 이런 일들도 중요했다. 그러나 하나의 거대한 충동, 도망치려는 욕구에 가려지고 작아졌다.

이제 렌과 조앤에게는 다른 무엇도 중요하지 않았다. 결혼조차 중요하지 않았다. 이미 계곡을 탈출하겠다는 갈망만으로도 두 사람의 유대는 누구보다 가까웠다.

　　"난 몇 년 동안 이 방법을 계획했어." 조앤은 속삭이곤 했다. "밤이면 밤마다, 잠들지 않고 누워서 나를 가둔 사방의 산들을 느끼면서 탈출로를 꿈꾸고 절대 가족이 알지 못하게 해야 했지. 그리고 이젠 두려워. 내가 제대로 계획을 짜지 못했으면 어쩌나, 누가 내 마음을 읽고 다 누설하게 만들면 어쩌나 두려워."

　　조앤이 그렇게 말하며 달라붙으면 렌은 이렇게 말하곤 했다. "걱정하지 마. 다들 인간에 불과해. 마음을 읽을 순 없어. 우리를 가둬둘 수도 없고."

　　"그래," 그러면 조앤은 이렇게 대답했다. "이건 훌륭한 계획이야. 계획에 필요한 건 너뿐이었어."

　　눈이 녹고, 높은 산비탈에서 천둥소리를 울리며 눈사태가 되어 떨어지기 시작했다. 일주일만 더 있으면 고갯길이 열릴 터였다. 그리고 조앤은 이제 때가 왔다고 말했다. 그들은 사흘 후에, 에서와 애머티의 결혼을 주관한 작고 불안정한 목사의 주례로, 다만 봄 햇살이 판석 위 먼지를 눈부시게 비추는 폴크리크 교회에서, 그리고 호스테터가 렌과 함께 서고 조앤의 아버지가 신부를 건네주는 방식으로 결혼했다. 그 후에는 피로연이 있었다. 에서가 렌과 악수를 했고, 애머티는 조앤에게 입을 맞추고 심술궂은 표정을 지었으며, 노인장은 술병을 꺼내어 사람들에게 돌리며 렌에게 말했다. "얘야, 넌 세상에서 제일가는 여자를 데려갔다. 제대로 대접하지 않으면 내가 다시 빼앗아 올 거야." 노인은 큰 소리로 웃으며 등뼈가 아프도록 렌의 등을 두드려댔고, 잠시 후에는 호스테터가 뒷계단에서 혼자 바람을 맞고 있는 렌을 찾아냈다.

호스테터는 초봄 같다는 말만 꺼내고 한동안 아무 말이 없다가 말했다. "네가 그리울 거다, 렌. 하지만 기쁘구나. 올바른 일을 한 거야."

"저도 알아요."

"암, 그렇지. 하지만 그 말이 아니다. 네가 이젠 정말로 여기에 정착하고, 정말로 이곳 사람이 됐다는 말이야. 기쁘구나. 셔먼도 기뻐하고, 우리 모두 기쁘다."

그 순간 렌은 조앤의 말을 따르기로 하길 잘했음을 알았다. 하지만 호스테터의 얼굴을 똑바로 볼 수는 없었다.

"셔먼은 너에 대해 확신하지 못했지." 호스테터가 말했다. "나도 한동안은 그랬다. 네가 네 양심과 화해해서 기쁘다. 그게 얼마나 힘든 일인지는 내가 누구보다 잘 알아." 호스테터가 손을 내밀었다. "행운을 빈다."

렌도 손을 마주 내밀었다. "고마워요." 미소도 지었다. 그러나 속으로는 아빠를 속였을 때처럼 아저씨도 속이고 있다고, 그때도 원치 않았고 지금도 그러고 싶지 않다고 생각했다. 하지만 그때는 잘못이었고, 지금은 옳다. 이렇게 해야 한다⋯

더는 호스테터를 마주하지 않아도 되어서 다행이었다.

새로운 집은 낯설었다. 폴크리크 가장자리에 있는 작고 낡은 집이었는데, 쓸고 닦은 후 조앤의 어머니와 조앤의 행복을 비는 친구들이 마련해준 여성스러운 물건들을 가득 채워놓았다. 커튼과 퀼트와 식탁보와 조각 카펫들. 며칠 쓰고 말기에는 너무나 많은 공과 선의가 들어간 물건들이었다. 렌은 신혼 휴가를 2주 받았다. 그리고 이제 모든 준비가 다 됐다. 이제 두 사람은 아무도 감시하지 않고, 모든 의심이 가라앉고, 앞에 길이 훤히 뚫린 채 같이 붙어서 기다릴 수 있었다.

"이스마엘파가 오길 기도해." 조앤은 말했다. "언제나 고갯길이 열리자마자 와서 구걸하거든. 지금 그들이 오길 기도해."

"올 거야." 렌은 말했다. 렌은 차분했다. 이스라엘의 아이들이 이집트를 빠져나갔듯, 자신도 나가게 될 거라는 확신이 있었다.

이스마엘파는 왔다. 지난가을에 왔던 이들 그대로인지, 아니면 다른 집단인지는 모르겠지만 전보다 더 여위고 굶주린 행색이었고, 사람이 저런 꼴로 살 수가 있나 싶을 정도로 남루하고 고통스러운 모습이었다. 그들은 화약과 총탄을 구걸했고, 셔먼은 아이들을 생각해서 소금에 절인 소고기를 한 통 같이 보냈다. 그들은 그 고기를 받았다. 조앤은 그들이 저녁이 오기 전에 느릿느릿 비틀거리며 고갯길을 다시 올라가는 모습을 지켜보며 렌의 손을 꽉 붙잡고 속삭였다. "캄캄한 밤이 오길 기도해."

"그 기도는 이미 응답받았어." 렌은 하늘을 보며 말했다. "비가 올 거야. 더 추워진다면 눈일 수도 있고."

"캄캄해지기만 한다면 뭐든 좋아."

이제 새집은 목적을 다하고, 두 사람은 안전하게 감춰두었던 물건들을 내놓았다. 음식, 물주머니, 담요 꾸러미, 재를 문지르고 기술적으로 찢어낸 거친 시트 두 장. 렌은 호스테터에게 고통스러운 편지를 썼다. "전 절대로 바토스타운에 대해 말하지 않을 겁니다. 제가 그 정도 빚은 졌으니까요. 죄송해요. 용서하세요. 하지만 전 돌아가야 해요." 렌은 그 편지를 거실 테이블 위에 두었다. 그리고 방해받을 일이 없다는 것을 알고 촛불을 일찍 불어 껐다.

하지만 이제 갑자기 용기가 꺾인 조앤은 덜덜 떨면서

침대 가장자리에 앉아 그들이 들켜서 잡히면 무슨 일이 일어날지를 생각했다.

"아무도 우릴 보지 못할 거야." 렌은 말했다. "아무도."

렌은 그렇게 믿었다. 두렵지도 않았다. 마치 파이퍼스런에 돌아갈 때까지는 아무 해도 입지 않으리라는 비밀스러운 전언이라도 받은 것 같았다.

"지금 가는 게 좋겠어, 렌."

"기다려. 그 사람들은 약한 데다 어린애들을 데리고 있어. 쉽게 따라잡을 수 있어. 확실할 때까지 기다려."

완전히 밤이 내려 캄캄한 데다 비가 내렸다. 렌은 근육이 단단히 죄어들고 심장이 쿵쾅거렸다. 이제 때가 왔다고 생각했다. 이제 조앤의 손을 잡고 가는 거다.

고갯길로 이어지는 도로는 가파르고 구불구불하다. 우리 뒤에는 아무도 없다. 비가 쏟아지다가 진눈깨비로 변하고, 다시 주께서 옷을 뻗어 우리를 가려주셨다. 서둘러. 서둘러 고갯길로 가자. 가파른 길과 얼어가는 진흙을 넘어가자.

"렌, 나 쉬어야겠어."

"아직은 안 돼. 손 다시 줘. 이제…"

깜깜한 고갯길 안으로 눈이 내리고, 해가 닿지 않는 곳에는 겨우내 쌓인 눈더미가 아직 높이 쌓여 있다. 이제 잠시 쉴 수 있다. 잠시만.

"렌, 아무래도 봄철 눈보라가 온 것 같아. 이러면 아침이 오기 전에 고갯길이 다시 막힐 수도 있어."

"잘됐네. 그러면 우릴 따라오지 못하겠지."

"하지만 우리도 얼어 죽을 거야. 돌아가는 게 낫지 않을까?"

"넌 믿음도 없어? 이게 다 우리를 위한 안배라는 걸 모르겠어? 가자!"

계속 앞으로 위로, 말안장 모양의 산등성이를 넘어서 반대쪽으로, 빨리, 짐을 실은 사륜마차를 끄는 느린 노새들보다 훨씬 빨리. 야영지를 지나, 그 너머의 바위투성이 산비탈로. 바람 속에 노랫소리가 울린다.

"저기 저 소리 들려? 시트 자락 어디 있지?"

난 회개의 옷을 걸칠 거야. 이스마엘파에게는 마차가 없어. 돌 사이에서 다리가 부러질 소 떼도 없지. 그들은 밤새도록 행군해. 죄악의 소굴에서 벗어나서 평생 인간의 죄를 속죄하며 지내는 깨끗한 사막으로 돌아가지. 나에게도 내 몫의 속죄가 있어. 나에게 고행이 주어지면 해낼 거야.

이제 가까워졌지만, 눈 내리는 밤이니 너무 가까이는 가지 않는다. 그들은 노래하고 신음하며 아래쪽 고갯길

아득한 내일

로, 하나같이 비틀거리면서 고르지 못한 선을 이루어 걸어간다. 돌아본다면 이스마엘파 두 명이 더 보일 뿐이다. 자기네 무리에 속한 두 명이.

그들은 돌아보지 않는다. 하느님에게만 눈을 두고 있기에.

바위 속에 구불구불 깎여 있는 길을 통과한다. 저 아래 바토스타운 모니터실에는 누군가가 앉아 있겠지. 지금은 존스가 맡은 시간이 아니니 존스는 아니겠지만, 누군가는 있다. 누군가가 계기반에 반짝이는 작은 불빛들을 지켜보고 있다. 누군가는 생각한다. 저기 미친 이스마엘파 놈들이 사막으로 돌아가는구나. 누군가는 하품을 하고, 파이프에 불을 켜고, 집에 갈 수 있게 존스가 오기를 기다린다.

그 누군가는 언제든 사용할 준비를 하고 손가락 아래에 버튼을 가까이 두지만, 사용하지는 않는다.

새벽이다. 이스마엘파는 바람과 눈보라 속으로 사라졌다.

조앤, 조앤, 일어나. 조앤, 봐. 우리가 고갯길을 빠져나왔어.

우린 자유야.

우리를 바토스타운에서 구하신 주님을 찬양하라.

29

봄철 눈보라였다. 두 사람은 온기를 찾아 함께 피신한 두 마리 야생 동물처럼 바위 굴 속에 웅크리고 앉아서 살아남았다. 눈보라가 높은 고갯길을 막고 두 사람의 흔적을 덮어줬으며, 그 후에 둘은 띄엄띄엄 이어지는 언덕들을 따라 남쪽으로, 누구든 사람의 흔적이라도 보이면 숨을 태세로 신경을 곤두세우고 은밀하게 달아났다.

"우리를 찾아다닐 거야."

"내가 편지를 남겼어. 맹세코…"

"우릴 찾아다닐 거야. 너도 알잖아."

"그럴 수밖에 없겠지. 그래."

렌은 라디오를 생각하고, 오래전에 바토스타운 사람들

이 달아난 두 소년을 어떻게 계속 추적했는지 떠올렸다.

"우린 조심해야 해, 렌. 굉장히 조심해야 해."

"걱정 마." 렌은 길어지는 턱수염을 곤두세우고 고집스럽게 턱을 내밀었다. "그 사람들은 우리를 다시 잡아가지 못해. 말했잖아. 주님의 손길이 우리 위에 있다니까. 주께서 우리를 지켜주실 거야."

파이퍼스런과 하느님의 손. 그것들이 초반의 짐이었다. 안개가 세상을 뒤덮어 고향의 모습과 그리로 곧바로 이어지는 길을 제외한 모든 것을 가렸다. 렌은 해가 뜬 진초록 빛 들판, 늙은 검은색 나무줄기가 꽃송이에 파묻힌 울퉁불퉁한 사과나무들, 여전히 따스한 금빛 평화 속에서 기다리고 있을 헛간과 현관 앞마당을 볼 수 있었다. 그리로 가는 길이 있었고, 렌의 발은 그 길 위에 있었으니 아무것도 막을 수 없었다.

그러나 장애물들이 있었다. 산맥이, 도랑이, 바위가, 추위가, 굶주림이, 목마름이, 피로가, 고통이 있었다. 그리고 평화로운 안식처에 도달하기 전에 속죄부터 해야 한다는 생각이 떠올랐다. 그곳을 떠나면서 저지른 잘못의 대가를 치러야 했다. 그래야 공평했다. 렌은 속죄를 기대했고, 기꺼이 고통받았으며, 조앤의 눈에 깃든 의심과 놀라움이 서서히 경멸로 변해가는 것을 알아차리지 못했다.

굴욕과 속죄의 황홀감은 어느 날 넘어져서 돌멩이에 무릎을 다치는 순간까지 내내 렌과 함께했다. 그리고 그 고통은 그저 고통일 뿐, 어떤 성스러움도 없었다. 주위에서 세상이 뒤흔들리다가 쭉 떨어지면서 모든 안개를 걷어내고 제자리로 돌아왔다. 렌은 굶주리고 춥고 지쳐 있었다. 산맥은 높고 초원은 드넓었다. 파이퍼스런은 1천 킬로미터도 더 떨어져 있었다. 무릎이 죽도록 아팠고, 으르렁거리는 늙은 반항심이 솟아올라 말했다. 좋아, 난 속죄를 했어. 이제 충분해.

그것으로 첫 단계는 끝났다. 조앤은 예전처럼 렌을 보기 시작했다. "한동안 넌 신이스마엘파보다 나을 게 별로 없었어. 겁이 나더라."

렌은 속죄는 영혼에 좋다는 말을 웅얼거리며 조앤의 입을 막았다. 하지만 속으로는 그 말이 찔렸고 수치스러웠다. 조앤의 말은 일부만 사실도 아니고, 그냥 사실이었으니까.

그래도 여전히 렌은 파이퍼스런으로 돌아가야 했다. 다만 이제는 그리로 가는 길이 떠나온 길만큼이나 길고 힘들며, 어떤 신비로운 힘이 데려다주지도 않으리라는 것을 깨달았을 뿐이다. 스스로 두 발로 걸어서 가야 했다.

"하지만 도착만 하면 안전해질 거야." 렌은 말하곤 했다. "거기선 바토스타운 사람들이 우릴 건드리지 못할 거야. 우리를 고발했다간 스스로를 고발하는 셈이 되니까. 우린 안전할 거야."

들판과 계절의 변화 속에서, 생각하지 않고 원하지 않는 삶 속에서 안전해지리라. 만족하는 마음과 고마움을 아는 심장. 아빠는 그거야말로 최고의 축복이라고 했지. 그 말이 옳았다. 난 파이퍼스런에서 그걸 잃었어. 파이퍼스런으로 돌아가면 다시 찾을 거야.

다만 이제 파이퍼스런을 생각하면 아득히 멀고 작게만 보이고, 봄날 저녁 빛처럼 아름답게 밝혀져 있기는 하지만 가까이 끌고 올 수는 없어. 엄마와 아빠와 제임스 형과 아기 에스터를 생각해도 뚜렷하게 볼 수가 없고, 얼굴은 다 흐릿하게만 보여.

그래, 에서와 함께 밤에 목초지를 달려가던 내 모습은 볼 수 있어. 헛간 짚더미 사이에 무릎을 꿇은 채 아빠의 가죽끈이 내 어깨를 내리치던 모습도. 그때의 내 모습은 볼 수 있어. 하지만 어른이 되어 다시 그곳에 속한 내 모습을 보려고 하면, 떠올릴 수가 없어.

하얀 모자를 쓰고 겸손해진 조앤의 모습을 보려고 해도, 그것 역시 떠올릴 수가 없어.

그래도 돌아가야 해. 그곳을 떠난 후에는 한 번도 되찾지 못한 것을 찾으러 가야 해. 확신을 찾아야 해.

평화를 찾아야 해.

그러던 어느 저녁, 막 해가 질 때쯤 렌은 커다란 말들이 끄는 행상용 사륜마차를 모는 남자를 보았다. 초록색 초원 능선을 가로지르다가 잠시 지평선 위에 모습을 드러냈을 뿐, 하도 빨리 사라져서 렌은 정말로 마차를 보았는지 자신이 없었다. 조앤은 무릎을 꿇고 불을 피우던 중이었다. 렌은 조앤에게 불을 끄라고 했고, 그날 밤에는 달빛에 의지해서 오래 걷다가 다시 멈췄다.

그들은 어느 사냥꾼 무리와 우연히 만났다. 바토스타운 사람들은 사냥꾼들과 함께 다니지 않았기에 안전했고, 조앤이 거듭 확인도 했다. 신이스마엘파를 핑계 삼아 상황을 설명했더니 사냥꾼들이 고개를 내저으며 침을 뱉었다.

"살인이나 해대는 악마 놈들." 사냥꾼 하나가 말했다. "나도 신앙인이지만…" 그러면서 조심스럽게 하늘을 올려다보고는 말을 이었다. "살인은 주님을 섬기는 방법이 아니야."

렌은 생각했다. 그래도 당신이 사실을 알게 된다면 주님을 위해 우리를 죽이겠지. 그리고 렌은 평생 혀를 그렇

426

아득한 내일

게 단속할 필요가 없이 살았던 조앤에게 잔소리를 계속해서 자기 이름도 말하기 겁내게 만들었다.

"다 이런 식이야?" 조앤은 밤에 둘만 담요 안에 들어갔을 때 속삭였다. "모두가 널 갈기갈기 찢으려는 늑대들 같은 거야?"

"바토스타운에 대해서라면 그래. 네가 어디에서 왔는지 절대 말하지 말고, 짐작할 수 있는 단서 하나도 주지 말아야 해."

사냥꾼들은 랑데부 지점에서 만나서 모피 더미와 제련한 구리를 싣고 남쪽과 동쪽으로 가는 화물차 무리에 그들을 넘겼다. 조앤은 여기에도 바토스타운 사람이 없는지 확인했다. 조앤은 내내 혀를 단단히 간수하고서 일행이 햇볕에 달궈진 작은 마을에 도착할 때마다, 외딴 목장을 지나칠 때마다, 의심스러운 눈으로 쳐다보았다.

"파이퍼스런은 다르겠지, 그렇지 렌?"

"응, 다를 거야."

더 친절하고, 더 초록색이고, 더 풍요롭지. 그래, 하지만 다른 면에서는 아니야. 다르지 않아. 전혀 다르지 않아.

그 땅 전체에 뭐가 있지? 흙투성이 큰길과 느리게 다각거리는 말발굽 소리와 사람들의 얼굴 속에? 하지만 파이퍼스런은 고향이야.

어느 맑은 밤중에 렌은 멀리 달빛 아래서 번득이는 하나뿐인 사륜마차를 보았다고 생각했다. 그래서 조앤을 데리고 둘이서만 동쪽으로 서둘러 이동했다. 여름 햇살 아래 하얗게 말라가는 강바닥을 건너 목장에서 목장으로, 정착지에서 정착지로 옮겨갔다.

"이런 곳에서는 사람들이 뭘 해?" 조앤이 물으면 렌은 화가 나서 대답했다. "살지."

이글거리는 날들이 지나갔다. 길고 힘든 몇 킬로미터가 펼쳐졌다. 파이퍼스런의 모습은 렌이 아무리 매달려도 조금씩 바래다가 거의 알아볼 수 없을 정도로 희미해져버렸다. 기세로 움직인 지 오래였는데, 이제 그것도 다되어갔다. 그리고 마차에 탄 남자는 광활한 지평선을, 바람과 대초원의 먼지 속을 끈질기게 따라오며 여름 내내 렌을 괴롭혔다. 렌의 발걸음은 어딘가로 향하는 움직임이 아니라 도망에 가까워졌다. 그 남자의 얼굴은 한 번도 보지 못했다. 같은 마차인지도 확신할 수 없었다. 그래도 그 마차는 렌을 따라왔고, 렌은 그 사실을 알았다.

9월, 텍사스 국경에서 회녹색 베어그래스*의 바다와

＊　북미의 식물종. 곰풀beargrass이라는 이름 외에 인디언 바스켓 그래스indian bascket grass라는 이름도 있다.

졸참나무 관목숲 사이에 파묻힌 작고 눈에 띄는 마을에서 렌은 주저앉아 기다렸다. "바보야." 조앤은 절망해서 말했다. "그 사람이 아니야. 네가 죄책감 때문에 그렇게 생각할 뿐이야."

"그 사람 맞아. 너도 알잖아."

"왜 그렇게 생각해? 거기서 온 사람이라 해도…"

"네가 거짓말을 할 때는 알 수 있어, 조앤. 하지 마."

"좋아! 그래, 맞아. 당연히 그 사람이겠지. 너에게 책임이 있었으니까. 셔먼에게 너를 대신해서 맹세했으니까. 어떻게 생각해?" 조앤은 가느다란 갈색 손을 움켜쥐고 눈을 번득이면서 렌을 노려보았다.

"그래서 얌전히 잡혀갈 거야, 렌 콜터? 수염을 그렇게 길렀어도 아직 어른이 못 된 거야? 일어서. 가자."

"아니," 렌은 고개를 저었다. "아저씨가 맹세를 했을 줄은 몰랐어."

"혼자가 아닐 거야. 다른 사람들이 같이 있을 거라고."

"그럴 수도 있지. 아닐 수도 있고."

"따라갈 생각이구나." 조앤의 목소리가 어린아이가 지르는 소리처럼 찢어졌다. "나는 못 잡아가. 난 계속 갈 거야."

렌은 한 번도 쓴 적 없는 말투로 말했다. "넌 내 옆에 있을 거야, 조앤."

조앤은 놀라서 렌을 쳐다보다가 의혹의 눈빛을 떠올렸다. 어두운 불안이 어른거렸다.

"뭘 하려는 거야?"

"아직은 몰라. 결정해야겠지." 렌의 얼굴은 돌같이 단단해졌다. 부싯돌처럼 냉정해졌다. "두 가지는 확실해. 난 도망치지 않아. 그리고 잡혀가지도 않아."

조앤은 뭔지 모를 두려움에 사로잡혀 조용히 렌 곁에 머물렀다. 렌은 기다렸다.

이틀. 아직은 오지 않았지만, 올 거야. 나를 두고 맹세를 했으니까.

이틀을 전쟁터에 서서 기다리며 생각했다. 에서는 이 전투를 치른 적이 없고, 제임스 형도 그렇지. 둘 다 운이 좋아. 하지만 아빠는 싸워봤고, 호스테터도 싸웠어. 이제 내 차례야. 결정을 위한 싸움. 선택의 시간.

난 파이퍼스런에서 결정을 한 번 내렸어. 그건 어린아이의 꿈에 기반한 어린아이의 결정이었지. 바토스타운에서도 결정을 한 번 내렸는데, 그것도 감정에 기반한 아이 같은 결정이었어. 이제 꿈은 다 끝냈어. 감정도 끝냈어. 난 황무지에서 40일을 단식했고 속죄를 다 했어. 다 벗은 알몸이 됐지만, 어른으로 여기 섰어. 무슨 결정을 내리든

난 어른 남자로서 결정할 것이고, 결정하고 나면 다시는 돌이키지 않을 거야.

사흘. 마지막 남은 달콤하고 햇빛 가득한 희망을 뜯어내자.

난 파이퍼스런으로 돌아가지 않을 거야. 어디로 가든, 그곳은 아닐 거야. 파이퍼스런은 어린 시절의 추억이고, 이젠 추억도 그만 됐어. 그 문은 오래전에 내 등 뒤에서 닫혔어. 파이퍼스런은 평화로운 추억이었지만, 이제는 어딜 가더라도 영영 평화를 얻을 수 없다는 걸 알아.

평화란 확신이며, 죽음 외에 확실한 것은 없다.

나흘. 고집스러운 발을 땅에 단단히 붙이고 달아나지 말라고 가르친다.

이제 달아나는 것도 끝이니까. 이제는 멈춰서 갈 길을 선택하리라.

사람은 늦든 빠르든 멈춰서서 길을 선택해야 한다. 있었으면 하는 길 중에서도 아니고, 있어야 할 길 중에서도 아니고, 존재하는 길 중에서.

닷새. 선택할 시간이다.

마을에는 사람들이 있었다. 가을 교역이 이루어지는 때였고, 졸참나무 숲이 회색으로 굳고 베어그래스가 바람에 바스락거리며 나무판자란 판자는 모두 갈라진 뼈처럼 메마르는 뜨거운 시간이었다. 외딴 목장 사람들이 겨울 보급품을 구하러 들어왔고, 행상 마차들은 짧은 먼지 투성이 큰길 끝에 한 줄로 늘어서 있었다.

렌은 나라 전역이 가을 교역을 할 때라고 생각했다. 나라 전역에 장터가 열리고, 마차들이 늘어서고, 남자들은 소를 거래하고, 여자들은 옷감과 설탕을 흥정한다. 나라 전역이 변함없이 똑같다. 그리고 교역과 장날이 끝나면 설교가 있겠지. 겨울에 대비해서 영혼을 비축할 가을 공연이 있겠지. 이게 삶이다. 이게 흘러가는 방식이다.

렌은 가만히 있지 못하고 길거리를 왔다 갔다 걸어다녔다. 행상 마차들 옆에 서서 사람들의 얼굴을 들여다보고, 대화에 귀를 기울였다.

그 사람들은 자기들의 진실을 찾았다. 신이스마엘파도, 신메노파도, 바토스타운 사람들도, 나름의 진실을 찾았다. 이제는 나도 나의 진실을 찾아야 한다.

조앤은 흘끔흘끔 렌을 지켜보면서 차마 말은 걸지 못했다.

닷새째 밤에는 거래가 다 끝났다. 거리 끝, 발로 밟아 다진 땅에 선 연단 주위로 횃불이 밝혀졌다. 하늘에는 별들이 눈부시게 빛났고, 바람은 서늘해졌으며, 낮 동안 달궈진 땅이 열을 뿜었다. 사람들이 모여들었다.

렌은 조앤의 손을 잡고서 으깨지고 마른 졸참나무 위에 앉았다. 그 마차가 군중 반대편에서 조용히 굴러 들어왔을 때도 전혀 알아차리지 못했다. 그러나 잠시 후에 고개를 돌리자 호스테터가 옆에 앉아 있었다.

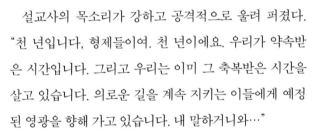

설교사의 목소리가 강하고 공격적으로 울려 퍼졌다.
"천 년입니다, 형제들이여. 천 년이에요. 우리가 약속받
은 시간입니다. 그리고 우리는 이미 그 축복받은 시간을
살고 있습니다. 의로운 길을 계속 지키는 이들에게 예정
된 영광을 향해 가고 있습니다. 내 말하거니와…"

바람에 날려 흔들거리는 횃불 속에서 호스테터가 렌을
바라보았고, 렌도 호스테터를 보았다. 그러나 둘 다 입은
열지 않았다.

조앤이 속삭인 소리가 호스테터의 이름이었을지도 몰
랐다. 조앤이 렌의 손을 놓더니 호스테터에게 가고 싶다
는 듯이 렌의 등 뒤로 움직이려고 했다. 렌은 조앤을 잡

아 앉혔다.

"내 옆에 있어."

"놔줘. 렌…"

"내 옆에 있어."

조앤이 훌쩍이더니 조용해졌다. 조앤의 눈이 호스테터를 찾았다. 렌은 두 사람 모두에게 말했다. "조용. 난 듣고 싶어."

"…그리고 성경에서 이르기를, 어린아이가 되지 않고는 결코 들어가지 못하리라 합니다. 천국은 불의한 자를 위한 곳이 아니니까요. 천국은 비웃는 자와 믿지 않는 자들을 위해 만들어진 곳이 아닙니다. 암, 아니지요, 형제자매들이여! 그리고 여러분은 아직 위험에서 벗어나지 못했습니다. 주님께서 파괴로부터 여러분을 구원하기로 하셨다는 것만 가지고는 잠시라도…"

내가 그 길에 발을 디딘 건 다른 어느 밤, 다른 어느 설교장에서였지.

그날 밤에 한 남자가 죽었어. 이름은 솜스였지. 턱수염이 붉은 남자였는데, 바토스타운에서 왔다는 이유로 사람들이 돌로 때려죽였어.

내가 설교를 듣게 해줘. 생각하게 해줘.

"…천년왕국입니다!" 설교사가 때 묻은 성경책을 두드

리고 먼지투성이 판자에 장화 발을 구르며 외쳤다. "하지만 여러분은 그곳을 위해 일해야 합니다! 그냥 앉아서 신경도 안 써서는 안 됩니다! 여러분이 짊어져야 할 의무를 주님께 떠넘길 수는 없습니다!"

저 소리가 큰 바람처럼 나를 관통하여 불게 해줘. 저 말들이 트럼펫처럼 내 귓속에 울려 퍼지게 해줘.

난 말할 수 있어. 나에게 힘이 주어졌어. 나도 그때 그 소년이 솜스를 죽였을 때처럼 다른 사람을 죽이고 자유가 될 수 있어.

내가 다시 말을 하면, 버뎃이 남자들을 끌고 레퓨지에 갔을 때처럼 사람들을 끌고 바토스타운으로 갈 수 있어. 듀린스키가 죽었을 때처럼 많은 사람이 죽겠지. 하지만 몰록은 끌어내릴 수 있을 거야.

조앤이 내 옆에 경직된 채 앉아 있어. 그 뺨에 눈물이 흘러내려. 호스테터는 반대쪽에 앉아 있어. 내가 무슨 생각을 하는지 알 테지만, 기다리고 있어.

렌의 일부는 예전의 그날 밤이었다. 일부는 레퓨지였다. 일부는 파이퍼스런과 바토스타운이었다. 한쪽 끝과 반대쪽 끝, 그리고 중간.

저 사람의 피로 그 모든 걸 지울 수 있을까?

할렐루야!

너의 죄를 고백하라! 네 영혼이 시커먼 죄책감의 짐을 씻어내어 주께서 다시 너를 불태우지 않게 하라! 할렐루야!

"그러면, 렌?" 호스테터가 물었다.

사람들은 그날 밤 소리 지르던 이들처럼 비명을 지르고 있어. 지금 내가 일어나서 내 죄를 고백하고, 이 남자를 희생제물로 바친다면 어떨까? 내 지식은 씻겨나가지 않을 거야. 지식은 죄와 달라. 지식으로부터 벗어날 신비로운 탈출구는 없어.

그리고 내가 불의 내장과 놋쇠 머리를 지닌 몰록을 쓰러뜨린다면?

그래도 지식은 존재하겠지, 어딘가에 어떤 책 속에 어떤 인간의 두뇌 속에 어딘가 다른 산속에. 인간은 한 번 발견한 것을 다시 발견할 거야. 호스테터가 일어서고 있다. "넌 내가 말했던 내용을 잊고 있구나. 우리도 광신도라던 말을 잊고 있어. 내가 널 풀어줄 수 없다는 걸 잊고 있어."

"해봐요." 렌도 조앤의 손을 잡고 일어섰다. "할 수 있으면 어디 해봐요."

군중들이 발을 구르고 먼지를 일으키며 할렐루야를 외치는 가운데, 그들은 횃불의 불빛을 받으며 서로를 쳐다보았다.

설교의 말이 나를 통과하게 해봤는데, 바람에 불과해. 내 귀에 설교의 말이 울려 퍼지게 해봤는데, 지저분한 수염을 기른 아무것도 모르는 남자가 뱉은 말에 불과해. 저 말들은 나를 흔들지 못하고, 나를 건드리지 못해. 저런 소리도 이제 끝이야.

이제는 온 나라에 무엇이 있는지 알아. 느리고 무거운 짐이지. 다들 그걸 신앙이라고 부르지만, 그건 신앙이 아니야. 두려움이야. 사람들은 머리에 피난처를 뒤집어쓰고는, 무지해야만 하는 필요성과 후퇴하려는 열정을 신이라고 부르고 숭배해. 그건 몰록과 마찬가지로 거짓 신이야. 솜스 같은 사람들, 듀린스키 같은 사람들, 에서와 나 같은 사람들이 타도하고야 말 거짓 신. 그리고 그 신은 숭배자들을 배신하고, 반드시 오고야 말 미래 앞에 저들을 무방비하게 두고 말 거야. 그 미래가 느리게 올지는 몰라도, 오랜 시간을 두고 올지는 몰라도, 오기는 할 테고, 저 사람들이 아무리 발악을 한다 해도 그 미래를 막지는 못해. 아무것도 그 미래를 막지 못해.

"난 말하지 않을 거예요, 에드. 이젠 아저씨에게 달렸어요."

조앤이 숨을 들이켜더니 흐느꼈다.

호스테터는 두 발을 넓게 벌려 서고, 큰 어깨를 구부리고, 넓은 챙모자 아래에 쇠처럼 암울하고 어두운 얼굴로 렌을 보았다. 이제는 렌이 기다릴 차례였다.

내가 솜스처럼 죽는다면, 나 말고는 누구에게도 문제될 게 없어. 이게 중요한 건 오직 내가 나이고, 호스테터가 호스테터이고, 조앤이 조앤이며, 우리가 사람들이고 그걸 어쩔 수가 없기 때문이야. 하지만 오늘, 어제, 내일은 중요하지 않아. 시간은 우리 중 누가 없다 해도 계속 흘러가. 오직 믿음만이, 정신 상태만이 지속되고 그것마저도 계속 변하지만, 그 아래에는 두 종류의 인간이 있지. 너희는 앎을 멈춰야 한다고 말하는 이들, 그리고 배우라고 말하는 이들.

옳든 그르든 인간은 지식의 열매를 먹었고, 돌아갈 길은 없어.

난 선택을 했어.

"뭘 기다려요, 에드? 해치울 거면 빨리 해요."

호스테터의 어깨 선에서 긴장감이 빠져나갔다. "우리 둘 다 살인에 적합하지는 않은 것 같구나." 호스테터는 험상궂은 얼굴로 고개를 숙였다가, 다시 들어 올려 활활 타는 눈빛으로 렌을 보았다.

"그러면?"

사람들이 소리를 지르고 울부짖으며 무릎을 꿇고 흐느꼈다.

렌은 천천히 말했다. "전 아직도 1백 년 전에 세상에 풀려난 게 악마일지도 모른다고 생각해요. 그리고 아직도 거기 그 벽 뒤에 들어 있는 게 사탄의 수족일지도 모른다고 생각해요."

설교사가 두 팔을 하늘에 내던지듯 뻗으며 구원의 황홀감에 온몸을 비틀었다.

"하지만 아저씨가 맞다고도 생각해요." 렌은 말했다. "온 세상이 다시는 악마가 우리를 주목하지 않을 거라는 희망에 얽매여 사는 것보다는, 악마를 묶어보려고 하는 게 더 말이 된다고 생각해요."

렌은 호스테터를 보았다. "제가 살해당하게 하진 않았으니까, 돌아가게 하셔야겠네요."

"순전히 내 선택은 아니었다." 호스테터는 몸을 돌려 마차 쪽으로 걸어갔다. 렌은 따라갔고, 조앤도 옆에서 비틀거리며 걸었다. 그때 어둠 속에서 두 남자가 나와서 합류했다. 렌은 모르는 사람들이었는데, 팔에 사슴 사냥총을 끼고 있었다.

"이번에는 말만으로 해보려고 할 순 없었어." 호스테터가 말했다. "네가 나를 고발했다 해도 이 친구들이 군중으로부터 날 구하지는 못했겠지만, 너도 5분 이상은 더 살지 못했을 거다."

"그렇군요." 렌은 천천히 말했다. "일부러 지금까지, 설교가 이뤄질 때까지 기다렸군요."

"그래."

"그리고 절 위협했을 때도 진심이 아니었군요. 시험의 일부였죠."

호스테터는 고개를 끄덕였다. 두 남자는 철컥 소리 나게 안전장치를 돌려놓으면서 렌을 쏘아보았다.

"에드 생각이 옳았네요." 한 명이 말했다. "하지만 나라면 그런 데 기대지 않았을 겁니다."

"난 이 녀석을 오래 알았거든. 조금 걱정은 했지만, 많이는 아니었어." 호스테터가 말했다.

"흠," 남자는 말했다. "그 녀석은 온전히 당신 겁니다." 호스테터가 상을 받았다고 생각하는 것 같지는 않았다. 남자는 다른 한 명에게 고개를 끄덕이고 사라졌다. 셔먼이 보낸 처형자들은 조용히 밤공기 속으로 녹아들었다.

"굳이 왜 그런 거예요, 에드?" 렌은 이 남자에게 저지른 온갖 일에 대한 부끄러움에 고개를 숙이고 물었다. "전 아저씨에게 골칫거리밖에 안 됐는데요."

"말했잖느냐." 호스테터가 말했다. "네가 가출한 데 대해 늘 책임감을 느꼈다고."

"제가 갚을게요." 렌은 진심으로 말했다.

호스테터는 대답했다. "방금 갚았다."

그들은 높은 마차 좌석으로 올라갔다.

"그리고 너는," 호스테터가 조앤에게 말했다. "넌 집에 갈 준비가 됐고?"

조앤은 그사이에 울고 있었다. 짧고 격렬한 흐느낌이었다. 조앤은 횃불과 사람들과 흙먼지를 보고 말했다. "끔찍한 세상이에요. 전 여기가 싫어요."

"아니야," 호스테터가 말했다. "끔찍한 게 아니라 그저 불완전한 세상일 뿐이지. 새로운 일도 아니고."

호스테터는 고삐를 흔들고 덩치 큰 말들에게 혀를 찼다. 마차가 어두운 초원을 가로질러 움직였다.

호스테터가 말했다. "마을에서 충분히 벗어나면 셔먼에게 무전을 걸어서 이제부터 돌아간다고 말하마."

옮긴이의 글

미래에서, 과거의 미래를 바라보며

리 브래킷

1950년대 미국 '스페이스 오페라의 퀸', 최초로 휴고상 후보에 오른 여성 작가, 그리고 성별 무관하게 할리우드에서 처음으로 성공한 SF 작가.

(이 화려한 경력의 주인공) 리 더글러스 브래킷은 1940년대에 20대 중반의 나이로 SF 잡지에 소설을 발표하기 시작했다. 주로 에드거 라이스 버로스의 영향을 받은 펄프픽션 화성 이야기들을 썼고, 자기만의 태양계 설정 속에서 벌어지는 모험담도 계속 그렸다. 팬덤 출신답게 지역 SF 커뮤니티에도 내내 활발하게 참여했고, 전원 여성으로 이루어진 SF 팬진에 글을 쓰기도 했다. SF 작가 활

동과 동시에 탐정소설도 썼는데, 레이먼드 챈들러 풍의 하드보일드 미스터리 소설인 첫 장편 《시신에선 소용될 게 없다No Good from a Corpse》(1944)가 인연이 되어 영화 작업을 하게 되었고, 이후 SF 작품에도 1940년대 탐정소설과 필름 느와르의 영향을 받은 스타일을 선보였다.

또 이 소설을 보고 감명을 받은 제작자 하워드 혹스의 연락으로 〈빅 슬립〉 시나리오를 맡은 리 브래킷은 이후 헐리우드에서 계속 일하기도 했다. 주로 하드보일드 느와르와 서부극을 썼고, 지금까지도 손꼽히는 〈리오 브라보〉, 〈롱 굿바이〉 등이 그 대표작이다. 정작 처음으로 맡은 SF 시나리오는 〈스타워즈 에피소드 5: 제국의 역습〉이었는데, 조지 루카스의 스토리를 받아서 초안을 완성하기는 했으나 1978년 갑작스레 사망하면서 2교 이후 작업은 로런스 카스던에게 넘어갔다.

이렇게 짧은 소개만 늘어놓아도 흥미진진한 인물이건만, 많은 독자들이 이 이름을 처음 들었을 것이다. 비슷한 시기에 활동을 시작한 로버트 하인라인, 아이작 아시모프, 아서 C. 클라크는 SF계의 빅3으로 불리며 지금까지 작품이 계속 재간될 뿐 아니라 영상화가 이루어지고 있는데, 리 브래킷은 왜 이름을 아는 독자조차 별로 없는가. 답은 아주 간단하다. 조명하지 않으면 잊힌다. 그뿐이다.

리 브래킷의 많은 작품이 사후 30년 가까이 절판되었다가, 2010년대를 지나면서 띄엄띄엄 다시 나오기 시작했다. 탄생 1백 주년이었던 2016년에 브래킷이 쓴 〈제국의 역습〉 초안이 공개되었고, 2020년이 되어서야 장편 《화성에 드리운 그림자Shadow over Mars》로 레트로 휴고상을 수상했다. 그와 더불어 많은 과거 작품이 재간되었다.

이 작가를 한국에 소개하고 싶다고 생각한 계기는 아마도, 어느 온라인 서점에서 연 여성 SF 작가 이벤트에 로이스 맥매스터 부졸드가 빠진 것을 보았을 때였다고 기억한다.

물론 당시에도 이유는 바로 짐작할 수 있었다. 부졸드는 남성형 주인공을 주로 쓰고, 선이 굵은 스토리와 역동적인 활극에 능한 작가다. 이름에서도 작가의 성별을 짐작하기 어렵다. 이는 과거 여성 작가가 SF를 낼 때 성별이 드러나지 않는 이름을 쓰던 관행과도 이어져 있다. C. J. (캐럴라인 재니스) 체리의 예에서 보듯, 이 관행은 거의 1990년대까지 이어졌으며 특히 스페이스 오페라 작품일 때 더 많이 그랬다.

미국 SF 초창기에는 더욱 그랬다. 하워드 혹스는 처음에 소설을 보고 연락하기 전에 "이 브래킷이라는 남자guy

에게 각본을 맡기자"라고 했다고 한다. 처음에 이 일화를 접하고는 웃었지만, 곱씹을수록 여러 가지 생각이 드는 이야기다. 필명에 가려져 있을 뿐 1950년대에도, 1940년대에도, 1930년대에도 남자만 SF를 쓰지는 않았다. 아무리 수가 적었다 해도 남성이 아닌 작가들은 존재했다. 리 브래킷만이 아니라 C. L. 무어가 있었고 안드레 노튼이 있었다. 이들은 사후 SF의 계보에서 자꾸만 빠진다. 여성 작가라서 주요 계보에서 빠지고, 여성 작가처럼 보이지 않아서 여성 작가의 계보에서도 빠진다니, 그야말로 이들이 겪었을 이중고를 한눈에 보여주는 현실이다.

게다가 여기에는 함정이 또 있다. 현재 대표적인 여성 SF 작가를 꼽을 때면 거의 그 계보를 1960년대 어슐러 르 귄, 제임스 팁트리 주니어부터 시작한다는 사실을 되짚어보자. 이들은 페미니즘과 연계하여 주로 호명되는데, 그러다 보니 자연스럽게 '여성 작가처럼 보이지 않은' 여성 작가들을 계보에서 제외하는 사각이 생기고 만다. 이 계보는 명백히 불완전하며, 의도치 않게 여성 작가는 '이런 글을 써(야 해)' 또는 '이런 글을 쓰지 않아(야 해)' 같은 편견을 강화할 수 있다.

당시의 글에서 보이는 한계야 당연히 있겠으나 그것 또한 잊어선 안 될 역사이다. 그 옛날 하워드 혹스가 칭

찬이라고 했던 "브래킷은 남자처럼 쓴다"라는 말은 그저 남자처럼/여자처럼 쓴다는 생각이야말로 환상이라는 증거가 되어야 할 터. 여성 작가는 '**여성의**' 글을 쓰는 게 아니라 무엇이든 쓸 수 있다. 아니, 여성만이 아니라 어떤 정체성의 작가라도 '그래야 한다' 없이 자유롭게 글을 쓸 수 있는 세상이야말로 있어야 할 미래이리라.

그런 미래를 위해서라도, 과거는 온전하게 되짚어야 한다. 심하게 남성 중심이었던 영어권 SF의 초창기라 해도 여성 작가가 엄연히 존재했고, 활발하게 글을 썼으며, 또 잘 썼다는 사실을 돌이킬 필요가 있다.

그렇다. 잘 썼다는 것이 중요하다.

아무리 외적인 의미가 있다 해도, 역사적인 의미만을 위해 읽으라고 한다면 소설이 아니라 연구서나 다름없다. 리 브래킷은 근본적으로 재미를 위해 썼다. 문장은 단순하면서도 군더더기 없이 직조되어 있어, 당대의 평균적인 SF 작품보다 안정적이면서도 읽기는 쉽다. 뿐만 아니라 작품 속에서 다음 세대에나 많이 볼 수 있게 된 사회과학적 고찰이나 사변 실험도 엿볼 수 있어, 과연 왜 마이클 무어콕이 "뉴웨이브의 진정한 대모"라고 했는지 알 만하다.

특히 이 책《아득한 내일》에는 시대를 넘어 지금 다시 공명할 지점이 있다. 리 브래킷을 한국에 소개하는 첫 작품으로 작가가 가장 사랑한 장르이자, 펄프픽션으로 폄하당하면서도 평생 지킨 장르인 우주 활극이나 하드보일드가 아니라 다소 튀는 작품을 고른 이유이기도 하다.

포스트 아포칼립스, 즉 지금의 인류 문명이 멸망한 이후를 다루는 SF의 하위 장르는 역사가 길고 인기가 많은 분야다. 상상 속에서 다뤄지는 그 멸망의 원인은 여러 가지다. 외계 침공, 좀비, 알 수 없는 전염병, 기후 위기, 그리고 전쟁. 그중에서도 핵전쟁은 오랫동안 일 순위를 지킨 멸망 소재였다.

1990년대에 소비에트 연방이 막을 내리면서 냉전은 끝나고, 한동안 핵전쟁 이야기는 낡은 것처럼 느껴졌다. 모든 것이 나아지리라 믿고, 핵폭탄은 그저 쥐고 있는 것일 뿐이지 서로를 억제하며 평화를 유지할 듯했으며, 인류가 그런 식으로 공멸할 만큼 어리석지는 않아 보인 낙관의 시기마저 있었다. 그러나 유감스럽게도 이제 우리는 안다. 무기는 존재하는 한 언제나 쓰일 위험이 있고, 인류는 역사의 반복에서 벗어날 만큼 변하지 못했음을. 핵무기가 존재하는 한 그 위험은 언제나 그곳에 있었음을.

《아득한 내일》이 나온 1955년은 그 위협을 피부로 느낀 시대였다. 원자폭탄의 위력을 세계가 처음 보고, 그때 받은 충격이 가시지 않았을 때다. 곧바로 이어진 냉전시대에는 서로 핵을 쏘아 공멸할지 모른다는 두려움이 많은 사람을 지배했으며, 미국에서는 더 그랬다. 이는 당연히 SF 소설가들에게도 엄청난 영향을 미쳐, 핵전쟁 이후의 지구를 그린 이야기는 이후 수십 년 동안 폭발적으로 쏟아져 나왔다. 그리고 이 책 《아득한 내일》은 같은 주제를 다룬 작품 중에서 단연 손에 꼽힌다.

소설은 모호한 미래 어느 시점에서 시작된다. 핵전쟁이 일어났고, 대도시와 인프라는 다 파괴되었다. 그러나 언뜻 보기에 이 미래는 흔히 생각하는 멸망 후의 지구처럼 보이지 않는다. 끝없는 사막만 남아 있지도 않고, 사람들이 굶주리고 있지도 않으며, 방사능으로 인한 돌연변이가 보이지도 않는다. 사람들이 남아 있는 얼마 안 되는 자원을 두고 싸우는 모습도 없다. 세상은 푸르르고, 사람들은 평화롭게 농사를 짓고 살아간다. 핵전쟁 이상으로 기후 위기가 더 눈앞에 다가온 2022년의 독자에게 언뜻 이 풍경은 디스토피아가 아니라 유토피아처럼 보이기도 한다.

그러나 이 미래에 드리운 어둠이, 도시를 금지한다는 새로운 헌법 조항이 무엇을 가리키는지가 곧 드러난다.

옮긴이의 글

거대한 '파괴'는 신의 벌이었다고 믿기에, 과학기술을 다시 발전시키려는 사람은 돌에 맞아 죽는다. 도시를 다시 불러오려는 사람도 죽는다. 아니, 실제로 그러지 않아도 혐의만 있으면 끝이다. 지식을 배우고 싶어 한다는 것이 죄가 되는 시대, 이 목가적인 미래는 사실 공포와 광신이 지배하고 있다.

배움을 금지하는 세계에 적응하지 못하고 집을 뛰쳐나온 소년 렌은 과거의 기술을 갖고 있다는 전설 속의 도시 바토스타운을 찾아 헤매고, 고생 끝에 결국 찾아낸다. 그러나 이 소설이 진가를 발휘하는 것은 바로 소년이 꿈을 이룬 다음부터다. 작가는 사람이 성장하면서 배운 사회 문화가 얼마나 강력하게 작동하는지 이해하고, 또한 세상에 낙원은 없다는 점을 잘 알고 있었다. 맹목적인 신앙은 결코 답이 아니지만, 그렇다고 해서 과학 기술이 모든 것을 해결한다는 보장은 없다. 더 나은 해결책을 찾겠다는 신념은 숭고하지만, 실천하려면 지난한 희생이 필요하기에 또 다른 신앙을 요구한다. 렌은 실망하고 다시 실망하면서 담금질된다.

그리하여 이 소설은 모험이 아니라 구도의 길을 보여주고, 성장소설이면서 또한 딜레마를 다루는 유토피아 이야기가 된다. 과학의 본질이 무엇인가를 생각하게 한

아득한 내일

다. 그렇기 때문에 지금 우리에게도 와닿는 작품이 된다. 여기에는 어설픈 기술 예측이 아니라 시대를 막론하고 인간이 할 법한 행동, 인간 사회가 갈 수도 있는 방향, 어디로 가야 하느냐는 고민이 담겨 있기 때문이다. 과학에 대한 낙관을 잃고, 심지어는 과학적인 사고를 적대하며 싸우는 사람이 늘어난 2022년에 다시 이 소설의 결말을 생각한다. 과연 바깥 세계와 바토스타운은 정말로 차이가 없는가? 그렇지 않다. 완벽한 것은 없어도 더 나은 것은 있다. 가야 할 길은 과학을 버리고 되돌아가는 길이 아니라, 앞으로 더 나아가고 더 연구해서 문제를 해결하는 길이다. 설령 그쪽이 더 고통스럽다 해도.

'과거에 쓰인 미래 이야기'이면서 그 미래를 과거에 두고 있기에, 《아득한 내일》은 읽는 사람에게 기묘한 향수를 불러일으키기도 한다. 낡았으면서도 낡지 않았고, 기묘한 방식으로 신선하다. 지금이라면 그렇게 썼을 리 없는 요소들이 지금은 쓰지 못할 관점과 뒤얽힌 것도 독특한 재미를 선사한다.

예를 들어, 지금 보면 위화감을 일으키는 지점들을 살펴보는 것도 나름의 재미가 있다. 지식을 금기시한다는 바깥세상이나 바토스타운이나 다를 바 없이 모든 지도자가 남성이라는 점은 소설이 쓰인 당시의 시대 한계를 새삼 느끼게 한다. 렌이 '셔먼'이라고만 알려졌던 지도자의 집에 처음 갔을 때, 낸시 셔먼이 나오는 장면에서 나는 아주 당연하게 '아, 셔먼이 이 사람이었구나' 생각했다. 그러나 다음 장을 넘기면 마을 지도자는 그 남편이라는 점이 드러나고, 낸시는 손님 접대를 한 후에 부엌으로 사라진다! 그제야 이 소설이 나온 시대가 1950년대라는 사실을 돌이키며 한 방 맞은 기분이 된 사람이 나 혼자는 아니리라. 당시의 독자들은 어땠을까? 혹시 이 장면을 썼을 때 작가에게 지금 내가 느낀 당혹감을 거꾸로 뒤집은 의도가, 독자들이 낸시 셔먼이 나왔을 때 당황케 하려는 의도가 있지는 않았을까 생각한다면 조금 과할까.

전형적인 소년 주인공이라고 할 만한 렌에 비해, 등장 분량은 짧지만 강렬한 존재감을 지닌 여성 캐릭터들도 흥미롭다. 할머니와 애머티, 조앤은 모두 주인공인 렌보다 더 체제 저항적인 인물들이다. 렌의 시각에서는 애머티와 조앤이 변덕스럽거나 '자기가 뭘 원하는지 모르는' 인물로 그려지지만, 지금 독자는 그렇지 않다는 사실을 분명하게 읽을 수 있다. 왜 조앤은 혼자 도망치지 못하고 렌을 필요로 했나 같은 부분도 마찬가지다. 지금 이 이야기가 쓰였다면, 애머티나 조앤의 시점에서 썼다면 어떤 이야기가 됐을까 생각해보는 것도 재미있다.

이외에 현대의 독자가 보는 아쉬움에 대해서는 함께 실린 듀나 작가의 소설이 채워주리라.

고전 SF를 발굴하여 지금 한국의 작가가 쓴 글을 덧붙인다는 독특한 기획에 함께하게 해준 알마 출판사에 감사하며, 번역에는 2011년 피닉스픽 판본과 2014년 게이트웨이 킨들판을 이용했다.

여담으로, 2016년에 이르러서야 공개적으로 접할 수 있게 된 브래킷 버전의 스타워즈 후속편 원고에서는 루크와 레아와 한솔로 사이에 삼각관계가 있었고, 요다의 이름은 민치였으며, 루크에게는 넬리스라는 누이가 있었고, 한솔로는 결말 부분에서 황제 다음가는 권력을 가진 삼촌을 찾아 떠났다. 그럼에도 "가장 중요한 것은, 다시 쓰고 몇 가지를 바꿔야 하기는 했어도 브래킷의 초고에 우리가 최종 화면에서 보게 된 중요한 순간이 다 담겨 있다는 점이다."*

---

*　웹사이트 'Den of Geek'의 존 사베드라

옮긴이의 글

누군가에겐 조금 다른 내일

✳

듀나

소설가이자 영화비평가. 1990년대 초, 하이텔 과학 소설 동호회에 짧은 단편들을 올리면서 경력을 시작했다. 이후로 각종 매체에 소설과 영화 평론을 쓰면서 왕성한 활동을 이어오고 있다. 장편소설 《평형추》 《아르카디아에도 나는 있었다》 《민트의 세계》, 소설집 《구부전》 《두번째 유모》 《그 겨울, 손탁 호텔에서》, 논픽션 《옛날 영화, 이 좋은 걸 이제 알았다니》 등이 있다.

1

　우리에게 배정된 미국 난민 4백 명이 그저께 제주항에 도착했습니다. 여자 302명, 남자 98명. 절반 정도가 미성년자입니다. 이들 중 일부는 가족들의 안전이 확보되면 다시 본국으로 돌아가 총을 들겠다고 합니다.

　저는 어제 이들 중 세 명과 인터뷰를 했습니다. 우리에게는 올해로 32년을 맞는 제2차 미국내전을 최대한 정확하게 기록해야 할 의무가 있으니까요. 연방정부가 단파 라디오 방송으로 보내오는 선전 뉴스를 그대로 받아 적기만 할 수는 없습니다. 이들은 모두 일기를 썼고 심지어 직접 만든 사진기로 현장을 기록한 사람들도 있었습니다. 가지고 온 유리 건판 상당수는 항해 중 산산조각이 났지만 어떻게 복원할 수 있을 것 같습니다.

혹인, 공산주의자, 동성애자, 무신론자, 인본주의자, 지식인, 선주민, 유대인. 이들은 다양하기 짝이 없는 집단이고 그 때문에 오합지졸처럼 보이기도 합니다. 상당수는 서로 사이가 좋지 않고 그 감정은 오랜 항해 중 더 심해졌어요. 제가 인터뷰한 두 명은 선실에서 벌어진 싸움에 말려들었다가 살해당하기 직전에 간신히 살아남았다고 진술했습니다. 그중 한 명은 그런 일을 안 당했다면 오히려 이상했습니다. 묵시록의 예언을 실현시키려고 2차 핵전쟁을 일으켜야 한다고 믿는 기독교 광신도였으니까요. 하지만 우리는 이런 사람들도 받아들여야 합니다.

전쟁의 그림은 이전 내전보다 훨씬 복잡합니다. 일단 남과 북으로 단순하게 나뉘어 있지 않으니까요. 연방정부의 편으로 들어온 지역은 북쪽이 훨씬 많긴 합니다. 하지만 우리가 파란색과 붉은색으로 구분하는 이 두 세력은 마치 물감을 여기저기 뿌린 것처럼 미대륙을 얼룩지게 만들고 있습니다.

반연방세력도 보기보다 복잡합니다. 우리가 생각하는 기독교 광신도들만 있는 게 아니에요. 이들 중에는 환경주의자도 있고, 새 정부가 자기들을 다시 억압할 것이라고 믿는 선주민 세력도 있습니다. 연방정부는 이들을 설득하기 위해 온갖 선전을 다 하고 있는 모양이고, 난민들과 함께 그 선전물들도 배달되어 왔는데, 그건 나중에 느긋하게 읽어보려고요.

제가 인터뷰를 한 사람은 앤 비숍, 루스 콜먼, 제베다이어 제이콥슨이라고 합니다. 시청에 도착하자마자 우리는 이들을 목욕시키고 새 옷을 주었어요. 루이지애나 출신인 앤 비숍은 태어나서 처음으로 바지를 입어본다고 했습니다. 텍사스 출신의 루스 콜먼은 부상당하기 전까지 연방군에서 군인으로 싸웠고 그 비숍이라는 여자보다 세상 경험이 많았습니다. 제베다이어 제이콥슨은 애리조나 마을 출신인데, 그 마을 유일의 동성애자였다고 합니다. 적어도 그 사람이 알기로는 그랬대요.

이 세 명은 그렇게 사이가 좋지 않았습니다. 비숍은 흑인인 콜먼을 가리키며 '저런 사람'과 같이 있고 싶지 않다고 대놓고 말하기까지 했어요. 그 즉시 제이콥슨이 인종차별이라고 지적했는데, 콜먼도 동성애자를 그렇게 좋게 보는 사람이 아니었단 말이지요. 다행히도 싸움으로 번지지는 않았습니다. 다들 여행으로 지쳐 있었고 같은 방에 갇혀 동양인 여자인 나에게 명령을 받는 상황이 기분 나쁘다는 데에 동의했기 때문이지요.

저는 이런 사람들을 제압하는 방법을 알고 있었습니다. 점심을 먹이겠다는 핑계를 대고 셋을 시내로 데려간 것이지요. 이들은 지금까지 단 한 번도 인구 백만이 넘는 도시를 본 적이 없었지요. 연방정부가 세뇌용으로 틀어주는 옛날 영화 속 뉴욕처럼 네온을 입은 마천루는 여기에도 없었어요. 하지만 제주시는 영화 속 도시와는 달리 컬러였고 진짜였지요. 그날 저녁 그들의 입으로 들어간 프랑스 요리는 진짜라고 하기엔 약간의 문제가 있었지만 (쇠고기는 맥주박과 미역으로 만들었고, 포도주는 화학 처리가 되어 있었으니까요) 우리의 식재료 기술은 이들 촌뜨기들을 속이기엔 충분했습니다.

식사가 끝나자 이들은 기가 죽어 있었습니다. 우아한 코스모폴리탄처럼 보이기 위해 제가 기를 쓰고 연기한 보람이 있었어요. 저는 기회를 잡고 최종 전쟁 이후 아시아의 역사를 설명했습니다. 유럽과 아메리카가 종교적인 광기 속으로 빠져들어가는 동안 한국을 포함한 아시아의 수많은 나라가 탈출한 지식인과 예술가와 과학자들에게 어떻게 안식처를 제공해주었는지, 이를 기반으로 우리가 어떻게 국제적인 첨단 문화를 건설했는지를요.

점심이 끝나고 사무실로 돌아오자 이들은 조금 더 고분고분해졌습니다. 그 전까지 거의 입을 열지 않았던 앤 비숍이 드디어 자기 이야기를 했어요. 사연은 흔히 들어온 이야기였습니다. 마을의 리더인 목사에게 성폭행을 당했고 이를 폭로하자 마을 사람들 모두가 적으로 돌변했다는 거죠. 보통 때 같으면 포기할 수밖에 없었겠지만, 지금은 내전 중이었고 비숍은 연방정부가 정의를 구현해 줄 수도 있다는 희미한 믿음을 갖고 마을을 떠났던 것입니다. 그러다 어쩌다 보니 태평양을 건너 며칠 전까지만 해도 있는지도 몰랐던 나라의 낯선 도시에 떨어졌던 것이지요. 감동적인 이야기일 수도 있겠지만, 마을 사람들 전원이 정신 나간 인종차별주의자들에게 살해당하는 걸 직접 본 루스 콜먼의 경험에 비할 바가 아니었습니다. 콜먼의 이야기가 끝나자 비숍은 조금 죄의식을 느끼는 것처럼 보였습니다. 여전히 제이콥슨의 이야기에는 적응하지 못했지만요. 이 남자의 이야기는 나중에 여자들 없는 곳에서 다시 들어봐야 할 것 같습니다. 지금 진술은 분명 자기검열이 되어 있어요.

2

저의 과거를, 지금의 저를 만든 수많은 사람을 돌이켜 보았습니다. 프랑스계 혼혈이었던 베트남 출신의 어머니, 북한 출신이었던 아버지. 저는 비참한 상황에서 다양한 방식으로 죽은 일가친척들에 대한 기억을 갖고 있습니다. 우리라고 핵전쟁과 그 후유증을 피했겠습니까? 핵겨울이 설마 아시아만 피해 갔을까요? 지금의 우리 도시를 돌아가게 하는 기술들이 도대체 어디서 왔을까요? 우리가 20세기 사람들이 석유를 누리듯 해초에서 뽑은 에탄올과 수소 전지를 누리게 된 건 전쟁 동안 어떻게든 문명인으로 살아남기 위해 발악한 결과가 아니던가요. 지금 북미 대륙에서 전쟁을 하고 있는 사람들은 우리에게 고마워해야 합니다. 우리가 그들의 기술을 보존하고 발전시키지 않았다면 저들은 첫 번째 내전과 다를 게 없는 조건에서 싸워야 했을 거예요.

하지만 저들은 우리의 역사를 모릅니다. 자기네들이 세계의 중심이라고 믿었던 20세기에도 그랬고, 북미 대륙 그리고 그 안의 한 줌도 안 되는 자기 마을이 세상의 전부라고 여겼던 지금도 그렇지요. 저는 일부러 우리의 역사를 간소화시켰고 지난 백여 년의 여정이 수월하기만 했던 것처럼 허풍을 떨었습니다. 하지만 어느 누구도 그렇게 단순한 역사를 누린 적은 없습니다. 세상은 언제나 복잡한 비열함으로 가득 차 있고 우리가 최소한의 문명을 누리려면 필사적으로 이들과 맞서 싸워야 합니다.

우리가 그 문명을 누리기 위해 서구 우월주의를 적극적으로 이용했다는 것이 어이가 없습니다. 그건 여러모로 모순적인 행동이었지요. 우리는 공포에 질린 서구인들이 과거로 돌아가면서 버렸던 것들을 주워 모았습니다. 그리고 그걸 버린 그들을 경멸했고 우리가 주워온 것들의 가치를 과장했지요. 우리의 목표는 서구인보다 더 서구인이 되는 것이었습니다.

그 진행 방향을 두려워하는 사람들이 있습니다. 당연하지요. 우리가 두 번째 핵전쟁을 일으킬지 누가 압니까. 한국과 중국, 일본은 지금 아슬아슬한 평화를 유지하고 있지만 서로에 대한 적대감과 두려움을 잃은 적이 단 한 번도 없습니다. 서구인들은 환경오염으로 시들어가던 지구에 잠시나마 휴식을 제공했는지도 모릅니다. 우리가 과연 옳은 길을 가고 있는 걸까요.

하지만 발전할 수 있다는 것을, 더 나은 삶을 살 수 있다는 것을 알면서 뒤로 돌아갈 수는 없지 않습니까.

3

연방군이 샌프란시스코를 빼앗겼다는 뉴스가 들어옵니다. 정부 방송국이 인정했다면 사실이겠지요. 아무도 예상하지 못했던 결과입니다. 단파 라디오의 점잔 빼는 아나운서는 이 상황이 오래 지속되지 않을 것이라 보았고, 저 역시 그렇다고 생각합니다. 반연방군에게는 샌프란시스코처럼 큰 도시를 오랫동안 사수할 힘이 없습니다.

여전히 이상하게 들리는 뉴스인 건 사실입니다. 어떤 이유이건 대도시를 장악한다는 것은 저들이 애지중지하는 수정헌법 제13조를 포기하거나 무시했다는 뜻이니까요. 이 전쟁의 시작이 바로 북미 대륙에 단 하나의 도시도 허용하지 않겠다는 그 이상한 조항이 아니었나요. 지금의 반연방군은 도대체 무슨 생각을 하고 있는 걸까요. 저들은 서서히 전혀 다른 사상과 목표를 가진 무리로 변해가고 있는 걸까요.

"그게 그렇게까지 중요할까"라고 제 동료 중 한 명이 말했습니다. 진정한 인류의 역사가 이루어지는 곳은 아시아가 아닌가. 지난 세월 동안 서구는, 특히 북미는 문명의 진보라는 이야기 안에서 어떤 역할도 안 하지 않았는가. 샌프란시스코 함락보다는 남중국의 국민당 재집권이, 한국의 달착륙선 발사가 더 큰 뉴스가 아닌가. 하지만 북미의 상황은 여전히 중요합니다. 전쟁이 끝나면 우린 그 세계에 발을 디딜 테니까요. 이미 우리는 태평양 해안의 도시들을 한국의 영향하에 둘 계획을 세우고 있습니

아득한 내일

다. 중국도 일본도 비슷한 생각을 하고 있지요. 저는 이것이 문명 회복을 위한 자연스러운 단계라고 봅니다. 하지만 이 프로젝트에 참여하는 장사꾼들도, 이를 밀고 있는 정치꾼들도 그렇게 생각하는지 모르겠어요.

루스 콜먼은 돌아갑니다. 오래 머물 사람이 아니라는 건 알았어요. 여전히 부상당한 다리가 불편해 보이지만 군인이 싸울 수 있는 곳은 많으니까요. 반년이면 충분히 오래 있었지요.

그리고 저도 그 사람 뒤를 따라갑니다.

화내시기 전에 제 이야기를 들어주세요. 역사 기록자로서 저는 한계에 도달했습니다. 제가 기록하고 정리하는 이야기들은 언젠가부터 지나치게 논리정연해졌습니다. 전 역사의 흐름을 이해한다고, 저에게 이야기를 들려주러 오는 사람들은 단지 그 흐름을 증명하는 것뿐이라 생각하게 되었습니다. 그리고 며칠 전에 샌프란시스코가 함락되었다는 뉴스를 들은 것이죠. 세상과 사람들은 언제나 제 상상과 이론을 넘어서는 존재일 수밖에 없고 이를 모르고 있었던 것도 아닌데 왜 방심했던 걸까요. 그리고 무엇보다 전 제주도를 한 번도 떠난 적이 없는 북미정세전문가라는 이상한 상태를 깨트릴 때가 되었습니다.

그러니 행운을 빌어주세요. 제가 제대로 된 상하수도

시설도 없을 게 뻔한 광신도와 야만인들의 나라에서 살아남아 제 상상과 이론을 넘어선 무언가를 발견할 수 있게, 당신이 믿는 존재하지 않는 신에게 빌어주세요. 그게 당신이 저를 위해 할 수 있는 유일한 것일 테니까.

지은이 ..리 브래킷 Leigh Douglass Brackett

1915년 로스앤젤러스에서 태어나고 자랐다. 1940년에 어스타운딩 사이언스픽션에 단편을 발표하며 작가활동을 시작했다. 초기에는 주로 에드거 라이스 버로스의 영향을 받은 펄프픽션 화성 이야기들을 쓰다가 이후에 자기 세계를 다졌다. 1946년 같은 SF작가 에드먼드 해밀턴과 결혼 이후에도 작품활동을 계속하며 1950년대 미국 '스페이스 오페라의 퀸'으로 불렸다. 한편 브래킷은 첫 장편이자 첫 탐정소설인《시체엔 소용될 것이 없다》를 계기로 영화제작자 하워드 혹스의 연락을 받아 시나리오 작가로도 활동하며 헐리우드에서 성공한 SF작가 계보의 선두를 끊었다. 영화계에서는 주로 하드보일드와 서부극 시나리오를 집필하여 지금까지도 명작으로 꼽히는 〈빅슬립〉(1946) 〈리오 브라보〉(1959) 〈롱굿바이〉(1973)〉 등이 있다. 조지 루카스의 의뢰로 스타워즈 〈제국의 역습〉 시나리오 초안을 잡기도 했으나, 1978년에 병으로 사망하면서 이후 작업에는 참여하지 못했고 이 사실은 훗날 조명되었다. 시나리오 집필 외에도 여러 편의 단편과 열 권의 장편을 썼고, 여성작가로는 최초로 휴고상 후보에 올랐으며, 사후인 2020년에《화성에 드리운 그림자》(1945)로 레트로휴고상을 수상했다.

옮긴이 ..이수현

20년간 상상문학을 주로 번역했고, 환상소설을 쓴다.《빼앗긴 자들》《체체파리의 비법》《킨》《블러드차일드》《유리와 철의 계절》《세상 끝에서 춤추다》《새들이 모조리 사라진다면》《아메리카에 어서 오세요》'얼음과 불의 노래'시리즈, '샌드맨'시리즈 등 많은 SF와 판타지, 그래픽 노블 등을 옮겼다. 저서로는 러브크래프트 다시쓰기 소설《외계신장》과 도시판타지《서울에 수호신이 있었을 때》가 있다.

아득한 내일

1판 1쇄 찍음 2022년 10월 26일
1판 1쇄 펴냄 2022년 11월 15일

지은이 리 브래킷
옮긴이 이수현
펴낸이 안지미
CD 니하운
편집 니하운
교정교열 박소현
표지그림 이부록

펴낸곳 (주)알마
출판등록 2006년 6월 22일 제2013-000266호
주소 04056 서울시 마포구 신촌로4길 5-13, 3층
전화 02.324.3800 판매 02.324.7863 편집
전송 02.324.1144

전자우편 alma@almabook.com / alma@almabook.by-works.com
페이스북 /almabooks
트위터 @alma_books
인스타그램 @alma_books

ISBN 979-11-5992-369-2 04800
ISBN 979-11-5992-366-1 (세트)

알마는 아이쿱생협과 더불어 협동조합의 가치를 실천하는 출판사입니다.